Début d'une série de documents
en couleur

FORTUNÉ DU BOISGOBEY

LE
CHÊNE-CAPITAINE

PARIS
LIBRAIRIE PLON
E. PLON, NOURRIT ET Cⁱᵉ, IMPRIMEURS-ÉDITEURS
RUE GARANCIÈRE, 10

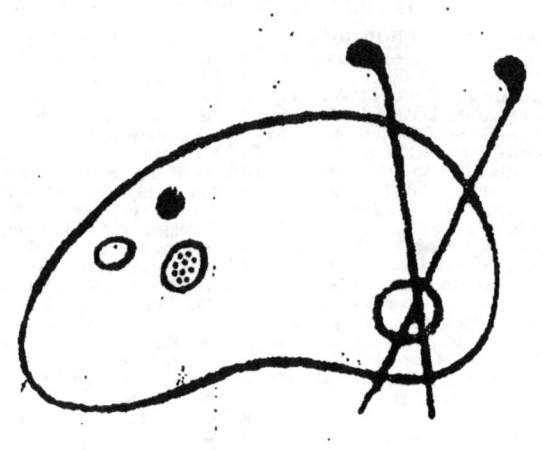

Fin d'une série de documents
en couleur

LE

CHÊNE-CAPITAINE

PARIS. — TYP. DE E. PLON, NOURRIT ET Cie, RUE GARANCIÈRE, 8.

LE

CHÊNE-CAPITAINE

PAR

FORTUNÉ DU BOISGOBEY

PARIS

LIBRAIRIE PLON

E. PLON, NOURRIT ET Cⁱᵉ, IMPRIMEURS-ÉDITEURS

RUE GARANCIÈRE, 10

CHÊNE-CAPITAINE

I

C'est l'heure de l'absinthe, et devant les cafés du boulevard des Italiens toutes les tables sont occupées.

Septembre est venu, et l'Exposition universelle tire à sa fin, mais l'affluence des visiteurs n'a pas diminué. Seulement, ce ne sont plus les mêmes. Le flot des rastaquouères a passé et, au mois des vacances, les provinciaux se sont abattus sur les bords de la Seine comme les sauterelles s'abattent, au printemps, sur l'Algérie.

Les Parisiens ne s'y reconnaissent plus, et beaucoup de ceux que ne retiennent pas des occupations forcées ont cédé la place aux envahisseurs. Les autres se sentent perdus parmi cette foule, accourue des quatre coins de la France, et quand ils se rencontrent, ils s'abordent avec autant de plaisir que s'ils se trouvaient tout à coup nez à nez dans la rue d'une capitale étrangère.

— Comment, c'est toi, mon vieux Paul !

— Je suis ravi de te rencontrer, mon cher Jacques.

— Dépêchons-nous de nous asseoir pour causer.

Voilà des messieurs qui décampent. Profitons de l'occasion.

Un instant après, les deux passants qui venaient de s'accoster ainsi prenaient possession de deux chaises vacantes et d'une table ronde où ils n'avaient pas leurs coudées franches, car les consommateurs étaient entassés sur trois rangs dans un coin resserré entre une grille mobile et le perron de Tortoni.

. Jeunes tous deux, ces nouveaux venus, et pas provinciaux du tout, à en juger sur leur mine; bien tournés, élégamment habillés et aussi jolis garçons l'un que l'autre : un grand brun, taillé en force, et un blond de taille moyenne, mince et délicat comme une demoiselle.

— D'où sors-tu? demanda le brun. Je te croyais en Bretagne.

— Je viens d'y passer quatre mois.

— Tu es donc toujours amoureux de ta cousine?

— Comment, toujours!... mais je ne l'ai jamais été.

— Ça viendra.

— Je n'en sais rien, mais ce n'est pas encore venu.

— Bah! tu l'épouseras tout de même.

— Je ne crois pas.

— Si elle ne voulait pas de toi, elle serait bien difficile. Elle a beau être riche et jolie, elle ne trouvera pas là-bas un mari qui te vaille.

— Elle en trouvera un à Paris. Elle va arriver ici la semaine prochaine, et elle va y passer l'hiver chez sa tante.

— La respectable marquise de Valmondois... Diable! ta cousine ne s'amusera guère dans le vieil hôtel de la rue de Babylone... et si son frère l'y amène, il n'y tiendra pas longtemps, ce bon Mériadec.

— Il l'y amènera, il l'y laissera et il reviendra la chercher... après la fermeture de la chasse.

— Je le reconnais bien là. Toi, tu vas enterrer ta vie de garçon, en attendant que tu te décides à demander la main de Mlle Simone de Roscanvel, qui ne te tiendra pas rigueur. C'est forcé, ce dénouement-là. N'êtes-vous pas fiancés depuis votre enfance?

— Oh! fiancés!... c'est-à-dire que son père désirait ce mariage... mais son père est mort, il y a deux ans.

— Oui, je sais... d'un accident de chasse.

— On l'a trouvé au bord d'un taillis, la poitrine trouée par une balle. Un des coups de son fusil double était déchargé. On en a conclu que c'était ce coup qui l'avait tué. Ma cousine n'a jamais voulu le croire.

— Que croit-elle donc?

— Qu'il a été assassiné.

— Par qui?... est-ce qu'il avait des ennemis dans le pays?

— Aucun.

— Alors, elle est folle, ta cousine.

— Elle est surtout entêtée. Cette idée s'est logée dans sa cervelle de Bretonne et n'en sortira pas. Si je te disais qu'elle a juré de n'épouser que l'homme qui découvrira l'assassin!... Tu vois qu'elle court grand risque de coiffer sainte Catherine.

— Ou d'épouser un agent de police, dit en riant le grand brun.

— Les agents de police n'opèrent pas au fin fond de la basse Bretagne... et s'il était vrai que mon pauvre oncle eût été tué, ce ne serait ni par un malfaiteur de profession, car on ne lui a rien volé, ni par un braconnier, car il n'en a jamais fait condamner un seul... Mais laissons ce sujet lugubre, et parlons de toi, mon cher Jacques. Que deviens-tu depuis que j'ai quitté Paris?

— Rien de bon. J'achève tout doucement de manger mon capital, et ce qui me vexe, c'est que je ne réussis pas à m'amuser. J'arriverai au bout de mon rouleau sans en avoir eu pour mon argent.

— Et que feras-tu quand tu en seras là?

— Je m'engagerai dans l'infanterie de marine et je m'embarquerai pour le Tonkin. J'ai envie de voir ce pays-là.

— Quelle folie!... marie-toi plutôt avec une héritière.

— Bon, voilà que tu me renvoies la balle!... tu oublies que, moi, je n'ai pas de cousine.

— La mienne t'épouserait très bien.

— Ne te moque pas de moi, je te prie.

— Je parle très sérieusement. Sans compter tes qualités personnelles, tu as un nom qui vaut le sien. Jacques de Gouville sonne tout aussi bien que Simone de Roscanvel, et ta famille est aussi ancienne en Normandie que la nôtre en Bretagne. Ton père était colonel de cuirassiers; le sien était capitaine de vaisseau.

— Mais toi, tu es aussi riche qu'elle et tu es son cousin germain.

— C'est précisément parce que je suis son cousin que je ne lui conviens pas. Les mariages entre proches parents ne réussissent jamais.

— Possible!... Mais je ne me vois pas dans le rôle d'amoureux pour le bon motif... J'y serais d'un gauche!... et d'autre part, je me sens incapable de remplir la condition qu'elle t'a posée, car je manque totalement d'aptitude pour le métier de *detective*. Du diable si je saurais seulement *filer* un individu suspect!...

Une femme, je ne dis pas, reprit gaiement Jacques de Gouville, mais je suppose que ce n'est pas une femme qui a tué ton oncle... si tant est qu'on l'ait tué.

Et maintenant, puisque je te tiens, je ne te lâche plus. Veux-tu que nous allions faire un tour à l'Exposition?

— Très volontiers, car je l'ai à peine entrevue. Elle

venait de s'ouvrir quand je suis parti, à la fin de mai.

— Moi, qui n'ai pas bougé de Paris, je la connais dans tous les coins et je vais te piloter. Nous allons fréter un cab et commencer par l'esplanade des Invalides. Je ne serai pas fâché de revoir les Javanaises... très drôles, les petites Javanaises, et comme Java n'est pas loin du Tonkin où je finirai probablement mes jours...

— A moins que tu ne deviennes mon cousin par alliance.

— Encore!... allons, Paul!... assez blagué comme ça! dit Jacques en appelant le garçon pour payer les « Soyer » qu'ils avaient bus.

Les deux amis se levèrent, et ils eurent le bonheur inespéré de saisir au vol, sur la chaussée du boulevard, une victoria dont le cocher ne se fit pas prier pour les conduire, parce qu'à leur air il avait deviné qu'il aurait un fort pourboire.

Et il les mena bon train.

Contents de s'être retrouvés après une assez longue séparation, ils étaient gais comme on l'est à vingt-cinq ans, quand on a une santé de fer et de l'argent dans sa poche.

Ils avaient été camarades de collège et ils appartenaient au même monde, quoique Paul de Pontcroix eût conservé au faubourg Saint-Germain des relations que Jacques de Gouville avait fort négligées.

Orphelins tous les deux, ils étaient entrés, à leur majorité, en possession, l'un d'une grosse fortune territoriale, l'autre d'un joli million très écorné par quatre années de joyeuse vie.

Paul n'avait rien écorné du tout; Paul était né sentimental. Jacques persistait à le soupçonner d'être épris de sa cousine, et l'idée lui était venue de le mettre à l'épreuve en essayant de l'entraîner, ce jour-là, dans une de ces parties qui se terminent par un souper.

Jacques l'avait vue, cette cousine, et il la trouvait charmante. Il ne lui en aurait guère coûté de s'occuper d'elle, et, sans prendre trop au sérieux la condition qu'elle prétendait imposer aux aspirants à sa main, il se disait que ce serait amusant de se poser en policier chercheur d'un assassin problématique et de faire la cour à Mlle Simone, quand elle serait à Paris, à seule fin de savoir si Paul était sincère en le poussant à se mettre sur les rangs pour l'épouser.

En attendant que le moment fût arrivé de tenter cette expérience assez scabreuse, Jacques se promettait d'employer gaiement sa soirée, et en franchissant le guichet de l'esplanade des Invalides, il ne pensait déjà plus qu'à chercher aventure parmi la foule qui encombrait cette fête foraine.

Il n'espérait pas y conquérir des marquises, ni même y trouver des horizontales de grande marque, car il savait bien que les femmes du vrai monde ne s'y risquaient pas seules et que l'aristocratie des irrégulières faisait fi des divertissements qu'on y rencontrait; mais, pourvu qu'il s'amusât, peu lui importait comment.

Paul y allait de moins bon cœur. Cependant, après quatre mois de villégiature dans un vieux manoir du Finistère, il n'était pas fâché de reprendre pied à Paris, et, pour cette fois, les plaisirs bruyants ne l'effrayaient pas trop.

En ce genre, ils n'avaient que l'embarras du choix, et comme ils n'étaient pas venus pour étudier l'exposition du ministère de la guerre, ni pour visiter les produits des colonies françaises, Jacques mena tout droit son ami aux concerts exotiques, en commençant par les danseuses tunisiennes.

Ils en eurent bientôt assez de ces almées d'occasion qui

exécutaient des pas somnolents devant un public rica-
neur, et ils allèrent chercher l'Orient un peu plus loin.

Les Javanaises opéraient à l'autre bout de l'Esplanade. Celles-là, du moins, étaient authentiques, et leur
Kampong avait du caractère, quoique leur barnum hol-
landais y eût établi un débit de liqueurs d'Amsterdam.

Pour y arriver, ces messieurs passèrent tout près
d'un massif édifice qui n'attirait guère l'attention des
promeneurs.

Il en sortait pourtant des bruits étranges : des cris
discordants, ponctués par des sons qui retentissaient
comme des coups de canon tirés dans le lointain.

Paul allait demander à son ami ce que c'était que
cette musique infernale, lorsqu'il vit, se dirigeant vers
l'unique porte percée dans ce cube de maçonnerie, une
femme d'une beauté singulière.

Elle était grande et un peu forte, brune avec un teint
clair, des yeux immenses, des yeux qui lui faisaient,
comme on dit, le tour de la tête, et des lèvres aussi
rouges que des fleurs de grenadier.

Sa toilette était beaucoup plus parisienne que sa
figure, et cette toilette, elle la portait fort bien, quoique
certainement elle ne fût pas née en France.

Les honnêtes femmes ne se lancent guère dans les
foules sans être accompagnées d'une cavalier ou d'une
amie, et celle-là n'avait personne avec elle.

Jacques en conclut qu'elle cherchait fortune, et il dit à
son camarade :

— En voici une que j'inviterais bien à dîner... et je
parierais volontiers qu'elle accepterait.

Paul ne répondit pas. Paul, ébloui, la suivait des
yeux.

Ils la virent payer sa place à la porte et entrer dans
la salle où l'on faisait tant de tapage.

— Théâtre annamite! lut Jacques sur la façade. Ça doit être curieux, et si ça nous ennuie, nous nous distrairons en essayant de *lever* la dame. Elle en vaut bien la peine, et ta cousine n'en saura rien.

Paul haussa les épaules et se laissa entraîner.

Ces messieurs passèrent au bureau et prirent place sur un des gradins étagés devant une estrade en planches qui figurait la scène.

Sur ces planches, gesticulaient et vociféraient des personnages affublés d'oripeaux bizarres et de masques barbus.

La troupe indo-chinoise ne devait pas faire de grosses recettes, car les banquettes étaient peu garnies.

Le public se composait de quelques provinciaux, attirés là par le vacarme et montrant des figures ahuries. Les malheureux s'efforçaient de comprendre l'intrigue de la pièce et ne parvenaient pas à deviner pourquoi les acteurs entraient en brandissant des piques pour disparaître presque aussitôt dans la coulisse, après avoir croisé le fer par-dessus la tête d'une grosse commère qui jouait à visage découvert et qui paraissait remplir le rôle d'une princesse persécutée par les satellites d'un affreux tyran.

Cette dondon cochinchinoise manquait absolument de charmes, et, tout au contraire de ses persécuteurs, lesquels criaient comme des sourds, elle se contentait d'exprimer ses angoisses par des jeux de physionomie qui enlaidissaient encore sa large face.

Elle ressemblait à une pleine lune en pleurs.

Et les poses ridicules des satellites complétaient ce grotesque spectacle. Ceux-là, aux instants les plus pathétiques, se tenaient sur un pied, l'autre jambe en l'air, à la façon des oies.

C'était à pouffer de rire, et Jacques n'y manqua pas.

L'orchestre était représenté par un homme assis, dans un coin de la scène, devant une énorme timbale qu'il frappait de temps à autre avec un gros tampon.

Cet unique musicien, vêtu d'une espèce de souquenille noire, n'était pas Annamite à demi, car il avait les yeux bridés et le teint couleur de safran qui caractérisent la race jaune.

La dame, en entrant, était allée se placer en face de ce magot.

Il ne portait pas de masque, et elle le dévisageait avec persistance.

On eût dit qu'elle le connaissait.

Le timbalier ne levait pas les yeux, et il ne levait le bras que pour battre la caisse, à des intervalles réguliers, avec un geste d'automate.

Il avait l'air d'une de ces marionnettes articulées qu'on remonte comme des horloges, et qu'on vend chez les marchands de jouets.

— Ma parole d'honneur, je crois qu'il est en bois, dit entre ses dents Jacques de Gouville.

Et afin de savoir à quoi s'en tenir, il jeta sur la scène le bout de son cigare éteint.

L'Annamite tourna la tête pour voir d'où venait ce projectile inoffensif, et, dès qu'il aperçut la dame, ses petits yeux s'écarquillèrent autant que peuvent s'écarquiller des yeux cochinchinois. Il aurait pâli, si les gens de sa race étaient susceptibles de changer de couleur, et il lâcha son tampon.

Évidemment il la connaissait, et il était stupéfait de la rencontrer; mais sa face terreuse exprimait-elle la frayeur ou la joie?... Bien habile qui l'eût deviné.

Jacques ne chercha point à résoudre ce problème. Il lui suffisait d'avoir constaté que cette majestueuse brune avait d'anciennes accointances avec un gagiste venu de l'Extrême-Orient, car il en concluait qu'elle ne devait pas être bien farouche, et qu'elle ne refuserait pas de dîner en joyeuse compagnie.

Il ne s'agissait que de bien s'y prendre pour l'inviter, et ce n'était pas très facile, faute de savoir au juste à quelle catégorie féminine elle appartenait; mais Jacques était doué d'un aplomb imperturbable, et il se fiait sur la grande habitude qu'il avait de ces abordages.

Il était assis, près de Paul, sur le même gradin que la dame, et pas très loin d'elle.

Il commença par se pousser sournoisement pour se rapprocher, sans se lever, et elle ne prit pas garde à cette manœuvre, occupée qu'elle était à échanger des œillades avec le timbalier qui avait ramassé son tampon, et qui s'escrimait de plus belle sur la peau d'âne placée entre ses jambes.

Paul n'avait pas remarqué leur manège, quoiqu'il eût suivi le mouvement opéré par son ami.

Paul ne s'occupait guère de ce qui se passait sur le théâtre; Paul n'avait d'yeux que pour la voisine de Jacques, et il ne la voyait que de profil.

Les acteurs masqués continuaient à évoluer tumultueusement, et l'action se corsait.

L'héroïne du drame venait de se laisser choir et gémissait, abritée derrière des figurants qui agitaient d'immenses pavillons rouges, en vociférant de telle sorte que Jacques fut obligé d'attendre la fin de ce vacarme pour risquer sa déclaration, car la dame n'en aurait pas entendu un mot. Mais les figurants se turent, s'écartèrent, et la princesse persécutée reparut, pressant sur son sein deux poupées qui représentaient deux petits princes qu'elle venait d'enfanter.

A ce spectacle cocasse, Jacques éclata de rire si bruyamment que l'inconnue tressauta sur la banquette où il était maintenant assis tout à côté d'elle, et daigna laisser tomber sur lui un regard de ses grands yeux noirs.

L'entrée en matière était trouvée.

— Pardonnez-moi, madame, dit-il poliment, c'est si drôle que je viens de rire comme on ne rit pas dans la bonne compagnie... pardonnez-moi d'avoir oublié que vous étiez là. Vous devez me trouver bien mal élevé.

— Mais non, répliqua la dame. Les Français se moquent toujours de ce qu'ils ne comprennent pas. Je sais cela et je ne m'en étonne jamais.

— Le fait est que ni mon ami ni moi, nous ne comprenons rien à la pièce, et, si j'osais, je vous prierais de nous l'expliquer... mais je n'ose pas.

— Vous n'êtes cependant pas timide, il me semble.

— Vous dites ça, parce que je me permets de vous adresser la parole sans vous avoir été présenté... Eh bien! mon ami va me présenter.

— Votre ami?... Je ne le connais pas plus que je ne vous connais.

— C'est juste. Je vais donc me présenter moi-même, et je vous le présenterai après.

La dame sourit au lieu de se fâcher, et Jacques continua, avec un sérieux parfait :

— Je suis le vicomte de Gouville.

Le titre qu'il venait de décliner manqua son effet. Elle resta froide comme une glace, et Jacques reprit en montrant son camarade :

— Voici M. Paul de Ponteroix.

Cette fois, la belle lança au blond Paul un coup d'œil si vif et si pénétrant qu'il rougit comme une jeune fille.

Jacques pensa tout de suite que cette brune incandescente trouvait Paul fort à son gré, et, en bon garçon qu'il était, il se promit de ne pas faire concurrence à son ami.

Il lui passa même par la tête de l'embarquer dans cette aventure, sans savoir s'il était disposé à s'y lancer, et il commença par le mettre en scène.

— Madame, dit-il d'un ton dégagé, prenez-vous-en à lui si je vous ai abordée. Depuis que nous sommes entrés ici, il vous dévore des yeux, et je ne puis pas en tirer un mot. Je n'ai pas trouvé d'autre moyen de le faire parler, et j'ai un tas de choses à lui dire, car je ne l'avais pas vu depuis quatre mois, quand il est arrivé, ce matin, du fond de sa province...

— De quelle province? interrompit la dame.

La question était inattendue, et elle surprit Gouville qui ne s'étonnait pas facilement.

C'eût été à Paul d'y répondre, mais Paul, troublé par cette présentation *ex abrupto*, ne savait plus que faire ni que dire.

Jacques se chargea de répondre pour lui.

— De la Bretagne, dit-il, madame, de la basse Bretagne, où il a vu le jour et où il a passé son enfance... Convenez qu'il n'en a pas l'air.

— Les Bretons ont-ils donc un air particulier? demanda en souriant l'étrangère.

— A Paris, on se figure que ce sont des sauvages.

— Je savais le contraire avant d'avoir vu M. de Pontcroix.

— Quoi! madame, demanda Paul, je ne serais pas le premier de mon pays que vous ayez rencontré?

— Mais non, monsieur. Beaucoup de vos compatriotes sont officiers de marine, et j'ai habité l'île Maurice où relâchent quelquefois des navires de guerre français.

— J'avais deviné que vous étiez créole, dit Jacques.

Il mentait, car il l'avait prise pour une Espagnole voyageuse, comme il nous en vient du Mexique ou de l'Amérique du Sud.

— Alors, vous arrivez de là-bas? reprit-il audacieusement.

— Non, répondit la dame sans se fâcher d'être interrogée avec ce sans-gêne; j'ai quitté l'île l'année dernière, mais j'y étais encore en 1886, quand y relâcha une frégate commandée par un Breton que j'ai reçu souvent chez moi et qui était un gentilhomme accompli. Peut-être le connaissez-vous...

— Pontcroix doit le connaître au moins de nom, et si vous voulez bien lui dire comment il s'appelle...

— Le commandant Pierre de Roscanvel.

— Mon oncle! s'écria Paul, stupéfait.

— Comment, monsieur, vous êtes le neveu de ce brillant officier!... je vous en félicite... et je serais fort aise de le revoir.

— J'ai eu le malheur de le perdre l'année dernière.

— Ah! mon Dieu, que m'apprenez-vous là?... Est-ce possible?... Il était jeune encore, et, quand il est parti de Maurice, rien ne faisait prévoir...

— Il n'avait pas cinquante ans, et il était taillé pour vivre un siècle. Il est mort par accident.

— C'est affreux!... Il était veuf, je le sais; mais il avait des enfants.

— Un fils et une fille.

— Il m'a souvent parlé d'eux. Il les adorait... il lui tardait de les revoir, et il projetait de ne plus les quitter.

— Il allait se retirer du service lorsqu'il a été tué à la chasse.

— Et il a laissé deux orphelins... Est-ce qu'ils habitent Paris?

— Non, madame. Sa fille va venir y passer l'hiver chez

une de nos parentes ; son frère va l'y amener, et, au printemps, il reviendra la chercher.

— A moins qu'elle ne se marie ici, dit étourdiment Gouville.

— Quel âge a-t-elle donc ?

— Dix-neuf ans... n'est-ce pas, Paul ?

— Un peu plus, répondit d'assez mauvaise grâce le cousin Paul, qui ne paraissait pas très satisfait du tour que prenait cette conversation, engagée sans son agrément.

Elle allait être interrompue forcément, car la pièce annamite finissait. Les acteurs venaient de disparaître dans la coulisse. Le rideau ne tombait pas, parce qu'il n'y avait pas de rideau, mais la représentation était terminée pour recommencer le soir, à neuf heures, et le public, averti par une affiche qu'on promenait au bout d'une perche, évacuait la salle.

Seul, le timbalier était resté sur la scène, et il regardait la dame qui, tout en causant avec les deux amis, ne le perdait pas de vue.

Elle lui adressa alors un signe furtif que Jacques surprit et dont il crut comprendre le sens : un signe de tête qui lui parut vouloir dire : « Viens ! j'ai à te parler. »

Paul ne le vit pas, ce signe, et son entreprenant camarade se hâta de renouer l'entretien, car il comptait bien que la connaissance si heureusement ébauchée n'allait pas en rester là.

La glace était rompue, et en supposant que la dame refusât de dîner avec ces messieurs, elle ne pouvait pas moins faire que de leur dire qui elle était.

Le timbalier avait enfin quitté les planches, et elle s'acheminait avec eux vers la sortie.

Paul n'était pas le moins empressé à l'escorter, car

elle lui plaisait beaucoup plus qu'elle ne plaisait à Gouville, qui n'aimait pas les brunes.

Gouville ne s'attachait à elle que par curiosité. Elle arrivait de l'océan Indien, et elle parlait le français aussi purement qu'une Parisienne. Elle avait connu le père de Simone de Roscanvel, et elle connaissait un pauvre diable qui battait la caisse dans une troupe de saltimbanques annamites.

Cette femme était une énigme que Jacques tenait à deviner, et comme il ne la prenait plus tout à fait pour une chercheuse d'occasions, il sentait que, pour en venir à ses fins, il fallait y mettre des formes.

Les airs cavaliers n'auraient probablement pas réussi avec cette créole qui avait reçu à l'île Maurice le commandant d'une frégate française, et Jacques changea de langage quand il reprit dehors la conversation entamée dans la salle.

— Madame, dit-il gravement, je vous prie d'accepter mes excuses. Lorsque je me suis permis de vous aborder, je ne savais pas à qui je m'adressais...

— Mais, interrompit gaiement la dame, il me semble que vous ne le savez pas encore.

— Je sais que vous avez connu l'oncle de mon ami Paul de Pontcroix, c'est assez pour que je regrette d'avoir manqué aux convenances en vous parlant sans vous avoir été présenté.

— Est-ce à dire que vous regrettez de vous être présenté vous-même ?

— Non certes ! Paul et moi, nous bénissons le hasard auquel nous devons de vous avoir rencontrée, et nous serions charmés que la rencontre eût des suites.

— Des suites !... Qu'entendez-vous par ces paroles ? demanda en riant la belle étrangère.

— Vous allez me trouver bien audacieux... Vous nous

combleriez de joie en nous autorisant à passer avec vous à l'Exposition le reste de la soirée.

— C'est impossible... Mais je ne m'oppose pas à ce que vous m'accompagniez jusqu'à ma voiture qui m'attend près d'ici.

— Et après, nous ne nous reverrons plus?

— Cela dépendra de vous, car, pour en finir avec une situation ridicule, je m'empresse de vous dire que, s'il vous plaît de venir me faire une visite, je vous recevrai très volontiers, messieurs. Comtesse de Salazie, avenue Kléber, 54. Je suis veuve et je vais peut-être me fixer à Paris. Il ne tiendra donc qu'à vous de me voir. Nous parlerons du galant homme qui a fini si tristement.

— Son fils et sa fille seront très heureux de vous connaître... et en attendant, mon ami et moi, nous profiterons de la permission que vous nous accordez, dit Jacques.

La comtesse regarda Paul qui ne répondit à cette interrogation muette que par un signe assez équivoque, et elle s'en tint là, peut-être parce qu'elle avait deviné que Paul ne se souciait pas de la mettre en relation avec sa cousine, Simone de Roscanvel.

En sortant du théâtre cochinchinois, elle s'était dirigée vers la sortie de l'esplanade des Invalides, sur l'avenue de La Tour-Maubourg, et elle ne tarda guère à y arriver, toujours flanquée de ses deux chevaliers.

Sa voiture stationnait devant la grille, un superbe coupé attelé de deux beaux chevaux bais, avec un cocher en livrée, haut perché sur son siège, et un valet de pied gardant la portière armoriée.

L'équipage avait grand air, et Gouville, qui s'y connaissait, se dit que décidément Mme de Salazie n'était pas une aventurière.

Il tourna pourtant la tête pour voir si le timbalier annamite ne l'avait pas suivie de loin.

Jacques de Gouville se souvenait que, pendant la représentation, la comtesse avait appelé d'un signe de tête ce batteur de grosse caisse, et il n'aurait pas été très étonné de le revoir à ses trousses ; mais il n'aperçut pas le moindre Cochinchinois, et, en supposant qu'il ne se fût pas trompé, il n'y avait vraiment pas d'apparence que le timbalier, vêtu comme il l'était, s'avisât de suivre à travers l'esplanade la belle dame qui l'avait tant regardé sur la scène.

Assurément, elle n'y comptait pas, car depuis qu'elle était sortie du théâtre, elle ne s'était pas retournée une seule fois, et, arrivée à la grille, elle monta dans sa voiture sans prendre congé de ces messieurs qui l'entendirent disant au valet de pied : A l'hôtel ! et qui virent le coupé filer vers le quai.

Surpris par ce brusque départ, les deux amis, plantés là, restèrent cois comme des écoliers qui viennent de laisser s'envoler un bel oiseau apprivoisé.

Ni l'un ni l'autre n'avait prévu que l'aventure tournerait si court, et Gouville prit la chose gaiement.

— Au fait ! dit-il en riant, elle ne pouvait pas nous emmener tous les deux dans son carrosse. C'est déjà bien joli qu'elle nous ait donné son adresse.

— Et c'est trop que tu l'aies invitée à venir voir ma cousine, répliqua aussitôt Paul de Pontcroix.

— Oh !... invitée... vaguement. Je ne lui ai pas dit que ta cousine habiterait rue de Babylone, chez la douairière de Valmondois... Mais, après tout, quand cette créole y viendrait, qu'est-ce que ça peut te faire ?... Une comtesse qui a beaucoup connu le père de Simone...

Et comme Paul ne répondait pas, Gouville s'écria :

— Bon ! j'y suis !... Tu as envie de pousser ta pointe auprès de cette magnifique créature, et ça te gênerait qu'elle fût reçue chez ta fiancée.

— Tu n'y es pas du tout... D'abord, Simone n'est pas ma fiancée.

— Tu me l'as déjà dit, mais c'est absolument comme si elle l'était... Et ce n'est pas une raison pour que tu te prives de t'amuser en attendant que tu te maries. Va de l'avant avec la comtesse; tu n'auras pas de peine à lui plaire, car tu lui as donné dans l'œil à première vue, crois-en ma vieille expérience. Et quant aux visites qu'elle pourrait faire à Mlle de Roscanvel, il sera facile de les empêcher. Je m'en chargerai, moi, si tu veux. Je n'aurai qu'à lui dire que ta cousine a changé d'avis et qu'elle ne viendra pas à Paris cet hiver.

— Tu comptes donc te présenter chez elle?

— Parfaitement, quoique je n'aie pas la moindre envie de lui faire la cour... Elle m'intrigue, cette comtesse de la mer des Indes. Qu'elle ait tenu un rang dans le monde de l'île Maurice et qu'elle y ait reçu ton oncle le commandant, je le crois. Mais pourquoi a-t-elle quitté son pays, et quelle vie mène-t-elle à Paris? Je ne m'en doute pas, et je voudrais lui demander ce qu'elle est venue faire aujourd'hui, toute seule, au Théâtre annamite.

— Nous y sommes bien entrés, nous.

— Oui, mais tu n'as pas remarqué qu'elle a échangé tout le temps des œillades et des signes avec ce singe habillé qui tapait sur un gros tambour.

— Tu es fou!

— Pas du tout. Je sais ce que je dis et j'ai vu ce que j'ai vu.

— Tu ne t'imagines pas, je suppose, qu'elle est amoureuse de ce saltimbanque!

— Non, mais je suis certain qu'elle le connaît.

— Elle a pu le rencontrer là-bas. Les Annamites comme les Chinois émigrent volontiers. Celui-là a peut-être travaillé pour elle à Maurice, comme jardinier ou comme cuisinier.

— C'est invraisemblable, dit Jacques après avoir un peu réfléchi, mais ce n'est pas impossible. Du reste, je saurai bientôt à quoi m'en tenir là-dessus... et puisque la comtesse aux yeux noirs nous a faussé compagnie, nous allons passer à d'autres exercices... en commençant par dîner... J'ai une faim de loup.

— Moi aussi, dit avec empressement Paul, qui ne demandait qu'à changer de conversation.

— Alors dépêchons-nous de prendre le Decauville, car ici nous ferions maigre chère. L'Esplanade manque de bons restaurants, tandis qu'au Champ de Mars nous n'aurons qu'à choisir... et après, nous ne serons pas embarrassés pour finir gaiement notre soirée. Je te ferai les honneurs de la rue du Caire, et je te promets que tu ne t'y ennuieras pas.

— Allons! murmura Paul d'un air résigné.

Décidément, il manquait d'enthousiasme pour les curiosités de l'Exposition.

Jacques riait sous cape, et il prenait un malin plaisir à lui proposer des distractions qui ne le tentaient guère. Jacques le connaissait de longue date; il le croyait très capable de s'être épris, à première vue, de la problématique comtesse de Salazie, et il trouvait amusant de dégeler ce Breton romanesque et timide qui n'avait jamais fait de folies pour aucune femme.

Pontcroix finirait toujours par épouser sa cousine.

Gouville ne voulait épouser personne, et il comptait se divertir à étudier, en ami désintéressé, les effets de cette passion qui venait de s'allumer subitement dans un cœur tout neuf.

Pour le moment, il n'avait rien de mieux à faire que

d'emmener Paul au Champ de Mars et d'y rester avec lui jusqu'à la clôture.

Ils y débarquèrent par le minuscule chemin de fer de petite communication, et ils y dînèrent assez longuement dans un restaurant qui n'était pas celui de la Tour Eiffel.

Ils burent sec, — Gouville aimait les grands vins, et Pontcroix n'était pas Breton pour rien, — mais ils parlèrent peu, et il ne fut question ni de la comtesse créole, ni de la cousine Simone, ni de l'oncle défunt.

Il semblait qu'ils se fussent donné le mot pour éviter de rappeler la rencontre au Théâtre annamite, et, de fait, chacun d'eux avait ses raisons pour ne pas remettre la causerie sur ce sujet.

En sortant de table, ils étaient un peu gris, — Gouville surtout, — et Pontcroix ne fit pas de façons pour se laisser conduire aux *attractions* variées qui, dans ce coin de l'Exposition, charmaient les amateurs de chorégraphies exotiques.

Ils n'avaient pas eu le temps de voir les Javanaises de l'Esplanade; ils virent successivement les Égyptiennes, les Marocaines et les Espagnoles du Champ de Mars.

Jacques les savait par cœur, et Paul, qui ne les connaissait pas, ne les apprécia guère. La danse du ventre le laissa froid, et les déhanchements de la Macarona ne le déridèrent point.

Gouville n'essaya pas de l'égayer; Gouville ne chercha même pas à le retenir, quand, après le ballet des gitanas, il parla de rentrer chez lui, en prétextant qu'il avait passé la nuit en wagon sur la ligne de l'Ouest, où il n'y a pas de *sleeping-cars*, et qu'il tombait de sommeil.

Jacques n'était pas fatigué, mais il ne tenait pas, — et pour cause, — à s'attarder davantage.

Il s'achemina donc avec son ami vers la sortie où ils

devaient se séparer, car ils n'allaient pas du même côté : Pontcroix habitait au faubourg Saint-Germain, rue de Commaille, près de l'hôtel de la rue de Babylone où sa cousine était attendue, et Gouville demeurait boulevard Haussmann.

Au Trocadéro, lorsqu'ils eurent passé le pont de bois, il fallut bifurquer.

— Quand te reverrai-je? demanda Paul.

— Quand tu voudras.

— Je ne sais si ce sera demain... après quatre mois d'absence, j'ai un gros arriéré de visites à liquider.

— Moi, je me lève tard et, l'après-midi, je sors. Le plus sûr, pour nous rencontrer, c'est de nous donner rendez-vous au Cercle. J'y dîne presque tous les soirs, et quand, par exception, je n'y dîne pas, je ne manque jamais d'y monter vers minuit.

— A minuit, mon cher Jacques, je dors. Là-bas, dans le Finistère, j'ai pris l'habitude de me coucher à neuf heures et je m'en trouve très bien. Mais je viendrai dîner avec toi, un de ces jours.

— Tâche que ce soit bientôt. Tu me diras si Mlle de Roscanvel est arrivée. Il y a longtemps que je ne l'ai vue, et c'est tout au plus si elle me reconnaîtra; mais tu me présenteras... et, par la même occasion, je ne serai pas fâché de revoir son frère Mériadec... Et sur ce, bonne nuit, mon cher! Tu trouveras des voitures sur le quai; moi, je vais remonter le Trocadéro et rentrer à pied, en fumant mon cigare.

Après avoir échangé une poignée de main, les deux amis se séparèrent, et Gouville, comme il venait de l'annoncer, grimpa la côte pour sortir par la porte du palais qui fait face à l'avenue Kléber.

C'était le plus court chemin pour regagner son domicile, mais il n'était pas pressé de rentrer, et il avait ses raisons pour se priver, ce soir-là, de prendre un fiacre.

La créole aux grands yeux lui trottait par la cervelle, et, en attendant qu'il fût l'heure d'aller lui faire une visite, il voulait voir la maison qu'elle habitait, comme, la veille d'une affaire de guerre, on va reconnaître le terrain sur lequel l'action s'engagera le lendemain.

Cette inspection préalable l'éclairerait peut-être sur la vraie situation financière et sociale de la dame.

A en juger par le luxe de l'équipage où elle était montée, elle devait posséder au moins cent mille francs de revenu ; mais Gouville avait trop vécu à Paris pour ignorer qu'on y trouve à louer des voitures, des chevaux et même des domestiques en livrée, quand on veut jeter de la poudre aux yeux des badauds. Il suffit pour cela d'y arriver avec de l'argent comptant ou du crédit.

Le domicile est un *criterium* moins trompeur.

Et Gouville se flattait de deviner, au simple aspect extérieur de celui de la comtesse d'outre-mer, si elle était sérieusement riche ou si elle n'en avait que l'apparence.

Aux environs de la place de l'Étoile, les étrangers qui ne regardent pas à la dépense n'ont qu'à choisir pour se loger à tant par semestre, dans des appartements somptueusement meublés.

Ceux-là partent comme ils sont venus et ne laissent guère de traces de leur passage à travers ce monde parisien qu'ils n'ont vu qu'au Bois ou aux Champs-Élysées.

Plus rares sont ceux qui achètent un hôtel, y tiennent un état de maison et finissent par prendre pied dans le *high-life* cosmopolite.

A laquelle de ces deux variétés de l'espèce voyageuse appartenait Mme de Salazie ? Jacques ne devait pas tarder à être fixé sur ce point, puisqu'il était décidé à se présenter chez elle dès le lendemain. Il aurait donc pu se dispenser d'aller, ce soir-là, examiner l'extérieur de la maison dont elle lui avait indiqué le numéro; mais il tenait à son idée, et, après s'être tiré, non sans peine, de la bagarre des véhicules de toute espèce qui encombraient la place du Trocadéro, il suivit pédestrement l'avenue Kléber.

Elle regorgeait de monde, cette avenue, mais elle est très large, et la foule ne le gênait pas.

Il avait pris le trottoir de gauche, côté des numéros pairs, et il marchait sans se presser, cherchant des yeux le 54 qui devait se trouver à peu près à mi-chemin de l'Étoile, lorsqu'il fut dépassé par un piéton qui portait une souquenille flottante, assez semblable à une robe d'avocat, un pantalon collant serré à la cheville, des souliers de feutre et, pour coiffure, un serre-tête de soie noire.

Ce bizarre accoutrement rappela tout de suite à Gouville le timbalier du Théâtre annamite, et il se dit :

— Si c'est lui, j'ai de la chance, car il ne m'a pas vu en passant à côté de moi, et je n'ai qu'à le suivre pour savoir si, comme je l'en soupçonne, il va chez la comtesse.

L'homme, qui était de petite taille et de mince encolure, se faufilait en louvoyant à travers les groupes, et d'un peu loin, avec les pans de sa longue soutane que le vent soulevait, il avait l'air d'une chauve-souris qui vole en zigzag au crépuscule.

Il paraissait du reste savoir parfaitement où il allait, et il devait connaître très bien ce quartier, car il avançait d'une allure égale, sans jamais hésiter et sans lever les yeux pour regarder les maisons qu'il rasait de près.

Gouville, qui avait de longues jambes, n'eut pas besoin de hâter le pas pour garder sa distance. Il ne doutait plus d'avoir rencontré le musicien cochinchinois, et il en était à se demander s'il le laisserait entrer chez la comtesse ou s'il l'accosterait au moment où il le verrait s'arrêter à la porte du 54.

Ils allaient y arriver, à ce bienheureux numéro, car ils étaient déjà devant le 58, et la série commence à la place de l'Étoile.

Le 56 qui venait ensuite faisait le coin d'une rue que l'Annamite, tournant court, enfila aussitôt qu'il eut dépassé l'angle de la maison.

Cette brusque oblique à gauche surprit beaucoup Gouville qui croyait toucher au but, mais elle ne le fit pas renoncer à la poursuite ni tomber en défaut.

La rue était assez étroite et allait en montant, par une pente si raide que, de l'avenue Kléber, on n'apercevait pas l'autre versant de cette butte macadamisée.

Gouville, qui pourtant fréquentait ces parages, ne l'avait jamais remarquée, et il ne songea point à lire le nom inscrit sur la plaque municipale.

Peu lui importait de savoir comment elle s'appelait, pourvu qu'il ne perdît pas de vue son homme, et il s'y jeta après lui, sans songer qu'ils y étaient seuls et que le bruit de ses pas aurait pu attirer l'attention de ce timbalier en rupture de grosse caisse.

Mais le timbalier grimpa sans regarder derrière lui, et, arrivé au point culminant de la pente, il tourna encore, — à droite cette fois, — par une rue latérale.

Il fallait courir, sous peine de perdre la piste, et Gouville n'hésita pas, car il avait pris goût à cette chasse, et il ne voulait pas revenir bredouille.

Il escalada la pente à grandes enjambées, mais il s'arrêta au coin de la rue où l'Annamite venait de se jeter, et, sans dépasser ce coin protecteur, il avança la tête avec précaution.

A vingt pas de là, il aperçut son homme collé contre

un mur avec lequel il semblait faire corps. Puis, presque aussitôt, il ne le vit plus. L'homme avait disparu, comme si ce mur s'était fendu tout à coup pour lui livrer passage.

L'aventure tournait à la féerie, mais Gouville, qui ne croyait pas au surnaturel, avança vivement et ne tarda pas à rencontrer une porte fort peu apparente et parfaitement close.

Percée au milieu d'une longue muraille, elle devait donner accès dans un enclos quelconque, cour ou jardin, et elle n'avait pas de serrure.

C'était cependant par cette porte que le timbalier était entré. Comment s'y était-il pris? Connaissait-il un secret pour l'ouvrir, ou bien la lui avait-on ouverte à un appel lancé par lui?

Gouville n'avait rien entendu.

En reculant, il prit du champ pour se rendre compte de la disposition des lieux où l'avait mené l'ardeur de la poursuite.

La rue était une rue comme on n'en voit guère à Paris, car elle n'avait pas de maisons.

Bordée d'un côté par un énorme bloc de maçonnerie qui ressemblait à un bastion, régulièrement éclairée d'ailleurs par des becs de gaz pas trop espacés, et coupée à angle droit par deux autres rues : celle qu'il avait suivie pour venir de l'avenue Kléber et une autre.

Gouville poussa jusqu'à celle-là, et, en levant les yeux, il lut les noms peints en lettres blanches sur des plaques bleues.

La rue horizontale où il se trouvait, c'était la rue Lauriston; celle qui descendait, c'était la rue de Villejust.

En rebroussant chemin, il vit que la troisième, par laquelle il était monté, s'appelait la rue Copernic.

Désertes et silencieuses toutes les trois. Pas un passant ne s'y montrait, pas une lumière n'y brillait à une fenêtre. Pas d'autres bruits que le roulement des fiacres et le tintement des grelots des tapissières trottant sur l'avenue Kléber, en contre-bas de cette butte couverte d'habitations et dénuée d'habitants.

Plus loin que la rue de Villejust et du côté opposé, plus loin aussi que la rue Copernic, s'alignaient des maisons de piètre apparence, mais pas une seule en deçà.

Rien que des murs derrière lesquels ne pouvait pas loger la comtesse de Salazie.

Chez qui donc avait été reçu l'Annamite? La porte bâtarde par laquelle il s'était glissé communiquait-elle par un passage secret avec un hôtel dépourvu de façade sur une voie publique? Gouville se le demanda.

Les trois rues formaient un triangle dont le sommet devait se trouver avenue Kléber, car les deux rues qui montaient allaient en s'écartant depuis cette avenue jusqu'à la rue Lauriston.

Gouville, décidé à faire le tour complet, descendit par la rue de Villejust, et, en descendant, il put constater que l'enclos triangulaire n'était pas entièrement couvert de constructions.

Il y avait de vastes espaces vides et des escarpements incultes dont les bosses dénudées pointaient, çà et là, au-dessus du mur de l'enceinte continue.

Les grands travaux entrepris depuis une vingtaine d'années ont bouleversé ce quartier. On y a éventré des montagnes et rasé des collines, mais on y trouve encore des buttes que la pioche n'a pas entamées.

Gouville savait cela, et s'étonnait que la dame eût choisi ce coin accidenté, qui ne paraissait pas fait pour qu'une opulente étrangère s'y installât.

Il s'agissait maintenant de découvrir le numéro 54 qu'elle lui avait indiqué et qu'il n'avait pas pu voir, parce que, avant d'y arriver, il s'était lancé dans la rue Copernic.

Il n'eut qu'à tourner à droite, au bas de la rue de Villejust. Ce bienheureux numéro s'étalait sur un hôtel de l'avenue Kléber, un hôtel à trois étages, dont un rez-de-chaussée surélevé, avec de hautes fenêtres et une porte cochère monumentale, un hôtel tout neuf qui aurait fait très bonne figure au faubourg Saint-Honoré.

C'était bien là que devait demeurer une femme qui attelait à son coupé une paire de chevaux de cinq cents louis. Et si Gouville avait commencé de ce côté sa tournée d'exploration, il eût été fixé tout de suite sur la situation de fortune de la comtesse.

Il fallait qu'elle fût deux ou trois fois millionnaire.

Jusqu'où s'étendait en profondeur cet hôtel imposant? Gouville ne tarderait pas à le savoir, puisqu'il comptait faire dès le lendemain sa première visite à la dame; mais, en attendant, il ne pouvait pas croire qu'elle fût propriétaire ou locataire de tout le terrain compris entre les trois rues, et il ne s'expliquait pas que le Cochinchinois eût pris par la rue Lauriston pour s'introduire chez elle.

Ce drôle, s'il y était entré, allait-il y rester? Et s'il en sortait, par où en sortirait-il?

Gouville ne supposait pas que ce serait par l'avenue Kléber. Et cependant, il restait planté devant la façade, comme s'il eût espéré deviner ce qui se passait derrière.

Le premier étage était brillamment éclairé. Donc, si la comtesse avait reçu le timbalier, ce n'était pas à l'insu de ses domestiques, car lorsqu'on a un mystère à cacher, on s'abstient d'illuminer sa maison.

Les fenêtres, d'ailleurs, étaient entr'ouvertes, et il

entendait très distinctement le quadrille d'*Orphée aux enfers*, martelé sur un piano sonore.

La comtesse aimait sans doute la musique d'Offenbach, et si c'était elle qui exécutait ce joyeux morceau, assurément elle ne le jouait pas pour charmer les oreilles d'un batteur de grosse caisse.

Gouville n'y comprenait rien et ne savait à quoi se résoudre.

Il ne pouvait pas rester là indéfiniment, le nez en l'air. Les passants commençaient à le remarquer; ils finiraient par s'attrouper, et il ne se souciait pas d'être la cause d'un rassemblement à la porte de l'hôtel.

Il ne se souciait pas non plus de remonter rue Lauriston et de s'y mettre en sentinelle. La faction aurait pu durer longtemps, et s'il avait vu reparaître le timbalier, il n'aurait peut-être pas été beaucoup plus avancé, car cet Asiatique ne comprenait probablement pas le français, et il n'en aurait rien tiré.

La curiosité le tenait si fort qu'il eut comme une velléité de sonner et de demander la comtesse en dépit de l'heure indue; mais que lui aurait-il dit, si par impossible elle avait consenti à le recevoir?... qu'il venait de *filer* un musicien du théâtre où il l'avait rencontrée, et qu'il soupçonnait cet homme de s'être réfugié chez elle?... La comtesse lui aurait ri au nez.

L'idée était absurde, et Gouville ne s'y arrêta guère.

Il délibérait encore, lorsque le piano se tut. Tout de suite après, un domestique en livrée vint fermer les croisées et éteindre les lustres du salon.

La comtesse était allée se coucher... à moins qu'elle n'eût été appelée dans un autre appartement dont les fenêtres ne donnaient pas sur l'avenue Kléber.

Gouville resta coi, et, faisant un retour sur lui-même, il se dit qu'il avait bien de la bonté de se mettre martel en tête à propos de cette femme. Que lui importait qu'elle reçût en cachette un musicien annamite? Il n'était pas amoureux d'elle. A quoi bon faire le pied de grue à sa porte comme un jaloux? Il commençait à se trouver ridicule, et il se décida brusquement à quitter la place.

— La suite au prochain numéro, dit-il entre ses dents; le feuilleton de demain éclaircira la situation, et le roman deviendra peut-être amusant. Pour ce soir, en voilà assez.

Il s'était hypnotisé un quart d'heure à contempler l'hôtel de la dame, mais il n'eut pas fait cinquante pas vers l'Arc de triomphe que l'insouciance qui formait le fond de son caractère reprit le dessus.

Il ne vit plus que le côté comique de l'aventure.

Rien n'annonçait qu'elle fût le prologue d'un drame, et il n'était pas impossible que ce magot fût l'amant de la comtesse.

La femme du beau Joconde trompait son mari avec un affreux laquais; Gouville, qui avait lu le joli comte de La Fontaine, aurait trouvé très drôle que Mme de Salazie fît de même pour se consoler de son veuvage, et il se promettait d'en bien rire, s'il parvenait à en acquérir la certitude.

Il comptait, du reste, ne raconter à personne l'histoire de son expédition manquée, pas même à Paul de Pontcroix, qui prenait toujours les choses trop au sérieux.

Gouville en était à regretter de lui avoir parlé des œillades que la dame avait échangées au théâtre avec le timbalier.

Paul n'avait pas voulu le croire; encore moins aurait-il cru que ce maroufle asiatique avait accès chez elle, par une porte dérobée. Mieux valait donc, au lieu de le renseigner et de lui donner des conseils qu'il n'aurait pas suivis, le laisser faire la cour à la comtesse, sauf à lui crier : Casse-cou ! plus tard, si l'amourette menaçait de tourner à la liaison dangereuse.

Cette façon de comprendre les devoirs de l'amitié était particulière à Gouville, qui professait en matière de sentiment une morale très indépendante. Il n'avait jamais aimé que pour son agrément, mais il plaignait les vrais amoureux, et il était toujours prêt à leur tendre la perche.

Depuis qu'il avait âge d'homme, le plaisir était son unique affaire, et, comme tout change ici-bas, même les cœurs, peut-être était-il mûr pour une grande passion ; mais en ce moment il ne songeait qu'à aller finir, ailleurs que dans son lit, une nuit si singulièrement commencée, et il éprouvait le besoin de prendre des distractions énergiques.

L'époque ne s'y prêtait guère. Ce n'est jamais à la fin de l'été que la grande vie parisienne bat son plein, et cette année-là l'Exposition l'avait complètement suspendue. Les gens du monde habitaient leurs châteaux, et les dégrafées qui n'étaient pas à Trouville ou à Aix faisaient, sans beaucoup de succès, la chasse aux riches étrangers de passage.

Restait le jeu ; mais dans tous les cercles le baccarat languissait, et dans quelques-uns il avait cessé tout à fait. Gouville, qui le pratiquait volontiers, en était réduit au piquet et à l'écarté. Encore ne trouvait-il pas tous les jours une partie. Il lui arrivait assez souvent de passer des heures à tailler des patiences tout seul, faute d'adversaires. Et ce soir-là, il n'était pas d'humeur à se contenter de ce paisible amusement. Il n'avait pas envie non plus de courir les restaurants de nuit, infestés de provinciaux et de cocottes de septième catégorie. Encore moins pensait-il à aller tout bonnement se coucher. Il n'aurait pas pu dormir. C'était encore à son club qu'il avait le plus de chances de rencontrer des compagnons disposés à faire la fête, et, sans plus délibérer, il sauta dans un cab qui l'y mena.

Comme beaucoup d'autres, il était situé sur les grands boulevards, à proximité de l'Opéra et de la Madeleine, ce cercle qui passait pour un des plus gais de Paris. Il était certainement un des plus nombreux, sans être ouvert à tout venant, car on n'y était admis qu'après avoir fait ses preuves, non pas de noblesse, mais d'honorabilité. Les jeunes y étaient en majorité, et la table y était excellente, — deux raisons pour qu'on ne s'y ennuyât point, sans compter que, l'hiver, on y jouait très gros jeu.

Gouville, qui était né veinard, y avait quelquefois perdu et le plus souvent gagné *la forte somme*, comme on dit dans l'argot des joueurs.

Quand il entra, vers minuit, dans le grand salon, il fut agréablement surpris d'y trouver une vingtaine de clubmen que le hasard des déplacements de chasse avait ramenés à Paris pour un jour et qui venaient, entre deux villégiatures, échanger des nouvelles mondaines et des propos joyeux.

Gouville les connaissait tous, et on lui fit fête.

— Mon cher, lui dit de but en blanc un des jeunes, nous n'attendions que vous pour commencer...

— Un joli baccarat, acheva Gouville.

— Non, une chouette à l'écarté.

— Va pour la chouette!... Qui la fera?

— M. d'Ambre.

Ce nom n'apprenait rien à Gouville, qui l'entendait pour la première fois.

— Qui est ce M. d'Ambre? demanda-t-il en baissant la voix.

Son interlocuteur lui signala un gentleman, très entouré, qui avait une de ces figures qu'on n'oublie pas. Son teint, d'une pâleur mate, était comme illuminé par des yeux d'un éclat extraordinaire, et il montrait en souriant des dents irréprochables. La physionomie était ouverte et sympathique.

— Un nouveau? interrogea Gouville.

— Présenté, il y a trois mois, par le vieux marquis de Carolles et par ce grand fou de Précey qui l'a rencontré aux Indes. C'est une excellente recrue pour le cercle, car il est très riche et très joueur. Il n'y a pas encore paru souvent, parce qu'il a passé l'été en Angleterre; mais il vient de se fixer à Paris, et j'espère que maintenant nous le verrons ici à peu près tous les soirs. Il remontera la partie. Je connais des pontes malheureux qui comptent se refaire sur lui.

— C'est un Français?

— Un Français des colonies. Il a des plantations immenses à l'île Bourbon.

— Ah! murmura Gouville, c'est un créole?

— Parfaitement, et il en a bien l'air. Je crois même qu'il en a les défauts, car il est, m'a-t-on dit, paresseux comme une couleuvre, joueur comme les cartes et volontiers querelleur. Il paraît qu'il a quitté Bourbon à la suite d'un duel où il a tué son adversaire... un duel à propos d'une femme... Elles raffolent toutes de lui.

Gouville, en ce moment, pensait que l'île Bourbon n'est pas loin de l'île Maurice, et que d'Ambre connaissait peut-être la comtesse de Salazie.

— Vous allez me présenter, dit-il.

— Tout de suite alors, car il va se mettre à la chouette. Les joueurs s'impatientent. Venez, mon cher.

Ils s'étaient groupés autour du créole, qu'ils couvaient des yeux comme une proie assurée et qui ne semblait pas pressé de commencer la partie, car il leur racontait des histoires de son pays.

En s'approchant, Gouville entendit qu'il était question des tours que jouent aux blancs les coolies importés des Indes pour cultiver les terres, à défaut des nègres, qui ne veulent plus travailler depuis qu'on les a affranchis.

— Ces coquins sont sorciers, disait en riant M. d'Ambre. Ils sèment à leur gré le vent pour récolter la tempête, et, quand ils en veulent à un colon, ils savent déchaîner sur son habitation un ouragan qui détruit tout en une seule nuit. Je ne le croirais pas, si je ne l'avais pas vu. On a essayé dernièrement de les remplacer par des Annamites qui ne valent pas mieux, car ils assassineraient un homme pour une poignée de riz.

— M. le vicomte de Gouville ! dit le jeune clubman qui s'était chargé de la présentation ; un de mes meilleurs amis et un fort *ponte*.

M. d'Ambre s'inclina courtoisement et ne parut ni surpris, ni fâché d'avoir été interrompu.

Gouville, en le voyant de plus près, se demanda quel âge il pouvait avoir et ne parvint pas à le deviner, mais il trouva qu'il avait décidément l'air d'un gentleman, avec les façons d'un Français du meilleur monde, relevées par une pointe de raideur britannique.

Peut-être un produit du croisement de deux races.

Ce n'était pas le moment de questionner le personnage sur la dame de l'avenue Kléber, et Gouville avait trop de tact pour aborder ce sujet, quoique les appréciations formulées par M. d'Ambre sur les Annamites eussent pu lui fournir une entrée en matière. L'occasion se présenterait sans doute après la partie.

— Messieurs, dit une voix, il me semble que nous

perdons un temps précieux. Qu'attendons-nous pour commencer?

— Je suis à vos ordres, répliqua le créole, en allant s'asseoir à la table préparée pour la chouette d'écarté.

Il est de règle que celui qui la fait n'ait personne derrière lui. M. d'Ambre prit donc place dans un fauteuil adossé au mur du salon, en face des joueurs massés de l'autre côté de la table.

Il annonça très posément qu'il ne limitait pas les mises et qu'il les tiendrait toutes jusqu'à ce qu'il lui plût de cesser, comme le chouetteur en a toujours le droit.

Il s'excusa ensuite de ne jouer, lui, que de l'argent comptant contre des jetons du Cercle ou contre des bons, à la volonté des pontes.

C'était de sa part, dit-il, une superstition, un fétiche, et, à l'appui de cette déclaration de principe, il tira d'un portefeuille bien garni une grosse liasse de billets de mille.

Personne ne fit d'objection, — c'eût été se plaindre que la mariée était trop belle, — et la partie commença.

Gouville, qui avait une centaine de louis sur lui, les perdit en quelques coups, après les avoir triplés sur une passe heureuse.

Puis, la chance se dessina pour M. d'Ambre qui décava successivement tous ses adversaires.

Ils se découragèrent assez vite, et, au bout de deux heures, il ne resta plus pour tenir tête à la chouette que Jacques de Gouville, qui était le plus gros perdant.

Sur quoi, M. d'Ambre, qui aurait pu se lever, lui offrit poliment un match de neuf parties à cinquante louis qui lui permettrait de se refaire.

Gouville hésita un peu. Neuf mille francs, dans l'état

présent de ses finances, c'était une somme, et il eût été
sage de ne pas les risquer, après en avoir déjà perdu
plus de deux mille. Mais Gouville n'était pas homme
à s'arrêter en mauvais chemin. Il avait étudié la
manière de jouer de M. d'Ambre, et il s'était aperçu
qu'il commettait souvent des fautes, tandis que lui,
Gouville, était de première force à l'écarté. Il avait constaté que M. d'Ambre jouait avec une loyauté parfaite.
Il maniait même les cartes si maladroitement que, s'il
avait voulu tricher, il n'aurait pas pu. L'avantage
devait être pour Gouville dans ce duel en neuf reprises.
M. d'Ambre, il est vrai, était en pleine veine, mais la
veine change, — et doit changer par la force des choses,
de même que le beau temps doit venir après la pluie.

Gouville accepta donc, et le combat s'engagea devant
témoins, car trois ou quatre vaincus de la chouette y
assistèrent, sans y prendre part.

Ceux-là étaient de ces piliers de cercles qui dormi-
raient sur des fauteuils plutôt que d'aller se coucher et
qui donnent sur chaque coup d'une partie leur avis
qu'on ne leur demande pas.

Les deux joueurs du match se seraient volontiers
passés de leur présence, mais ces inutiles composaient
ce qu'on nomme la galerie, et il fallait bien les souffrir, sous peine de se singulariser.

Il y avait parmi eux un jeune gentilhomme fraîche-
ment débarqué de sa province et un gommeux parisien
des nouvelles couches, aussi ennuyeux et aussi ridicules
l'un que l'autre.

Gouville, qui les donnait à tous les diables parce qu'il
se figurait qu'ils allaient lui porter malheur, commença
pourtant par passer deux fois, mais il perdit la troisième partie et les six qui suivirent avec une rapidité
extraordinaire.

Quand, par hasard, il faisait un point, son adversaire en faisait deux le coup d'après, et tournait le roi quand il ne l'avait pas dans son jeu.

Le résultat final de ce match désastreux fut que Gouville resta débiteur de cinq mille francs à payer le lendemain.

Il aurait pu en perdre neuf mille, mais cette vérité ne suffisait pas à le consoler, et il s'apercevait un peu tard qu'il aurait beaucoup mieux fait de s'en tenir à la perte de son argent de poche, au lieu d'accepter la revanche si gracieusement offerte par M. d'Ambre.

Il fit contre mauvaise fortune bon cœur et s'excusa de ne pas régler séance tenante, à quoi son adversaire répondit en le priant de ne pas se gêner.

En même temps, M. d'Ambre se levait et sortait du salon, sans que Gouville songeât à le retenir pour causer avec lui de l'île Maurice, comme il en avait eu l'intention avant de se mettre au jeu.

La dette qu'il venait de contracter lui faisait momentanément oublier la comtesse de Salazie, et il pensait que le lendemain il lui faudrait trouver deux cent cinquante louis qui n'étaient pas dans son secrétaire.

Il n'avait pas de bons à retirer de la caisse du Cercle, puisqu'il avait joué sur parole, mais il ne voulait pas attendre qu'il revît M. d'Ambre pour lui remettre la somme. Il tenait à la lui envoyer à domicile. Il ne savait pas son adresse, mais on devait la savoir au Club.

Il ne lui restait plus qu'à rentrer tristement chez lui, et il allait s'y résigner, lorsqu'il fut abordé par un des témoins du match, — celui qui, de tous, lui était le moins sympathique; un monsieur très commun, qu'un coup de Bourse avait enrichi et qu'on avait surnommé « faux chic », parce qu'il cherchait à singer les hommes à la mode.

Gouville se dispensa de répondre à ses sots compliments de condoléance, mais ce fâcheux s'avisa tout à coup de lui dire, en baissant la voix :

— Êtes-vous bien sûr de ne pas avoir été volé?

— Vous croyez donc que je l'ai été? riposta sèchement Gouville.

— J'en ai peur.

— Et pour me l'apprendre, vous avez attendu que la partie fût finie?

— Oh! je n'ai pas la preuve positive que ce monsieur triche.

— Alors, vous me permettrez de vous dire que vous n'avez pas le droit de parler comme vous le faites... et que j'aurais, moi, le droit de répéter à M. d'Ambre le propos que vous venez de tenir.

— Je n'ai rien affirmé. Seulement, je me défie des étrangers.

— Vous oubliez que celui-là a été présenté au Cercle par deux parrains, dont l'un, Charles de Précey, est mon ami... Je n'admets pas qu'il ait patronné un malhonnête homme.

— M. de Précey l'a rencontré dans un grand voyage qu'il a fait en Asie, l'année dernière, et je ne suppose pas qu'il ait ouvert une enquête sur ses antécédents.

— Mais M. de Carolles, lui aussi, a répondu de M. d'Ambre.

— Le marquis!... Sa garantie ne vaut pas celle de M. de Précey.

— Qu'est-ce à dire?... Prétendez-vous contester l'honorabilité de M. de Carolles? Elle est indiscutable.

— Elle a pourtant été discutée. De quoi vit-il, ce marquis? Il a eu, dit-on, de la fortune autrefois, mais il y a longtemps qu'il n'en a plus.

— Cela ne me regarde pas, ni vous non plus, monsieur Colimard.

— On prétend qu'il s'est fait une spécialité d'introduire dans le monde aristocratique des gens qu'on n'y recevrait pas sans sa recommandation et qui lui sont reconnaissants.

Il a de belles relations; il les utilise. Ce n'est pas défendu.

— Ce serait ignoble, et je n'en veux rien croire... pas plus que je ne crois à l'indélicatesse de M. d'Ambre. Bonsoir, monsieur, conclut Jacques de Gouville, en tournant le dos à M. Colimard.

Cet homme qui faisait si bon marché de l'honneur des gens s'était déjà attiré au Cercle de désagréables affaires dont il s'était tiré par de plates reculades. Gouville savait cela, et, d'ailleurs, il n'avait pas qualité pour relever ces mauvais propos, car il connaissait fort peu le marquis de Carolles et pas du tout M. d'Ambre. Il se contenta donc d'y couper court; mais ces propos n'étaient pas, comme on dit, tombés dans l'oreille d'un sourd.

On a vingt-quatre heures pour maudire les juges qui vous ont condamné, et tout joueur qui vient de perdre son argent est assez disposé à mal penser de l'adversaire qui le lui a gagné.

Gouville se demandait si les accusations lancées par ce Colimard n'étaient que de simples calomnies. Il savait, par expérience, avec quelle légèreté on accueille à Paris les étrangers qui payent de mine, et il n'ignorait pas non plus qu'on y trouve des gentilshommes que la gêne conduit à des compromissions honteuses.

Il se promit donc de se renseigner auprès de l'autre parrain de M. d'Ambre, Charles de Précey, un brave et aimable camarade, dont le témoignage ne serait pas suspect.

Il ne l'avait pas vu depuis un certain temps, car Précey se déplaçait souvent, mais il savait où le trouver, et, en attendant qu'il pût le joindre, il pouvait bien porter à M. d'Ambre les cinq mille francs qu'il lui devait, au lieu de les lui faire remettre par son valet de chambre.

Cette idée vint à Gouville au moment où il allait appeler un domestique du Cercle pour demander l'adresse, et il s'y arrêta tout de suite.

En faisant cette visite, il apprendrait peut-être bien des choses, en vertu d'un principe qu'il professait et qu'il voulait déjà mettre en pratique à propos de la comtesse de Salazie : « Dis-moi comment tu es logé, et je te dirai qui tu es. » Sans compter qu'en causant avec ce gentilhomme exotique, il étudierait le personnage.

On ne juge bien un homme qu'après l'avoir fait parler sur des sujets variés, et Gouville se faisait fort de diriger la conversation dans un sens favorable à ses vues.

Il se promettait même de l'entretenir carrément de sa quasi-compatriote de l'île Maurice.

C'était prendre, comme on dit, le taureau par les cornes, mais Gouville aimait à aller droit au but.

Il ne doutait pas que M. d'Ambre le reçût, et il voulait se présenter chez lui avant de se présenter chez la comtesse qui ne devait pas être visible de bonne heure.

Le valet de pied que Gouville avait envoyé au secrétariat du Cercle lui rapporta l'adresse écrite : « M. le baron d'Ambre, 8, rue Copernic », et Gouville la mit dans sa poche, sans y prendre garde tout d'abord.

Ce ne fut qu'à la réflexion qu'il se rappela que la rue Copernic commençait à l'avenue Kléber, au coin de l'hôtel habité par la comtesse.

Il l'avait suivie, en filant le timbalier, cette rue déco-

rée, on n'a jamais su pourquoi, d'un nom d'astronome,
et il n'y avait vu que des murs. Il est vrai qu'il ne l'avait
pas suivie jusqu'au bout. La maison qui portait le
numéro 8 se trouvait sans doute au delà de la rue Lauriston, du côté de la place d'Eylau. Mais il lui parut
singulier que ce créole fût allé se loger si près de
Mme de Salazie.

Il en conclut qu'ils pouvaient bien se connaître, et
cette supposition n'était pas pour lui déplaire, car, s'ils
se connaissaient, il lui serait plus facile de se renseigner en questionnant le baron sur la comtesse et la comtesse sur le baron.

Il ferait presque d'une pierre deux coups, puisqu'ils
étaient voisins. Et plus décidé que jamais à les voir dès
le lendemain, il sortit du Cercle, où il aurait peut-être
mieux fait de ne pas entrer ce soir-là.

— Parbleu! se disait-il en descendant l'escalier, que
ce monsieur triche et que cette femme soit une intri-
gante, je m'en moque, car je ne jouerai plus contre lui
et je ne suis pas amoureux d'elle. C'est Pontcroix qui
l'est, et je rendrai service à Pontcroix en lui apprenant
ce qu'elle vaut, car elle me fait l'effet de vouloir le souf-
fler à sa fiancée... Je me figure que là-bas, à Maurice,
elle a dû être au mieux avec le commandant de Roscanvel... Après l'oncle, le neveu, ce serait drôle... mais je
tâcherai d'empêcher Paul de faire cette sottise, et, si j'y
réussis, sa cousine Simone m'en saura gré, quoi qu'il
en dise.

II

Le lendemain, par un après-midi fait à souhait pour marcher, après une matinée employée à chercher de l'argent qu'il n'avait pas eu beaucoup de peine à trouver, Jacques de Gouville s'acheminait à pied vers l'avenue Kléber.

La poche lestée des cinq mille francs perdus à l'écarté, il allait chez son créancier, quoiqu'il ne fût pas bien sûr de le trouver, car M. d'Ambre, qui ne l'attendait pas, ne passait probablement pas ses journées chez lui, en supposant même qu'il y déjeunât.

S'il était sorti, Gouville verrait toujours comment il était logé, et après avoir remis au concierge sa carte et l'enveloppe qui contenait les fonds, il se rabattrait sur la comtesse.

Elle devait être chez elle, — il n'était que deux heures, — et il comptait qu'elle le recevrait, bien que ce fût un peu tôt pour faire une première visite à une grande mondaine.

On prétend que la nuit porte conseil, mais celle qui venait de s'écouler n'avait rien changé aux projets de Gouville, et il tenait plus que jamais à pénétrer les secrets de Mme de Salazie.

Il n'avait rien de mieux à faire pour le moment, et il se figurait agir dans l'intérêt de son ami Paul.

Il passa, sans s'y arrêter, devant l'hôtel de la dame, et il s'engagea dans la rue Copernic qu'il n'avait parcourue que la nuit et qui, en plein jour, lui parut beaucoup moins mystérieuse.

Tout le côté gauche était bordé par des maisons bourgeoises dont quelques-unes avaient des boutiques.

Du côté droit, elle commençait par un mur sans ouverture.

C'était le côté des numéros pairs, et comme ils partaient de l'avenue Kléber, le 8 ne devait pas être loin.

Gouville ne tarda guère à découvrir qu'il était le premier de la série, car avant d'arriver à la rue Lauriston, il l'aperçut au-dessus de la porte d'un pavillon à deux étages, isolé entre deux longues murailles que remplaceraient sans doute, un jour ou l'autre, des maisons qui porteraient les numéros 2, 4, 6 et 10.

Ce pavillon se trouvait placé entre la voie publique et les terrains compris dans l'enclos triangulaire dont Gouville avait fait le tour, la veille, en sortant du Trocadéro.

Si, derrière, il y avait un jardin, ce jardin devait confiner à celui de la comtesse.

Il était donc permis de supposer que le baron ne s'était pas logé là sans motif.

— C'est *la niche à Fidèle,* se dit Gouville, qui avait entendu des viveurs d'une autre génération appeler ainsi le tout petit hôtel qu'un duc célèbre habitait jadis à l'ombre d'un tout grand et à côté du rond-point des Champs-Élysées.

Ce souvenir le fit sourire, et il pensa que si M. d'Ambre était l'amant de Mme de Salazie, il aurait, lui, Gouville, moins de peine à se renseigner sur leur compte.

Ils demeuraient si près l'un de l'autre qu'il pouvait bien leur demander s'ils voisinaient quelquefois.

Il allait sonner, lorsqu'il vit paraître, au bout de la rue, un *dog-cart* conduit par Charles de Précey qui arrêta son cheval devant la porte, jeta les rênes à son groom et descendit en s'écriant :

— Comment, c'est vous, mon cher! Du diable si je m'attendais à vous rencontrer ici !

— Vraiment? demanda Gouville. Ce quartier n'est cependant pas au bout du monde.

— J'en arrive, du bout du monde... du Canada où j'ai été passer trois semaines pour fuir la tour Eiffel... et je viens voir un ami qui a eu l'idée bizarre de s'installer dans cette boîte en briques.

— M. d'Ambre !

— Tiens! vous le connaissez?

— Fort peu. Je l'ai vu pour la première fois, cette nuit, au Cercle.

— C'est moi qui l'y ai présenté.

— Je sais cela. Je lui apporte de l'argent qu'il m'a gagné à l'écarté... Deux cent cinquante louis...

— Ça ne m'étonne pas. Il est très veinard... comme tous les gens très riches... mais il est aussi très beau joueur, et il vous donnera toutes les revanches que vous voudrez.

— Je n'y tiens pas.

— Et vous avez raison. Il ne faut jamais courir après son argent. Entrons ensemble... je suppose que ma présence ne vous gênera pas pour payer votre dette à ce brave d'Ambre.

— Pas du tout, mais moi, je vous gênerai peut-être.

— Au contraire! je n'ai rien de particulier à lui dire, et je serai bien aise qu'il sache que, vous et moi, nous sommes une paire d'amis.

Au coup de sonnette, un domestique vêtu de noir vint ouvrir et annonça à ces messieurs que son maître était sorti.

— Vous lui direz que je suis de retour et qu'il me

trouvera chez moi demain, jusqu'à midi, répondit Précey.

Gouville remit sa carte et l'enveloppe pleine de billets bleus.

Peu lui importait, maintenant, de n'avoir pas rencontré M. d'Ambre. Il tenait Charles de Précey, qui allait le renseigner sur le personnage, et il ne perdit pas de temps pour l'interroger.

Précey consentit de très bonne grâce à l'accompagner jusqu'à l'avenue Kléber, avant de remonter dans son dog-cart qui les suivit, conduit par son groom, et, chemin faisant, Précey répondit nettement à toutes les questions que Gouville lui posa. ·

Il avait connu M. d'Ambre dans l'Inde, voyageant pour son plaisir et dépensant largement les gros revenus des vastes plantations qu'il possédait à l'île Bourbon. Il avait chassé le tigre avec lui, et il le tenait pour un très galant homme.

— Je vais bien vous étonner, hasarda Gouville. Croiriez-vous que cette nuit, après la partie, un membre du Cercle est venu me dire en confidence que M. d'Ambre trichait?

— C'est une abominable calomnie, s'écria Précey. Je l'ai vu jouer là-bas dans des *mess* d'officiers anglais, et, quoiqu'il gagnât souvent, personne ne l'a jamais soupçonné. La seule chose que j'aie entendu dire contre lui, c'est qu'il était de sang mêlé et que, dans son pays, les blancs de pure race le tenaient à distance. Moi qui n'ai pas les préjugés créoles, ça ne m'a pas empêché de me lier avec lui, et je n'ai pas eu à m'en repentir. C'est un parfait gentleman. Je ne lui connais qu'un défaut qui, à mes yeux, n'en est pas un. Il est très chatouilleux sur le point d'honneur, et il se bat trop volontiers. Il a eu beaucoup de duels, et quelques-uns ont été malheureux pour ses adversaires.

— On me l'a déjà dit, et l'on m'a dit aussi qu'il plaisait à toutes les femmes.

— C'est vrai. A Calcutta, les Anglaises se l'arrachaient.

— Vous a-t-il parlé d'une comtesse de Salazie... de l'île Maurice?

— Jamais. Pourquoi me demandez-vous ça?

— Parce qu'elle aurait pu figurer là-bas sur la liste de ses conquêtes. Elle est d'une beauté rare, et je ne crois pas qu'elle soit d'une vertu farouche.

— Vous la connaissez donc?

— De vue seulement. Elle est à Paris...

— Mon cher, je n'ai jamais entendu prononcer son nom. J'ignorais même qu'il y eût des comtesses à l'île Maurice. Donc, je ne sais pas si d'Ambre a été son amant. S'il l'a été, il ne me l'aurait pas dit. Entre autres qualités, il a celle d'être discret. Il ne se vante jamais de ses bonnes fortunes... et je ne conseillerais à personne de le questionner à ce sujet.

— Je n'en ai nulle envie, protesta Gouville. C'est une idée qui m'était venue, et je n'y tiens pas du tout.

— Je le crois, dit Précey. Au surplus, je veux vous mettre en relation avec d'Ambre, et quand vous l'aurez pratiqué, vous ne penserez que du bien de lui. Je compte passer deux mois à Paris et venir régulièrement au Cercle, avant de filer sur Monte-Carlo et de là sur l'Égypte où j'hivernerai, cette année. Maintenant, cher ami, je suis obligé de vous quitter. A bientôt... peut-être à ce soir!

Gouville n'essaya pas de retenir ce *globe-trotter* qui passait sa vie à courir les cinq parties du monde et qui n'était pas en mesure de lui apprendre ce qu'il aurait voulu savoir.

Précey, évidemment, ne mentait pas en disant qu'il

3.

ignorait l'existence de Mme de Salazie. Cela ne prouvait pas qu'elle n'eût jamais été la maîtresse de son voisin du pavillon.

Précey, remonté dans son dog-cart, était déjà loin. Gouville, resté sur le trottoir, à quelques pas de la porte de l'hôtel, n'avait plus qu'à se présenter chez la dame, et il se faisait fort de tirer d'elle des éclaircissements, alors même qu'elle ne serait pas disposée à lui en fournir.

Il savait faire parler les femmes, les ayant beaucoup fréquentées, sans avoir été amoureux d'aucune, et il n'avait pas son pareil pour jouer auprès d'elles le rôle de confident désintéressé.

Il n'eut qu'à se nommer pour être introduit dans un superbe vestibule, tout plein de fleurs, par un valet de pied, qui revint, au bout de quelques instants, lui dire que Mme la comtesse l'attendait.

C'était de bon augure, et Gouville se laissa conduire à travers une enfilade de salons coquettement meublés jusqu'à une porte vitrée ouverte de plain-pied sur un jardin où il ne vit personne.

Il allait interroger le valet de pied quand il s'aperçut que ce laquais bien appris s'était retiré, soit qu'il obéît à une consigne, soit qu'il jugeât qu'en plein air on ne doit pas annoncer les visiteurs.

Peut-être aussi la comtesse n'était-elle pas encore descendue de son appartement où elle donnait un dernier coup de main à sa toilette.

En attendant qu'elle parût, Gouville ne perdit pas une si belle occasion de se rendre compte de la situation du jardin qu'il avait sous les yeux.

Il allait en s'élargissant à droite et à gauche, ce clos planté de grands arbres, et, en largeur, il devait s'étendre de la rue Copernic à la rue de Villejust, mais Gouville n'en apercevait pas le bout.

Des massifs de verdure le lui cachaient, et, de ce côté, le terrain s'élevait par une pente assez raide, comme les deux rues latérales.

C'était bien ainsi que Gouville s'était figuré ce parc en raccourci, et il ne résista pas à l'envie de l'explorer, pour voir où il s'arrêtait.

Il alla droit devant lui, mais il n'alla pas loin, car, au détour d'une allée, il se trouva tout à coup face à face avec Mme de Salazie.

Elle était vêtue à la créole d'un long peignoir de soie de Chine, sans autre coiffure qu'une rose rouge piquée dans ses cheveux noirs, et elle fumait une cigarette.

Un peu étonné de cette tenue qui, du reste, allait fort bien à la dame, Gouville s'excusa de la surprendre, mais elle coupa court à ses phrases polies en lui disant gaiement :

— Vous ne me surprenez pas du tout J'étais sûre que vous viendriez aujourd'hui. Mais je ne m'habille jamais avant cinq heures.

— Je ne m'en plains pas, répliqua Gouville. Vous êtes charmante ainsi.

— J'espère que vous n'êtes pas venu pour me faire des compliments. Je les déteste.

— Alors, vous avez dû souvent souffrir.

— Non, pas trop. J'ai toujours vécu entourée d'amis qui me trouvaient belle, mais qui ne me le disaient pas... parce qu'ils craignaient de me déplaire.

— Je me résignerai donc à les imiter... ce sera dur.

— Sur ce pied-là, je serai charmée de vous recevoir, et vous verrez que nous nous en trouverons mieux.

— Soit !... Je me contenterai de penser ce que vous me défendez de vous dire.

— Ce que je vous demande, c'est de ne pas me faire la cour. Je ne cherche pas un amoureux, je cherche un ami.

— Prenez-moi.

— Pourquoi pas? Je ne vous connais guère et vous me connaissez encore moins... mais j'ai le pressentiment que nous nous entendrons très bien.

— Moi, j'en suis sûr.

— Et je commence à croire que le hasard a bien fait les choses en nous rapprochant. Nous avons déjà un point de contact puisque vous êtes lié avec le neveu de ce pauvre commandant de Roscanvel dont j'ai gardé un si bon souvenir... Vous me l'amènerez.

— Pontcroix?... je n'aurai pas besoin de vous l'amener... il viendra bien tout seul.

— Je serai fort aise de le revoir. Mais il faut que je vous montre mon jardin. Je n'en bouge guère, et quand l'hiver m'en chassera, j'irai chercher le soleil à Nice.

Gouville ne se fit pas prier pour continuer, à deux cette promenade qu'il avait commencée tout seul, et la comtesse le mena par des allées ombreuses jusqu'à une haute muraille toute couverte de lierre.

— Mon domaine s'arrête là, dit-elle en souriant. A l'île Maurice, j'étais moins à l'étroit. J'avais une savane et une rivière dans mon parc.

— Et vous n'aviez pas de voisins, ajouta Gouville qui cherchait une transition pour amener l'entretien sur M. d'Ambre.

— Si j'en ai ici, je ne les ai jamais vus. Quand je me suis décidée à venir visiter l'Exposition, j'ai écrit à un ancien ami de mon mari de m'acheter un hôtel à Paris. Je ne voulais pas descendre à l'auberge. Il a trouvé celui-ci, et il s'est chargé de le meubler. Je lui avais donné carte blanche pour le prix. Je suis assez contente de mon installation.

— Alors, vous nous resterez?

— Je n'y suis pas décidée. Oui, si je m'accoutume ici.

Et j'en doute. Je voudrais vivre en France comme j'ai toujours vécu... sans autre règle que ma fantaisie... J'ai été mariée très jeune à un vieillard qui m'a toujours laissé une liberté absolue. Depuis que je suis veuve, je n'ai jamais été tentée de m'enchaîner de nouveau, d'abord parce que j'aurais fort risqué de tomber sur un mari plus autoritaire que M. de Salazie... ensuite, et surtout, parce que je n'ai pas rencontré un seul homme qui m'ait inspiré un sentiment plus tendre que de la sympathie... et ce sentiment plus tendre, je crois que je suis incapable de l'éprouver... ce n'est pas ma faute... je vous jure que je ne demanderais pas mieux... Mais jusqu'à présent, je ne sais pas ce que c'est que l'amour... Là-bas, à Maurice, on m'avait surnommée : Cœur de neige.

Jacques de Gouville ne s'attendait guère à cette confession qu'il n'avait pas provoquée, et il se demandait de plus belle à quelle espèce de femme il avait affaire.

Le langage était hardi, mais le ton était celui de la bonne compagnie. Il était difficile de douter qu'elle y eût vécu, et, par surcroît, elle était charmante.

Elle avait la beauté et elle avait la *ligne*. C'est le joli mot créé par Dumas fils pour désigner un certain accord entre l'élégance de la taille et la grâce de la démarche.

Et la profession de foi qu'elle venait de lancer n'était pas faite pour décourager Gouville, car s'il était vrai qu'elle n'eût encore aimé personne, ce n'était pas une raison pour qu'elle n'eût pas de caprices, et il pouvait, sans trop de fatuité, prétendre à lui plaire.

Il commençait à se dire que cette compatriote de Paul et Virginie serait une adorable maîtresse. Il se disait même qu'il rendrait service à Pontcroix en la confisquant à son profit : un de ces services dont l'ami délaissé ne sait d'abord aucun gré à l'ami préféré, mais qu'il finit par reconnaître plus tard.

En marchant près d'elle le long du mur enguirlandé de lierre, Jacques oubliait complètement le timbalier anna- mite, le baron d'Ambre et la *niche à Fidèle*.

— Oui, reprit en riant la comtesse, Cœur de neige, et je mérite ce joli surnom.

— Les apparences sont donc bien trompeuses ! s'écria gaiement Gouville. Vos yeux et votre bouche disent que vous êtes de feu.

— Ils mentent. Je suis le contraire des volcans qui flambent sous la neige. Chez moi, le feu est à la surface, et la neige est au cœur.

— Jusqu'à ce qu'elle fonde au soleil d'un premier amour.

— Ce soleil-là ne s'est pas encore levé.

— Il se lèvera. Si je vous disais que, moi non plus, je n'ai jamais aimé ?

— Je ne vous croirais pas.

— C'est pourtant vrai... Mais je me contente de mon lot. Le plaisir remplace très bien l'amour.

— Vous avez raison. Prendre la vie comme elle est et les liaisons pour ce qu'elles valent, c'est peut-être le commencement de la sagesse.

Cette philosophie à l'usage des deux sexes convenait fort à Gouville, qui se promit d'aider la dame à la mettre en pratique.

Elle se hâta d'ajouter :

— Seulement, à ce jeu-là, on risque de se brûler. Je me figure que le pire de tous les malheurs pour une femme, c'est de s'éprendre sérieusement d'un homme qui ne partage pas la passion qu'il lui a inspirée. Mais... assez de théories, n'est-ce pas ?... Il est entendu que vous serez pour moi un ami, un camarade, et que nous nous verrons souvent... Je suis lasse de sortir seule...

— Comme hier, quand j'ai eu la chance de vous rencontrer à ce théâtre annamite...

— Où je suis entrée par désœuvrement et où j'ai reconnu sur les planches un pauvre diable de musicien qui a travaillé autrefois sur mon habitation, à Maurice. Il a été bien étonné de me voir.

— Si étonné qu'il a laissé tomber le tampon dont il se servait pour battre la caisse.

— Je m'informerai de lui et je tâcherai de lui faire du bien. C'était un bon serviteur.

— Vous ne l'avez pas revu ?

— Mais, non... Pourquoi cette question ?

— Je pensais qu'il avait eu l'idée de venir ici vous demander votre protection.

— Comment saurait-il où je demeure ?

— C'est juste !... Je m'étais imaginé qu'il le savait... et vous, madame, vous ignorez peut-être que vous avez pour voisin un créole de l'île Bourbon, presque un compatriote, dit insidieusement Gouville.

La comtesse le regarda en face, et ses yeux l'interrogèrent.

— Le baron d'Ambre, reprit-il. Je viens de me présenter chez lui et je ne l'ai pas rencontré. J'ai fait sa connaissance cette nuit à mon Cercle, et il m'a gagné quelque argent que je viens de remettre à son valet de chambre.

— Décidément, dit Mme de Salazie, déjà remise du premier moment de surprise qu'elle n'avait pas pu dissimuler tout à fait, le hasard joue un grand rôle dans la vie parisienne. Il vous a amené, hier, à l'esplanade des Invalides, juste le jour où j'y étais, et le soir, il vous a mis en face de cet ancien ami dont je vous parlais tout à l'heure.

— Quoi ! ce monsieur...

— A été très lié avec mon mari, et c'est à lui que je me suis adressée pour préparer mon installation à Paris. Il a acheté, pour moi, cet hôtel...

— Avec le pavillon qu'il habite tout près d'ici... rue Copernic?

— Non, il l'habitait déjà quand je suis arrivée, et je crois qu'il le loue tout simplement, car il voyage sans cesse et il ne veut se fixer nulle part. Pour être plus libre de ses mouvements, il a vendu toutes les plantations qu'il possédait là-bas. Dieu sait où et quand il s'arrêtera. C'est le successeur du Juif errant.

— Avec cette différence qu'il a, je suppose, plus de cinq sous dans sa bourse,

— Oh! il est fort riche.

— Vous le voyez beaucoup, sans doute?

— Il vient quelquefois chez moi quand il est à Paris, et je le reçois volontiers, car il est très aimable. Mais si je comptais sur lui pour me présenter dans le monde, je risquerais fort de n'y être jamais reçue, car il l'a toujours fui et il n'a de relations qu'avec ses pareils... C'est un viveur et avant tout un cosmopolite.

— A-t-il connu à Maurice le commandant de Roscanvel? demanda sans transition Jacques de Gouville.

— Il l'y a vu, répondit la comtesse, après avoir imperceptiblement hésité, mais il n'a pas eu le temps de se lier avec lui, et je crois bien qu'il ne se souvient guère de l'avoir rencontré.

Mais, puisque vous me parlez de M. de Roscanvel, parlez-moi donc aussi de sa famille. Il a laissé, m'avez-vous dit, un fils et une fille... quelle est leur situation de fortune?

— Excellente. Le commandant était un des grands propriétaires de son département. Ses enfants sont très riches.

— Ah ! tant mieux !

— Est-ce que cela vous étonne ? demanda Gouville,
assez étonné lui-même du doute que semblait exprimer
Mme de Salazie.

— Non, dit-elle, je craignais que leur père ne se fût
ruiné.

— Qui a pu vous faire croire...?

— C'est que, pendant la longue relâche qu'il fit à
Port-Louis avec sa frégate, il jouait terriblement.

— En vérité ?... je ne savais pas qu'il fût joueur.

— Enragé, et là-bas le jeu était énorme. Il y avait des
officiers anglais qui faisaient des différences de dix mille
guinées en une nuit, et ce brave commandant leur tenait
tête.

Il lui en a coûté très cher. J'en ai su quelque chose.

— Vous aurait-il emprunté de l'argent ?

— Je ne dis pas cela. S'il s'était trouvé dans l'embarras, il aurait eu recours à mon mari qui vivait alors
et qui eût été heureux de l'en tirer. L'a-t-il fait ? Je
l'ignore, mais le bruit courait dans l'île que le commandant y avait laissé des dettes.

Il a dû certainement les payer, et je ne vous en parle
qu'afin de vous expliquer pourquoi je vous ai demandé
s'il n'avait pas fini par se ruiner. Je suis ravie d'apprendre
qu'il n'en est rien, car je m'intéresse beaucoup à ses
enfants... que je n'ai jamais vus... à sa fille surtout. Lui
ressemble-t-elle ?

— Beaucoup. Il était très bien de sa personne, le commandant ; elle est très jolie et elle a le même caractère
que lui.

— Alors, elle doit avoir une volonté de fer.

— Elle en a déjà donné des preuves, et, quand vous la
connaîtrez, vous jugerez, comme moi, qu'elle aurait dû
naître homme. Elle a plus d'énergie, et surtout plus de

décision que son frère qui, cependant, n'en manque
pas.

— Vous pensez donc que je pourrai la voir?

— Pourquoi ne feriez-vous pas une visite à sa parente
qui va la loger chez elle et qui l'y gardera tout l'hiver?

— Si j'étais sûre que cette parente me recevra...

— Je n'en doute pas, si vous voulez bien lui écrire
que vous avez connu le commandant. Il était son neveu
par alliance, et elle l'aimait comme s'il eût été son fils.

— Comment se nomme-t-elle?

— Marquise de Valmondois, rue de Babylone, 97. Et
vous rencontrerez là mon ami Pontcroix qui ne vous
déplaît pas.

— Qu'en savez-vous, qu'il ne me déplaît pas? demanda
froidement la dame.

— Je l'ai deviné, hier, à la façon dont vous le regar-
diez.

— Vous vous êtes trompé.

— Soit! mais je suis sûr que vous avez fait sur lui
une très vive impression.

— Il vous l'a dit?

— Non; et il ne me l'avouera pas... par une bonne
raison...

— Laquelle?

— Il est fiancé à sa cousine, Simone de Roscanvel.

— Ah!... et ils s'aiment?

— Qu'ils s'aiment ou non, ils s'épouseront, c'est
décidé. Ce serait déjà fait, si la jeune fille n'avait pas
des idées singulières... mais elle en reviendra, à moins
que...

— Achevez!...

— A moins que cet excellent Paul ne devienne amoureux de vous... et je crois qu'il l'est déjà.

— Vous êtes fou!... Mais, dites-moi, demanda la

comtesse, en éclatant de rire, est-ce que vous êtes
fiancé, vous aussi?

— Ah! non, par exemple!... J'espère bien mourir
célibataire.

— Moi, j'espère mourir veuve. Nous pouvons donc
nous voir, sans nous exposer à finir comme votre ami
Pontcroix et sa charmante cousine.

Montez-vous à cheval?

— A peu près tous les matins. J'ai deux chevaux de
selle.

— Moi, j'en ai quatre, et c'est à peine si j'ai pu m'en
servir, depuis que je suis installée. Je n'ai personne pour
m'accompagner, et c'est si ennuyeux de sortir seule avec
un groom...

— M. d'Ambre n'aime donc pas l'équitation?

— Si, mais il s'absente si souvent que je ne peux pas
compter sur lui... Nous monterons ensemble... voulez-
vous?

— Avec joie.

— Alors, voilà qui est convenu... et nous ne borne-
rons pas nos promenades à l'allée des Poteaux dans le
bois de Boulogne. Vous me montrerez les environs de
Paris que je ne connais pas du tout.

Quand commencerons-nous?

— Quand vous voudrez.

— Eh bien! à votre prochaine visite, nous prendrons
jour.

Pendant cette causerie à bâtons rompus, ils n'avaient
pas cessé de marcher côte à côte; sans s'en apercevoir,
ils avaient fait le tour du jardin qui était moins grand
qu'il n'en avait l'air, et ils étaient arrivés devant la porte
vitrée par laquelle Gouville y était entré.

Une femme de chambre, une quarteronne, couleur
café au lait, se montra sous la véranda, et elle n'eut

qu'à paraître pour que Mme de Salazie dit à Jacques de
Gouville :

— Cora vient m'annoncer que ma couturière m'attend
là-haut. Une robe à essayer... ces choses-là ne se remet-
tent pas au lendemain.

— Pas plus que les affaires sérieuses, acheva Gouville.

— C'en est une pour moi, quoique je ne sois pas
coquette... alors, vous me permettez de vous quitter?...
Au revoir, n'est-ce pas? conclut la comtesse en lui tendant une main charmante qu'il ne se contenta pas de
serrer.

Il y mit un baiser, et elle le laissa faire de très bonne
grâce. Mais il s'en tint à cette galanterie aussi expressive
que surannée. La quarteronne n'était plus qu'à deux
pas, et il jugea inutile de se lancer dans des compliments
qu'elle aurait entendus.

A quoi bon dire qu'il reviendrait? La dame le savait
bien. Il s'en alla escorté par le valet de pied qui le reconduisit jusqu'à la porte de l'hôtel, et il se retrouva encore
une fois sur le trottoir de l'avenue Kléber.

L'entrevue avait tourné court, et il s'étonnait un peu
d'avoir été congédié si vite; mais il n'avait pas perdu
son temps, car Mme de Salazie venait de répondre sans
aucune espèce d'embarras à toutes les questions qu'il
lui avait posées; et il était très tenté de croire que ses
réponses étaient sincères.

A propos de M. d'Ambre, elles concordaient avec les
renseignements fournis par Charles de Précey sur ce
personnage.

Qu'ayant été l'ami du mari, il se fût chargé d'acheter
à Paris un hôtel pour la veuve, c'était très admissible, et
rien n'indiquait qu'il y eût entre elle et lui des secrets
qui les liaient l'un à l'autre.

Il ne paraissait pas non plus qu'il fût son amant. Elle proclamait qu'elle ne dépendait de personne, et elle allait le prouver, puisqu'elle proposait à Jacques d'être son cavalier servant.

L'affaire du timbalier annamite était plus mystérieuse.

Gouville l'avait vu, de ses yeux vu, disparaître dans un mur de la rue Lauriston ; mais la comtesse, avant que Gouville lui parlât de ce magot, avait dit qu'elle le connaissait de l'île Maurice, qu'elle le reverrait et qu'elle ne l'avait pas encore revu. Tout cela du ton le plus naturel. Il était permis de supposer qu'elle ne mentait pas.

Mais ce n'était pas le seul résultat de cette première visite, car Gouville venait d'apprendre sur le feu commandant de Roscanvel des choses qu'il ignorait absolument et de faire une autre découverte qui ne lui était pas désagréable.

La merveilleuse brune qui, la veille, à l'esplanade des Invalides, lançait à Paul de Pontcroix des œillades significatives, semblait maintenant toute disposée à se lier intimement avec l'ami Jacques.

Les absents ont tort, et Jacques ne demandait pas mieux que de bénéficier de la préférence. Si, comme elle s'en vantait, son cœur était de neige, la liaison n'en aurait que plus de charme pour lui, car il ne tenait pas du tout aux amours à grands sentiments.

Pour réfléchir à sa nouvelle situation, il s'était arrêté au coin de la rue Villejust, et l'idée lui vint de refaire, en sens inverse, le chemin qu'il avait fait la nuit, ne fût-ce que pour revoir au grand jour l'endroit où le Cochinchinois s'était évanoui comme un fantôme.

Il n'espérait pas que ce complément d'exploration éclaircirait le mystère, mais il tenait à ne rien négliger, et il l'entreprit pour l'acquit de sa conscience.

En montant à pas lents la pente assez raide, Gouville put voir que, du côté droit, la rue était bordée de maisons bourgeoises de modeste apparence, tandis que, du côté gauche, il n'y avait qu'un long mur interrompu par une bâtisse qui faisait le pendant du pavillon de la rue Copernic, occupé par M. d'Ambre, mais qui ne payait pas de mine.

Une construction basse dont l'apparence était celle d'une loge de portier en mauvais état.

Elle n'avait qu'un rez-de-chaussée couvert d'une toiture en zinc, toute crevassée. Si elle était habitée, ceux qui l'habitaient devaient être mouillés toutes les fois qu'il pleuvait.

Une affiche attira tout d'abord l'attention de Gouville, une affiche peinte en lettres noires sur une planche en saillie qui devait être visible de l'avenue Kléber :

« Terrains à vendre. S'adresser à... »

Le reste de l'inscription manquait.

Il s'agissait évidemment des terrains enclos entre les trois rues, mais l'adresse du propriétaire n'y était pas, et, en examinant l'écriteau de bois, Gouville reconnut qu'elle avait été couverte d'une couche de peinture qui paraissait avoir été appliquée assez récemment.

Pourquoi cette suppression? Sans doute parce que les terrains avaient été vendus. Mais alors, il eût été plus simple d'enlever la planche. Peut-être l'acquéreur prévoyait-il qu'il ne tarderait pas à les remettre en vente et se proposait-il de substituer une nouvelle indication à l'ancienne.

Autant de questions que Jacques de Gouville se posait et qu'il n'était pas à même de résoudre.

Il allait passer son chemin, quand il s'aperçut que l'unique fenêtre de ce rez-de-chaussée délabré était ouverte. En avançant, il vit dans l'intérieur un homme assis sur un escabeau, fort occupé à ressemeler une bottine, courbé sur son ouvrage et si acharné à la besogne qu'il ne leva pas la tête, au bruit des pas de Gouville.

Il s'y décida pourtant lorsque Gouville, en s'arrêtant pour le regarder, lui boucha le jour, et il montra une figure noiraude, entourée d'un collier de barbe sale et surmontée d'une forêt de cheveux gris embroussaillés.

Une vraie tête de *gniaf*, comme on dit en argot parisien.

Ses yeux se fixèrent sur ce passant qui le gênait, et il lui cria :

— Hé! monsieur!... ôte-toi de mon soleil!

Ce tutoiement et cette injonction renouvelée de celle que Diogène le Cynique adressa jadis à Alexandre le Grand mirent Gouville en belle humeur, et il s'empressa de saisir cette occasion de s'informer en s'amusant.

— Excusez-moi, mon brave, dit-il gaiement; j'ai un renseignement à vous demander... ce ne sera pas long.

— Ce n'est pas ma partie, les renseignements, grommela le savetier; mais allez-y tout de même.

— Pourriez-vous me dire à qui je dois m'adresser pour visiter les terrains à vendre?

— Quels terrains?

— Ceux qui sont affichés dehors sur un écriteau.

— L'adresse n'est donc pas dessus?

— Elle y était, mais on a effacé le nom. Vous devez le savoir, puisque vous avez loué cette boutique.

— Vous appelez ça une boutique, vous!

— Non... c'est un atelier, puisque vous y travaillez.

— Des fois, oui... quand j'ai de la besogne dans le quartier, je demande la clef de la cahute à un larbin d'à côté. Il me la prête... j'y fais ma journée, et quand elle a été bonne, je lui paye un litre, en lui rendant la clef.

— Personne ne demeure donc ici?

— Ici !... et sur quoi qu'ils coucheraient, les locataires? Il n'y a pas seulement une paillasse, et, en fait
de meubles, il n'y a que mon escabeau... parce que je
l'ai apporté. C'te turne-là n'a jamais servi qu'à serrer
les outils des maçons, quand ils bâtissaient la grande
maison qui a sa façade sur l'avenue Kléber.

— Mais celle-ci doit avoir une ouverture sur les terrains qui sont derrière.

— Il y a une fenêtre là... dans un coin, mais elle est
grillée.

— Peut-on voir?

— Voir quoi?

— Les terrains, parbleu! Je pense à les acheter, et
je voudrais y donner un coup d'œil avant de m'adresser
au propriétaire.

— A votre aise, bourgeois!... vous n'avez qu'à pousser la porte.

Gouville ne se le fit pas dire deux fois. Il entra et il
vit à l'angle de la salle basse une fenêtre garnie exté-
rieurement de gros barreaux de fer. A travers les vitres
couvertes de poussière, il aperçut de larges espaces
vides, bossués, vallonnés et parfaitement incultes. Au
delà, s'élevait un haut mur qui pouvait bien cacher le
pavillon où demeurait M. d'Ambre. A droite, rien que
des monticules étagés les uns sur les autres, qui avaient
tout l'air de s'étendre jusqu'à la rue Lauriston.

— Diable! s'écria-t-il pour mieux jouer son rôle de
chercheur d'emplacements à bâtir, il y en aura, des
terres à déblayer, avant de faire construire!... ça coûtera bon!... Et vous dites qu'il y a déjà une maison sur
l'avenue Kléber ?

— Oui... une chouette maison... et il y *reste* une princesse *qu' est* rudement calée... elle a chevaux et voitures,

larbins et larbines... à preuve que la bottine que je tiens est à sa femme de chambre... une moricaude qui n'est pas piquée des vers... L'autre jour, j'ai remis des talons aux bottes du groom... un Anglais, celui-là.

— Et la dame, est-ce qu'elle est Anglaise aussi?

Le savetier, avant de répondre, toisa Gouville, hocha la tête et dit :

— Ah çà! vous en êtes donc?

— De quoi suis-je? demanda Gouville, ébahi.

— Oh! ne faites pas le malin. Vous m'entendez bien.

— Je veux que le diable m'emporte si je comprends.

— De la grande maison, là-bas... dans la Cité... sur le quai... la Préfecture, quoi!... Et faut pas vous en cacher, d'être de la *rousse*... c'est un état comme un autre... Moi, j'en suis pas, mais je ne débine pas ceux qui en sont... je ne les crains pas non plus, vu que je n'ai rien sur le dos... pas seulement une contravention.

Gouville éclata de rire de si bon cœur que le racommodeur de chaussures douta d'avoir deviné.

Les gens du peuple, à Paris, voient des policiers partout, et pour eux un monsieur qui les questionne sur leurs voisins ne peut être qu'un mouchard.

— Mon brave, dit Gouville, si j'étais de la police, je ne serais pas assez bête pour vous donner vingt francs, car vous ne m'avez pas appris ce que je voulais savoir, et je n'ai plus rien à vous demander. Or, les voici, les vingt francs, pour boire à ma santé.

Et il mit un louis tout neuf sur les genoux du savetier, qui l'empocha en marmottant :

— Ça, c'est vrai, qu'un *roussin* ne lâcherait pas comme ça vingt balles pour rien... excusez-moi, bourgeois... je vois que vous êtes un bon *zig*, et si je peux vous être bon à quelque chose, ne vous gênez pas.

4

— Merci !... je voulais tout simplement savoir l'adresse du vendeur, et vous ne pouvez pas me l'indiquer.

— Vous pourriez la demander chez la dame de l'avenue Kléber... elle doit la connaître.

— Ce n'est pas la peine de la déranger pour si peu de chose, dit Gouville qui n'avait garde de suivre ce conseil. Je m'en vais.

— Attendez donc ! s'écria le savetier, j'ai vu traîner ici une planche où il y avait de l'écriture... là, dans ce tas de copeaux.

Et il se leva pour aller fouiller un monceau de débris qui paraissaient provenir de la démolition d'une cloison.

Il avait laissé sur son escabeau la bottine qu'il ressemelait, et Gouville remarqua qu'elle était faite pour chausser un tout petit pied.

Les femmes de l'île Maurice ont de la race, même les femmes de couleur.

— Je crois que j'ai votre affaire, dit le bonhomme en rapportant une espèce de tableau en bois qui avait dû être collé à plat au-dessus de la porte, pour être vu par les passants de la rue Villejust ; l'autre, placé en saillie, étant destiné à attirer de loin l'attention des passants de l'avenue Kléber.

Ce tableau de médiocre dimension portait, comme l'autre, l'affiche : « Terrains à vendre » ; mais quoiqu'il fût en très mauvais état, on pouvait encore y lire cette indication complémentaire :

« S'adresser à M. Cimaise, rue Rougemont, 19. »

— Bon ! dit Gouville, c'est tout ce qu'il me faut. J'irai voir ce monsieur, et il me renseignera. Merci, mon brave homme !

La découverte était heureuse autant qu'inattendue, et il se promit de l'utiliser à bref délai, sans savoir à quoi elle le mènerait.

Il avait commencé cette tournée poussé surtout par la curiosité, et il n'espérait pas qu'elle éclaircirait le mystère de la disparition du Cochinchinois. S'il avait pu explorer les terrains qu'il faisait semblant de vouloir acheter, il aurait peut-être réussi à s'expliquer ce qu'était devenu ce musicien noctambule; mais le savetier n'était pas en mesure de lui en livrer l'accès.

Il existait bien une porte de communication. Malheureusement, elle était fermée, et le savetier n'en possédait pas la clef.

Gouville, qui commençait à en avoir assez d'inspecter des murs infranchissables, renonça à parachever le tour de l'enceinte continue.

Il avait bonne envie de recommander au ressemeleur de souliers de ne rien dire de sa visite, mais il craignit que cet homme ne le prît encore une fois pour un mouchard, et il se contenta de lui demander où finissait l'enclos triangulaire.

A quoi, comme il s'y attendait, le savetier répondit :
— Ça va jusqu'à la rue Lauriston.
Mais le bonhomme ajouta :
— Et, en face, de l'autre côté de la rue Lauriston, il n'y a que les réservoirs de la Ville. Si la muraille qui les soutient s'écroulait, tout le quartier serait inondé.

C'était encore un renseignement.

Gouville avait remarqué, la veille, cette espèce de bastion, mais il n'avait pas pu deviner à quoi il servait. Il le savait maintenant, et il s'expliquait que ce bout de voie publique fût inhabité. Le voisinage des réservoirs municipaux n'ayant rien d'attrayant, personne n'avait été tenté de bâtir par là.

Il ne lui restait plus qu'à s'en aller, et le savetier ne le laissa pas partir sans lui dire qu'il s'appelait Jean Biroulas. Mais Gourville se dispensa de lui rendre la pareille, en se nommant, car il ne voulait pas que la comtesse apprît par sa femme de chambre qu'il était venu interroger le raccommodeur de bottines.

Il s'achemina vers Paris en se disant :

— Pendant que j'y suis, autant vaut en finir avec les informations.

Et, dans l'avenue Kléber, il arrêta un fiacre pour se faire conduire rue Rougemont.

Gouville, de sa vie, n'avait jamais pris tant de peine, ni déployé autant d'activité pour des choses beaucoup plus importantes; mais il était lancé, il prenait déjà goût au métier tout nouveau pour lui de chercheur de pistes, et il tenait à aller jusqu'au bout.

Après, quand il se serait renseigné, autant que faire se pourrait, il s'occuperait de se pousser dans l'intimité de Mme de Salazie, qui lui plaisait fort et qui paraissait disposée à ne pas le faire languir.

Ce qu'il voulait d'abord, c'était s'assurer qu'elle lui avait dit la vérité sur l'acquisition de l'hôtel de l'avenue Kléber, et l'homme de la rue Rougemont devait le savoir.

Ce M. Cimaise avait-il été le propriétaire du terrain ou seulement le représentant de ce propriétaire? L'écriteau retrouvé par Biroulas ne spécifiait pas, mais peu importait à Gouville. Il savait qu'on est toujours bien reçu quand on se présente pour acheter, alors même qu'il n'y a rien à vendre, et la visite qu'il allait faire ne l'embarrassait pas du tout. Il craignait seulement de ne pas rencontrer son homme, car les gens d'affaires ne reçoivent guère que le matin, et l'après-midi était déjà assez avancé.

En descendant de voiture, rue Rougemont, à la porte du numéro 19, Gouville constata avec satisfaction que la maison avait très bonne apparence. Les agents interlopes n'habitent pas des immeubles dont la *respectabilité*, comme disent les Anglais, ne laisse rien à désirer, et Gouville se félicitait d'avoir à s'aboucher avec un monsieur sérieux.

Le concierge lui indiqua le premier étage, et, en y arrivant, il vit le nom de M. Cimaise gravé sur une plaque de cuivre.

Ce nom n'était suivi d'aucune qualification, mais l'inscription disait assez que celui qui le portait s'occupait d'affaires.

Quand on n'a pas de clients à recevoir, on n'affiche pas son nom sur la porte de son appartement.

Il y avait même au-dessous de la plaque un gros bouton qui semblait inviter les gens à entrer sans frapper, comme chez un fournisseur ou dans une étude d'officier ministériel.

Gouville jugea plus poli de sonner.

Un valet de chambre très bien tenu vint aussitôt ouvrir, et, après lui avoir dit que M. Cimaise était dans son cabinet, lui demanda poliment qui il devrait annoncer.

Gouville n'avait pas prévu cette question, et il aurait bien voulu garder l'anonyme; mais à l'attitude du domestique, il comprit qu'il ne serait pas reçu s'il ne s'exécutait pas, et il se décida, un peu à contre-cœur, à remettre sa carte.

Après tout, ce n'était qu'une simple formalité, et il ne risquait pas grand'chose, puisque cet homme ne le connaissait pas et n'avait sans doute jamais entendu parler de lui.

On le laissa cinq grandes minutes dans une élégante antichambre, et il eut tout le temps de se préparer à jouer serré, afin d'arriver à se renseigner, sans laisser deviner le véritable but de sa visite qui était de savoir à quoi s'en tenir sur la situation de la comtesse.

4.

Il était prêt, — son siège était fait, — quand le valet de chambre l'introduisit dans un grand cabinet, sévèrement meublé, au fond duquel, debout devant un pupitre, M. Cimaise achevait de consulter un gros registre qu'il ferma avant de se retourner pour recevoir le visiteur qui entrait et que, d'un seul coup d'œil, il toisa des pieds à la tête.

— Soyez le bienvenu, monsieur le vicomte, dit-il, en s'inclinant courtoisement; je vous attendais presque.

Ce début stupéfia Gouville à ce point qu'il demeura bouche bée devant ce monsieur qui ne le connaissait pas et qui commençait par lui déclarer qu'il l'attendait.

Puis l'idée lui vint que M. Cimaise le prenait pour un autre, et il lui dit :

— Pardon! vous devez vous tromper. Votre erreur vient sans doute d'une similitude de nom...

— Nullement, monsieur le vicomte... C'est bien le vôtre qui est inscrit sur mon registre... Jacques de Gouville, boulevard Haussmann, 153.

— Mon nom!... sur un registre!

— Oui, monsieur le vicomte, et les renseignements à l'appui sont excellents.

Pour le coup, Gouville crut être tombé sur un auxiliaire de la police, de cette police que le savetier Biroulas voyait partout. Le rouge lui monta au visage, et il répliqua vertement :

— De quel droit vous êtes-vous permis de vous renseigner sur moi?

— C'est une des nécessités de ma profession.

— Votre profession!... Qu'êtes-vous donc?

— Capitaliste! répondit en souriant M. Cimaise.

— Je ne comprends pas.

— C'est cependant bien simple. Je dispose de capitaux importants et je les fais fructifier... Je les emploie à

commanditer des entreprises commerciales ou indus-
trielles... à avancer des fonds aux emprunteurs solvables...

Gouville commençait à comprendre.

— Je n'ai pas encore eu l'honneur d'entrer en relation avec vous, continua M. Cimaise, mais je suis sûr
que j'ai obligé des personnes que vous connaissez. J'ai
une clientèle très nombreuse dans les cercles, et vous
faites partie d'un des mieux cotés qui soient à Paris.
Vous n'avez jamais eu recours à moi, c'est vrai... et si
j'ai pris la liberté de vous dire, un peu en plaisantant,
que je comptais sur votre visite, c'est que le jeu met
quelquefois l'homme le plus solvable dans l'obligation
de se procurer de l'argent du jour au lendemain. On a
beau posséder comme vous, monsieur le vicomte, deux
maisons à Paris, on ne trouve pas toujours chez les
notaires une somme dans les vingt-quatre heures.

— Comment savez-vous que je suis propriétaire? Comment savez-vous que je joue?

— Je viens de vous dire que je tiens un répertoire où
figurent les noms des clients qui pourront s'adresser à
moi, à un moment donné. Grâce à ma méthode d'informations préalables, je suis toujours fixé d'avance sur
leur situation de fortune, et, quand ils se présentent, je
ne suis pas contraint de les faire attendre. C'est dans
leur intérêt que je prends cette précaution.

Gouville tombait de son haut. Il savait bien que Paris
foisonne d'usuriers à l'affût des viveurs embarrassés,
mais il n'imaginait pas que ces exploiteurs tinssent des
livres, en prévision d'une affaire à traiter avec tout
clubman connu pour faire de grosses différences de
jeu.

Il n'y avait pas lieu de se fâcher contre l'homme qui
exposait cyniquement ce singulier système préventif.

Depuis le commencement du colloque, Gouville l'ob-servait, et le personnage en valait la peine.

Grand, pas trop vieux, solidement bâti, correctement vêtu, il montrait une figure indéfinissable.

Avec ses favoris taillés à l'anglaise et son menton rasé de frais, on l'aurait pris pour un financier tout prêt à présider un conseil d'administration. Mais le front sillonné de rides, les pommettes saillantes et surtout les yeux n'allaient pas du tout avec le bas du visage : des yeux noirs, mobiles, perçants, enfoncés dans l'orbite et ombragés par d'épais sourcils.

La bouche souriait, les yeux menaçaient.

Dans cet ensemble disparate, il y avait du pirate et de l'avoué.

— Aussi, reprit tranquillement M. Cimaise, quand j'ai reçu votre carte, j'ai pensé tout de suite que vous veniez pour une affaire... j'ai jeté un coup d'œil sur mes notes... et je suis tout disposé à la conclure.

Et comme Gouville se taisait, il ajouta :

— Mes clients, qui sont de votre monde, n'ont jamais eu à se plaindre de moi. Je regrette de ne pas pouvoir vous citer des noms, mais la discrétion est un des devoirs de mon état. C'est vous dire, monsieur le vicomte, que si nous traitons, personne n'en saura rien, ni à votre cercle ni ailleurs.

Veuillez donc prendre place, conclut M. Cimaise, en s'asseyant à son bureau, et me dire de quelle somme vous avez besoin.

Gouville hésita un instant à accepter le siège que l'usurier lui offrait. Il lui répugnait un peu d'exposer le but de sa visite à cet homme si bien informé, mais il ne voulut pas s'être dérangé pour rien et il se décida à s'asseoir, en disant gaiement :

— Je suis charmé d'apprendre que je suis si bien

noté et je m'en souviendrai, le cas échéant. Ce cas peut se présenter, car je joue tous les soirs et je ne suis pas en veine. Mais en ce moment, je ne dois rien à personne et je ne viens pas vous emprunter de l'argent.

— Je le regrette, mais je vous en félicite, répondit avec beaucoup de bonne grâce M. Cimaise; et je reste à votre disposition pour l'avenir. Veuillez maintenant m'apprendre à quelle circonstance je dois l'honneur de vous voir.

— Voici, monsieur. Vous vous occupez aussi d'affaires de terrains?

— C'est-à-dire qu'il m'est arrivé de prêter de l'argent sur des terrains, comme j'en prête sur des maisons ou sur des marchandises.

— Je croyais que vous en vendiez et, comme j'ai quelque envie de faire bâtir, je suis venu me renseigner sur un emplacement qui me conviendrait assez.

— Tout à votre service, monsieur le vicomte... mais permettez-moi de vous demander d'abord qui vous a indiqué mon cabinet?

— Personne. En passant, j'ai lu sur un écriteau : « S'adresser à M. Cimaise, rue Rougemont, 19. »

— Vous m'étonnez beaucoup. Je ne suis chargé d'aucune vente de ce genre. Où est-il situé, cet emplacement?

— Rue de Villejust... près l'avenue de Kléber.

— Bon! j'y suis!... ces terrains appartenaient à un Russe qui s'est ruiné à mener la grande vie et qui a fini par se brûler la cervelle. Il était mon débiteur pour une très forte somme, et les terrains me sont restés avec un hôtel et un pavillon qu'il y avait fait construire.

— Alors, c'est vous qui êtes propriétaire, maintenant?

— Non pas. J'ai eu la chance de revendre le tout, et

c'est ainsi que je suis sorti sans trop de perte d'une affaire qui menaçait de devenir désastreuse pour moi.

— Mais... cette affiche ?

— C'est moi qui l'avais fait placer lorsque je cherchais à me débarrasser d'une propriété dont je ne tirais aucun revenu.

— Elle y est encore.

— On aura oublié de l'enlever.

— Ou peut-être l'acquéreur a-t-il l'intention de remettre la propriété en vente.

— Je ne crois pas.

— Qui est cet acquéreur ?

— Un étranger... un nomade fort riche qui voyage continuellement... il va partout et il ne se fixe nulle part.

— Donc, rien ne prouve qu'il ne se dégoûtera pas de son acquisition et qu'il ne cherchera pas à s'en défaire.

— Cela pourrait arriver, mais je n'en serais pas informé... à moins qu'il ne me priât de m'en mêler... et je ne refuserais pas, s'il m'offrait une bonne commission.

Dans ce cas, monsieur le vicomte, je vous avertirais.

Toutes ces réponses étaient nettes et s'accordaient avec les explications que la comtesse avait données à Jacques de Gouville.

Le nomade, c'était le baron d'Ambre, acheteur pour le compte de Mme de Salazie.

Elle n'avait donc pas menti, et l'usurier ne mentait pas non plus.

Jacques en était tellement persuadé, que peu s'en fallut qu'il ne dît tout à M. Cimaise et qu'il ne le chargeât d'ouvrir une enquête sur les antécédents du baron et sur ceux de la dame.

Un scrupule le retint. Il s'agissait d'une femme qu'après

tout il n'avait pas le droit de compromettre, et il se contenta de s'informer indirectement.

— Est-ce que ce monsieur habite l'hôtel de l'avenue Kléber? demanda-t-il, sans avoir l'air d'attacher d'importance à cette question.

— Non, il l'a cédé et il s'est installé dans un pavillon qui a sa façade sur la rue Copernic. Tout le reste de la propriété est inoccupé et le sera longtemps, car, avant d'y bâtir, il faudrait niveler le sol, et ce serait une dépense énorme. Le Russe a reculé devant cette entreprise, lui que n'effrayait aucune extravagance, et moi je n'ai pas songé un seul instant à tenter l'impossible.

C'est pourquoi, si vous me faisiez l'honneur de me consulter, je vous conseillerais de chercher ailleurs.

— Il m'a paru, en effet, que le terrain était terriblement accidenté... je ne l'ai vu que du dehors, par-dessus le mur...

— Moi, je l'ai parcouru dans tous les sens, lorsqu'il m'appartenait, et j'ai renoncé à le déblayer.

On pourrait, à la rigueur, construire tout en haut, sur la rue Lauriston, mais elle est si triste, qu'on ne trouverait pas de locataires. La spéculation serait détestable.

— Oui, la rue est lugubre et l'endroit est tellement désert que l'enclos doit servir de refuge aux malandrins du quartier.

— Je ne crois pas, dit en souriant M. Cimaise, mais ils y seraient en sûreté, car personne, que je sache, ne s'y aventure, surtout la nuit.

— Par où y entrerait-on? Il faudrait escalader les murs.

— Il y avait jadis une porte en face des réservoirs de la ville de Paris, mais je me souviens de l'avoir fait condamner.

— Elle ne l'est plus, pensa Gouville, qui y avait vu entrer le timbalier.

Il garda cette réflexion pour lui, et, comme il se taisait, l'usurier reprit :

— Je prierai le nouveau propriétaire de donner des ordres pour que cet écriteau disparaisse. Il m'a valu l'honneur de vous recevoir, mais il pourrait m'attirer des visites importunes, et je n'ai pas de temps à perdre.

— Votre acquéreur est donc à Paris en ce moment?

— Je ne sais trop... il s'absente souvent... mais je lui écrirai.

Gouville aurait eu bien d'autres questions à poser, mais il ne pouvait guère aller plus loin sans découvrir son jeu qu'il tenait à cacher. Il en avait déjà assez dit pour que M. Cimaise le soupçonnât d'avoir intérêt à se renseigner sur le baron d'Ambre dont le nom n'avait pas encore été prononcé. Gouville jugea qu'il fallait en rester là.

— Monsieur, dit-il en se levant, je regrette de vous avoir dérangé.

— Et moi, monsieur le vicomte, répondit courtoisement l'escompteur, je regrette que vous ne m'ayez pas mis à même de vous être agréable. Ce sera pour la prochaine fois, car j'espère que maintenant vous n'oublierez pas mon adresse. Moi, je garderai le souvenir de votre visite et je reste entièrement à votre service.

Gouville s'en alla, reconduit jusqu'à la porte de l'appartement par M. Cimaise, qui se confondait en protestations de dévouement.

S'il recevait ainsi tous ses clients, cet homme était assurément l'usurier le plus poli de France et même du monde entier.

Lorsque Jacques de Gouville se retrouva seul dans l'escalier, il reprit possession de lui-même.

Depuis qu'il s'était mis en campagne après son déjeuner, il avait passé par tant d'impressions différentes qu'il ne se rendait pas encore très bien compte de ce qui venait de lui arriver.

Après le bref colloque avec son ami Charles de Précey, la visite à Mme de Salazie; après la visite, l'entretien avec le savetier et l'audience du capitaliste Cimaise : tout cela coup sur coup et sans qu'il eût le temps de réfléchir pendant les entr'actes.

Cette première expédition était terminée. Il rentrait chez lui, à pied, en fumant son cigare. C'était le moment de coordonner les idées qui se confondaient un peu dans sa tête et de se remémorer, en les rapprochant les uns des autres, les divers épisodes de cette reconnaissance accidentée, afin d'en tirer une conclusion et de prendre un parti avant de pousser plus loin l'aventure commencée au Théâtre annamite.

Et il arriva très vite à se persuader que les mystères qui l'avaient si fort préoccupé n'existaient que dans son imagination.

La comtesse était une excentrique et ne se piquait pas de vertu, mais elle n'avait sur la conscience d'autres méfaits que des galanteries. Ses relations avec M. d'Ambre, elle ne les cachait pas, et en supposant qu'elle eût été la maîtresse de ce gentleman, elle n'avait pas à en rougir. Elle ne niait pas non plus qu'elle connût le timbalier, et les allures de ce saltimbanque cochinchinois s'expliqueraient, un jour ou l'autre, d'une façon toute naturelle.

Il avait bien le droit, après tout, de se promener la nuit.

— Parbleu, conclut l'optimiste vicomte, je serais bien sot de me mettre martel en tête à propos du passé d'une charmante créole qui me veut du bien!... Si je m'étais amus à rechercher les antécédents de toutes les femmes qui m'ont plu, je n'aurais jamais eu une maîtresse... je ne commencerai pas par celle-ci... c'est bon pour un timide comme Pontcroix, ces tergiversations-là. Moi, j'irai carrément de l'avant... et dès demain. Au diable les enquêtes!... M. Cimaise ne me reverra plus dans son cabinet... A moins que la déveine ne me poursuive jusqu'à me mettre tout à fait à la côte... auquel cas j'aurais recours à lui de préférence... Mais, Dieu merci! je n'en suis pas encore là... Et, afin de ne pas y arriver, je vais cesser de jouer. Ce ne sera pas une grande privation si je réussis auprès de la comtesse, car avec elle, je passerai mon temps plus agréablement qu'au Cercle.

En raisonnant de la sorte, le bon Jacques oubliait un peu trop que son ami Paul reverrait probablement, lui aussi, Mme de Salazie, et qu'elle avait déjà laissé percer l'intention d'aller voir les enfants de M. de Roscanvel, pour leur parler de leur père.

Jacques ne voulait pas penser à la situation délicate où le mettrait une liaison avec la dame de l'île Maurice.

Après avoir vu tout en noir, il voyait maintenant tout en rose.

Il ne doutait pas que Pontcroix finît par épouser sa cousine, pendant qu'il filerait, lui, le parfait amour illégitime avec la comtesse, et il trouvait que tout serait ainsi pour le mieux dans le meilleur des mondes.

III

Où commence et où finit le faubourg Saint-Germain, qu'on n'appelle plus guère le noble faubourg, depuis que beaucoup des vieilles familles qui l'habitaient ont émigré sur la rive droite?

Il est borné au nord par la Seine, à l'est par le quartier Latin, au sud par des gares et des cimetières et à l'ouest par l'esplanade des Invalides, si tant est qu'il ait encore des frontières, car les boulevards neufs l'ont éventré de tous les côtés.

Il a toujours son centre vers la rue de Varennes, qui aboutit à l'aristocratique couvent du Sacré-Cœur, et la rue de Babylone en est, quoiqu'elle confine à des voies commerçantes, comme la rue du Bac et la rue de Sèvres.

Elle a le couvent des Oiseaux, et les grands jardins n'y sont pas rares.

Le plus vaste de tous est celui de l'hôtel de Valmondois, où la marquise, dernière de ce nom, achève de vivre.

Elle aura bientôt quatre-vingt-dix ans, étant née avec le siècle, à Vienne en Autriche, où son père émigré s'était marié avec une Polonaise richissime.

Arrivée à Paris avec les Bourbons, en 1814, elle a débuté, sous le roi Louis XVIII, à la Cour, où elle a épousé un officier des gardes du corps qui l'a laissée veuve à vingt-neuf ans.

Elle s'est retirée du monde en 1830, et elle n'y est jamais rentrée depuis la révolution de Juillet.

Le feu commandant de Roscanvel était son petit-neveu par alliance, et elle n'a plus d'autres parents que les enfants qu'il a laissés, Simone et Mériadec, car sa petite-nièce, Mme de Roscanvel, est morte longtemps avant son mari.

Paul de Pontcroix, fils d'une sœur de M. de Roscanvel, n'est ni le parent ni l'allié de la marquise de Valmondois, mais elle l'a toujours traité comme s'il eût été de sa famille.

Et cette marquise est, pour le fils et la fille du commandant, une tante à héritage dans toute la force du terme : elle a cent cinquante mille francs de rente.

C'est une nonagénaire comme on en voit peu, car, à son âge, elle se porte à merveille et elle a l'esprit aussi lucide qu'au temps où elle brillait aux bals de Mme la duchesse de Berry.

Primesautière avec cela, capricieuse en diable et très libre en propos : un type de grande dame du dix-huitième siècle, quoiqu'elle date de la première année du dix-neuvième.

Elle ne sort presque plus, mais elle reçoit encore, et comme elle est très bien apparentée, ses mardis sont très suivis.

Ses amis d'autrefois, — il n'en reste guère, — y sont assidus, et il y vient aussi des jeunes, surtout depuis qu'elle a une arrière-petite-nièce à marier.

Avant la mort prématurée du commandant, Simone habitait naturellement le château de son père et ne venait pas souvent à Paris.

Elle va y passer l'hiver, et Mme de Valmondois se fait une fête de la présenter aux habitués de son salon.

Elle a réservé au frère et à la sœur une aile de l'antique hôtel de la rue de Babylone. Ils y seront tout à fait chez eux.

Paul de Pontcroix y aura ses grandes entrées, car la

marquise verrait avec plaisir qu'il épousât Simone.

Elle ne lui trouve qu'un seul défaut. Paul est, dans toute la force du terme, ce qu'on appelle un bon jeune homme. Il n'a jamais eu à se reprocher la moindre fredaine, et, sans le blâmer d'avoir vécu si vertueusement, la marquise aurait préféré qu'il jetât ses gourmes avant de se marier.

Elle sait qu'il faut que jeunesse se passe, et que les passions trop longtemps comprimées finissent souvent par éclater.

Elle redoute les explosions.

Avec Jacques de Gouville, ce danger ne serait pas à craindre. Il y a mis bon ordre en menant, comme on dit dans le monde gai, une existence de bâtons de chaise. Et en dépit de ses débordements, son caractère et son esprit plaisent fort à Mme de Valmondois. Elle ne le voit pas très souvent, — la rue de Babylone est trop loin du boulevard, — mais quand il vient, elle le reçoit à merveille, et ses joyeux propos la divertissent infiniment.

Elle n'en est pas moins convaincue que cet aimable garçon ferait un détestable mari, et elle n'a jamais pensé qu'il pût épouser Mlle de Roscanvel. Jacques, du reste, n'y songe guère, et elle lui en sait gré, comme d'une preuve de désintéressement, car il est en train de se ruiner. Simone est riche, et, s'il eût été un coureur de dots, comme tant d'autres, il aurait pu se mettre sur les rangs.

Quinze jours se sont passés depuis la promenade à l'Exposition, et les deux amis viennent de se retrouver dans le jardin de l'hôtel de Valmondois.

Simone et son frère, arrivés l'avant-veille, y sont avec eux, et il fait un temps si doux que la marquise elle-même s'y est établie, à l'ombre d'un marronnier, dans un fauteuil construit exprès pour elle.

C'est tout un monde que ce fauteuil, avec son dossier rembourré comme un matelas, ses bras capitonnés, ses tablettes mobiles où elle pose ses lunettes, sa tabatière et bien d'autres menus objets à l'usage des douairières. Il est à roulettes et même à tiroirs. Si le climat de Paris s'y prêtait, elle y pourrait passer sa vie dehors, aussi commodément que dans sa chambre à coucher.

Et, par ce chaud après-midi de septembre, elle y trône gaiement. Ses quatre-vingt-dix ans ont à peine courbé sa haute taille et ridé son fier visage au profil aristocratique.

Droite et même un peu raide dans son casaquin à ramages, elle rappelle ces portraits des grandes dames du vieux temps qu'on voit dans les galeries de Versailles.

Les jeunes font cercle autour d'elle.

Simone de Roscanvel est là et Mériadec aussi, et Paul, et Jacques, s'écartant parfois pour causer à deux ou à trois et revenant à la bonne douairière qui sourit d'aise à les voir rassemblés et qui répond successivement à tous et à chacun.

Simone ne la quitte guère, et Paul ne s'éloigne pas souvent de Simone. Jacques pousse des pointes par les allées avec Mériadec.

La marquise les a autorisés à fumer, et Mériadec abuse de la permission, car il a allumé sa pipe, une courte pipe de matelot, fortement culottée.

Gouville s'en tient au cigare, et, avec le jeune Roscanvel qu'il n'a pas vu depuis longtemps, l'entretien ne languit pas.

C'est un Breton bretonnant que ce brave Mériadec, — juste le contraire d'un Parisien.

Pas très grand, large d'épaules, robuste comme un chêne de son pays, avec une grosse tête ronde et des traits qu'on dirait avoir été taillés à coups de serpe, il a la parole lente et la démarche lourde.

Sa sœur ne lui ressemble pas du tout. Elle est svelte, blonde et délicate. On la prendrait pour une figure de sainte sortie de son cadre. Il ne lui manque qu'un nimbe d'or. Mais le menton accentué et les yeux noirs pleins de feu ne s'accordent pas avec le reste de ce visage angélique.

L'ensemble est charmant, et Jacques l'admire d'autant plus que, depuis quelques jours, il a souvent vu de près une beauté plus éclatante et moins sympathique.

Mme de Salazie ne ressemble pas plus à Mlle de Roscanvel que son jardin ne ressemble au jardin de l'hôtel de Valmondois.

Celui de l'avenue Kléber a été créé de toutes pièces avec des arbres tout venus, transplantés à grands frais; celui de la rue de Babylone est peuplé d'arbres séculaires qui ont abrité les ancêtres du défunt marquis. Les merles y chantent toute l'année, et les tourterelles y nichent au printemps, tandis que le parc artificiel de la comtesse créole n'est fréquenté que par les moineaux polygames, pratiquant effrontément l'union libre.

Sous les superbes ombrages où ils se promenaient côte à côte, Jacques et Mériadec en étaient arrivés, de propos en propos, à parler de la triste fin du commandant.

Jacques n'en savait que ce que lui en avait dit Pont-croix, qui ne semblait pas être très bien informé. L'occasion était bonne pour demander au fils de la victime des détails sur ce tragique événement.

Depuis deux ans, la douleur de Mériadec avait eu le temps de se calmer, et, sans attacher beaucoup d'importance aux idées de Mlle de Roscanvel, qui croyait à un crime, Gouville n'était pas fâché de se renseigner.

— C'est arrivé, n'est-ce pas ? pendant une battue au sanglier, dit-il, après avoir, comme il convenait, exprimé le
chagrin que lui avait causé la mort prématurée du brave
marin qu'il avait peu connu, mais qu'il regrettait sincèrement.

— Non, dit Mériadec, mon père était seul, et personne
ne chassait, ce jour-là, dans le bois de Quélern, où l'on a
trouvé son corps. Mourir d'un stupide accident, lui qui
naviguait depuis trente ans et qui, au siège de Paris,
s'était battu comme un lion sans avoir été blessé une
seule fois ! quelle fatalité !

— Alors, c'est un accident ?

— Sans aucun doute. Mon pauvre père a dû se
prendre les pieds dans les ronces, trébucher et laisser
tomber son fusil, que le choc a fait partir. La balle l'a
frappé au cœur... il est resté étendu sur le dos, au pied
d'un gros chêne bien connu chez nous comme, rendez-
vous de chasse.

— Un fusil à deux coups ?

— Oui, et un des coups était encore chargé de plomb
à lièvre. Mon père, quand il sortait pour chasser en forêt,
avait l'habitude de mettre une balle dans le canon
gauche. C'est celui-là qui est parti.

— Le commandant ne s'est pas suicidé, murmura
Gouville, en se parlant à lui-même.

— Certainement non, répondit Mériadec. D'abord,
s'il avait voulu se tuer, il aurait appuyé l'arme sur sa
poitrine, et le coup, tiré à bout touchant, aurait brûlé le
vêtement qu'il portait. Or, ce coup a été tiré à la distance de deux mètres à peu près. Les médecins qui ont
examiné le corps l'ont déclaré.

— Il y a donc eu une enquête ?

— Oui, pour la forme, car mon père n'avait aucun
motif pour se suicider, et on ne lui connaissait pas

d'ennemis. Comme toujours en cas de mort violente, la justice a fait des recherches, mais ces recherches n'ont pas abouti et ne pouvaient pas aboutir.

— Savez-vous que votre cousin Paul prétend que votre sœur croit à un assassinat?

— Ma sœur déraisonne. Le malheur qui nous a frappés l'a tellement bouleversée qu'elle a failli en devenir folle. Elle s'est mise à chercher de tous les côtés des indices, et elle s'imagine en avoir trouvé. Il y a dans le pays une espèce d'idiot qui passe pour être sorcier. Elle a eu la faiblesse de le consulter, et il lui a débité un tas d'extravagances qu'elle a prises au sérieux. Ainsi, dans le tronc du vieux chêne devant lequel mon père est tombé, il a découvert une balle qu'un chasseur y aura logée pour s'amuser. Il soutient que cette balle est sortie de l'arme de mon père, qui aurait fait feu sur un homme qu'il aurait manqué et qui l'aurait tué en ripostant.

— Un duel sans témoins? un duel au fusil?

— C'est absurde. Le même imbécile a raconté à cette pauvre Simone que, la veille, il avait vu rôder dans le bois de Quélern un homme étranger au pays... personne ne l'a vu que lui... et quand ce serait vrai, ça ne prouverait rien. Ce soir-là, j'ai bien rencontré, moi aussi, un individu que je ne connaissais pas et qui devait être tout bonnement un touriste... Il en vient tous les jours visiter les grottes de Morgat, et ils traversent la presqu'île pour regagner Brest par le vapeur qui part du petit port de Roscanvel.

— Et d'ailleurs, pourquoi aurait-on tué votre père? Vous venez de me dire qu'il n'avait pas d'ennemis, et je vous crois sans peine... je suppose qu'il n'avait pas non plus d'intérêts à débattre avec ses voisins de campagne.

— Ni avec personne... du moins que je sache. Je

vous répète, mon cher Gouville, que les idées de Simone
n'ont pas le sens commun. J'ai fait tout ce que j'ai pu
pour les lui ôter de l'esprit. Je n'y ai pas réussi... Ma foi!
j'y renonce.

— Paris l'en guérira.

— Je le souhaite, mais j'en doute. Vous ne vous figurez pas à quel point elle en est entichée. Si je vous disais
qu'elle a juré de ne pas se marier tant que la mort de
son père ne sera pas vengée?...

— Je sais cela. Pontcroix m'a parlé de cette toquade.

— Elle vous en parlera elle-même... elle ne s'en cache
pas. Et avec ces belles imaginations, elle finira par
rester fille. Aussi, c'est la faute à Paul!... je crois qu'elle
lui plaît... il serait pour elle un parti très convenable...
et au lieu de se déclarer nettement, il se borne à lui faire
les yeux doux... et encore!... Tenez! il vient de passer
quatre mois avec nous, en Bretagne; il habitait le château, il voyait Simone toute la journée... je pensais et tout
le monde disait là-bas qu'ils se marieraient... Notre tante
Valmondois ne demande qu'à signer au contrat... Eh
bien! mon cher, il est parti comme il était venu, et les
choses ne sont pas plus avancées que le jour où il est
arrivé à Roscanvel!... Il faut que mon cher cousin n'ait
pas de sang dans les veines!... Ça le regarde, mais moi,
je commence à en avoir assez de servir de chaperon à
ma petite sœur. C'était bon là-bas, parce que je ne pouvais pas la laisser seule avec la vieille Betsy, sa gouver-
nante anglaise, qui est sourde comme une pioche et
ennuyeuse comme la pluie; mais ici, ma tante me rem-
placera avantageusement, et je veux me donner du bon
temps... Après tout, je ne suis pas chargé de marier
Simone, et surtout je ne peux pas la forcer à se marier,
si elle n'en a pas envie.

— La mariée récalcitrante, dit Gouville en riant; j'ai

vu jouer une pièce qui s'appelait comme ça... mais je crois que tout s'arrangera. Paul est un peu timide ; il n'en est pas moins désireux de plaire à votre charmante sœur, et j'espère que vous ne la ramènerez pas en Bretagne, à la fin de la saison... Alors, mon cher Mériadec, vous avez le projet de vous divertir un brin cet hiver à Paris ?

— Oui... j'ai eu beaucoup de chagrin de la mort de mon père ; je voudrais me distraire, et j'avoue que je compte sur vous pour m'y aider... en me faisant connaître le monde où l'on s'amuse.

Jacques de Gouville ne se pressa pas de répondre. La proposition lui souriait médiocrement, — et cela pour plus d'une raison.

D'abord, il se défiait des foucades de ce gars breton qui n'était jamais sorti de son pays et qui voulait se lancer dans la grande vie, comme un poulain échappé court à travers des prés remplis de fondrières.

Il ne se souciait pas de lui fournir des occasions de se casser le cou.

Jacques, d'ailleurs, depuis quelques jours, avait mieux à faire que d'employer son temps à initier un jeune provincial aux gais mystères de la vie parisienne.

Enfin, Mériadec n'avait ni l'air ni la tenue qu'il faut pour débuter dans l'emploi des désœuvrés élégants.

Sa carrure et sa figure ne l'y prédestinaient pas. Son costume aurait fait sourire les gens de la haute noce.

Le dernier des Roscanvel se faisait habiller à Brest, et il manquait absolument de chic, avec son complet à carreaux et ses cheveux crépus, rebelles au fer du coiffeur.

Il devina ce que pensait Gouville qui l'examinait du coin de l'œil, et il lui dit gaiement :

— Vous trouvez que j'ai l'air d'un paysan? C'est vrai. Mon pauvre père prétendait que j'étais tourné comme Bertrand Duguesclin.

— Je trouve plutôt qu'avec votre tête frisée, vous ressemblez à Caracalla.

— J'avoue que je n'ai jamais pu faire ma raie... j'y ai renoncé... mais, pour le reste, vous me donnerez l'adresse de votre tailleur.

— Certainement, et il aura tôt fait de vous mettre à la mode. Ce n'est pas cela qui m'inquiète, mon cher Mériadec. J'ai peur seulement que vous n'alliez trop vite. S'il vous arrivait de vous emballer au jeu ou sur quelque farceuse, il pourrait vous en cuire, et je ne me consolerais pas d'y avoir contribué.

— Ne craignez rien. Je n'ai pas l'intention de m'éterniser ici. J'aime trop la mer et la chasse pour prendre racine à Paris. Je veux tout bonnement tirer une bordée, comme disent les matelots. Au printemps, je rentrerai à Roscanvel avec un peu plus d'expérience... et un peu moins d'argent, car je ne dis pas que je ne jouerai pas... J'aime le jeu... c'est dans le sang, ce goût-là.

Et comme Gouville semblait ne pas comprendre :

— Oui, mon père l'avait, et je crois que plus d'une fois il a attrapé des *culottes*.

— A Maurice, notamment, se dit Gouville. Carmen ne m'a pas menti.

Carmen, c'était Mme de Salazie, et, en pensant à elle, il l'appelait déjà par son petit nom. L'intimité avait fait de grands progrès en peu de jours.

— Mais, reprit Mériadec, il nous a laissé une très belle fortune, et je vous réponds que je ne la mangerai pas. Vous me présenterez à votre cercle, hein?

— Très volontiers, puisque vous m'assurez que je peux

compter sur votre sagesse, et, avec le nom que vous portez, vous serez reçu sans difficulté.

— Grâce à votre parrainage, mon cher ami. Je vous remercie d'avance... et j'ai encore autre chose à vous demander.

— Tout ce que vous voudrez.

— Eh bien ! je vous prie de chapitrer un peu ma petite sœur.

— Et sur quoi, bon Dieu?

— Sur l'obstination qu'elle met à reculer sans cesse l'époque de son mariage. Elle ne m'écoute pas quand je lui représente que c'est ridicule de faire ainsi languir ce pauvre Paul, ni quand je me moque des billevesées qui hantent sa cervelle.

— Diable ! mon cher, c'est une mission délicate que vous me donnez là ! De quel droit me mêlerais-je de conseiller Mlle Simone?... Elle m'enverrait promener, et elle aurait raison.

— Du tout!... Elle vous écoutera, au contraire. Elle a pour vous beaucoup de sympathie, je le sais... et vous lui inspirez une confiance absolue.

— Très flatté, en vérité! mais cette confiance, je n'ai rien fait pour la mériter... et, d'autre part, je ne sais comment Pontcroix prendrait mon intervention dans ses affaires de cœur.

— Bah! il vous en saura gré, car il aime ma sœur, et il sent bien qu'il n'arrivera à rien, si vous ne lui donnez pas un coup d'épaule.

— Dans tous les cas, je commencerai par le consulter, — pas plus tard qu'aujourd'hui, — et par le confesser à fond, car il est très boutonné, ce cher Paul, et jusqu'à présent il ne m'a pas expliqué nettement ses intentions. Il est vrai que, depuis son retour de Bretagne, je l'ai vu une seule fois... et nous avons passé cette unique soirée à courir les baraques de l'esplanade des Invalides.

— Il est ici... profitez-en.

— C'est ce que je vais faire... Je m'en irai avec lui, et nous causerons. Mais il me semble qu'il est temps que nous nous rapprochions de Mme de Valmondois, dit Gouville, en jetant son cigare. Elle nous a autorisés à circuler pour fumer. N'abusons pas de la permission.

Mériadec éteignit sa pipe, et ils revinrent ensemble au fauteuil où la bonne et aimable douairière tenait ses assises.

Ils la trouvèrent feuilletant et regardant, à grand renfort de besicles, les gravures d'un journal de modes. Simone, assise aux pieds de sa tante sur une chaise basse, faisait de la tapisserie. Paul, à cheval sur un tabouret de jardin, suivait des yeux en l'air le vol tournoyant des dernières hirondelles de la saison.

Ils se taisaient tous les trois, et, à les voir ainsi, personne ne se serait douté que les deux jeunes gens étaient fiancés, — ou à peu près.

Mlle de Roscanvel portait une toilette très simple qui lui allait si bien que Gouville aurait pu croire qu'à Brest les couturières travaillent mieux que les tailleurs ; mais la vérité était que Simone habillée par une ouvrière de village eût encore été charmante.

— Enfin, vous voilà, monsieur mon neveu, dit la marquise, en ôtant ses lunettes. N'avez-vous pas honte de garder si longtemps M. de Gouville ? Je parie que vous lui racontiez des histoires de Bretagne qui ne l'amusaient guère... et pendant que vous l'accapariez, Paul ne nous racontait rien du tout.

Il a une excuse, puisqu'il est amoureux, ajouta, non sans quelque malice, Mme de Valmondois.

Paul rougit. Simone, courbée sur sa broderie, ne rougit pas, mais elle ne leva pas les yeux, et sa tante continua :

— La jeunesse d'à présent ne sait plus causer. Ce serait comme ça toute la journée, si je ne m'en mêlais pas, moi qui ai l'âge de Mathusalem. Venez nous égayer, cher monsieur de Gouville. Parlez-nous un peu de ce qu'on fait dans votre monde.

— On s'y ennuie, madame, dit Jacques. L'Exposition a chassé de Paris les trois quarts de mes amis. Mon Cercle est désert.

— Elle va finir, l'Exposition, et vous vous rattraperez cet hiver. Je veux que ma chère nièce s'amuse. Je suis trop vieille pour l'accompagner hors de chez moi, mais je me sens capable de donner des bals en son honneur.

— Ici, ce serait superbe. L'hôtel est si vaste que vous pourriez y recevoir tout Paris.

— Oh ! je choisirais mes invités. Je voudrais avoir, une fois par semaine, des réunions... et même des sauteries... pas trop nombreuses.

— *Select!* acheva Gouville.

— Qu'est-ce que ça veut dire ?

— C'est le mot anglais.

— Ah ! oui, j'oubliais... vous parlez tous anglais, maintenant... même quand vous ne le savez pas... Enfin, le nom n'y fait rien, pourvu que la chose plaise à Simone. Qu'en dis-tu, petite ?

La jeune fille, cette fois, leva les yeux, et la marquise y lut presque un reproche.

— Oui, je sais, reprit affectueusement Mme de Valmondois, tu n'es pas encore consolée de la mort de ton père... mon Dieu ! ni moi non plus... mais, ma chère enfant, tu ne peux pas pleurer toute ta vie... et à moins que tu n'aies l'intention de te faire religieuse, il faut que tu penses à te marier... N'est-ce pas, Paul ?

Paul rougit encore et Simone se remit à sa tapisserie.

La tante s'aperçut qu'elle faisait fausse route et changea de note immédiatement.

— Laissons ce triste sujet, dit-elle. Aussi bien, j'ai à demander à M. de Gouville un renseignement confidentiel.

Mériadec, je te permets d'aller faire un tour de jardin avec ta sœur et M. de Pontcroix... vous nous rejoindrez tout à l'heure.

La permission était évidemment un ordre. Mlle de Roscanvel se leva ; son frère et son fiancé la suivirent. Jacques de Gouville prit une chaise.

Il ne devinait pas ce que la douairière pouvait lui vouloir, mais il n'était pas fâché de causer avec elle en tête-à-tête, car, lui aussi, il désirait se renseigner.

— Cher monsieur, lui dit-elle, dès qu'ils furent seuls, vous êtes l'ami de Paul, et je suppose qu'il n'a pas de secrets pour vous...

— Paul n'est pas très communicatif, répondit évasivement Gouville.

— C'est vrai, mais il n'a pas dû vous cacher ses sentiments. Je crois qu'il aime ma nièce...

— Mériadec n'en doute pas, et j'en suis persuadé...

— Mais vous n'en êtes pas sûr. Voilà qui n'est pas très rassurant pour le futur bonheur de Simone !... Je suis décidée à les mettre en demeure de s'expliquer tous les deux... car elle, non plus, ne paraît pas très pressée de se marier.

— Son frère m'a dit pourquoi.

— Bon ! je sais... des chimères à propos de la mort de son père... elle en reviendra... et ce n'est pas pour vous parler de cela que je vous ai prié de rester près de moi pendant que ces enfants se promènent. Voici ce dont il s'agit... Vous qui connaissez tout Paris, connaissez-vous le marquis de Carolles?

— Pas beaucoup, répondit Gouville. Je fais partie du même Cercle que lui et je l'y rencontre quelquefois...

— Moi, je le voyais souvent, il y a vingt ans. Il n'est pas mon contemporain, quoiqu'il ne soit plus jeune, mais il a été longtemps un de mes fidèles. J'aimais bien sa femme, qui était de très bonne maison... comme lui, du reste. Elle est morte pendant la guerre de 70, et je l'ai perdu de vue. J'ai été assez surprise, hier, de recevoir sa visite. Il reviendra, et vous pourrez le rencontrer chez moi.

Gouville s'inclina sans répondre. Ce début l'intriguait, et il attendait la suite.

— Il s'est ruiné, reprit Mme de Valmondois. C'est une raison pour que je l'accueille bien, mais je voudrais savoir s'il ne s'est pas un peu déclassé, depuis que j'ai cessé de le voir. Qu'en pensez-vous?

Jacques ne s'attendait pas à cette question posée à brûle-pourpoint, et elle l'embarrassa un peu.

Il lui répugnait de répéter à la marquise ce qu'il avait entendu dire sur ce vieux gentilhomme, et, d'autre part, il ne tenait pas à se porter garant de l'honorabilité du personnage.

Il s'en tira par une plaisanterie en disant :

— Tout ce que je puis affirmer, c'est qu'il n'a jamais cherché à m'emprunter de l'argent.

— Oh! répliqua Mme de Valmondois, s'il m'en demandait, je lui en prêterais volontiers. Pauvreté n'est pas vice. Et alors même qu'il vivrait un peu d'aumônes, je ne lui en ferais pas un crime, pourvu qu'il ne soit pas tombé dans les relations équivoques. J'en serais désolée, car il a été l'ami intime de mon neveu Roscanvel.

— J'ignorais cela.

— Ils avaient les mêmes goûts... malheureusement pour leurs femmes.

— Malheureusement? répéta Gouville, avec un point d'interrogation.

— Eh! oui, ce pauvre commandant était joueur comme les cartes, et s'il ne s'est pas ruiné au jeu, c'est qu'il était presque toujours embarqué. Encore lui est-il arrivé, m'a-t-on dit, de faire de grosses pertes, pendant ses campagnes de mer. Il a semé de l'argent dans les cinq parties du monde. C'était du reste le plus brave, le plus loyal et le plus généreux des hommes. Il adorait ses enfants. Seulement, c'est un miracle qu'il ne les ait pas laissés sur la paille. Enfin!... il est resté riche, et ce fou de Carolles n'a plus rien. Je le plains et je ne demande pas mieux que de le revoir. Mais s'il s'était compromis dans de vilaines affaires, j'y regarderais à deux fois avant de le recevoir sur le même pied qu'autrefois.

Quel monde voit-il?

— Vous ne le lui avez donc pas demandé?

— Je n'ai pas osé. Il m'a parlé tout le temps de mon neveu défunt. Il m'a conté qu'il y a en ce moment à Paris des gens qui l'ont connu, je ne sais plus où, et qui seraient désireux de connaître sa fille... des étrangers de distinction, m'a-t-il affirmé... Il m'a dit leurs noms... je les ai oubliés... Mais vous croirez sans peine, cher monsieur, que je ne suis pas disposée à lui permettre de me les présenter avant d'être mieux informée.

— Vous les présenter!... Décidément, chez lui, c'est une manie.

— Comment, une manie?... Qu'entendez-vous par ces paroles?

— C'est qu'il vient de faire admettre un monsieur à notre Cercle... un étranger, précisément... Et des malveillants prétendent qu'il s'est fait une spécialité... productive... de patronner, quand ils ont de l'argent, les nouveaux venus qui désirent prendre pied dans la bonne compagnie.

— Quoi!... il utiliserait ses relations pour... un gentilhomme! oh! fi!... la misère la plus noire ne serait pas une excuse. En émigration, on a vu des duchesses vendre des broderies pour vivre, mais mon père m'a raconté jadis qu'un très noble émigré fut honni et mis en quarantaine par tous ses camarades, parce qu'il était entré comme cocher au service d'un grand seigneur hongrois. Trafiquer de son influence, c'est bien pis, et si j'étais sûre que M. de Carolles...

— Veuillez remarquer, madame, que je n'affirme rien.

— Bon! mais c'est déjà trop qu'on le soupçonne d'une telle vilenie. Je ne me prêterai pas à ses combinaisons, car je ne recevrai pas ses protégés.

— On a peut-être eu tort d'en recevoir un au Cercle.

— Je n'en sais rien, mais, quoi qu'il en soit... Ah! je me rappelle maintenant le nom du monsieur que ce malheureux marquis voudrait m'amener... c'est le baron d'Ambre. Connaissez-vous ça?

Depuis que Mme de Valmondois lui parlait d'un étranger que le marquis de Carolles voulait lui présenter, Jacques se doutait qu'il s'agissait de M. d'Ambre. La question qu'elle lui adressa, en le nommant, ne le prit donc pas au dépourvu, mais elle l'émut. Il se demanda pourquoi ce baron exotique tenait à obtenir ses entrées dans l'hôtel de la rue de Babylone, et il lui vint à l'esprit une foule d'idées contradictoires qu'il n'avait pas le loisir d'examiner.

Il fallait répondre, et il répondit en affectant de sourire :

— Je ne le connais que trop.

— Alors, c'est un homme taré... ou tout au moins un intrigant? dit vivement la douairière.

— Je n'en sais rien, mais je sais que, tout dernièrement, il m'a gagné à l'écarté une somme assez ronde.

— S'il n'y avait que cela à lui reprocher...

— Ce ne serait pas un motif suffisant pour que vous lui fermiez votre porte, j'en conviens... d'autant que M. de Carolles lui a servi de parrain à mon Cercle.

— Ah! c'est lui que vous citiez tout à l'heure comme ayant été patronné par le marquis?

— Oui, madame; mais je me hâte d'ajouter que l'autre parrain de M. d'Ambre a été Charles de Précey, qui est mon ami et dont je répondrais comme de moi-même.

— Une bonne famille de Normandie, ces Précey... votre ami a dû vous dire ce qu'il pense du protégé de M. de Carolles.

— Il n'en pense que du bien, je le proclame. Seulement... je me demande pourquoi ce baron tient tant à vous être présenté.

— Pour me parler de mon neveu qu'il a connu lorsqu'il commandait la frégate *l'Hermione*.

— A l'île Maurice?

— Justement...; quand j'étais jeune, on disait l'île de France, et toutes les demoiselles savaient par cœur le roman de Bernardin de Saint-Pierre... M. d'Ambre est de ce pays-là, et il a en ce moment à Paris des compatriotes qui se souviennent encore de ce pauvre Roscanvel.

— Des compatriotes!... M. de Carolles vous les a-t-il nommés? demanda vivement Gouville, qui craignait de deviner.

— Je crois qu'il m'a parlé d'une comtesse...

— Et celle-là aussi voudrait être reçue chez vous ?

— Carolles ne me l'a pas dit, mais il me l'a laissé entendre...

— Vous avez accepté ?

— Je n'ai rien promis, et maintenant, je suis décidée à refuser, s'il revient à la charge.

— Il y reviendra, car le voici !... Je l'aperçois là-bas, et il se dirige de ce côté.

— C'est bien lui, murmura la marquise, après avoir mis ses lunettes. Oh! oh! il est un peu trop pressé, cet excellent Carolles. Je n'aime pas qu'on me persécute et je n'entends pas qu'on me force la main. S'il s'avise de remettre ses créoles sur le tapis, je vais le couper net.

— Je vous laisse avec lui, dit Jacques en se levant.

— Non... non... il croirait que vous vous sauvez... attendez, je vous prie, qu'il soit là... Quand il y sera, causez avec nous quelques instants, et allez rejoindre les jeunes. J'aurai probablement des choses peu agréables à lui dire, et j'aime mieux ne pas les lui dire devant vous. Dès qu'il sera parti, vous reviendrez.

Jacques resta, debout

Le marquis s'avançait, le sourire aux lèvres. Il avait tout à la fois bonne mine et grand air, ce survivant d'une génération disparue. Encore droit sur ses jambes et cambré dans sa redingote taillée par un bon faiseur, il avait conservé la tenue des élégants de 1840 : le gilet de piqué, la cravate à pois, les guêtres blanches, et sa main, finement gantée, agitait un mince jonc à pomme d'or.

On lui aurait, à première vue, donné cinquante ans aussi bien que soixante-dix. Il n'avait plus d'âge.

Il salua respectueusement la douairière, — un salut de l'ancien régime, — et il gratifia Gouville d'une poignée de main à l'anglaise, en lui disant :

— Je ne vous chasse pas, j'espère ?

— Du tout!... Je venais de prendre congé de Mme de Valmondois et je partais, répondit Jacques. On m'attend.

— Allez, cher monsieur! appuya la marquise. Ma nièce et son frère sont au fond du jardin avec votre ami Pontcroix. Ne partez guère sans leur dire adieu.

Et maintenant, mon cher Théodule, asseyez-vous et dévidez-moi des histoires amusantes. Vous en savez toujours et vous les contez si bien!...

Gouville sourit en entendant ce petit nom de Théodule que la bonne dame avait gardé l'habitude de donner à l'ancien ami du commandant de l'*Hermione*. Gouville était cependant assez soucieux. Les confidences de la tante Valmondois lui avaient mis, comme on dit, la puce à l'oreille, et il entrevoyait des complications qui le préoccupaient fort.

Que M. d'Ambre essayât de s'introduire dans l'hôtel de la rue de Babylone, c'était bizarre; mais que la comtesse de Salazie eût formé le même projet, c'était d'autant plus inquiétant qu'elle ne lui en avait pas soufflé mot.

— Il faudra que j'aie, ce soir, une explication avec elle, pensait-il en filant le long d'une charmille ; — car il y avait des charmilles dans ce jardin à la française, dessiné et planté comme le parc de Versailles.

Jacques cherchait Pontcroix. Il aimait les situations nettes, et il lui tardait de le mettre au courant.

Ce fut Mlle de Roscanvel qu'il rencontra.

Elle était seule, et sa figure s'éclaira dès qu'elle le vit.

Il n'avait garde de manquer cette occasion de tenir la promesse qu'il avait presque faite à Mériadec de la sermonner à propos de ses hésitations ; mais il ne voulait pas la froisser, et il ne savait trop comment s'y prendre.

Elle l'aida en lui disant :

— Mon frère et mon cousin m'ont abandonnée pour causer entre eux de choses qui m'ennuient. Je vais retrouver ma tante et...

— N'y allez pas, mademoiselle, interrompit Jacques; vous la trouveriez en compagnie d'un vieux monsieur qui ne vous amuserait guère... le marquis de Carolles.

— Je ne le connais pas, mais je sais qu'il a été l'ami de mon père, et je ne serais pas fâchée de le voir... Il me parlerait de lui.

— Je crois, mademoiselle, que vous dérangeriez Mme de Valmondois, car elle vient de me congédier. Je pense que la visite du marquis ne sera pas très longue, et, en attendant qu'il s'en aille, je serais très heureux de rester près de vous, si je ne vous gêne pas.

— Vous me ferez grand plaisir. Le jardin de ma tante est si vaste que j'ai toujours peur de m'y égarer, et pourtant il fait si beau aujourd'hui que j'ai envie de pousser ma promenade jusqu'au bout de cette allée sombre qui me rappelle un peu notre parc de Roscanvel... quoiqu'elle soit moins sauvage.

— C'est le tort qu'elle a. J'aime la nature telle que Dieu l'a faite.

— Vraiment?... Eh bien ! pourquoi ne viendriez-vous pas nous voir en Bretagne... au printemps?... C'est si beau quand les genêts sont en fleur !

— Paul m'en a dit merveilles.

— Paul !... vous m'étonnez... Je croyais qu'il n'appréciait pas du tout le charme de notre pauvre pays. Paul ne s'enthousiasme pour rien ni pour personne.

— Quelle erreur est la vôtre !... Paul n'est pas démonstratif, mais je vous assure, mademoiselle, qu'il sent

très vivement... d'autant plus vivement qu'il le laisse
moins paraître.

Il y eut un silence. Jacques et Simone marchaient
côte à côte sous les grands arbres, et Jacques admirait
les effets de la lumière, tamisée par le dôme de feuillage,
sur les cheveux blonds de Simone, relevés de façon à
laisser voir son cou blanc et flexible. La nuque, ainsi
dégagée, était adorable. Jacques l'examinait en connais-
seur, et il y prenait un plaisir extrême. Jamais Mlle de
Roscanvel ne lui avait paru si charmante. Il la compa-
rait à la comtesse, et cette promenade à deux lui en rap-
pelait une autre, assez récente, dans le jardin de l'avenue
Kléber. Quel contraste !... Là-bas, près de la capiteuse
créole, sa tête brûlait, son cœur battait plus vite. Maintenant, il se dégageait de la chaste jeune fille qu'il accompagnait un parfum d'innocence, doux à respirer comme
l'odeur du thé, et Jacques, blasé par la vie facile, savou-
rait cette sensation toute nouvelle pour lui.

Elle ne lui fit point oublier son ami. et il reprit doucement :

— Oserai-je vous affirmer que Paul vous aime?

— Il ne me l'a jamais dit.

— Mais vous n'en doutez pas. Pourquoi le faire languir?

— Je ne crois pas qu'il languisse tant que cela...
Moi, je ne suis pas pressée de me marier... Il attendra.

— Tant que vous voudrez et sans se plaindre... mais
il n'en souffrira pas moins.

— J'ai fait un vœu. Il le sait bien.

— Un vœu !... Serait-ce vrai, ce que m'a dit Mériadec ?

— Que vous a-t-il donc dit?

— Que vous avez juré de venger la mort de votre
père.

— Et quand cela serait?

— Je comprendrais ce serment si votre père avait été assassiné, mais...

— Mériadec ne le croit pas... Moi, j'en suis certaine.

— Certaine!... Oh! mademoiselle!... Votre frère m'a expliqué sur quelles apparences vous fondiez cette certitude, et, en vérité...

— Vous pensez comme lui que je suis folle. Mon cousin aussi le pense, et ils se moquent tous les deux de mes idées. Ils ne me les ôteront pas, et ils devraient comprendre qu'ils me font de la peine. Si Paul m'aimait comme je voudrais être aimée, il chercherait l'assassin, au lieu d'affirmer qu'il n'y a pas eu d'assassinat.

— L'assassin?... mais on l'a cherché; on ne l'a pas trouvé, et l'on a pu reconstituer la scène de l'accident, telle qu'elle a dû se passer.

— Si vous veniez nous voir à Roscanvel, je vous montrerais qu'on s'est trompé. Et Mériadec ne sait pas tout ce que je sais. Il venait de rentrer au château, après une absence de deux jours, quand le malheur est arrivé, et il n'a pas pu remarquer, comme moi qui ne l'ai pas quitté, que notre père était triste et préoccupé... qu'il a passé ses deux dernières journées à classer des papiers... qu'on n'a pas retrouvés après sa mort. Quand je parle de cela à Mériadec, il hausse les épaules. J'ai renoncé à le convaincre, mais je garde ma conviction et j'agirai en conséquence.

Gouville jugea inutile de discuter. Il lui sembla plus adroit de feindre d'entrer dans les idées de la jeune fille, et il lui dit doucement :

— Je vous comprends, mademoiselle. Paul ne me pardonnerait pas de vous approuver, mais j'admire votre

6

persévérance, et si je pouvais servir vos desseins, je m'y emploierais de tout mon cœur... sans arrière-pensée, ajouta-t-il en riant.

— Que voulez-vous dire?

— Que je ne vous demanderais pas de récompenser mes services en m'accordant votre main... s'il est vrai que vous ayez résolu d'épouser l'homme, quel qu'il soit, qui découvrira le meurtrier.

— Je n'ai jamais dit cela, répliqua vivement Simone. C'est une invention de mon frère, qui me prend pour une exaltée romanesque... et j'en veux à mon cousin de l'avoir cru... Je le suis si peu que, si je ne réussis pas, je me résignerai; mais j'ai bien le droit de rester indépendante tant que je n'aurai pas réussi. Dites cela à Paul, et conseillez-lui de se résigner aussi.

Ils étaient arrivés, presque sans s'en apercevoir, au bout de la longue allée qu'ils suivaient en causant, et il leur fallait rebrousser chemin ou s'asseoir sur un banc qui semblait avoir été placé là pour inviter les promeneurs à se reposer.

Ils prirent ce dernier parti sans s'être consultés, parce qu'ils sentaient tous les deux que le sujet n'était pas épuisé.

Ils n'éprouvaient, d'ailleurs, aucun embarras à prolonger ce tête-à-tête, car Simone n'était pas coquette, et Jacques, quoiqu'il la trouvât fort à son gré, ne songeait pas du tout à lui faire la cour pour le bon motif, — encore moins pour le mauvais.

Jacques, frappé du calme avec lequel raisonnait la jeune fille, commençait à se demander si ce n'était pas elle qui voyait juste, et si, contre toute vraisemblance, la mort du commandant n'était pas le résultat d'un crime ou d'un suicide.

— Encore un mot, mademoiselle, dit-il après avoir

un peu hésité; à quelle cause attribuez-vous la mort de votre père ?

— A une vengeance, je crois... Pour en être sûre, il faudrait que je fusse renseignée sur les incidents de la dernière campagne qu'il a faite aux Indes. Il en était revenu en très bonne santé, mais son caractère avait tout à fait changé. Lui, si gai autrefois, il était triste et soucieux. Il passait des journées entières enfermé dans son cabinet. Je ne le voyais plus qu'aux heures des repas, et, à table, c'est à peine s'il nous parlait. Quand je lui demandais s'il avait du chagrin, il me répondait par des caresses... car il était resté le plus tendre des pères. Je n'ai jamais pu obtenir de lui la moindre explication. Je le priais souvent de me raconter son voyage. Il s'en tirait en me disant qu'il n'avait jamais fait une campagne si pénible. Sa frégate, surprise par un typhon, avait subi de graves avaries, qui l'avaient forcé à relâcher très longtemps dans un port, et il avait gardé un si mauvais souvenir de cette croisière qu'il lui était désagréable d'en parler. Il semblait qu'il eût pris en horreur la mer qu'il aimait tant. Il songeait à demander sa retraite, quoiqu'il fût proposé pour le grade de contre-amiral.

— C'est très étrange.

— Mériadec allait quelquefois à Brest, et il y rencontrait des officiers de marine qui avaient été embarqués sur l'*Hermione*. Quand il les interrogeait, tous lui répondaient que, sauf un gros incident de mer, il ne s'était rien passé de remarquable pendant leur navigation. Peut-être savaient-ils des choses qu'ils ne voulaient pas dire à mon frère.

Jacques de Gouville aurait pu répondre à Mlle de Roscanvel qu'elle ne se serait pas trompée en croyant que le typhon qui avait désemparé sa frégate n'était pas le plus fâcheux accident que le commandant eût éprouvé au cours de sa dernière campagne. Jacques savait à quoi s'en tenir. Mme de Salazie l'avait mis au courant. Le commandant, pendant son séjour à l'île Maurice, s'était enfilé au jeu dans les grands prix; les officiers qui servaient sous ses ordres ne l'ignoraient pas, et, tout naturellement, ils s'étaient bien gardés de l'apprendre à son fils.

La comtesse avait même laissé entendre qu'elle avait prêté de l'argent à M. de Roscanvel pour payer sa dette, et que M. de Roscanvel le lui avait rendu.

Dire tout cela à Simone, c'eût été l'affliger inutilement; car si cette vieille histoire expliquait, jusqu'à un certain point, la tristesse des derniers temps de la vie de son père, elle n'expliquait pas du tout l'assassinat. Dès lors, à quoi bon lui en parler?

Gouville s'en abstint donc. Il se contenta d'exprimer de nouveau ses doutes sur la réalité du crime. Il laissa même entendre que, si l'on n'admettait pas l'accident, il serait plus logique d'admettre le suicide que le meurtre sans cause apparente.

Mlle de Roscanvel l'écouta avec attention et ne parut pas convaincue.

— Je ne vous ai pas tout dit, reprit-elle. Deux jours avant sa mort, mon père avait reçu, par la poste, une lettre dont la lecture l'avait agité et à laquelle il n'a pas répondu, car le piéton qui la lui a remise n'a rien emporté ni le lendemain, ni le surlendemain... il me l'a déclaré. Cette lettre, mon père l'avait serrée avec d'autres papiers dans un portefeuille qui a disparu.

— C'est singulier; mais qu'en concluez-vous, mademoiselle?

— Que la lettre qui a tant impressionné mon père contenait l'indication d'un rendez-vous... dans la forêt ou ailleurs... qu'il y est allé, et que ce rendez-vous était un guet-apens.

Cette idée n'était pas venue à Jacques, et, tout en persistant à penser que l'imagination de Simone l'emportait beaucoup trop loin, il admirait les déductions serrées de cette jeune fille qui n'avait pas vingt ans et qui raisonnait comme un juge d'instruction.

Et cette faculté dont la nature l'avait douée, elle la consacrait exclusivement à percer le mystère qui entourait la mort de son père : elle mettait une intelligence virile au service du plus élevé des sentiments qui font battre le cœur d'une femme — l'amour filial.

— Décidément, se dit Gouville, c'est une noble fille... et elle est beaucoup plus forte que mon ami Paul.

— Comprenez-vous maintenant, reprit-elle, pourquoi je tiens tant à prendre des informations sur son dernier voyage? C'est le seul moyen que j'aie de découvrir la vérité. Mais comment faire? Par la marine, je ne saurai rien... tout au plus pourrai-je arriver à connaître les noms des ports où il a relâché.

— Ce serait déjà quelque chose, dit Jacques, et si je les connaissais, je me chargerais d'y faire prendre des renseignements. J'ai des amis aux Affaires étrangères, et au ministère, j'obtiendrais peut-être qu'on ouvrît une enquête discrète, par l'entremise de nos consuls.

— Vrai?... vous feriez cela pour moi?

— Bien volontiers, mademoiselle, et je serais très heureux de réussir à vous procurer des éclaircissements... sur lesquels, j'en conviens, je ne compte guère.

En s'avançant ainsi, Jacques ne s'engageait pas beaucoup, car il était persuadé que l'enquête semi-officielle ne lui apprendrait rien qu'il ne sût déjà. Le feu commandant avait la passion du jeu, c'était connu. Sa

6.

grand'tante, Mme de Valmondois, et ses anciens amis
le savaient, sans compter que Mme de Salazie l'avait vu
à l'œuvre. C'était le secret de Polichinelle, et il n'y avait
que sa fille à l'ignorer. Mais Jacques s'intéressait à elle,
et il tenait à lui donner, sinon un appui efficace, du
moins une marque de sympathie.

Il en fut immédiatement récompensé.

Simone rougit de joie, ses yeux brillèrent, et elle lui
dit d'une voix émue :

— Merci, monsieur, merci du fond du cœur !... Vous,
du moins, vous ne riez pas de mes idées, et au lieu de
vous moquer de moi, vous m'offrez de me seconder...
J'accepte...

Et elle ajouta gaiement :

— A dater de cet instant, nous sommes alliés. Je ne me
fierai plus qu'à vous, et je compte que vous ne direz
plus rien qu'à moi seule. Mon frère et mon cousin n'ont
pas voulu me comprendre. Je me passerai d'eux.

Signons le traité, conclut Mlle de Roscanvel en tendant
la main à Gouville comme à un camarade.

Il se contenta de la serrer, cette main qu'elle lui offrait
si franchement et qu'il avait bonne envie de baiser ; mais
il ne fut pas insensible à la douce impression de ce contact, et il ne put pas s'empêcher de penser que Pontcroix
serait bien heureux d'épouser sa cousine.

Il lui passa même par l'esprit le regret de ne s'être
jamais occupé de la charmante jeune fille qui venait de
se révéler à lui sous un nouvel aspect ; mais ce ne fut
qu'un éclair.

Il était un peu tard pour y songer, car, alors même
qu'il n'eût pas été retenu par l'amitié qu'il portait au
fiancé de Simone, depuis quelques jours Jacques ne s'appartenait plus.

Les liens qui l'enchaînaient n'étaient pas de ceux qu'on

ne rompt jamais; il n'avait pas prononcé de vœux perpétuels, et il ne s'était pas toujours fait scrupule de s'occuper de deux femmes en même temps, mais il était trop loyal pour chercher à plaire à Mlle de Roscanvel sans en finir, d'abord, avec une liaison qui venait de commencer et qui, momentanément, l'occupait tout entier.

Et comme il se défiait des entraînements de ce tête-à-tête au fond d'un parc ombreux, il résolut de l'abréger.

Du reste, la fille du commandant n'avait plus rien à lui apprendre sur la catastrophe qui l'avait faite orpheline, et il ne se souciait pas de jeter de l'huile sur le feu en lui parlant des créoles que le marquis voulait présenter à Mme de Valmondois.

Il espérait bien que la douairière refuserait de les recevoir, et il se réservait de demander à Mme de Salazie des renseignements complémentaires sur le séjour du commandant à l'île Maurice. La comtesse n'avait sans doute aucun motif pour lui cacher ce qu'elle en savait, et maintenant il était avec elle dans des termes qui lui permettaient de la questionner sans se gêner.

Justement, elle l'attendait. Il lui avait promis de venir chez elle à cinq heures, et il était temps qu'il prît le chemin de l'hôtel de l'avenue Kléber.

— Mademoiselle, dit-il de l'air le plus pénétré qu'il put prendre, à Dieu ne plaise que je rie de votre désir de venger la mort de votre père! Je m'y associe de tout mon cœur et je vous prie de compter absolument sur moi. Je ferai de mon mieux et je ne mettrai dans la confidence ni votre frère, ni votre cousin, ni votre tante. Puissent mes recherches aboutir!... Vous me récompenserez en ne tenant pas rigueur à mon ami Paul qui vous aime, et dont le seul tort est de ne croire qu'à l'évidence.

Jacques brûlait ses vaisseaux. C'était comme s'il eût

donné sa démission de prétendant à la main de l'héritière de Roscanvel, qui ne lui demandait pas ce sacrifice.

Elle s'abstint d'en prendre acte, car en répondant à
Gouville, elle parla comme si elle n'avait pas entendu
cette généreuse déclaration.

— Je désespérais presque, murmura-t-elle ; je ne déses-
père plus depuis que vous êtes avec moi. Nous nous
verrons souvent, n'est-ce pas?... Vous plaisez beaucoup
à ma tante, et elle sera toujours charmée de vous recevoir.

— Je profiterai de la permission, répondit avec empressement Jacques de Gouville, et je vais, en prenant congé
d'elle, lui annoncer ma très prochaine visite. C'est le
moment, car je suppose que celle du marquis de Carolles
est terminée.

— Je le crois, car voici mon frère, et il m'a tout l'air
de nous chercher.

Mériadec venait en effet d'apparaître au bout de l'allée,
et il arrivait, en les appelant de loin à grand renfort de
gestes.

Paul était resté en arrière, mais il ne tarda guère à se
montrer, suivant à distance son cousin qui avait pris le
pas accéléré.

— Il ne se presse jamais, ce diable de Pontcroix, pensait Gouville. C'est comme ça qu'on se fait distancer.

Mlle de Roscanvel ne dit mot, mais Jacques lut dans
ses yeux qu'elle jugeait comme lui l'allure de son fiancé.

Paul aurait dû courir puisqu'il l'avait aperçue, et il
marchait avec une lenteur désespérante.

Mériadec, bon premier de plusieurs longueurs, cria au
couple qui venait à sa rencontre :

— Dépêchez-vous ! ma tante vous réclame.

— Elle est seule? demanda Gouville.

— Oui... le vieux monsieur est parti. Il n'avait pas

l'air content. Qu'est-ce que c'est que ce bonhomme-là?...
ma tante l'a appelé Théodule!

— C'est un ancien ami de votre père.

— Ma foi! je n'aurais pas cru. Il a l'air d'un crocodile
empaillé.

Mériadec, après avoir lâché cette énormité, s'accrocha
au bras de Gouville et le retint pendant que Simone,
pensive, continuait à cheminer dans l'allée.

Son frère la laissa filer avant de demander à Jacques :

— Eh bien! l'avez-vous prêchée?

— Tant que j'ai pu, répondit Jacques.

— L'avez-vous convertie?

— J'en doute. C'est une douce entêtée. Elle s'est fait
une opinion sur la mort de votre père, et elle n'en veut
pas démordre.

— Bon!... mais le mariage!

— Elle ne paraît pas pressée d'y arriver. Il faudrait
que Paul payât de sa personne. « Aide-toi, le ciel t'ai-
dera », dit le proverbe, et il ne s'aide pas du tout.

— Tant pis pour lui!... tant pis pour elle!... Moi, je
m'en lave les mains. Je viens de le retourner de toutes
les façons, et je n'ai pas pu parvenir à savoir ce qu'il a
dans le ventre. Quand on l'interroge, il répond à côté, et
quand on le pousse trop, il ne répond plus. Je ne peux
pourtant pas lui jeter ma sœur à la tête... D'autant
qu'elle ne se laisserait pas faire. Dorénavant, je ne m'en
mêlerai plus, mon cher Jacques, et je vous engage à
faire comme moi.

Parlons d'autre chose. Qu'est-ce qu'il voulait à ma
tante, ce vétéran?

— Mais... lui faire une visite de politesse, je pense.
Elle le connaît depuis longtemps.

— Et il a nom Théodule? on n'a pas idée de ça!

— Le marquis Théodule de Carolles. Il est de mon

cercle, et quand vous en serez aussi, vous l'y rencontrerez.

— Je ne rechercherai pas sa société, car il me déplaît souverainement, et je me demande comment il a pu être lié avec mon père.

— Peut-être parce qu'il était joueur autrefois.

— Ah! vous m'en direz tant! et au surplus, ça m'est égal!... je ne suis pas comme Simone, qui ne pense qu'à faire des enquêtes... Si je voulais l'en croire, je passerais ma vie à interroger des officiers de marine. Je compte mieux employer mon séjour à Paris. Vous savez ce que vous m'avez promis, mon cher Jacques... vous m'indiquerez les bons endroits.

— Je ne m'en dédis pas. Nous commencerons quand vous voudrez.

— Le plus tôt possible. Je n'ai encore vu que la tour Eiffel, et ce n'est pas pour la contempler que je suis venu à Paris. Mais... ma tante nous attend. Simone et Paul viennent de reprendre place autour du fauteuil. Il ne manque plus que nous à cette assemblée de famille.

Gouville hâta le pas, et les deux amis rejoignirent le groupe présidé par Mme de Valmondois.

Elle avait l'air presque soucieux; — par extraordinaire, car l'expression habituelle de sa figure était bienveillante et gaie.

Son premier mot à Jacques fut :

— Vous l'aviez bien jugé. C'est un homme à tout faire. Pauvre Carolles! Je ne l'ai jamais beaucoup estimé, mais je n'aurais pas cru qu'il tomberait si bas.

— Qu'a-t-il donc fait? demanda Gouville, qui le savait bien.

— Il m'a tourmentée pour que je lui permisse de m'amener tous ses créoles, et il y a mis tant d'insistance que j'ai très bien vu qu'il avait un intérêt à me les présenter. J'ai refusé net.

— Des créoles, ma tante?... sous quel prétexte? demanda Mériadec, enchanté de la déconvenue du vétéran, comme il l'appelait.

— Sous prétexte qu'ils ont connu ton père. Et, comme je lui ai répondu que si je me mettais sur le pied de recevoir tous les étrangers que ton père a fréquentés, pendant trente ans qu'il a navigué, mon hôtel n'y suffirait pas, il a essayé de me persuader que l'un de ses protégés... le baron, vous savez, mon cher Gouville... désirait m'entretenir d'une affaire à laquelle mon neveu aurait été mêlé. Je lui ai déclaré que les affaires de ce pauvre Roscanvel ne me regardaient pas. Croiriez-vous qu'il a eu l'audace de m'insinuer que je pourrais me repentir... il n'a pas osé dire le mot : il a dit : regretter... d'avoir fermé ma porte à ce monsieur!... Ah! cette fois je me suis fâchée tout à fait... Je l'ai pris de très haut pour lui signifier ce que je pensais de sa démarche. J'y ai pourtant mis des formes, mais il a compris, et je crois qu'il ne reviendra plus.

— Bravo! s'écria Mériadec.

Simone ne parut pas s'associer à la joie de son frère. Elle fronçait le sourcil et elle regardait Jacques, comme pour lui faire entendre qu'elle désapprouvait l'exclusion prononcée par sa tante, et comme pour le prier de retrouver ce créole qui pourrait peut-être fournir les renseignements qu'elle cherchait sur la dernière campagne de son père.

— Qu'as-tu, ma chère enfant? lui demanda Mme de Valmondois. Est-ce que tu n'es pas de mon avis? Tu ne peux pas tenir à voir des gens sortis on ne sait d'où... Encore, s'il ne s'agissait que de ce baron d'outre-mer, j'en serais quitte pour le recevoir de façon à lui ôter l'envie de revenir; mais Carolles m'a parlé d'une comtesse tout aussi exotique, et je ne veux pas t'exposer à rencontrer chez moi une aventurière.

Demande à M. de Gouville ce qu'il en pense.

Simone s'abstint de poser la question. Elle croyait que Jacques allait, sans qu'elle l'interrogeât, répondre à la marquise; mais Jacques était fort embarrassé pour donner son avis. Jacques avait promis à Mlle de Roscanvel de l'aider à se renseigner sur la dernière campagne du commandant, et, d'autre part, il approuvait la tante de ne pas ouvrir sa maison aux recommandés de M. de Carolles.

En même temps, il s'étonnait que la dame de l'avenue Kléber ne lui eût pas dit un mot de son projet de se faire présenter rue de Babylone. Il l'y avait engagée, le jour où elle l'avait reçu dans son jardin; mais, depuis cette première visite, la situation était changée, et il ne comprenait pas que Mme de Salazie eût, sans lui en parler, choisi pour ambassadeur ce marquis à tout faire. Avait-il risqué la démarche sans qu'elle l'y eût autorisé? Ce n'était pas impossible, mais alors, quel était son but?

Jacques ne pouvait pas se prononcer, ni arrêter un plan de conduite, avant d'avoir éclairci toutes ces obscurités. Et pour comble de difficulté, il lui fallait s'expliquer en présence de Pontcroix, qui pouvait se douter que la créole dont il s'agissait était la superbe brune rencontrée au Théâtre annamite.

Il ne se serait pas tiré de ce mauvais pas, si Mme de Valmondois eût insisté pour qu'il exprimât son opinion; mais elle n'avait interpellé Simone que pour corser son raisonnement, car elle ne doutait pas que Gouville n'abondât dans son sens, et elle reprit, sans attendre qu'il parlât :

— La cause est entendue. Je vais défendre ma porte

à tout ce vilain monde. Les menaces de Carolles ne m'empêcheront pas de dormir... et toi, petite, tu reconnaîtras bientôt que j'ai sagement fait de mettre le holà à cette invasion étrangère... Oh! je devine ce qui te contrarie... tu t'imagines que les protégés de ce déclassé nous renseigneraient sur le dernier voyage de ton père. Ils ne t'apprendraient rien du tout. N'y pense plus... et rentrons. Il commence à faire un peu trop frais dehors pour mes quatre-vingt-dix ans.

Mériadec va me donner le bras pour m'aider à regagner ma chambre. Allons, mon neveu, sois mon bâton de vieillesse, et quand tu m'auras reconduite, ta sœur me tiendra compagnie.

Le neveu aurait préféré se dispenser de cette petite corvée, mais il obéit, sans rechigner.

Gouville, depuis un instant déjà, n'attendait qu'une occasion pour s'esquiver, car les discours de la douairière le mettaient sur les épines. Il saisit la balle au bond, et il eut la satisfaction de voir Pontcroix prendre congé comme lui de la tante et de la nièce, qui n'essayèrent pas de le retenir.

Les deux amis sortirent ensemble de l'hôtel, et quand ils se trouvèrent sur le trottoir désert de la rue de Babylone, ils cheminèrent d'abord sans échanger un seul mot.

Ce n'était pas faute d'avoir quelque chose à se dire, car chacun d'eux grillait d'envie de questionner l'autre; mais la situation était devenue délicate, et c'était à qui ne commencerait pas.

— Où vas-tu? demanda enfin Jacques.

— Je rentre chez moi, répondit Paul; rue de Commaille... c'est tout près d'ici.

— Alors, je vais t'accompagner jusqu'à ta porte. J'ai à te parler.

— Moi aussi, j'ai à te parler.

— Très bien. Nous allons vider nos sacs. J'aurais déjà vidé le mien, si je t'avais revu depuis notre soirée à l'Exposition ; mais tu n'es pas venu me demander au Cercle, comme je l'espérais, et je n'ai pas eu le temps de passer les ponts pour aller te chercher.

— Tu dois être, en effet, fort occupé. J'ai craint de te déranger. Et puis Mériadec et sa sœur sont arrivés...

— Oui. Où en es-tu avec ta cousine ?

— Toujours au même point.

— Je viens de m'en apercevoir... et c'est là-dessus que je prétends te faire subir un interrogatoire en règle.

— Ne te gêne pas. Je suis prêt à te répondre.

— Bon !... Je commence par te déclarer que ta tante n'est pas contente. Elle trouve que tu lanternes beaucoup trop et que tu devrais en finir. C'est aussi mon avis. Tu es bel et bien fiancé à Mlle de Roscanvel. Vous ne pouvez pas rester fiancés à perpétuité. Il faut toucher ou dételer, comme disent les paysans de Normandie.

— Il me semble que Simone n'y tient pas.

— Ce n'est pas à elle, tu en conviendras, d'aller de l'avant.

— D'accord ; mais tu viens de causer avec elle. Tu dois savoir maintenant à quoi t'en tenir sur ses intentions. Elle ne veut pas se marier.

— Elle ne m'a pas dit cela... il est bien vrai qu'en ce moment elle a autre chose en tête.

— Oui... la mort de son père... elle a dû te parler des visions qui hantent sa cervelle... je ne puis pas la guérir de cette folie.

— Tu pourrais du moins ne pas lui rompre en visière, comme tu l'as fait jusqu'à présent. Qu'elle se trompe, c'est possible, mais ce n'est pas certain... Pourquoi n'entres-tu pas dans ses idées ?

— Parce qu'elles n'ont pas le sens commun.

— Pour lui démontrer cela, tu devrais d'abord l'aider dans ses recherches... Je m'y suis bien engagé, moi, et je tiendrai ma promesse. Elle te saurait gré d'en faire autant.

Si nous n'arrivons à aucun résultat, elle reviendra de ses chimères, et elle ne boudera plus contre le mariage.

— C'est comme si tu me proposais d'essayer de monter dans la lune. Je ne suis pas disposé à me lancer dans une entreprise absurde. Il faudrait faire semblant de croire au succès, et je ne veux pas mentir.

— Diable! mon cher, tu as des principes qui te gêneront pour réussir auprès des femmes. Les plus honnêtes, et même les plus innocentes, n'admettent pas qu'on leur dise : « Vous demandez l'impossible! » Elles n'ont pas tout à fait tort, car ce mot-là n'a pas de sens pour un amoureux... Et ceci m'amène à te poser carrément une question : L'aimes-tu, ta cousine?

— Pas comme tu l'entends.

— Je l'entends comme tout le monde. Il n'y a pas d'amour sans passion ni sans jalousie... ça n'a rien à voir avec l'amitié ni avec l'estime.

— Je ne connais pas cet amour-là, et je ne tiens pas à le connaître.

— Ah çà! tu es donc de bois? demanda gaiement Jacques de Gouville.

— Peut-être bien, répondit Paul en riant.

— Et moi qui me figurais que tu t'étais *emballé* sur la comtesse de l'esplanade des Invalides !

— Pas plus que je ne *m'emballe* sur les rêves de Simone.

— Allons! décidément, tu es très fort... mais je te plains, car je trouve qu'en ce monde il n'y a d'agréable que les illusions. Et je te préviens que je vais me mettre

en campagne pour retrouver l'assassin de ton oncle. Je
ne suis pas très sûr qu'il existe, mais ça m'amusera de
le chercher, et si, par hasard, je le trouve, je t'en laisserai tout le mérite, car je dirai à ta cousine que c'est toi
qui l'as découvert.

— Tu plaisantes toujours.

— Mais non. Je suis convaincu que tu finiras par
épouser Mlle de Roscanvel, et je tiens à te prouver que
je ne veux pas te supplanter, comme tu me l'as conseillé,
la semaine dernière, au Trocadéro, un soir, après boire.
Il a passé beaucoup d'eau sous les ponts, depuis ce soir-là.

— Je ne m'en suis pas aperçu. Mon existence n'a pas
changé.

— Alors, tu n'as pas revu la dame aux yeux de braise?

— Où l'aurais-je revue, bon Dieu?

— Chez elle, parbleu! Avant de monter dans son
carrosse, elle nous a donné son adresse, et je suppose
que tu ne l'as pas oubliée.

— Avenue Kléber, je crois... mais je n'y suis pas
allé... Et toi?

— Moi?... dès le lendemain!... et je m'attendais à t'y
rencontrer.

— Je te répète qu'elle m'est indifférente... Mais puisque tu l'as vue, elle a dû te parler de mon oncle qu'elle
prétend avoir reçu chez elle, à l'île Maurice.

— Elle le prétend, et c'est vrai. La preuve, c'est qu'elle
voudrait voir ses enfants.

— Je me souviens que c'est toi qui lui as soufflé cette
idée-là... je t'en ai même fait des reproches.

— Parfaitement!... et j'ai cru que tu ne te souciais
pas qu'elle vît ta cousine parce que tu voulais lui faire
la cour. Je m'étais trompé... et entre elle et moi, il n'a
plus été question de la visite, mais il paraît qu'elle n'y
a pas renoncé.

— Qu'en sais-tu ?

— Tu viens d'entendre ta tante dire ce qu'elle en pense.

— Ma tante ?...

— Eh ! oui... cette comtesse que le vieux Carolles voulait lui présenter, c'est notre brune de l'Esplanade. Mme de Valmondois ne l'a pas nommée, mais j'en suis certain. Et ta cousine est très mécontente que la marquise ait refusé de la recevoir, car ta cousine s'imagine que Mme de Salazie lui apprendrait beaucoup de choses...

— Sur mon oncle ?... mais oui, au fait, puisqu'il a séjourné à Maurice, peu de temps avant sa mort... Eh bien ! mon cher Jacques, voilà une belle occasion pour toi d'être agréable à Simone... Amène-la rue de Babylone, cette comtesse.

— Pas possible, cher ami.

— Et pourquoi ?... Est-ce que tu ne la vois plus ?

— Je la vois tous les jours, et plutôt deux fois qu'une.

— Eh bien ! alors ?

— Mais je me garderais bien de la présenter à Mme de Valmondois, et surtout à Mlle de Roscanvel.

— Encore une fois, pourquoi ?

— Tu ne devines pas ?

— Ma foi ! non.

— Ah ! tu manques de flair, toi ! Comment ! je viens de te dire que je ne bouge plus de chez la dame, et tu ne te demandes pas ce que j'y viens faire ?... T'imagines-tu que je lui donne des leçons de piano ?

Cette fois, Paul comprit.

— Alors tu es son amant, dit-il en fronçant le sourcil.

— Mais oui. Je ne suis pas de bois, ni elle non plus, quoiqu'elle se vante de n'avoir jamais aimé personne, pas même moi. Nous sommes faits l'un pour l'autre, car je ne suis pas amoureux d'elle, et c'est une charmante maîtresse.

T'expliques-tu maintenant que je ne l'amène pas chez ta tante?

— Certes!... et je t'approuve.

— Ta cousine m'en voudra, et ce n'est pas très correct, ce que je fais là, car en pareil cas la discrétion est obligatoire. Je ne devrais pas te dire où j'en suis avec ma créole, mais j'aime mieux te mettre dans la confidence de ma liaison avec elle que de manquer, en te cachant la vérité, aux devoirs de l'amitié. Cette liaison, d'ailleurs, n'est pas de celles qu'on peut tenir dans l'ombre, car la comtesse n'y mettra pas de mystère. Elle est libre comme l'air, et elle est venue à Paris pour s'amuser. Elle veut tout voir... les courses, les théâtres, et, naturellement, elle compte sur moi pour l'accompagner.

— Et tu vas t'afficher avec elle?

— Je ne vois pas pourquoi je m'en priverais. Je n'ai pas peur de me compromettre, puisque je ne songe pas à me marier. Et ça ne m'empêchera pas de rendre service à Mlle de Roscanvel... au contraire, car, dans les termes où je suis maintenant avec Mme de Salazie, elle ne refusera pas de me dire ce que ta cousine tient tant à savoir.

Tout est donc pour le mieux.

— Alors, tu es content de ton sort? demanda ironiquement Paul de Pontcroix.

— Content?... oui et non. Si c'était à refaire...

— Tu le referais.

— Pas sûr... Mais c'est fait, et il n'est plus temps de peser les inconvénients de la situation. Elle aura une fin, et je réponds qu'elle ne tournera jamais au collage.

— Je le souhaite pour toi. Maintenant, donne-moi un

conseil. Je suis résolu à ne pas me mêler des affaires de Simone...

— Qu'appelles-tu ses affaires?

— J'entends ses projets ou plutôt ses rêveries. Elle ne me pardonnera pas de refuser d'entrer dans ses idées et elle ne m'épousera jamais. Ne penses-tu pas, comme moi, que je ferais bien de prendre les devants, c'est-à-dire de déclarer à sa tante que je retire ma candidature?...

— Je pense que tu aurais grand tort... à moins que tu n'aies un autre mariage en vue.

— Quant à cela, non... et je ne trouverai jamais mieux que ma cousine; mais j'ai horreur des situations fausses et, pour mettre un terme à celle où je me trouve, je suis à peu près décidé à m'éloigner de Paris. J'irai passer l'hiver en Italie, et, pendant mon absence, tout s'arrangera ici. Quand je reviendrai... nous verrons.

— Quand tu reviendras, mon cher, ta cousine ne voudra plus de toi.

— Elle n'en veut déjà plus.

— Tu exagères. Elle est mécontente, mais il ne tiendrait qu'à toi de rentrer en grâce auprès d'elle. Je t'ai indiqué le moyen, et je te répète que je te soutiendrai. Réfléchis encore avant de jeter le manche après la cognée.

Ces messieurs étaient arrivés, par la rue du Bac, au coin de la rue de Commaille où demeurait Pontcroix.

— C'est tout réfléchi, dit-il en s'arrêtant. Je veux partir, mais je ne partirai pas sans te revoir.

— Je l'espère bien. Alors, tu me lâches ici?

— Excuse-moi, j'ai besoin d'être seul.

— Comme tu voudras, répliqua sèchement Gouville.

Et les deux amis se séparèrent sans se serrer la main.

Gouville était furieux, et il s'en allait grommelant :

— Voilà comme il me remercie!... elle est ravissante,

sa cousine, sans compter qu'elle est très riche, et je crois
que si je voulais lui couper l'herbe sous le pied, ce ne
serait pas long... oui, mais ce serait canaille, et il sait
que je n'essayerai pas... il pourrait bien au moins m'en
être reconnaissant... Que le diable m'emporte si je devine
ce qu'il pense et ce qu'il veut ! C'est une énigme que ce
garçon-là, et j'ai mieux à faire que de m'occuper de lui.
Carmen m'attend, et il faut que, dès ce soir, j'aie avec
elle une explication. Notre lune de miel est dans son
plein, c'est le moment d'éclaircir un tas de choses que
j'ai laissées dans l'ombre. Après, je serai tout à elle, et
je crois que je ne m'ennuierai pas cet hiver.

IV

Jacques de Gouville, amant heureux de Mme de
Salazie, en était encore à se demander comment c'était
arrivé.

C'était écrit sans doute, et il se laissait aller sans
remords à la douce fatalité qui les avait unis.

Sur l'amour-caprice, ils pensaient de même, et elle ne
songeait pas plus que lui à analyser ses sentiments. Il
leur suffisait de se plaire et de s'appartenir.

Dès leur première entrevue dans le jardin de l'hôtel
de l'avenue Kléber, ils avaient échangé leurs pro-
fessions de foi et ils s'étaient compris. La créole n'exi-
geait pas de son amant plus qu'elle ne pouvait ou ne
voulait lui donner.

Et il y avait des raisons pour qu'elle durât, cette
liaison, où le cœur n'était pour rien. Ils se quitteraient,

quand ils en auraient assez, sans orages et sans regrets, comme ils s'étaient pris.

En attendant ce dénouement inévitable, ils avaient tout oublié pour ne plus penser qu'à goûter les charmes d'une intimité passionnée.

Jecques ne songeait plus au timbalier cochinchinois, ni au baron d'Ambre; encore moins au capitaliste Cimaise et au savetier Biroulas. La comtesse ne lui parlait plus de l'île Maurice, ni du commandant de l'*Hermione*, ni de Paul de Pontcroix.

Ils n'avaient pas eu besoin de se donner le mot pour perdre la mémoire du passé et le souci de l'avenir.

Le présent comblait tous leurs vœux.

Ils se voyaient chaque jour, chez elle, car elle ne s'était pas encore décidée à venir chez lui, et personne ne troublait leurs fréquents tête-à-tête. Les gens de la comtesse, admirablement stylés, y veillaient, quoique Cora, la quarteronne, fût seule dans la confidence des amours de sa maîtresse.

Gouville, depuis qu'il était pris, n'avait plus mis les pieds à son Cercle, et il s'en trouvait fort bien, puisqu'il ne jouait plus.

Sa visite à la marquise de Valmondois venait de déranger, pour la première fois, la régularité de ses nouvelles habitudes. Il avait passé presque tout l'après-midi rue de Babylone, et il s'y était si bien attardé qu'en arrivant à l'hôtel de l'avenue Kléber il apprit que madame venait de sortir pour affaires.

Ce « pour affaires » le surprit un peu, mais la femme de chambre ajouta que Mme la comtesse attendrait M. le vicomte, le lendemain, à deux heures, pour la conduire aux courses de Longchamps.

Gouville ne s'était pas encore montré avec Mme de Salazie au Tout-Paris du sport et des premières. Il pensa

7.

qu'elle avait voulu s'éviter la peine de lui demander de l'y accompagner, et, comme il n'y répugnait pas du tout, il se promit d'être exact au rendez-vous.

Il n'était pas fâché, d'ailleurs, de prendre un jour de congé. Il en profita pour faire son examen de conscience, en dînant solitairement aux Champs-Élysées, et il eut la satisfaction de constater qu'il n'était pas jaloux de la dame.

Il ne se demanda pas une seule fois où elle était et ce qu'elle faisait pendant qu'il buvait du clicquot en plein air, et, rentré chez lui, après une longue promenade hygiénique, il dormit comme un bienheureux.

Sûr de lui maintenant, il se promit encore d'entamer, le lendemain, le chapitre des explications, en se bornant toutefois à celles qui concernaient le père de Mlle de Roscanvel, dont il n'avait pas tout à fait perdu le souvenir, car il rêva d'elle.

Au réveil, après une nuit de repos, l'image de la jeune fille s'était fort effacée, et il ne pensait plus qu'à la joyeuse journée qu'il allait passer, car il comptait bien que Mme de Salazie la lui consacrerait tout entière.

Elle avait déjà plus d'une fois exprimé le désir de courir Paris avec lui, et après la réunion de Longchamps, l'occasion serait bonne pour passer la soirée ensemble.

Gouville, qui ne demandait pas mieux, déjeuna solidement et s'habilla vivement.

La femme de chambre ne lui avait pas dit comment sa maîtresse irait aux courses, mais il supposait qu'elle ferait atteler une de ses voitures, et il prit un cab pour se transporter avenue Kléber.

En y arrivant, à deux heures moins un quart, il fut assez étonné de voir la comtesse déjà installée dans son grand coupé, le cocher sur son siège et le valet de pied fermant la portière.

Il y courut et il fut encore plus surpris d'être froidement reçu.

— Vous faites bien d'arriver, lui dit d'un ton bref la belle créole ; j'allais partir.

— Je ne m'en serais pas consolé, s'écria Jacques ; mais je ne suis pas en retard. C'est vous qui êtes en avance.

— Vous me démontrerez cela en route, dit-elle sèchement. Montez vite.

Et au valet de pied :

— Dites à Baptiste de passer par l'Étoile et de suivre l'avenue du Bois de Boulogne.

Le valet transmit l'ordre, et l'on fila vers l'Arc de triomphe.

— Vous savez, ma chère Carmen, qu'il est à peine deux heures, commença Jacques en essayant de prendre, pour la baiser, une main que la comtesse lui refusa.

— Il ne s'agit pas de cela, répliqua-t-elle. Pourquoi n'êtes-vous pas venu hier ?

— Je suis venu, vous le savez bien... et vous étiez sortie.

— Après vous avoir attendu toute la journée. Qui vous a retenu, je vous prie ?

— Prenez garde !... je pourrais m'imaginer que vous êtes jalouse.

— La jalousie, mon cher, ne va pas sans l'amour. Auriez-vous la fatuité de croire que j'en ai pour vous ?... Me serais-je trompée en vous prenant pour un homme d'esprit ?

— J'espère que non, dit en riant Gouville, et je ne me flatte pas de fondre les neiges de votre cœur. Mais aussi pourquoi cet interrogatoire ? Moi, je ne me permettrais pas de vous demander où vous étiez quand je me suis présenté chez vous, hier.

— Vous auriez beau me le demander, je ne vous répondrais pas. Et si je vous interroge, c'est que vous m'avez fait attendre. Je ne suis pas accoutumée à ces façons et je ne suis pas disposée à les supporter.

— Sur quelle herbe a-t-elle marché aujourd'hui ? pensa Gouville. Serait-ce qu'elle cherche à rompre ?... déjà !

La comtesse s'était blottie dans l'angle du coupé, et elle affectait de regarder par la portière. Jacques la laissa bouder tout à son aise. Il savait par expérience que c'est le meilleur moyen de calmer les femmes irritées. Quand on ne leur répond pas, la querelle qu'elles cherchent s'éteint, faute d'aliment.

Mais la journée commençait mal. C'était la première fois que la dame se montrait si quinteuse, et il craignait que ce ne fût pas la dernière : auquel cas, il aurait abrégé la liaison, car il détestait les scènes.

Elle était pourtant bien jolie, en dépit de sa mauvaise humeur, et elle portait une exquise toilette qui mettait en lumière toutes ses perfections : une toque de crêpe de Chine, dégageant le cou, et un manteau de drap gris souris, à carrick, serré à la taille, — une taille à tenir entre les dix doigts, avec des épaules superbes et un corsage opulent. Jamais elle ne lui avait paru si charmante, et en détaillant d'un œil expert toutes ses beautés, il oubliait parfaitement qu'il s'était juré de lui poser, ce jour-là, deux ou trois questions qui intéressaient surtout Simone de Roscanvel.

Le coupé roulait maintenant sur la large chaussée de l'ex-avenue de l'Impératrice, au milieu d'une quadruple file de voitures de toutes les catégories. Il y avait même des fiacres, car les courses se sont démocratisées, mais les équipages élégants étaient en majorité ; moins nombreux cependant que l'année précédente à pareille époque, l'Exposition ayant relégué dans leurs terres beaucoup de châtelains, ennemis des cohues provinciales.

Les horizontales n'avaient pas déserté, et leurs victorias décolletées filaient comme des météores, devançant les majestueux huit-ressorts où trônaient les grandes mondaines.

Gouville les connaissait toutes, au moins de vue, et il aurait pu les nommer à Mme de Salazie qui, nouvelle venue à Paris, les voyait pour la première fois.

On la regardait beaucoup, cette merveilleuse comtesse, mais personne ne la saluait, par l'excellente raison que personne ne savait qui elle était.

Et Gouville s'attendait à être souvent questionné, avant la fin de la journée, sur la belle étrangère qu'il accompagnait à Lonchamps.

Du reste, la curiosité dont elle était l'objet ne le gênait pas du tout. Gouville, n'ayant ni famille ni fiancée, n'avait pas de ménagements à garder, et il ne lui déplaisait pas qu'on sût qu'il était du dernier bien avec une *professional beauty*.

Déjà, il avait surpris au passage des sourires discrets sur les lèvres de quelques cavaliers de son monde, et la créole s'apercevait aussi fort bien qu'elle faisait sensation.

Elle boudait encore, mais elle avait cessé de regarder par la portière et elle ne détournait plus les yeux quand ils rencontraient ceux de Jacques qui ne la perdait pas de vue.

— M'en voulez-vous toujours? demanda-t-il de sa voix la plus douce.

Elle hésita un instant, mais elle finit par dire, d'un ton décidé :

— Eh bien ! non... c'est passé, et je reconnais que

j'ai eu tort... je suis très nerveuse. Il faut me prendre telle que je suis et me pardonner mes colères. Faisons la paix.

— C'est fait... et je vous supplie de ne pas vous priver de me malmener quand l'envie vous en prendra. Je ne me fâcherai jamais. Et si vous me cherchez encore querelle, j'y gagnerai de vous voir comme vous êtes en ce moment. C'est l'arc-en-ciel après l'orage. Que n'ai-je un miroir à vous offrir !... vous y verriez comme le raccommodement vous va bien.

— A la bonne heure ! s'écria Carmen, je vous retrouve tel que je vous veux !... Ai-je été assez ridicule !... voilà pourtant à quoi nous emploierions notre temps si l'amour se mettait de la partie !... Je n'ai pas encore passé par là, mais je suis sûre que je deviendrais insupportable.

— Et moi, je suis sûr que je vous supporterais quand même.

— Ne me dites pas cela. Vous n'en pensez pas un mot. Souhaitez plutôt de ne jamais m'inspirer un autre sentiment que...

— Que de la sympathie, acheva Gouville.

— Encore une expression qui ne rend ni votre pensée ni la mienne.

— Donnez-moi la vraie.

— Eh bien !... du goût... un goût très vif, ajouta en riant la créole.

— Et très partagé, je vous le jure. Seulement, moi, je ne réponds pas de m'en tenir là.

— Vous vous calomniez, mon cher. Je vous connais mieux que vous ne vous connaissez vous-même. Je vous plais, je n'en doute pas, mais vous ne ferez jamais de folies pour moi... pas plus que je n'en ferai pour vous.

— J'admire la sûreté de vos jugements et je me demande où vous avez appris à connaître le cœur humain... si jeune, si belle et si sérieuse!... Savez-vous que vous êtes un phénomène?

— Ne vous moquez pas de moi. Je n'ai que vingt-cinq ans, mais j'ai beaucoup souffert.

— Donc, vous avez aimé?

— Non... j'ai été trahie par des hommes que j'aurais peut-être aimés.

— Des hommes, au pluriel? demanda Jacques.

— Pourquoi pas? Est-ce que vous n'avez eu qu'une seule maîtresse, avant de me rencontrer?

— Vous avez une façon de rétorquer les arguments!...

— C'est afin de vous obliger à confesser que nous serions fous de chercher mieux quand nous sommes si bien. Je ne sais rien de plus bête que la jalousie rétrospective, et nous avons autre chose à faire que de parler du passé. Je compte sur vous pour me montrer Paris jusque dans ses dessous. Les courses, c'est très bien; mais je veux que vous me meniez partout. Il ne tiendrait qu'à moi de voir ici le monde où j'ai toujours vécu; j'aime mieux voir... l'autre.

— On ne s'y amuse pas tant que vous pensez... surtout en ce moment où la province a tout envahi... mais je vous conduirai aux bons endroits. Ce sera toujours plus gai que les thés de cinq heures auxquels on vous inviterait si vous vous décidiez à faire des visites. Moi, je les ai en horreur, les *five o'clock*, les dîners en cravate blanche, les réceptions habillées, les sauteries et tout ce qui s'ensuit.

C'est bon pour mon ami Paul, ces divertissements-là.

— M. de Pontcroix?... je ne l'ai pas revu depuis l'esplanade des Invalides. Que devient-il?

— Sa cousine est arrivée, et je l'ai trouvé hier chez Mme de Valmondois, qui héberge Mlle de Roscanvel et son frère.

— Hier? interrogea la comtesse en fronçant le sourcil.

— Mon Dieu, oui... et ceci m'amène à faire des aveux. J'ai passé hier mon après-midi rue de Babylone. Je m'y suis attardé, et j'en ai été puni, puisque je vous ai manquée.

— Que ne le disiez-vous plus tôt ! Je ne me serais pas fâchée, je vous prie de le croire. Alors, vous avez vu les enfants de ce pauvre commandant? Je vous envie. Comment sont-ils?

— Le fils est un beau garçon un peu fruste qui aspire à se dégrossir. Si nous courons les *bouis-bouis* parisiens, nous pourrons l'y rencontrer, car il va s'y jeter, tête baissée, à la mode de Bretagne. La fille est charmante. C'est le vivant portrait de son père.

— Je voudrais la connaître.

Gouville ne se pressa pas de répondre à cette ouverture. Le moment étant venu d'aborder un sujet délicat et avant d'attaquer la question des anciennes relations de la comtesse avec le défunt capitaine de vaisseau, il voulait, comme on dit, la voir venir.

— Croyez-vous que ce soit possible? demanda-t-elle.

— Pourquoi pas ? répondit évasivement Jacques.

— Vous m'avez offert, l'autre jour, de me présenter à sa tante.

— Parfaitement... Mais il me semble que le marquis de Carolles s'en est chargé.

— Le marquis de Carolles? riposta Mme de Salazie avec un étonnement qui n'était pas joué. Qu'est-ce que ce marquis?

— C'est un ami de M. d'Ambre.

— Je l'ignorais.

— Vraiment ?... Alors, je vais bien vous surprendre en vous apprenant qu'il est venu, hier, chez Mme de Valmondois, pendant que j'y étais, et qu'il lui a parlé de vous.

— De moi !...

— De vous et de M. d'Ambre. Je n'ai pas assisté à la conversation, mais, après le départ de Carolles, Mme de Valmondois m'a dit qu'il était venu lui demander de recevoir le baron... et je crois qu'il a été aussi question de vous.

— Voilà qui est singulier !... M. d'Ambre ne m'a pas dit un mot de cela... Mais qu'a répondu Mme de Valmondois ?

— Rien de positif, que je sache. Peut-être n'a-t-elle pas pris en bonne part une démarche faite par ce Carolles qu'elle connaît de longue date, mais qu'elle n'estime pas.

— Je m'explique alors que M. d'Ambre ne m'ait jamais parlé de ce personnage.

— Il l'a cependant choisi comme parrain pour se faire recevoir à mon Cercle où je l'ai rencontré, il y a huit jours, et où il m'a gagné de l'argent à l'écarté.

— Vous m'avez déjà raconté cela.

— Mais M. d'Ambre ne vous en a pas parlé ?

— M. d'Ambre ne sait pas que je vous connais. J'ai jugé inutile de le lui apprendre.

— Mais il finira bien par le savoir, et, puisque nous parlons de lui, qu'est-ce au juste que M. d'Ambre ?

— Je vous l'ai dit, dès votre première visite, en me promenant avec vous dans mon jardin. M. d'Ambre est presque mon compatriote, puisqu'il est de l'île Bourbon. Il était l'ami de mon mari, et il a bien voulu se charger de préparer mon installation à Paris. Vous n'avez certainement pas oublié cela. Pourquoi m'obliger à vous le répéter ? Et que signifient ces mots « au juste » ? Vous croyez donc que je vous ai caché une partie de la vérité ?

— Vous n'étiez pas forcée de me la dire tout entière. Et si je cherche à me renseigner plus amplement sur ce monsieur, c'est que je n'aperçois pas l'intérêt qu'il peut avoir à être reçu chez la marquise de Valmondois... à moins pourtant qu'il n'aspire à épouser sa nièce.

— Il faudrait qu'il fût fou. Il a quarante ans sonnés et il n'a jamais voulu se marier.

— Alors, je ne comprends pas et je m'explique encore moins que son ambassadeur ait mis en avant votre nom.

— Je ne l'y ai certes pas autorisé. Quant à M. d'Ambre, il doit avoir, pour agir comme il l'a fait, des raisons que j'ignore, mais que j'entrevois. Il a connu à l'île Maurice M. de Roscanvel.

— Fort peu, m'avez-vous dit, lorsque je vous l'ai demandé, il y a huit jours.

— Ses relations avec le commandant ont été courtes, c'est vrai ; mais je me souviens qu'ils ont eu à débattre des affaires d'intérêt qui, peut-être, ne sont pas encore entièrement réglées.

— Quoi ? Une dette de jeu ?

— Je ne sais. C'est un bruit qui a couru à Maurice, à la suite des furieuses parties qui s'y jouèrent pendant le séjour qu'y fit M. de Roscanvel avec sa frégate. M. d'Ambre ne m'en a jamais parlé, et, s'il est resté créancier du commandant, il est trop galant homme pour avoir réclamé le payement de sa créance. Mais il ne serait pas impossible qu'il tînt à mettre la marquise au courant de cette situation.

— Diable ! ce serait fâcheux. Ses enfants payeraient certainement, mais Simone aurait un chagrin mortel d'apprendre que son père s'est mis dans ce mauvais cas.

— Si le baron me consulte et qu'il ait réellement ce projet, je l'en détournerai, je vous le promets.

— Le plus tôt serait le mieux, car il a dû être vexé du refus que Mme de Valmondois a opposé aux instances de ce Carolles, et dans un accès de mauvaise humeur, il pourrait...

— Non. Il ne se vengerait pas ainsi... Mais, dites-moi, mon cher... j'ai été blackboulée aussi, à ce qu'il paraît, et s'il me prenait fantaisie de jouer un tour à cette douairière revêche...

— Ce n'est pas vous qu'elle a refusée, puisqu'elle ne vous connaît pas... c'est cet animal de Carolles... et si Mlle de Roscanvel avait voix au chapitre, elle me prierait de vous amener, dès demain, rue de Babylone.

— Et vous m'y conduiriez ?

— Oui... au risque d'encourir toutes les colères de la tante, si elle venait à découvrir...

— Que vous êtes mon amant, acheva Mme de Salazie. Si vous étiez franc, vous avoueriez que c'est à la nièce que vous craignez de déplaire en présentant votre maîtresse.

— Encore ! dit Gouville, en éclatant de rire. Je croyais que vous n'étiez pas jalouse.

— Je le suis si peu que si vous épousiez Mlle de Roscanvel, qui est un superbe parti, je ne vous en voudrais pas du tout. Pour moi, une femme légitime n'est pas une rivale.

Mme de Salazie avait sur la morale des idées particulières, et Gouville prenait plaisir à lui fournir des occasions de les formuler.

Elle reprit, sans s'arrêter davantage à celle-là :

— Il me semble que nous sommes arrivés. C'est le

champ de courses, n'est-ce pas, cette plaine bariolée ?

La comtesse avait, du premier coup, trouvé le mot juste.

Son coupé débouchait par la Cascade, sur l'immense hippodrome de Longchamps qui, de loin, avait l'air d'un pré émaillé de pâquerettes, de boutons d'or, de bluets et de coquelicots.

Cette illusion d'optique était produite par les ombrelles multicolores des femmes rangées sur les gradins des tribunes ou trônant dans des équipages serrés les uns contre les autres, sur la pelouse, près de la corde, comme les navires dans les bassins du Havre.

L'herbe avait disparu sous la foule, et, à la lisière du bois, les arbres portaient des grappes de spectateurs qui n'avaient rien payé pour voir le spectacle.

— Oui, nous y sommes, dit Gouville, et je vois que le temps qui menace n'a pas découragé les amateurs. La réunion est au grand complet. C'est la première fois que vous assistez à des courses ?

— A Paris, oui. Je n'ai pas voulu y aller seule. A Maurice, je n'en manquais pas une.

— Il y a donc des courses là-bas ?

— En doutez-vous ?... dans une colonie anglaise !

— C'est vrai !... j'oubliais qu'aussitôt qu'il y a quelque part deux douzaines d'Anglais, ils font courir des chevaux et ils fondent un journal... avec des annonces.

— Ne vous moquez pas d'eux. Ils sont plus sérieux que vous.

— Sérieux, mais pas gais. Vous auriez beau me dire que vous êtes Anglaise, je ne vous croirais pas.

La vérité était que Gouville n'avait pas pensé à s'enquérir de la nationalité de sa maîtresse et qu'il prenait, comme on dit, la balle au bond.

Elle répondit, sans hésiter :

— Mon arrière-grand-père a servi dans l'Inde sous le bailli de Suffren ; c'est vous dire qu'il était Français ; son fils s'est fait colon à Maurice, et son petit-fils y est mort. Il avait épousé à Manille ma mère, qui était Espagnole. C'est d'elle que je tiens mon nom de Carmen. Mon mari était le dernier d'une famille provençale établie à l'île de France depuis deux siècles.

Cet exposé de ma généalogie vous suffit-il, monsieur le vicomte ?

— Je ne vous le demandais pas, répondit gaiement Gouville. Vous êtes assez charmante pour vous passer d'aïeux.

— Voilà que vous retombez dans les compliments ! Vous savez pourtant que je ne les aime pas. Expliquezmoi plutôt comment nous allons passer notre temps sur ce turf. Je vous préviens que je suis très joueuse et que je veux parier... seulement, je n'y entends rien.

— Oh ! c'est facile... les bookmakers sont là... ce qui l'est moins, c'est de toucher un gagnant... Enfin, nous essayerons.

— Vous me conduirez au pesage. On m'a dit que c'était là qu'on pouvait engager de grosses sommes.

— Je vous mènerai où vous voudrez, mais nous ferons bien de commencer par nous placer le plus près possible du poteau d'arrivée.

— C'est l'affaire de mon cocher. Il a été longtemps au service d'une demoiselle qui avait beaucoup d'amis au Jockey-Club et qui suivait assidûment les courses. On ne voyait qu'elle à Auteuil, à Chantilly et à Longchamps. Laissez faire Baptiste. Il saura bien caser mon coupé au bon endroit.

C'était le moment où le public de la pelouse envahit la piste et où les communications se rétablissent entre les équipages alignés et l'enceinte du pesage, le moment où

les tribunes se vident, où tout se mêle : les millionnaires
et les grands seigneurs du turf coudoyant les pauvres
diables venus pour faire entre eux des poules à quarante
sous dans un chapeau; les horizontales de petite marque
et même les momentanées, comme on dit maintenant,
frôlant des duchesses authentiques.

Les privilégiés du pesage venaient apporter à leurs
amies de la pelouse des nouvelles de la course, et il
n'était si modeste coupé ou si piètre victoria qui ne fussent assiégés par de jolis messieurs, empressés à renseigner les dames.

Le cocher de la comtesse manœuvra si adroitement
qu'il n'écrasa personne et qu'il vint, sans accrocher,
prendre place, presque en face des tribunes, entre une
calèche découverte occupée par deux femmes en toilettes
tapageuses et un énorme mail-coach chargé de messieurs
qui buvaient du vin de Champagne.

Gouville connaissait les deux femmes, assez haut cotées
à la bourse de la galanterie, et parmi les joyeux compagnons perchés sur l'impériale du mail, il aperçut des
gens de son Cercle, entre autres l'aimable Colimard.

Il aurait préféré d'autres voisinages, mais il n'espérait pas se cacher.

Il demanda à Mme de Salazie s'il lui plairait de circuler
à travers cette foule bigarrée avant d'aller faire un tour
au buffet de Rouzé, et, comme elle ne dit pas non, il s'empressa de descendre pour l'aider.

Il tenait encore la portière quand il vit s'approcher de
l'autre côté du coupé un monsieur qu'il ne s'attendait
pas à rencontrer là, quoique rien ne fût plus naturel que
de l'y voir.

Ce monsieur était le baron d'Ambre, en personne.

Il n'avait encore aperçu que la comtesse et il devait
croire qu'elle était venue seule à Longchamps, car il ne

prenait pas garde à Gouville qui, à travers la voiture
dont les deux glaces étaient baissées, l'observait tout à
son aise. Il arrivait, le chapeau sur la tête, il ne paraissait pas disposé à l'ôter pour saluer la comtesse, et il
n'avait pas du tout l'air de la chercher pour lui dire des
douceurs.

Gouville ne l'avait pas revu depuis la partie d'écarté,
et il allait se trouver dans une situation assez fausse entre
sa nouvelle maîtresse et le beau ténébreux qu'elle prétendait n'avoir été que le meilleur ami de son mari. Il
se demandait ce qu'il allait faire : partir ou rester.
Mme de Salazie le tira d'embarras en lui disant rapidement :

— Voici le baron. Il faut que j'aie une explication avec
lui sur la démarche de ce marquis de Carolles. Après les
premiers compliments, prenez, je vous prie, un prétexte
pour vous éloigner et venez me rejoindre, dans un quart
d'heure. Je vous raconterai ce que j'aurai appris.

Cette invitation à lui laisser le champ libre était un
peu bien cavalière, et si Jacques eût été amoureux de la
dame, il aurait certainement regimbé; mais son cœur
n'était pas pris, et il n'avait nulle envie d'afficher sur
elle des droits dont il ne tenait pas à se prévaloir dans la
circonstance.

Elle se hâta de sortir de son coupé pour diriger à son
gré, dès les premiers mots, la conversation qui allait
s'engager entre les deux hommes, et elle alla au-devant
de M. d'Ambre, qui ne parut pas trop surpris de la voir
flanquée de Gouville et qui dit, sans laisser à la dame le
temps de procéder aux présentations :

— J'ai l'honneur de connaître déjà M. de Gouville et
je suis très heureux, chère comtesse, de le rencontrer
avec vous.

Il aurait pu ajouter : « Où l'avez-vous pêché? » ou

quelque chose d'équivalent, mais il s'en tint à sa phrase polie, et Jacques se crut obligé de répondre :

— J'ai vivement regretté, monsieur, de ne pas vous avoir trouvé chez vous, l'autre jour.

— Et moi, je regrette que vous ayez pris la peine de vous déranger pour cette bagatelle. Charles de Précey. notre ami commun, a dû vous le dire.

— Je ne l'ai pas revu.

— Je crois qu'il n'est plus à Paris... c'est le mouvement perpétuel que ce cher Précey, et je saisis avec empressement l'occasion de m'excuser moi-même.

— Messieurs, interrompit en riant Mme de Salazie, vous reprendrez plus tard cet assaut de courtoisie. Quand je vous ai aperçu tout à l'heure, mon cher baron, je venais de prier M. de Gouville d'aller au pesage mettre pour moi quelque argent sur un cheval. Il veut bien me rendre ce service, et je crois que c'est le moment.

— Diable ! pensa Gouville, il paraît qu'elle est pressée de me renvoyer.

— Je voudrais un cheval partant à vingt ou vingt-cinq contre un.

— Un *outsider*, alors ?

— Justement ; aux courses, il n'y a que ça d'amusant.

— Et il n'y a rien qui coûte plus cher, car ils sont souvent battus, les chevaux cotés à vingt-cinq au départ.

— Il me suffit qu'ils ne le soient pas toujours. Le beau mérite de gagner avec un favori, à égalité ! Moi, je n'aime que les choses difficiles.

— Très bien, madame !... Je vais tâcher de trouver l'*outsider* de vos rêves. Pour combien en voulez-vous ?

— Oh ! pas pour beaucoup d'argent... une centaine de louis... vous choisirez le cheval, et je suis sûre que vous aurez la main heureuse.

— Votre confiance me flatte d'autant plus que je ne la

mérite guère, car je connais mieux les finesse du baccarat que les roueries des bookmakers. Enfin !... je ferai
comme pour moi. J'espère vous retrouver ici.

— Je n'en bougerai pas, et le baron me tiendra compagnie jusqu'à votre retour.

Gouville s'en alla de très bonne grâce. En cherchant
à se faufiler à travers les voitures, il fut interpellé du
haut du *mail-coach* par des clubmen de sa connaissance
et salué au passage par les sourires des deux horizontales de la victoria, mais il n'eut garde de répondre à
ces invites et, de détours en détours, il déboucha sur la
piste encombrée, puis de là, en jouant des coudes, il
arriva à l'entrée du pesage.

— Parbleu ! se disait-il en exhibant sa carte d'abonné,
Mlle de Roscanvel me devra de la reconnaissance, car
ça ne m'amuse pas du tout de m'aboucher avec des
teneurs de listes pour laisser à ma créole le loisir de
confesser M. d'Ambre qui ne lui dira peut-être pas ce
que Simone voudrait savoir. Il me déplaît de plus en
plus, ce baron, et maintenant je suis à peu près sûr
qu'il a été l'amant de Carmen... ça se voit à sa façon
de l'aborder.

Heureusement que je m'en moque, conclut Gouville.
Je ne m'accommoderais pas de partager avec lui, mais
il m'est indifférent de lui succéder... alors même que je
lui succéderais comme Louis XV a succédé à Pharamond.
Reste à savoir où Carmen en est avec ce baron sang
mêlé et si elle ne ment pas en disant qu'il ne l'a pas
consultée avant d'envoyer ce vieil intrigant de Carolles
chez la marquise de Valmondois. Mais, quoi qu'il en soit,
dans l'intérêt du frère et de la sœur, je ne puis pas mieux
faire que de rester avec la comtesse. Par elle, je saurai
bien des choses, et je suis blindé contre ses séductions.
Donc, je ne risque rien.

Il s'agit maintenant de lui trouver son *outsider*. Ça me coûtera cent louis, car il sera battu, et je ne réclamerai pas mon argent à Mme de Salazie quand je l'aurai perdu... Bah! il faut bien payer les frais de la guerre, et je n'ai jamais eu la prétention d'avoir des maîtresses qui ne coûtent rien. Courte et bonne!... Si je me ruine trop vite, j'irai au Tonkin un peu plus tôt, voilà tout.

Encouragé par ce beau raisonnement, l'insouciant vicomte alla tout droit au champignon qui est devenu le quartier général des bookmakers, depuis qu'on leur a interdit de s'installer sur la pelouse où ils s'alignaient en longues files, perchés sur des chaises et criant à tue-tête : « Voyez la cote, messieurs! la belle cote!... »

On leur a laissé leurs piquets, mais on leur a défendu de les planter en terre, et il faut qu'ils tiennent en l'air, au bout d'un bâton, la pancarte qui ressemble à un énorme menu de restaurant, avec les noms des chevaux imprimés et, en regard des noms, la marge noire où ils inscrivent à la craie les chiffres qu'ils effacent pour les remplacer par d'autres, suivant les variations du marché.

Ils étaient à leur poste, ces intrépides industriels du turf, autour d'une espèce de hutte ronde, ouverte de tous les côtés, surmontée d'un toit de chaume et entourée d'une clôture circulaire, à hauteur d'appui, rangés comme les agents de change autour de la corbeille, avec cette différence que les teneurs de listes font face au public, tandis qu'à la Bourse, les agents de change lui tournent le dos.

Il y avait foule, et il partait du *ring* des cris variés tout à fait inintelligibles pour les profanes : « Je prends... Je donne... » et puis des noms baroques : Pétarade!... Fier-à-Bras!... Belle-de-Nuit!... Bas-de-Soie!...

Quoiqu'il ne fût pas de première force en matière de

sport, Gouville comprenait cette langue bizarre, et il savait ce que signifiaient les chiffres vociférés; il connaissait même de vue deux ou trois bookmakers solvables auxquels on pouvait s'adresser sans avoir à craindre de ne plus les retrouver après la course. Mais il cherchait vainement l'*outsider* demandé par la comtesse. Tous les chevaux qu'on annonçait étaient à des cotes raisonnables qui variaient de trois à dix contre un. Les autres figuraient bien sur les ardoises des listeurs avec des chiffres invraisemblables de soixante ou de cent. Et comme il ne s'était pas donné la peine de se renseigner préalablement, il ne savait même pas si ceux-là partiraient. Les prendre pour cent louis qu'il avait dans sa poche, autant eût valu jeter son argent dans la Seine qui coule non loin du pesage, et quoiqu'il en eût fait d'avance le sacrifice, il aurait voulu, ne fût-ce que par amour-propre, remporter pour la comtesse une victoire inespérée.

Pendant qu'il se dépitait, n'ayant là personne à qui demander conseil, une voix murmura à son oreille :

— Un *tuyau,* mon cher !... un vrai !... Prenez *Casque-en-Cuir,* à trente. C'est de l'argent sûr et, si vous pontez ferme, c'est une fortune.

Il se retourna vivement pour voir de qui lui venait cet avis anonyme, et ce fut tout au plus s'il entrevit l'aristocratique profil du vieux Carolles qui se perdit dans la foule, sans attendre un remerciement sur lequel sans doute il ne comptait pas.

Gouville ne s'avisa point de courir après ce gentilhomme si serviable. Ce n'était pas de lui qu'il attendait des explications sur sa visite rue de Babylone, et le lieu eût été mal choisi pour lui en demander.

Le prétendu tuyau devait être une sotte mystification imaginée par Carolles pour se venger du mauvais accueil que Mme de Valmondois lui avait fait la veille. Ce fut la première idée de Gouville, et elle ne manquait pas de vraisemblance; mais il lui en vint immédiatement une autre tout opposée.

— Qui sait, se dit-il, si ce n'est pas pour que je le soutienne auprès de la marquise qu'il me fait cadeau d'une *certitude?* Il intrigue dans tous les mondes. Pourquoi n'aurait-il pas de bons renseignements d'écuries ?

Superstitieux comme le sont tous les joueurs, Gouville prit cette lubie pour une inspiration. Sans plus délibérer, il courut à un listeur qui prit ses deux billets de mille en échange d'un griffonnage au crayon sur une feuille de carnet, et qui s'empressa d'effacer de sa pancarte le chiffre trente pour y substituer le chiffre quinze en regard du nom de *Casque-en-Cuir.*

La comtesse avait donné un quart d'heure à Jacques. Le quart d'heure était passé. Elle devait avoir fini d'interroger son baron d'Ambre, et il voulait la rejoindre pendant qu'on pouvait encore traverser la piste, avant que les chevaux sortissent pour la course qui allait suivre.

Il fendait la foule pour regagner la pelouse, lorsqu'il sentit une main se poser sur son épaule. C'était décidément la journée des surprises, car en se retournant, il vit devant lui Mériadec. Et cette fois, la surprise était agréable.

Ce brave Mériadec ne venait certes pas comme M. de Carolles le gratifier d'un *tuyau,* mais sa rude et loyale figure lui fit plaisir à voir, et il l'accueillit par un : « Comment, c'est vous, mon cher ami ! » appuyé d'une cordiale poignée de main.

— Vous ne vous attendiez pas à me rencontrer ici, hein ? dit joyeusement le jeune Roscanvel. Hier, j'ai

oublié de vous dire que j'avais le projet de venir aux
courses. Vous voyez que je me suis tenu parole.

— Vous n'avez pas, je suppose, amené votre sœur?

— Simone!... ah bien, oui!... elle a autre chose en
tête que les réunions hippiques. Elle est vraiment trop
sérieuse, ma petite sœur, et, si je l'écoutais, je passerais
à Paris un triste hiver... Mais, je vous l'ai déjà dit, je
suis bien décidé à m'amuser sans elle.

— Et vous commencez aujourd'hui... c'est très bien.
Gouville ajouta :

— Rien de nouveau, ce matin, rue de Babylone?

— Rien du tout. J'ai conduit Simone à la grand'messe
de Saint-Thomas d'Aquin, mais j'ai carrément refusé de
la conduire aux vêpres, cet après-midi, et je me suis
esquivé après le déjeuner avec d'autant plus d'empressement que ma tante, par extraordinaire, n'était pas de
bonne humeur. Elle ne fait que gronder tout le monde...
elle grogne même contre Paul qui n'a pas reparu... elle
ne grogne pas contre vous, par exemple... à table, hier
soir et ce matin, elle a fait votre éloge en trois points.

— Elle a vraiment bien de la bonté!... Mais vous,
mon cher, vous amusez-vous à Longchamps?

— J'avoue que les courses ne m'intéressent pas beaucoup, mais c'est plein de jolies femmes ici, et, depuis
mon arrivée, je n'ai pas perdu mon temps.

— Quoi! déjà une aventure? Contez-moi donc ça.

— Une femme charmante, mon cher. Elle a une voiture à elle et une toilette!... Tout le monde la regarde...
je n'osais pas trop lui parler, mais elle n'avait pas l'air
farouche, et je me suis risqué.

— J'aime à croire qu'elle vous a bien reçu.

— Pas d'abord. Elle attendait un prince russe qui
l'entretient sur un très grand pied, et elle avait peur de
se compromettre... Enfin, elle a bien voulu m'écouter...

je l'ai invitée à dîner pour ce soir, et elle a accepté... à
peu près. Je dois la revoir avant la dernière course, et
j'espère qu'elle viendra.

— Si elle n'a pas trouvé mieux, se dit Gouville qui
riait sous cape.

— Mais, j'y pense ! reprit Mériadec; voulez-vous en
être, du dîner? Ça me ferait bien plaisir, car j'ai peur
qu'elle s'ennuie avec moi tout seul. Je ne suis pas encore
assez Parisien, tandis que vous...

— Merci, mon cher Mériadec, je suis engagé, interrompit Gouville, à qui cette partie souriait d'autant
moins qu'il allait dîner en bien meilleure compagnie.

Il ne devinait pas à quelle donzelle Mériadec s'était
adressé, mais il doutait fort qu'elle appartînt à l'état-
major des horizontales, car le jeune Roscanvel ne payait
pas d'apparence avec son complet à carreaux, qu'il
n'avait pas encore eu le temps de remplacer par un costume plus élégant, et il n'aurait eu aucun succès auprès
des grandes cocottes.

Gouville eut quelque velléité de lui crier : Casse-cou !
en lui conseillant de se renseigner sur la drôlesse en
question avant de se galvauder avec elle. Mais il pensa
qu'il aurait fort à faire pour empêcher ce Breton naïf de
se lancer dans le demi-quart de monde. C'est l'appren-
tissage presque forcé des débutants sur le pavé de
Paris, et le pis qu'il pût arriver à Mériadec, c'était de
dépenser quelque argent pour une farceuse sans notoriété.

— Après tout, ça lui coûtera moins cher, se dit sagement l'ami Jacques.

Mériadec était tenace, et il reprit :

— Ce sera donc pour une autre fois. Je tiens à vous
montrer ma conquête. Vous me direz si j'ai bon goût.

Mais, au fait, je puis vous la montrer maintenant, ajouta-t-il en tirant de son étui une énorme jumelle qu'il portait en bandoulière, — le dernier cri du chic, à ce qu'il croyait.

Et mettant sa lunette d'approche aux mains de Gouville, qui ne tenait pas du tout à s'en servir :

— Voyez-vous là-bas, à gauche, tout près de la corde, dans une victoria, une femme qui a une plume blanche sur un grand chapeau noir?

Gouville lorgna et fut fixé tout de suite. Il connaissait de nom et de vue cette créature pour l'avoir souvent rencontrée aux Folies-Bergère et autres lieux fréquentés par le fretin des momentanées.

— Comment la trouvez-vous? lui demanda le frère de Simone.

— Elle n'est pas mal, répondit Gouville avec un sérieux parfait. Comment l'appelle-t-on?

— Je ne sais encore que son petit nom... Jenny.

Gouville le savait aussi, et il savait de plus qu'on l'avait surnommée « l'Hirondelle », parce qu'elle disparaissait périodiquement, pour reparaître après un laps, sans que personne pût dire d'où elle revenait.

Les mauvaises langues prétendaient que c'était du faubourg Saint-Denis.

Mériadec ne pouvait guère plus mal tomber, mais il ne tarderait pas sans doute à s'en apercevoir, et il profiterait de la leçon.

— Vous ne vous figurez pas comme elle a du succès, dit-il en reprenant sa jumelle. Tous les messieurs *chics* s'arrêtent pour lui parler.

— Ça ne m'étonne pas.

— J'ai même failli avoir une affaire avec un d'eux, à ce propos-là.

— Diable! mon cher, vous auriez tort de vous poser

en champion d'une femme que vous connaissez depuis
une heure. C'est trop tôt.

— Oh ! ce n'est pas Jenny qui m'a demandé de prendre
sa défense. J'étais debout près de sa voiture et je cau-
sais avec elle, lorsque ce monsieur m'a presque bousculé en passant et en lui criant : « Bonjour, petite ! »
sans plus faire attention à moi qu'à un domestique.
J'allais courir après lui pour exiger des excuses. Jenny
m'a retenu.

— Elle a eu raison. Si vous cherchiez noise à tous
ceux qui la saluent, vous iriez sur le pré tous les jours...
et d'ailleurs ce monsieur ne vous a pas insulté.

— C'est le ton qui fait la chanson. Et puis, il a une
figure qui me déplaît, ce grand escogriffe, avec son teint
plombé et ses yeux de faucon. Je ne souffrirais pas de
lui ce que je supporterais d'un autre.

— Je ne vous savais pas si mauvais coucheur, mais il
me semble que vous n'avez guère eu le temps de le dévisager, puisqu'il n'a fait que passer.

— Sa figure m'a frappé parce que je suis à peu près
sûr que je l'avais déjà vue ailleurs... Où?... Je ne m'en
souviens pas, mais certainement j'ai rencontré cet
homme-là quelque part.

— A Paris?

— Non, je viens d'y arriver, et je me souviendrais de
la rencontre.

— En Bretagne, alors... sur quelque plage de bains de
mer.

— Peut-être bien... et peu m'importe. Si je le retrouve
sur mon chemin et s'il se permet seulement de me
regarder de travers, je le traiterai comme il le mérite.

— Peste ! cher ami, il ne fait pas bon se frotter à vous !
J'admets que vous ne vous laissiez pas marcher sur le
pied, mais je vous conseille d'éviter de vous battre pour

une irrégulière. C'est très mal porté... et puisque vous êtes à Paris pour vous divertir, contentez-vous de *vous en fourrer jusque-là.*

— Je ne demande pas mieux... et en ce moment, vous me voyez très embarrassé...Jenny vient de me demander de mettre pour elle sur un cheval, dans une course qu'on appelle l'*Omnium,* et je ne sais comment m'y prendre. Je n'entends rien à ce que crient tous ces gens qui tiennent des pancartes au bout d'un piquet...

— C'est très simple. Combien voulez-vous risquer?

— Oh! une centaine de francs.

— Ce sera bien assez. Approchez-vous du champignon. Passez vos cinq louis à un bookmaker, en lui disant: « Casque-en-Cuir! » Il prendra votre argent, il vous remettra en échange un ticket, et vous pourrez gagner une jolie somme.

— « Casque-en-Cuir? » répéta Mériadec, en se demandant si son ami Jacques ne se moquait pas de lui.

— Oui, c'est le nom d'un cheval qui a des chances d'arriver premier. Et maintenant je vous quitte; on m'attend sur la pelouse.

— Vous ne voulez pas que je vous présente à Jenny?

— Je n'ai pas le temps, et vous ferez bien de n'en pas perdre pour engager votre pari. Soyez sage et venez me voir demain. Vous me raconterez votre soirée.

La cloche allait annoncer la deuxième course. Gouville se hâta de traverser pour aller rejoindre Mme de Salazie qui devait s'impatienter.

Il avait trouvé drôle d'indiquer à Mériadec le *tuyau* donné par le marquis de Carolles et de faire courir au frère de Simone même fortune qu'à la comtesse créole; mais il commençait à prévoir que ce Breton lui donnerait du fil à retordre.

Le dernier des Roscanvel était très capable de déran-

ger toutes ses combinaisons en se conduisant à peu près
comme un bœuf lâché dans un magasin de porcelaines.
Gouville s'étonnait de plus en plus qu'il ressemblât si
peu à sa sœur, et il se promit de cacher à ce turbulent
tout ce qu'il ferait pour éclaircir les mystères qui préoccupaient tant Simone.

Le bon Jacques n'était pas peu fier d'avoir trouvé plus
fou que lui, et il se congratulait de sa sagesse, tout en
s'étonnant d'être passé mentor, lui qui aurait eu grand
besoin d'être bien conseillé.

Le diable n'y perdait rien, et après avoir prêché la
prudence à son écervelé d'ami, il lui tardait de rejoindre
Carmen, pour achever gaiement avec elle une journée
troublée d'abord par des incidents peu récréatifs.

Elle allait sans doute lui apprendre du nouveau, et il
comptait la régaler du récit des rencontres qu'il venait
de faire au pesage. Après quoi, il se remettrait à flir-
ter, comme on flirte au début d'une liaison. Les nuages
s'étaient dissipés, il était rentré en grâce, et elle en avait
fini avec le baron d'Ambre. Il ne leur restait plus qu'à
s'aimer sans s'exalter et sans s'inquiéter de savoir s'ils
se plairaient toujours.

En arrivant, après un trajet laborieux, à la place où
il avait laissé le coupé de Mme de Salazie, Gouville eut le
plaisir de l'y retrouver seule.

Les clubmen du mail-coach rôdaient aux environs,
mais ils n'osaient pas s'approcher, et, au son de la cloche
du pesage, ils s'empressèrent de grimper sur leur *out-
side* pour suivre la course.

Gouville, feignant de ne pas les voir, alla droit à la
comtesse, et son premier mot fut :

— C'est fait. Je vous ai pris un cheval.

Il croyait qu'elle allait lui demander lequel, mais elle
semblait avoir complètement oublié la commission dont

elle l'avait chargé, car, au lieu de s'en informer, elle lui
dit :

— Je sais pourquoi le baron désirait être reçu par
Mme de Valmondois. C'est bien pour ce que je pensais.

— Une affaire d'intérêt ?... Laquelle ?

— Sur ce point, il n'a pas voulu s'expliquer catégo-
riquement. M. d'Ambre est, comme je vous l'ai dit, un
parfait gentleman, et, même à moi, il ne confierait pas
un secret qui touche peut-être à l'honneur d'une famille.
Je me suis bien gardée d'insister, mais, sans que je l'en
priasse, il m'a déclaré qu'il renonçait à la démarche
qu'il avait un instant pensé à faire, non pas auprès
des héritiers de ce pauvre commandant, mais auprès
de leur tante. Il lui répugne de réclamer comme un
commerçant qui a perdu de l'argent dans une faillite. Il
regrette même qu'on ait parlé de lui à Mme de Valmondois. Il avait exprimé au marquis de Carolles le désir
qu'il avait de la connaître, mais il n'avait pas spécifié
de quoi il voulait l'entretenir. Ce déclassé a tout gâté
et il a fait pis, puisqu'il s'est permis de mêler mon
nom aux sots discours qu'il a tenus. M. d'Ambre lui a
reproché sévèrement sa conduite et se propose de ne
plus le voir.

— Vous a-t-il dit que Carolles est venu aux courses ?

— Non.

— Il y est. Je viens de le rencontrer au pesage.

— Soyez sûr que vous ne le verrez pas au bras du
baron... Le baron l'a *coupé*, comme disent les Anglais...
et je l'approuve fort.

— Moi aussi...

— Il est bien vrai que Carolles a été un de ses parrains à votre Cercle, mais M. d'Ambre ignorait alors ce
que vaut le personnage. Il n'aura plus désormais aucune
espèce de rapports avec lui.

— Je comprends cela, et s'il lui plaisait d'en avoir avec moi, je ne m'y refuserais pas.

— A quoi bon? demanda la comtesse, en regardant fixement Gouville, accoudé sur la portière du coupé.

— D'abord, répondit-il gaiement, à vous prouver que je ne suis plus jaloux... depuis que vous m'avez défendu de l'être.

— Vous l'étiez donc?

— On pourrait l'être à moins. Il est fort bien de sa personne et il a de l'esprit, votre compatriote.

— Il a quinze ans de plus que moi, mon cher. En supposant qu'il eût pu me plaire autrefois, il ne me plairait plus du tout. Et si vous n'avez pas d'autres motifs pour souhaiter de le voir...

— Pas d'autre que le plaisir de lui parler du commandant de Roscanvel, qu'il a connu là-bas.

— Il ne vous en dirait rien que je ne sache et que je ne sois disposée à vous apprendre. Si les enfants du commandant désiraient avoir des détails sur le séjour de leur père à Port-Louis, je leur en donnerais bien volontiers. Je ne me présenterai certes pas chez leur tante, mais rien ne les empêche de venir me voir... le fils surtout.

— Il n'y songe guère... il est si peu sérieux...

— C'est un défaut que je pardonne toujours.

— Et il est en train de se jeter à corps perdu dans la mauvaise compagnie. Il vient de me quitter pour aller retrouver une fille qu'il a invitée à dîner.

— Il est donc à Longchamps?

— Mais oui. Il m'a invité aussi, et j'ai eu beaucoup de peine à me débarrasser de lui.

— Que ne me l'avez-vous amené?

— Je m'en suis bien gardé. Il est impossible. Et du

reste, il n'aurait pas consenti à lâcher sa conquête, même pour une demi-heure. Quand je l'ai rencontré au pesage, où il cherchait à placer de l'argent pour elle sur un cheval, il l'avait laissée sur la pelouse, et il ne tenait pas en place, tant il était impatient de la revoir. Croiriez-vous que pour lui faire plaisir j'ai été obligé de braquer sur elle une lorgnette de théâtre qu'il m'a mise entre les mains, à peu près de force!

— Est-elle jolie?

— Peuh! toutes ces demoiselles se valent. Celle-là n'est ni mieux ni pis que les autres.

— Oh! vous n'en avez pas toujours fait fi, de ces demoiselles, comme vous les appelez.

— Il y a longtemps que j'en suis revenu. Il faut avoir dix-huit ans, ou arriver de province, pour se contenter de ces plats du jour. Mériadec en fait ses délices, mais ça lui passera... comme le goût de la galette de sarrasin dont il se régalait dans son pays.

Maintenant, si nous parlions un peu de votre pari. Je vous ai trouvé dans l'*Omnium* un *outsider* à trente.

— Ah! vous êtes gentil!... Pour cent louis?

— Pour cent louis.

— De sorte que s'il arrivait premier, nous toucherions...?

— Vous toucheriez trois mille louis, puisque c'est pour vous que j'ai parié. N'y comptez pas trop; mais on assure qu'il a de vraies chances. Il s'appelle...

— Ne me dites pas son nom et ne me le désignez pas quand il sortira du pesage. Si je le connaissais, j'aurais trop d'émotions pendant la course, tandis que je pourrai me figurer tout le temps que c'est le mien qui est en tête du peloton. Quand j'aurai perdu, vous me le direz. Je l'apprendrai toujours assez tôt.

— Comme vous voudrez!... Seulement, je ne vous

conseillerais pas de vous en rapporter ainsi à certaines
gens de ma connaissance... à ce vieux coquin de Carolles,
par exemple... Si votre cheval gagnait, il viendrait vous
dire qu'il a parié pour un autre, et il empocherait
le bénéfice.

— Oh! avec lui, je demanderais à voir la feuille du
bookmaker. A vous, mon ami, je confierais sans reçu
tout l'argent que j'ai apporté en France. Il serait aussi
en sûreté qu'à la Banque.

— Je l'espère... mais vous auriez tort. Il ne faut pas
tenter les pauvres.

— Vous n'êtes donc pas riche ?

— Je l'ai été, et je me console très bien de ne plus
l'être.

— Bon ! Mais pourquoi n'épouseriez-vous pas une
héritière ?

— Mlle de Roscanvel, n'est-ce pas ? Décidément, vous
y tenez, s'écria Gouville en éclatant de rire.

— Pas du tout. Je vous ai déjà fait à ce sujet ma
déclaration de principes. Je ne serais pas jalouse de
votre femme légitime, et si je pouvais vous aider à faire
un beau mariage, je m'y emploierais très volontiers...
Mais je vous trouve très bien comme vous êtes.

— Moi, je me trouve mieux, dit gaiement Jacques.
Au moins, je suis libre, et rien ne vaut la liberté.

— C'est mon avis, et c'est pourquoi, depuis que je
suis veuve, je n'ai jamais voulu m'enchaîner.

— Je le crois, maintenant que je viens de constater
que vous ne vous gênez pas devant M. d'Ambre.

— Est-ce que vous vous figuriez que j'avais peur de
lui ?

— Peur, non... mais comme il a été l'ami de votre
mari, je pensais que vous ne teniez pas à lui laisser voir
que nous nous sommes liés.

— Ma liaison avec vous ne regarde pas M. d'Ambre, et s'il s'avisait de m'adresser des reproches, ou seulement des observations, je ne les tolérerais pas. Mais il s'en gardera bien. J'ai barre sur lui.

— Comment, barre sur lui? s'écria Gouville, tout étonné. Est-ce que vous possédez des secrets qui le mettent à votre merci?

La comtesse se mordit les lèvres. Elle avait parlé trop vite, et elle reprit pour essayer d'expliquer le mot qui venait de lui échapper :

— Je veux dire que je puis parfaitement me passer de ses visites, et que ses intérêts ne sont pas les miens.

Gouville dut se contenter de cette réponse entortillée.

— Que vous a-t-il dit de moi? demanda-t-il en souriant.

— Vous lui plaisez beaucoup, et il voudrait vous connaître davantage... Mais je ne l'ai pas encouragé à vous rechercher!

— Oh! j'aime tout autant rester dans les termes où nous sommes. Allons-nous le revoir avant la fin des courses?

— Je ne crois pas. Il a des paris engagés, lui aussi, et des paris beaucoup plus importants que le mien. Il va rester au pesage pour surveiller ses chevaux... Quand courra le nôtre?

— Tout à l'heure. L'*Omnium* vient en troisième, et la deuxième course est finie depuis vingt minutes. La troisième va commencer. Il vous sera difficile de la voir d'ici, à moins de grimper sur le siège de votre cocher.

— C'est vrai... j'aurais dû faire atteler ma grande calèche, mais, ce matin, le temps n'était pas sûr... J'ai pensé que nous serions mieux dans mon coupé.

— Vous n'y perdrez rien, car si vous ne voyez pas la course, vous l'entendrez.

— Comment, je l'entendrai?

— Eh! oui, vous serez exactement dans la même situation qu'un auteur dramatique caché dans les coulisses du théâtre, pendant la première représentation de sa pièce. Il ne regarde pas la salle, il écoute les bruits qui en viennent, et suivant qu'on applaudit ou qu'on siffle, il sait si c'est un succès ou un four.

— Avec cette différence que les cris de la foule ne me renseigneront pas, puisque je ne connais pas le nom du cheval pour lequel j'ai parié. Mais vous avez raison... ce sera très amusant.

— Si amusant que je vais rester près de vous, au lieu de demander une place aux gens de mon Cercle qui occupent l'impériale de ce mail-coach.

— Je l'espère bien... et tenez !... on crie déjà...

— Oh! pas très fort... on salue les chevaux qui viennent de déboucher sur la piste.

— Le mien en est, je suppose?

— Je ne pourrais pas vous le dire, alors même que je serais perché là-haut, car je ne l'ai pas vu et je ne connais pas les couleurs du jockey qui le monte. J'ai parié sur un renseignement qu'on m'a donné, et je ne sais que son nom.

— Je n'entends plus qu'un bourdonnement, dit la comtesse, qui prenait goût à l'audition recommandée par Gouville en remplacement du spectacle.

— C'est le bruit des conversations dans la foule. On examine les chevaux et l'on échange des appréciations... Ah! un cri général !... ils sont en route... non ! voilà qu'on murmure... C'était un faux départ.

— A quand le vrai? demanda la créole, impatiente.

Le silence s'était fait, — un silence relatif, — qu'interrompit bientôt une explosion de clameurs poussées par cent mille voix.

— Cette fois, s'écria Jacques, ils sont partis pour tout de bon... le public les suit des yeux... nous n'entendrons plus rien jusqu'au moment où la course va se dessiner... alors, ils vont hurler des noms de chevaux qui ne nous apprendront rien, car chacun crie pour le cheval qui porte son argent.

Deux minutes après, arrivait aux oreilles attentives de Mme de Salazie un grondement sourd qui allait grossissant et se rapprochant rapidement, comme le bruit de la mer quand elle remonte la Seine aux marées d'équinoxe.

— Ils sont *à la distance,* dit Gouville. C'est l'instant du dernier effort dans la ligne droite. Écoutez ce vacarme!

Comme il l'avait prévu, des noms se croisaient dans l'air, sans qu'un de ces noms dominât les autres, et il n'entendait pas celui du cheval pour lequel il faisait des vœux.

Ce fut la comtesse qui, la première, dit :

— Il me semble qu'on crie : « Bas-de-Cuir! »

— Non, murmura Gouville, émoustillé par la consonance ; il n'y a pas de Bas-de-Cuir dans la course... Vous aurez mal entendu... Ne serait-ce pas plutôt Casque-en-Cuir?

— Oui, oui... c'est cela. J'en suis sûre maintenant... Et si c'est le vainqueur qu'on acclame, je dois avoir perdu, car je suppose que vous n'avez pas parié pour un cheval qui porte ce nom ridicule... Bas-de-Cuir, passe encore... c'est un personnage d'un roman de Cooper.

Gouville ne se pressa pas de répondre. Il doutait encore de ce succès inespéré. Il n'en douta plus quand les sifflets et les huées éclatèrent de toutes parts. Les favoris étaient battus par un misérable *outsider*, et les parieurs étaient furieux. Il n'y avait que les bookmakers qui se frottaient les mains.

Les clubmen du mail-coach montraient le poing au

cheval qui rentrait au pesage, protégé par son entraîneur et par son *lad* contre les violences d'une foule exaspérée.

— Colimard et les autres n'ont pas l'air content, là-haut, pensa Gouville. Il paraît que Carolles n'a donné son tuyau qu'à moi... Du diable si je devine pourquoi il m'a fait cette faveur !

Et il dit à Mme de Salazie :

— Le nom n'y fait rien. Vous avez bel et bien gagné. Je n'y comptais guère.

— Moi, si, répliqua audacieusement la comtesse. J'ai toutes les veines. Alors, c'est soixante mille francs que nous allons encaisser ?

— Immédiatement, si vous voulez. Le listeur qui m'a donné Casque-en-Cuir paye au champignon ou au salon des courses, au choix des preneurs.

— Eh bien, puisque vous êtes sûr de lui, j'aime mieux que vous ne me quittiez pas. J'en ai assez, de Longchamps. Ces vociférations m'étourdissent, et cette cohue me fait presque peur. Je voudrais partir.

— Je suis à vos ordres, répondit Gouville, un peu étonné de ce brusque changement de résolution. Où irons-nous ?

— A la campagne... à Saint-Cloud... à Saint-Germain... n'importe où, pourvu qu'il y ait des bois et que nous y soyons seuls.

— Alors, vous renoncez aux excursions à travers les bouis-bouis parisiens ?

— Pour ce soir, oui. Quand il m'arrive un bonheur inespéré, je ne pense plus qu'à être heureuse à deux.

— Partons vite, alors ! dit Jacques, enchanté de ce programme.

Il avait enfin trouvé la maîtresse de ses rêves, car il adorait l'imprévu, et il pressentait que Carmen lui réservait bien d'autres surprises.

Il n'était pas fâché non plus d'éviter de nouvelles rencontres. M. d'Ambre pouvait revenir, quoi qu'en dît la comtesse; Carolles devait rôder partout; Mériadec n'était pas loin; Colimard et ses compagnons du mail-coach allaient en descendre.

Or, Gouville ne se sentait pas disposé à se laisser questionner, ni même à engager des conversations inutiles, et il reprit :

— Je vais donner l'ordre à votre cocher de nous conduire au Bois... d'abord. Vous déciderez ensuite. Le difficile, c'est de démarrer d'ici. Il aura de la peine à nous tirer de cet enchevêtrement de voitures... Mais que regarde-t-il donc avec tant d'attention?... Il faut que ce soit bien intéressant, car il est debout sur son siège... et, Dieu me pardonne! votre valet de pied y est grimpé aussi...

— Ah! c'est trop fort! s'écria Mme de Salazie, qui ne badinait pas avec ses domestiques; et je vais...

— Non, laissez-moi faire!...

Ce ne fut pas long. Le cocher, vivement interpellé, se remit en position, et le valet de pied, fortement secoué par le bas de sa capote de livrée, s'empressa de descendre.

— Qu'est-ce qu'il y a donc? lui demanda sévèrement Gouville.

— Rien, monsieur le vicomte... c'est un jeune homme qu'on vient d'arrêter et qu'on mène au poste...

— Un pickpocket pris en flagrant délit ou bien un bookmaker qui cherchait à filer avec la recette... Et c'est pour ça que vous vous permettez de...

— Monsieur le vicomte, c'est une batterie. Le jeune homme se débat comme un possédé, et il y a une femme qui le suit en injuriant les agents qui le tiennent.

— Assez!... ouvrez-moi la portière et dites à Baptiste

de sortir de la pelouse par le carrefour des cascades.

Il n'y avait pas à répliquer, et dès que Gouville eut pris place à côté de la comtesse, Baptiste, empressé à racheter sa faute, commença d'évoluer avec une dextérité remarquable.

Les deux chevaux, bien en main, tournèrent docilement dans un espace très restreint et louvoyèrent sans accident entre des véhicules de toutes les dimensions, véritables écueils de cette mer de gazon.

Ce ne fut pas sans faire bien des détours, et, avant de pouvoir rouler librement, le coupé passa tout près d'une victoria où venait de remonter une personne que Gouville reconnut très bien et qui n'était autre que Jenny l'Hirondelle, la nouvelle amie de Mériadec.

— Heureusement qu'il n'est pas avec elle, se dit Jacques. Il n'aurait pas manqué de me parler, car il n'a aucune idée des convenances, et j'aurais été obligé de le nommer à la comtesse... Pourvu que cette fille ne s'avise pas de me dire bonjour!... elle doit avoir, comme toutes ses pareilles, la mémoire des figures des gens qui lui ont payé à souper. Elle est capable de se rappeler la mienne.

Il fut bientôt rassuré. Jenny ne songeait guère à lui. Pâle de colère et un peu décoiffée, elle était en train de raconter à son cocher de louage une mésaventure récente, et elle semblait, en gesticulant, le prendre à témoin d'une injure ou d'une injustice qu'on venait de lui faire.

— Est-ce que Mériadec l'aurait lâchée? se demanda Gouville. Ça m'étonnerait de sa part... mais me voilà délivré de lui pour le reste de la journée. S'il a suivi mon conseil, il a dû gagner cent cinquante louis avec Casque-en-Cuir. Il doit être en ce moment au pesage occupé à palper son bénéfice.

Le coupé était sorti de l'hippodrome de Longchamps et roulait maintenant le long du petit lac.

La main de la créole se posa doucement sur le bras de Jacques, et, l'attirant, elle se mit à le regarder, les yeux dans les yeux, avec une expression étrange.

Gouville ne l'avait jamais vue ainsi, et, pour couper court à cette tentative de fascination, il lui demanda gaiement :

— Eh bien! où allons-nous?... Est-ce à Saint-Germain?

— Où tu voudras, mon Jacques, murmura-t-elle à son oreille; mais j'ai peur... je sens que je vais t'aimer d'amour... Dieu t'en garde, et moi aussi!

V

La nuit porte conseil, dit la sagesse des nations.

Celle qui suivit la journée de Longchamps fut employée par Jacques de Gouville à dormir d'un sommeil qu'aucun rêve ne troubla.

Il était rentré chez lui assez tard et si fatigué qu'il n'avait pensé qu'à se reposer, sans s'amuser à réfléchir aux enchantements de la soirée qu'il venait de passer tout entière avec Mme de Salazie.

Au réveil, il prit plaisir à se rappeler les scènes où la comtesse s'était révélée sous un nouvel aspect, car elle ne se cachait plus de l'aimer d'amour, et il eut la satisfaction de pouvoir se dire que son cœur à lui ne s'était pas mis de la partie.

Il la trouvait charmante, et jamais il n'avait eu de maîtresse qui valût cette créole passionnée; mais il avait beau s'ausculter, il ne constatait pas sur lui-même les symptômes du mal essentiellement contagieux dont elle était atteinte.

Une liaison comme la leur ressemble un peu à un duel. L'avantage est à celui des deux adversaires qui a le mieux engagé le fer, et Gouville, resté maître de lui, se trouvait avoir pris la garde haute. Il ne comptait pas en abuser, mais il se félicitait d'avoir conservé son sang-froid.

— Elle est pincée, moi pas! se disait-il en son langage de viveur, coutumier du fait.

Et il ne désespérait pas de mettre à profit cette situation pour servir les desseins de Simone de Roscanvel que les ivresses de la veille ne lui avaient pas fait oublier complètement.

Il avait bien essayé déjà de s'y employer en s'informant des aventures à l'île Maurice du défunt commandant de l'*Hermione*, mais si peu qu'il ne pouvait pas se flatter d'obtenir de la comtesse des renseignements utiles.

Il ne lui avait pas encore dit un mot des idées de Simone, qui persistait à croire que son père était mort assassiné. Peu s'en était fallu, car il avait été plus d'une fois sur le point de lui en parler, mais elle ne lui avait jamais laissé le temps d'aborder ce triste sujet. Elle avait une façon de couper court aux entretiens sérieux qui ne lui déplaisait pas du tout, et il ne se sentait pas le courage de faire le juge d'instruction quand il pouvait faire l'amoureux.

Maintenant que la liaison semblait se régulariser, il trouverait bien un joint pour s'informer, sans que l'ardente Carmen lui reprochât de s'occuper de cette vieille histoire au lieu de s'occuper d'elle.

Les agréables souvenirs qui lui revenaient le retin-

rent au lit, et il eut quelque peine à se décider à se lever
et à s'habiller pour monter à cheval.

Le tour matinal au Bois était indiqué ; car, pour se
remettre d'une soirée agitée, rien ne vaut une promenade aux allures vives, et Gouville venait justement
d'acheter un *cob* qui n'était pas commode.

— Ça me secouera ; c'est ce qu'il me faut, pensait-il en
sonnant son valet de chambre pour lui dire d'aller
avertir le groom et de préparer le cabinet de toilette.

L'écurie était en face de la maison où il occupait, au rez-
de-chaussée, un très confortable appartement de garçon.
Il n'y avait que le boulevard Haussmann à traverser, et
le cheval serait sellé avant que Jacques fût prêt.

Un quart d'heure après, il était sous son *tub*, occupé
à se doucher, car il avait pris, dès sa sortie du collège,
les habitudes anglaises, et sa toilette intime lui prenait
toujours beaucoup de temps.

Il y procédait avec un soin minutieux, quand arriva
jusqu'à lui le bruit d'une altercation dans l'antichambre qui confinait au cabinet. La voix de son valet
de chambre alternait avec une autre voix mascu-
line. Quelqu'un demandait à entrer ; le domestique résis-
tait énergiquement, et dans le costume où il était, Gouville ne pouvait pas aller mettre le holà ; mais il ne
comprenait rien à ce qui se passait, car ses amis s'y
seraient pris autrement pour le voir, et il n'avait pas
de créanciers capables de faire du scandale pour être
reçus.

Il sut bientôt à quoi s'en tenir.

La porte céda à une violente poussée du dehors,
pendant que l'infortuné valet de chambre trébuchait
sous une bourrade, et Mériadec entra comme un obus,
en criant :

— Je savais bien que vous y étiez !

— Ce n'est pas une raison pour battre mon domestique et pour enfoncer ma porte, répliqua sèchement Jacques.

— J'ai eu tort... mais quand je vous aurai dit ce qui m'est arrivé... Tiens !... vous êtes tout nu !... qu'est-ce que vous faites de cette mécanique-là ?... Ça ressemble à une borne-fontaine.

Cette question et l'air ébahi de Mériadec désarmèrent Gouville. Évidemment, ce Breton n'avait jamais vu un *tub* et ne devinait pas à quoi cela pouvait servir. Il était d'un pays où les raffinements de toilette sont inconnus.

Gouville finit par rire de son étonnement et aussi de sa tenue. Son chapeau avait été aplati par des coups de poing ; le fameux complet à carreaux était outrageusement fripé et même quelque peu déchiré.

Le dernier des Roscanvel avait l'air d'avoir couché sous les ponts.

— Ah çà ! d'où sortez-vous, mon cher ? lui demanda Jacques, après avoir fait signe au valet de chambre de refermer la porte.

— Je sors du poste, grommela Mériadec.

— Comment !... on vous a arrêté ?

— On m'y a traîné... et ils ont la main lourde, les faillis chiens... J'en ai rossé deux, mais ils se sont mis quatre sur moi...

— Où vous ont-ils traîné ?

— Au violon, parbleu !

— Et vous y êtes resté toute la nuit ?

— Ils m'y ont gardé parce que j'ai refusé de leur dire mon nom, et on allait m'envoyer au Dépôt, quand je me suis décidé, ce matin. Je passerai en police correctionnelle, mais je m'en moque...

— De quoi vous accuse-t-on, bon Dieu ?

— D'avoir résisté aux agents et injurié le commissaire.

Gouville, tout en continuant à s'éponger, ne se tenait pas de rire à chaque réponse de Mériadec, et il lui demanda :

— Où vous est arrivée cette mésaventure ?

— A Longchamps, parbleu ! une heure après vous avoir quitté au pesage.

— Bon !... Et votre petite amie ?

— Jenny ?.... elle a pris mon parti, la brave fille, et elle a manqué d'être arrêtée aussi.

Gouville, à ce moment, se souvint de la bagarre signalée par le cocher de Mme de Salazie, et il ne douta plus d'avoir, sans s'en douter, assisté de loin à l'arrestation du frère de Simone.

— Est-ce à propos d'elle qu'on vous a empoigné ? demanda-t-il.

— Non, elle n'y est pour rien.

— A propos de quoi, alors ?

— A cause d'un drôle qui m'a insulté... et ce n'était pas la première fois de la journée. Déjà, il s'était permis de regarder Jenny sous le nez, dans sa voiture.

— Vous m'avez dit cela hier. Est-ce qu'il a recommencé ?

— Bien pis !... il m'a bousculé pendant qu'elle était à mon bras.

— Au pesage ?... dans cette foule, c'est excusable.

— Laissez donc !... il l'a fait exprès. Je l'ai appelé maladroit... il m'a appelé imbécile !... je lui ai demandé sa carte... il me l'a jetée à la figure... je l'ai attrapée au vol et j'ai foncé sur lui pour l'assommer... Les agents se sont jetés sur moi... il s'est esquivé... je me suis retourné contre eux...

— Et ils vous ont fourré au bloc. Voilà une belle

équipée !... Si c'est comme ça que vous vous gouvernez à Paris, je vous prédis, mon cher Mériadec, que vous ne vous y amuserez guère.

Alors, vous n'êtes pas rentré rue de Babylone ?

— Non.

— Votre tante va le savoir.

— Ça m'est égal.

— Bon ! mais votre sœur doit être horriblement inquiète, et je m'étonne qu'en sortant du poste, vous soyez venu ici, au lieu d'aller la rassurer.

— J'ai bien pensé à pousser jusque-là et à passer chez Paul, qui demeure à côté. Mais Paul n'est qu'une poule mouillée, et il ne m'aurait servi à rien. J'ai préféré m'adresser à vous.

— Très flatté de la préférence... surtout quand vous m'aurez dit à quoi je puis vous être bon... Mais écartez-vous un peu, je vous prie, que je sorte de mon *tub*.

Mériadec se mit à arpenter le cabinet à grandes enjambées, pendant que son ami s'essuyait avant de se rhabiller.

— S'il ne vous faut qu'un bon conseil, reprit Gouville, je puis vous donner celui de rentrer chez vous et d'être plus sage à l'avenir.

Mériadec s'arrêta court et dit vivement :

— Vous ne supposez pourtant pas que je vais en rester là ?

— Et que diable voulez-vous de plus ? Vous vous êtes mis dans un mauvais cas, mais j'espère que vous en serez quitte pour une amende... Il pouvait vous arriver pis.

— Il s'agit bien de ça !... Est-ce que vous croyez que je suis homme à me laisser traiter comme un galopin par une espèce de fier-à-bras qu'on m'a empêché d'étrangler ?

— Heureusement! murmura l'ami Jacques.

— Je n'ai pas pu lui tordre le cou sur place, mais je veux le tuer...

— Le tuer! dit en riant Gouville; comme vous y allez!... Diable! ça vous coûterait plus cher qu'à la police correctionnelle.

— Eh! je n'ai pas envie de l'assassiner. C'est en duel que je veux l'embrocher ou lui loger une balle dans la carcasse.

— Pour deux mots trop vifs, échangés à la suite d'une bousculade, ce serait raide!

— Non... pour une carte que j'ai reçue par le nez... c'est l'équivalent d'un soufflet.

— Ça, c'est un point à examiner, répondit gravement Jacques, toujours à la blague. Il faudra consulter le code du duel.

— Connais pas, le code du duel. J'ai été insulté, ça suffit pour que je me batte. Et je n'ai pas le temps de prendre des consultations... Je veux en finir.

— Quand?

— Ce matin... Je n'aime pas les affaires qui traînent.

— Ni moi non plus... mais permettez-moi de vous dire que vous n'entendez rien à celle-là... On ne se bas pas sans commencer par constituer des témoins.

— C'est pour ça que je viens vous trouver.

— Alors, vous pensez que je vous en servirai?

— Certainement. A qui m'adresserais-je, si ce n'est à vous?... Je ne connais personne à Paris... mon cousin Paul ne compte pas.

— Bon! mais il en faut deux.

— Je n'en vois pas la nécessité.

— Votre adversaire ne sera sans doute pas de cet avis, et avant que les siens se soient abouchés avec les vôtres...

— Il se passera tant de jours que ce ne sera plus la peine de s'aligner, parce que ce serait du réchauffé. Je ne veux pas de toutes ces simagrées-là. Dans mon pays, nous ne faisons pas tant de façons. Quand deux gars se disputent au pardon de Roscanvel, ils se cognent tout de suite devant deux camarades... chacun le sien... pour que le battu ne puisse pas dire que l'autre l'a pris en traître.

— C'est très bien... mais ici nous ne sommes pas en Bretagne, et un duel dans de pareilles conditions est impossible. Vous ne trouveriez personne pour vous assister.

— Pas même vous ?

— Pas même moi. Votre adversaire me rirait au nez, si j'allais lui proposer de se battre avec vous, séance tenante... à moins pourtant que vous n'ayez eu affaire à un *lad* accoutumé à boxer.

— Du tout ! c'est un monsieur très chic. Il est habillé comme une gravure de modes, et il ne parle qu'à des gens aussi chic que lui.

— Alors, je vous le répète, mon cher Mériadec, il me prendrait pour un homme mal élevé, et il m'enverrait promener. Vous concevez que je ne veux pas m'exposer à recevoir un affront.

— Eh bien ! j'irai tout seul.

— Ce serait encore pis. D'abord, ce monsieur ne vous recevrait pas. C'est contraire à tous les usages.

— S'il ne veut pas me recevoir, j'entrerai de force.

— Vous tenez donc à être mis au violon encore une fois ?

— Ou bien je monterai la garde devant sa porte, et, quand il sortira, je lui collerai une bonne paire de gifles... celle que je lui aurais appliquée, hier, au pesage, si l'on ne m'avait pas mis la main au collet. Il n'aura rien perdu pour avoir attendu.

— Si vous le souffletez dans la rue, il appellera un sergent de ville et il vous fera arrêter bel et bien.

— Oui, si c'est un lâche; mais il n'en a pas l'air. S'il ne veut pas garder les calottes, il en découdra.

— Ah çà! vous êtes donc enragé?

— Je ne supporte pas qu'on me manque, et il m'a jeté sa carte au visage.

— Vous avez levé la main sur lui; c'est presque la même chose... mais enfin, j'admets que vous teniez à lui demander raison et je suppose que, par impossible, il consente à vous recevoir. Lui direz-vous : Monsieur, je viens vous chercher pour que nous nous coupions la gorge?

— Pas dans ces termes-là; mais ça reviendra au même.

— Et où lui proposerez-vous de vous battre? Dans son salon?

— Où il voudra. Ça me serait égal que ce fût dans sa cuisine.

— A quelle arme?... A l'épée ou au pistolet?

— Je lui laisserai le choix.

Gouville tombait de son haut. Il découvrait un Mériadec, nouvelle manière, qui l'étonnait beaucoup, et qui ne lui déplaisait pas trop.

Ce sauvage avait certainement un grain de folie dans la cervelle, mais il était brave, et, pour peu qu'il employât mieux ses ardeurs belliqueuses, il ferait honneur au nom qu'il portait.

Le frère de Simone de Roscanvel devait être ainsi, car elle aussi avait sa chimère et ne craignait que Dieu.

Jacques commençait à se dire qu'au lieu de le rabrouer et de le laisser se tirer comme il pourrait du mauvais pas où il s'était fourré, il ferait mieux de l'aider de sa présence pour l'empêcher de commettre de trop grosses sottises. Si le monsieur auquel Mériadec en voulait tant était vraiment un homme du monde, Jacques pourrait peut-être arranger l'affaire que Mériadec ne manquerait pas de gâter, s'il se présentait seul chez son adversaire.

Jacques devait bien cela au dernier des Roscanvel, et, pour l'accompagner, il pouvait bien faire le sacrifice de sa promenade à cheval.

— Vous êtes trop généreux, mon cher, lui dit-il. Si vous êtes l'offensé, c'est à vous de choisir... et si je me chargeais de vos intérêts, je maintiendrais votre droit. Quelle arme préférez-vous ?

— Je n'ai pas de préférence.

— Vous êtes grand chasseur... vous devez être bon tireur.

— Au fusil, je ne manque pas souvent un perdreau, et, à la carabine, je décroche proprement un sanglier à cent cinquante pas ; mais je ne me suis jamais exercé au pistolet.

— Savez-vous du moins tenir une épée ?

— J'ai pris des leçons de pointe et de contre-pointe avec un quartier-maître de l'*Hermione*.

— Hum !... il ne devait pas être de première force, votre quartier-maître. Les marins ne connaissent guère que le sabre d'abordage. Enfin, on déciderait cela sur le terrain, mais nous n'en sommes pas là.

— Nous allons y être ; car il est temps de partir pour ne pas manquer mon homme, et je vois que vous en avez encore pour un quart d'heure avant d'être prêt.

— Pour vingt-cinq minutes, cher ami, répondit tranquillement Gouville.

Il en était à se limer les ongles, et Mériadec regardait avec un mépris qu'il ne cherchait pas à déguiser les innombrables objets de toilette dont il ne devinait pas l'usage.

— Eh bien! reprit-il, si vous ne voulez pas me rendre le service que j'attendais de vous, je vous prie de me le dire tout de suite, parce que, alors, je vais m'en aller. J'ai un fiacre qui m'attend à votre porte.

— Peste! vous êtes homme de précaution. Où demeure-t-il, votre adversaire?... Est-ce loin d'ici?

— Je n'en sais rien.

— Comment cela?.. Il vous a remis sa carte, m'avez-vous dit?

— Oui, mais je n'ai pas regardé son nom et j'ai oublié le nom de la rue... et quand je m'en souviendrais, je ne pourrais pas vous dire de quel côté elle se trouve, puisque je ne connais pas Paris.

— Vous n'avez qu'à me montrer cette carte...

— Je l'ai donnée au cocher. Je n'étais pas sûr de vous rencontrer chez vous, et, quand je l'ai pris pour venir ici, je la lui ai remise, afin que si vous n'y étiez pas, il me conduisît immédiatement à l'adresse indiquée.

— En vérité, mon cher, vous ne faites rien comme les autres, dit Gouville en riant de la singulière idée de ce Breton. Enfin, peu importe!... Espérons que le cocher ne l'aura pas perdue et que ce monsieur ne demeure pas à la barrière du Trône. Dieu sait à quelle heure nous déjeunerions.

— Vous consentez donc à m'accompagner? s'écria joyeusement Mériadec.

— Il le faut bien!... sans moi, vous ne feriez rien de bon... Mais je vous avoue que ça ne m'amuse pas du tout.

— Je vous en saurai d'autant plus de gré et je vous remercie de tout mon cœur. Entre nous, maintenant, mon cher Jacques, c'est à la vie, à la mort.

— Ne parlez pas de mort, ça porte malheur. Avez-vous seulement pensé à ce que deviendrait votre sœur si vous étiez tué?

— Elle aurait beaucoup de chagrin, mais ça la déciderait peut-être à se marier... et puisque cet animal de Paul ne se déclare pas, elle ferait très bien de vous épouser.

— Je crois qu'elle n'y songe guère... et s'il vous mésarrivait, m'est avis qu'elle ne me pardonnerait pas de m'être mêlé de ce duel... Mais j'espère bien que les choses s'arrangeront.

Gouville, tout en achevant de s'habiller, sonna son valet de chambre et lui commanda de dire au groom de promener une heure ou deux le cheval qu'il renonçait à monter, ce matin-là.

Mériadec jubilait d'en être venu à ses fins, et il piétinait d'impatience, pendant que son ami se regardait dans l'immense panneau de glace qui tapissait le cabinet de toilette.

Gouville jugea inutile de le sermonner encore; mieux valait prendre la direction de l'affaire pour l'empêcher de mal tourner.

Et avec la mobilité d'impressions qui était un de ses grands défauts, le bon Jacques, maintenant, trouvait amusante cette expédition qui était un saut dans l'inconnu, puisqu'il ignorait avec qui il allait avoir à discuter les conditions d'une rencontre insensée. Il se fiait sur son expérience de ces sortes d'affaires, ayant déjà plus d'une fois servi de témoin à des amis, sans compter qu'il avait eu lui-même pas mal de querelles, et il se disait :

— Ce sera drôle... à moins pourtant que je ne tombe sur un manant ou sur un duelliste de profession... auquel cas je tâcherai de me substituer à ce brave garçon qui se ferait probablement saigner comme un poulet... en dépit des leçons d'escrime du quartier-maître de la frégate de son père.

— Êtes-vous prêt? demanda Mériadec.

— Oui. Je suppose que vous ne tenez pas à ce que j'emporte des armes? dit ironiquement Gouville.

— Pourquoi pas?... nous perdrions moins de temps.

— Ce serait un peu prématuré. Quand on va demander satisfaction à un homme, il n'est pas d'usage de débarquer chez lui avec un arsenal sous le bras. Nous trouverons ce qu'il nous faut avant d'aller sur le terrain, si l'on en vient là... Partons.

Mériadec ne se fit pas prier.

Le fiacre attendait sur le boulevard : un fiacre découvert.

— Vous savez où je vais? demanda Mériadec au cocher, qui répondit d'un air entendu :

— Oui, mon bourgeois. Nous y serons dans dix minutes.

— Tant mieux, pensa Gouville; la farce sera plus tôt jouée.

Et il prit place, à côté de son ami, dans la voiture qui fila vers l'avenue de Friedland.

— Il paraît, dit Jacques, que votre homme habite le quartier de l'Étoile... Parions que c'est un *rastaquouère*.

— Un *rasta*... quoi? interrogea Mériadec qui n'avait jamais vu jouer le *Brésilien* au Palais-Royal.

— Un étranger... un Américain du Sud.

— Il en a assez l'air... j'aimerais autant ça.

— Moi aussi, parce que j'espère qu'il ne se battrait pas, se dit Gouville.

Et il reprit en riant :

— Je pense à une chose... si ce monsieur vous avait jeté la carte d'un autre ?

— Oh !

— Ça s'est vu, mon cher. Il y a des gens qui font les braves à bon marché... à telles enseignes qu'on a bâti là-dessus une pièce de théâtre... le *Bourreau des crânes.* Elle a eu beaucoup de succès, parce qu'elle abonde en situations comiques. Voyez-vous d'ici la scène, si nous tombions sur un paisible bourgeois qui n'a eu noise avec personne et qui n'a peut-être jamais mis les pieds aux courses de Longchamps !

— Non... ne me dites pas cela... c'est impossible !

— Improbable, je le veux bien ; mais tout arrive, et si votre monsieur du pesage vous avait joué ce mauvais tour, je me demande ce que vous feriez. Vous ne pour-riez pas vous en prendre à l'autre ; car, enfin, si on lui avait volé sa carte de visite, ce ne serait pas sa faute.

— Je n'en sais rien, répondit rageusement Mériadec.

— Vous avez décidément le diable au corps, s'écria Gouville, en éclatant de rire. Rendre un brave homme responsable de la sotte plaisanterie d'un poltron far-ceur, ce serait trop fort. Et c'est pour le coup que je vous lâcherais !

Mériadec se tut, mais il n'avait pas l'air content, et Jacques comprit qu'il prenait mal son temps pour le blaguer.

— Allons ! dit-il, j'ai tort de m'amuser à vous taqui-ner, et je reconnais que ma supposition est invraisem-blable. Du reste, nous allons bientôt, je pense, savoir à quoi nous en tenir, puisque votre cocher nous a annoncé que nous n'en aurions pas pour plus de dix minutes. Nous voici à l'Étoile... et c'est l'heure du flot...

Puis, s'apercevant que Mériadec ne comprenait pas ce parisianisme :

— Oui, c'est l'heure où les gens qui montent à cheval, le matin, et qui vont au Bois, galoper ou bavarder dans

l'allée des Poteaux, surnommée l'allée des *Potins*... Voyez
ces escadrons de misses américaines, en amazones...
Un vrai défilé... Votre rastaquouère en est peut-être...

— Je le reconnaîtrais entre mille.

— Et j'en serais, moi, de la cavalcade, si vous ne
m'aviez pas mis en réquisition... Quand vous êtes arrivé
chez moi, je venais de donner l'ordre de seller mon nouveau *cob*, et si je puis vous être utile, mon cher Mériadec, je ne regretterai pas ma promenade manquée...
Mais puisque ce cocher sait seul le ¡chemin du domicile de votre homme, voyons un peu de quel côté il va
tourner.

Ah! il enfile l'avenue d'Eylau.

Gouville avait cru un instant qu'il allait s'engager
dans l'avenue Kléber, et il ne fut pas fâché de s'être
trompé, car il ne tenait pas du tout à passer en voiture
avec le frère de Simone devant l'hôtel de la comtesse de
Salazie.

Elle ne passait pas ses matinées à sa fenêtre, la comtesse, et d'ailleurs, à l'heure qu'il était, il ne devait pas
faire jour chez elle, comme on disait au temps où il y
avait encore des grandes dames, des ruelles et des petits
levers. Mais ses gens flânaient quelquefois sous la porte
cochère; ils auraient pu reconnaître Gouville, — Cora,
entre autres, la camériste quarteronne qui racontait
tout à sa maîtresse, — et Gouville comptait ne pas parler à Mme de Salazie de cette folle expédition à la recher-
che d'un monsieur qui s'était permis de traiter d'imbécile le dernier des Roscanvel.

Il se réjouissait donc de voir le fiacre monter l'avenue
d'Eylau, qui n'a de commun avec l'avenue Kléber que le
point de départ.

— Nous devons approcher, dit entre ses dents Mériadec, qui s'agitait beaucoup dans la voiture.

— Hé ! cocher, arriverons-nous bientôt ? cria Jacques.

— La première à gauche, là-bas, sur la place d'Eylau, répondit le cocher.

La voiture roulait entre des hôtels à droite et un mur à gauche, un mur de soutènement portant des maisons suspendues à dix mètres au-dessus de la chaussée qui aboutit à un rond-point orné d'un bassin circulaire et dominé par la très peu majestueuse façade de l'église Saint-Honoré d'Eylau.

On touchait au but, et Gouville était presque aussi content que son jeune ami.

— Comment allons-nous procéder ? lui demanda-t-il. Débarquerons-nous de notre fiacre devant la porte de votre homme ?... Elle sonne la vieille ferraille, cette guimbarde, et elle va faire aboyer tous les chiens du quartier.

— Nous pourrons arrêter un peu avant et la renvoyer, dit Mériadec.

— Oui, ça vaudra mieux. Tâchons de le surprendre. Si nous nous annoncions à grands fracas, il pourrait se mettre à la croisée, vous reconnaître et faire dire qu'il est sorti.

Arrivé au rond-point, le cocher tourna à gauche, comme il l'avait annoncé, et Gouville l'entendit qui grommelait :

— Allons, bon !... j'ai pris le plus long... je me figurais que les numéros commençaient par en haut.

La rue où il s'était engagé allait en montant depuis la place, pour redescendre brusquement un peu plus loin, si bien qu'on n'en voyait pas le bout, et elle ne payait pas de mine, bordée qu'elle était de vieilles bâtisses assez délabrées.

Jacques n'avait pas pensé à regarder la plaque municipale, et il ne savait pas le nom de cette voie assez étroite, mais il se rendait très bien compte qu'elle s'étendait dans la direction de l'avenue Kléber, et il ne s'en préoccupait pas autrement.

Tout à coup, devant lui, sur une maison d'angle, il lut : « Rue Lauriston », et, hélant le cocher :

— Où diable nous menez-vous?

— Au n° 8... Maintenant, nous n'en sommes pas loin.

Gouville regarda et reconnut le massif de maçonnerie qui soutient les réservoirs de la Ville.

Le fiacre avait atteint le point culminant de la pente, et déjà l'on apercevait l'avenue Kléber en contre-bas.

Gouville avait oublié que tout chemin mène à Rome.

— C'est le numéro qui est sur la carte que monsieur m'a donnée, reprit le cocher, en se retournant sur son siège.

— Passez-la-moi, dit Gouville.

Et dès qu'il y eut jeté les yeux :

— Stop !... nous descendons ici.

— Comme vous voudrez, bourgeois.

Mériadec hésitait. Il ne voyait que des murailles, et il se demandait par suite de quel vertigo Gouville voulait mettre pied à terre en cet endroit désert. Il descendit pourtant, et il mit cent sous dans la main du cocher, qui s'empressa de filer vers l'avenue Kléber avec son fiacre.

— M'expliquerez-vous pourquoi nous n'allons pas plus loin? demanda Mériadec.

Et Gouville lui répondit avec humeur :

— Parce que notre expédition est faite. Si vous m'aviez montré la carte de ce monsieur, au lieu de la confier au cocher, vous m'auriez évité un voyage inutile... ou si seulement vous m'aviez dit que votre adversaire demeurait 8, rue Copernic...

— Vous le connaissez donc?

— Parfaitement. Je l'ai vu hier à Longchamps et je
lui ai parlé.

— C'est un de vos amis?

— Non, mais je ne peux pas vous servir de témoin
contre lui.

Le Breton réfléchit un instant et dit :

— Alors, je reviens à ma première idée. Je vais me
présenter tout seul.

— Je ne vous conseille pas d'essayer. Fait comme
vous voilà, on va vous prendre pour un mendiant ou
pour un fou... et l'on va vous chasser.

— On ne chasse pas un Roscanvel. Je crierai mon
nom... je le crierai si haut que toute la maison l'en-
tendra.

Il l'aurait fait comme il le disait. Gouville, qui n'en
doutait pas, pensa qu'il fallait à tout prix empêcher ce
scandale, et il eut recours aux grands moyens.

— Mon cher, reprit-il vivement, ce serait ridicule et
ce serait inutile. Vous ne pouvez pas vous battre avec
un homme qui a été lié avec votre père.

— Que me dites-vous là?... vous moquez-vous de
moi? répliqua Mériadec, en lisant le nom gravé sur la
carte de visite qu'il tenait à la main. D'où sort-il, ce
baron d'Ambre?... Mon père ne m'a jamais parlé de lui...
et si, comme j'ai cru m'en souvenir, hier, à Longchamps,
je l'ai déjà rencontré quelque part, ce n'est certainement pas chez mon père.

— Je le crois, car ils ne se sont pas revus depuis qu'ils
se sont connus à l'île Maurice, pendant le séjour que le
commandant y fit, il y a trois ou quatre ans, avec sa
frégate.

— Quoi! cet homme...

— Se trouvait là. C'est un créole de l'île Bourbon. Il
paraît même qu'il a rendu à votre père un service... je

ne sais lequel. Vous voyez que vous auriez mauvaise grâce à lui chercher querelle.

— N'intervertissez pas les rôles. C'est lui qui m'a provoqué. Et peu m'importe qu'il ait ou non obligé mon père autrefois. Il me doit une réparation. Je la veux et je l'aurai.

Gouville se heurtait à un parti pris, et il eut bonne envie d'envoyer à tous les diables ce gars entêté qui refusait d'entendre raison.

Un scrupule le retint. Il ne pouvait pas abandonner le frère de Simone dans une conjoncture où, livré à lui-même, il n'aurait pas manqué de faire quelque grosse sottise.

Et, en même temps, comme il entre toujours une certaine dose d'égoïsme dans toutes les actions humaines, le bon Jacques se disait que l'occasion était bonne pour savoir enfin ce que c'était que le baron d'Ambre.

Depuis le jour où il avait rencontré Mme de Salazie au Théâtre annamite, cet homme côtoyait sa vie.

Il le trouvait partout sur son chemin, au cercle, aux courses. Ses accointances avec le marquis de Carolles lui étaient suspectes, et la démarche de ce marquis auprès de Mme de Valmondois lui semblait inexplicable; sans compter qu'il ne doutait presque plus qu'il n'eût été, autrefois, l'amant de la comtesse.

Gouville l'avait manqué lorsqu'il était venu régler sa dette de jeu. Cette fois, il le trouverait peut-être chez lui, et après les présentations de la veille sur l'hippodrome de Longchamps, il serait certainement reçu.

Et il pourrait faire d'une pierre deux coups : empêcher un duel absurde et tirer du baron des éclaircissements sur ses anciennes relations avec le commandant de l'*Hermione*.

— Le numéro 8 doit être à deux pas d'ici, reprit impa-

tiemment Mériadec, qui tenait toujours à la main la
carte dont il pensait se servir comme d'un talisman pour
être reçu par M. d'Ambre ; laissez-moi passer, puisque
vous ne voulez pas m'accompagner, et dites-moi où je
pourrai vous revoir après l'affaire.

Ce colloque s'était engagé au point d'intersection des
deux rues Lauriston et Copernic, en vue du pavillon de
briques, — la niche à Fidèle.

— Mon cher, interrompit Gouville, vous êtes fou à
lier, je vous le répète ; mais il ne sera pas dit que j'aurai
refusé d'assister un ami qui court une mauvaise bordée.
J'ai réfléchi, et je veux bien me présenter avec vous chez
votre adversaire.

— A la bonne heure ! s'écria Mériadec, allons-y !

— J'y consens, à deux conditions : la première, c'est
que vous vous abstiendrez, quoi qu'il arrive, de vous
livrer à des voies de fait sur sa personne et de lui dire
des injures.

— Oh ! je serai calme...

— La seconde, c'est que vous me laisserez la complète
direction de l'affaire.

— Je vous ai donné carte blanche. Tout m'est égal,
pourvu que je me batte.

Gouville espérait bien qu'on n'en viendrait pas là ;
mais il reprit, sans relever cette déclaration :

— Je porterai seul la parole pour commencer, et vous
n'entrerez en scène qu'au moment où je vous y mettrai...
c'est-à-dire lorsque j'aurai bien établi votre situation
vis-à-vis de M. d'Ambre... et aussi la mienne, car, je
vous l'ai déjà dit, je le connais et j'ai certains ménagements à garder. Mais vous pouvez vous en rapporter à
moi. J'ai l'habitude de ces sortes d'affaires, et puisque
je me charge de la vôtre, je vous promets qu'elle ne se
terminera pas sans que l'honneur soit satisfait.

Cela pouvait s'entendre de plus d'une façon, car bien des querelles se vident par des excuses dont l'homme le plus susceptible peut se contenter; mais le jeune Roscanvel, qui n'admettait pas cette solution pacifique, crut que son ami se faisait fort d'obtenir une réparation par les armes, et dit avec empressement :

— Ça me suffit. Marchons!... je ferai tout ce que vous voudrez.

Gouville, qui n'en demandait pas davantage, se mit à descendre la pente de la rue Copernic, et, en quelques secondes, il arriva avec Mériadec devant le pavillon de briques.

À cette heure matinale, pas un passant ne se montrait dans la rue, et, sur l'avenue Kléber, le grand mouvement des voitures pour l'Exposition du Champ de Mars n'était pas encore commencé.

Gouville sonna, et le valet de chambre qui vint ouvrir le reconnut sans doute pour l'avoir vu, lors de sa première visite, car il lui dit, sans lui laisser le temps de décliner son nom :

— M. le baron est chez lui.

— Monsieur est avec moi, dit Gouville en s'apercevant que ce domestique regardait Mériadec comme les chiens de bonne maison regardent les gens déguenillés.

Il y avait de quoi, car, après une nuit passée au violon, l'héritier des Roscanvel était vraiment mal accoutré.

Le valet, bien appris, ne se permit aucune question. Peut-être crut-il que M. de Gouville amenait un ami malheureux pour le recommander à la charité de son maître. Il introduisit les deux visiteurs dans un vestibule garni de plantes rares, et il reprit, en montrant une porte, au fond de ce corridor fleuri :

— M. le baron vient de descendre dans le fumoir. Qui dois-je lui annoncer?

10.

— Annoncez le vicomte de Gouville, répondit Jacques, sans nommer son compagnon, qui sagement garda le silence.

A ce nom que lança le domestique en ouvrant la porte, M. d'Ambre, qui se promenait, le cigare à la bouche, se retourna vivement et vint à la rencontre de Gouville avec un empressement de bon augure. Il avait bien l'air étonné, mais comme peut l'être un homme du monde qui reçoit une visite inattendue.

Sa figure changea d'expression dès qu'il aperçut Mériadec qui arrivait en serre-file, et ses yeux interrogèrent Gouville.

La réponse à cette question muette ne se fit pas attendre :

— Monsieur, dit Jacques, avant de vous exposer le but de ma visite, je dois vous présenter mon ami M. Mériadec de Roscanvel, fils du commandant de Roscanvel, que vous avez vu à l'île Maurice.

Cette fois, le baron ne dissimula pas un mouvement de surprise, et sa physionomie se rembrunit visiblement.

Gouville y démêla une expression de mécontentement inquiet. M. d'Ambre avait pris tout à coup un air armé en guerre, l'air d'un homme qui se demande ce qu'on lui veut et qui, à tout hasard, se prépare à se défendre.

— Vous le reconnaissez sans doute? ajouta Gouville.

— ~~Pas du~~ tout, répondit le baron.

— Oh! je conçois que vous ayez oublié un incident survenu hier, à Longchamps, dans l'enceinte du pesage... un échange de paroles très vives, à la suite duquel mon ami a reçu votre carte.

Peu s'en fallut que Mériadec n'ajoutât : « Par le nez. »

A ce commencement d'explication, la figure de M. d'Ambre s'éclaircit, et ce fut presque en souriant qu'il dit :

— J'avais oublié, en effet, cette altercation née d'un choc fortuit au milieu d'une foule agitée, et je ne supposais pas qu'elle pût avoir des suites.

Mériadec ouvrait déjà la bouche pour protester, mais, d'un signe, Gouville lui imposa silence, et le baron reprit :

— Vous croirez sans peine, messieurs, que si j'avais su avoir affaire au fils d'un officier que j'ai eu l'honneur de connaître beaucoup, j'aurais agi tout autrement.

— J'en suis convaincu, et puisque vous voulez bien en convenir...

— Pardon ! interrompit M. d'Ambre, je regrette ce qui s'est passé, mais je n'admets pas que les torts aient été de mon côté.

— M. de Roscanvel pense le contraire. Ce serait une question à débattre. Mieux vaudrait, je crois, terminer cette affaire à l'amiable.

— J'y suis tout disposé ; mais cela ne dépend pas de moi seul. Je ne sais pas encore dans quelles intentions vient M. de Roscanvel.

— Je viens pour que vous m'accordiez la réparation à laquelle j'ai droit, répliqua Mériadec, en dépit des coups d'œil que lui adressait Jacques.

— Je ne puis cependant pas m'excuser de torts que je n'ai pas eus.

— Des excuses ne me suffiraient pas.

— Alors, monsieur, c'est une rencontre que vous exigez ?

— Une rencontre immédiate.

M. d'Ambre regarda Gouville comme pour lui demander s'il lui avait amené un échappé de Charenton, et Gouville, qui comprit l'intention, comprit aussi que les choses allaient se gâter, s'il n'y mettait ordre.

— Mon cher Mériadec, dit-il, vous m'avez choisi pour

vous représenter. Je vous prie de me laisser régler cette affaire, seul avec monsieur.

Mériadec ne dit ni oui, ni non, mais le baron répondit à Gouville en lui indiquant du geste un jardin de plain-pied :

— A votre disposition, si vous voulez bien me suivre.

La porte était ouverte, et ces messieurs sortirent, laissant Mériadec examiner les panoplies accrochées aux murs de la galerie, qui était tout à la fois un fumoir et une salle d'armes.

Le jardin où ils passèrent n'était qu'un coin verdoyant qui aurait tenu dix fois dans le jardin de la comtesse et cent fois dans le parc de l'hôtel de Valmondois; mais il suffisait pour y conférer à l'écart du principal intéressé, qui n'était pas homme à attendre longtemps le résultat de la conférence.

— Monsieur, commença Gouville dès qu'ils furent à distance, s'il pouvait être question d'excuses, ce serait à moi de vous en faire, car je tente auprès de vous une démarche assez déplacée. Mon jeune ami est intraitable, et c'est pour l'empêcher de commettre des extravagances que j'ai consenti à l'accompagner chez vous. Je dois vous dire, comme circonstance atténuante de sa conduite, que le malencontreux incident d'hier a eu pour lui des conséquences qui l'ont exaspéré. Il a résisté aux agents qui voulaient l'expulser de l'enceinte du pesage, et il a passé la nuit au poste. Il avait malheureusement conservé votre carte, et il est tombé chez moi, ce matin. en me sommant de lui servir de témoin.

— Je vous remercie, monsieur, d'y avoir consenti, répondit courtoisement le baron; avec un inconnu je me serais montré moins accommodant, tandis que, je l'espère bien, nous allons nous entendre.

— C'est mon plus vif désir, mais ce ne sera pas très facile. Vous n'imaginez pas jusqu'à quel point ce cher Mériadec pousse le mépris des conventions. Je n'ai jamais pu lui faire entrer dans la tête l'idée que les préliminaires d'un duel regardent exclusivement les témoins, et que les adversaires ne doivent se rencontrer que sur le terrain.

— Des témoins?... Je veux bien en désigner deux qui s'aboucheront avec les siens, si vous jugez que ce soit nécessaire... mais je préférerais que M. de Roscanvel se contentât de la simple expression de mes regrets à propos de la petite scène d'hier.

— Et moi, donc!... mais il ne s'en contentera pas.

— Je ne puis faire davantage.

— Et ce n'est pas tout. Il veut se battre avec vous, séance tenante.

— Décidément, c'est de la folie !

— Que voulez-vous!... Il est comme les enfants, qui n'entendent pas raison.

— Un enfant terrible!...

— Plus terrible encore que vous ne pensez. Je le crois capable de se porter à toutes sortes d'extrémités. Voyez-le, là-bas, rongeant son frein. Il nous surveille du coin de l'œil, et il attend que nous ayons fini pour réclamer sa fameuse réparation immédiate. Il ne sort pas de là. Je suis très fâché de l'avoir conduit ici, et si je connaissais un moyen de l'emmener...

— Vous pourriez prendre un prétexte pour remettre la suite à demain.

— Il n'y croirait pas, et je craindrais que pour brusquer le dénouement, il ne se livrât à quelque acte de violence.

— Diable! je serais forcé de le tuer, alors... et j'en serais navré... tandis que, maintenant, s'il m'obligeait à mettre l'épée à la main, je me contenterais très bien de lui donner une bonne leçon d'escrime.

— Oui... je sais que vous êtes de première force...

— Oserai-je vous demander comment vous le savez?

— Par notre ami commun, M. de Précey.

— Il vous a dit vrai... sur le terrain, je fais tout ce que je veux. Et je serais très heureux de vous aider à mettre à la raison le fils d'un homme que j'estimais fort. Je cherche un moyen... voyons donc! vous dites qu'il veut se battre tout de suite?

— Et sans autre témoin que moi.

— Ce serait vraiment trop peu. Je suis sûr de ne pas le blesser et de ne pas être touché; mais enfin tout peut arriver, et s'il me tuait, par un de ces coups de maladroit qui prennent quelquefois au dépourvu les plus habiles tireurs, vous vous trouveriez dans un mauvais cas.

— Et lui aussi. Comment faire?

— A la rigueur, je pourrais, si vous n'étiez pas difficile, trouver, sans aller bien loin, un homme dont la présence suffirait à régulariser la rencontre.

— Pourvu que ce ne soit pas votre valet de chambre! dit en riant Gouville.

— Non... un témoin dans le genre de ceux dont on s'accommode lorsqu'on a une affaire au pied levé et qu'on va chercher deux soldats à la plus prochaine caserne... Ça m'est arrivé deux fois à Maurice.

— Ce serait parfait; mais où s'alignerait-on?... Dans ce jardinet?

— Non. La place manquerait pour rompre, et nous risquerions d'éborgner nos témoins. J'ai mieux que cela de l'autre côté de ce mur... un terrain vague où personne ne nous verra ferrailler.

— Ça conviendrait à merveille.

— Vous croyez que M. de Roscanvel acceptera le combat dans ces conditions?

— Je n'en doute pas.

— Oh! bien, alors, je vous promets que tout va s'arranger à la satisfaction générale. Nous allons battre le fer tant qu'il plaira à votre jeune ami. Je réponds que personne ne sera touché. Quand il en aura assez, nous cesserons, et... pour peu qu'il y tienne, je lui ferai des excuses... après.

— Merci, monsieur! vous me tirez d'un gros embarras.

— Je vous dois bien cela après la veine insolente que j'ai eue contre vous, l'autre jour, à l'écarté, dit gaiement le baron; mais il me semble que M. de Roscanvel s'impatiente... Voulez-vous lui dire que je consens à me battre immédiatement?... Moi, pendant ce temps-là, je vais ouvrir cette porte qui communique avec notre champ clos... et je vous rejoins.

Rien ne pouvait être plus agréable à Gouville que l'arrangement proposé par M. d'Ambre, et il lui savait beaucoup de gré de se montrer si conciliant, car il ne doutait pas qu'il ne tînt sa promesse de ménager son adversaire, et il ne le soupçonnait plus de cacher des secrets, puisque M. d'Ambre lui offrait spontanément de l'introduire dans cet enclos où, quelques jours auparavant, lui, Gouville, n'avait pas pu pénétrer par la boutique du savetier Biroulas.

Décidément, le baron avait été calomnié par le venimeux Colimard, et il méritait l'éloge que faisait de lui Charles de Précey.

Ses relations avec le suspect marquis de Carolles s'expliqueraient plus tard. Gouville ne voyait déjà plus d'inconvénients à la présentation qu'ambitionnait le gentleman du pavillon de briques, et il se sentait tout disposé à plaider sa cause auprès de Mme de Valmondois.

Mais il était temps de mettre au courant du résultat de cet aparté avec le baron, Mériadec qui attendait dans la galerie et qui, en voyant revenir son ami, lui demanda brusquement : ·

— Eh bien ! accepte-t-il ?

— Oui, répondit Jacques, et comme vous m'aviez donné carte blanche, j'ai pris sur moi d'arrêter les conditions de la rencontre. Vous allez vous battre à l'épée, derrière le mur de ce jardin. Je vais être votre témoin. M. d'Ambre va nous en présenter un autre qu'il ne m'a pas nommé, mais qu'il a sous la main, m'a-t-il dit.

— Je m'en serais bien passé, mais, quel qu'il soit, je m'en contenterai.

— Et il est entendu que j'aurai la direction du combat. J'arrêterai l'engagement quand il me plaira, et je compte, mon cher Mériadec, que vous vous soumettrez à mes décisions.

— Soit ! Mais je compte, moi, que ce duel ne sera pas une plaisanterie, et qu'il ne cessera pas avant que l'un de nous soit hors d'état de continuer.

— C'est convenu. Voici M. d'Ambre. Il met de la bonne volonté à vous satisfaire, car il aurait eu le droit de refuser cette rencontre irrégulière. Soyez poli. C'est le moins que vous puissiez faire.

Le baron venait d'ouvrir et de laisser entre-bâillée la porte au fond du jardin.

— Messieurs, dit-il, je suis à vos ordres. Nous avons là tout ce qu'il faut pour nous trouer la peau... et, puisque M. de Roscanvel n'a pas de préférence pour le pistolet, je le prie de choisir une de ces trois paires d'épées... seulement, je dois vous déclarer que je m'en suis déjà servi.

— Ça m'est égal, interrompit Mériadec.

— C'est un très mince avantage, appuya Gouville, et le temps nous manque pour nous procurer d'autres armes.

Celles-ci doivent être parfaitement à la main, ajouta-t-il en décrochant deux lames garnies de coquilles d'acier, deux lames solides et lourdes qui lui parurent convenir au robuste bras du jeune Breton.

Il les mit sous son bras, et, en suivant le baron à travers le jardin, il lui laissa prendre un peu d'avance, afin de pouvoir, sans être entendu, dire à Mériadec :

— Mon cher, j'ai fait ce que vous avez voulu, mais ma conscience n'est pas tranquille, et si vous receviez une blessure grave, j'aurais des remords. Le vin est tiré maintenant ; il faut le boire. Soignez votre jeu. Ayez du sang-froid. Vous êtes plus jeune et plus vigoureux que votre adversaire. Il se fatiguera plus vite que vous. Tâchez de le lasser. N'attaquez pas. Défendez-vous. Peut-être trouverez-vous un joint pour le toucher, mais surtout ne vous emballez pas.

— Je ferai de mon mieux, murmura distraitement Mériadec, que les conseils de l'ami Jacques ne paraissaient pas impressionner beaucoup.

Ils étaient pourtant fort sages, car Gouville, confiant dans la promesse du baron, ne redoutait qu'une chose, c'était de voir Mériadec s'enferrer en se jetant comme un furieux sur son adversaire.

Et, à tout événement, il lui demanda :

— Vous n'avez pas de recommandations à me faire ?

— Si je n'en reviens pas, vous direz à ma sœur que j'ai pensé à elle avant de me battre... et que je la prie de se marier... à vous, si vous voulez... Elle ne trouvera jamais mieux.

Gouville allait se récrier, mais ils débouchaient en ce

moment sur les terrains vagues qu'il n'avait encore pu qu'entrevoir, et l'examen de ce champ clos absorba aussitôt toute son attention.

Il n'eut aucune peine à les reconnaître et à s'orienter dans ce désert.

Au delà d'un large espace vide et directement en face de la porte qu'il venait de franchir, s'élevait la bâtisse délabrée où Biroulas raccommodait les chaussures des pauvres gens du quartier. Gouville revit l'unique fenêtre garnie de gros barreaux de fer, et il constata au premier coup d'œil que personne ne se montrait derrière les vitres dépourvues de rideaux.

A sa droite, et plus bas, le mur du jardin de la comtesse, qu'il avait fort oubliée depuis que Mériadec s'était accroché à lui.

A sa gauche, des éminences superposées et séparées çà et là par des dépressions assez profondes.

C'était exactement, vu du côté opposé, le tableau qu'il avait eu sous les yeux le jour où il avait causé avec le savetier.

M. d'Ambre, qui précédait les deux amis, s'était arrêté sur un terrain plat, à peu près à égale distance des deux rues latérales.

— Nous serons très bien ici quand nous aurons nettoyé la place, dit-il en poussant du pied des gravats tombés là on ne savait d'où. C'est le seul endroit où le sol n'est pas accidenté. L'herbe y est sèche et tient sous le pied. Qu'en pensez-vous, messieurs ?

— Ce serait parfait si nous n'étions pas exposés à être vus de partout, répondit Gouville, en montrant la baraque de Biroulas.

— Pas de l'hôtel, qui se trouve en contre-bas. C'est à peine si l'on aperçoit les toits par-dessus le mur du jardin.

— L'hôtel de madame de Salazic, je crois ?

— Oui. Elle me l'a acheté en arrivant à Paris. Tout le reste des terrains m'appartient jusqu'à la rue Lauriston, y compris cette masure qui est inhabitée.

— Bon ! mais des étages supérieurs des maisons de la rue de Villejust on pourrait...

— Je suis bien libre de faire des armes chez moi, et, si on nous voyait de quelque mansarde, on n'imaginerait pas que nous nous battons en duel.

— A moins que le duel ne se terminât par un accident. Dans ce cas, nous serions certainement dénoncés.

— Je regrette, monsieur, de n'avoir pas mieux à vous offrir. Et j'ai beau regarder, je ne découvre pas le moindre curieux.

— Ni moi non plus, mais... pour plus de sûreté, je vais inspecter au télescope les fenêtres qui nous dominent.

Passez-moi votre lorgnette, mon cher Roscanvel.

Mériadec l'avait toujours en bandoulière, cette lorgnette qu'il portait, la veille, aux courses. Il la remit à Gouville d'assez mauvaise grâce, car toutes ces précautions lui paraissaient superflues, et il lui tardait d'en finir.

Gouville braqua la lunette d'approche sur les façades et même sur les toits d'alentour.

La matinée était fraîche, et toutes les fenêtres étaient fermées. Tout au plus crut-il distinguer à une lucarne, sur les combles de l'hôtel de la comtesse, un point rouge qui disparut presque aussitôt et qui pouvait bien être un foulard ou un béret coiffant la tête de quelque domestique.

Afin de ne rien négliger, il se retourna pour examiner à l'œil nu les hauteurs du côté de la rue Lauriston.

Il ne vit que des décombres amoncelés jusqu'au fameux mur où le timbalier avait disparu, le mémorable soir de la représentation au Théâtre annamite.

D'un pli de terrain, à vingt pas au-dessus de l'esplanade où se tenaient ces messieurs, émergeait une espèce de toit de paille qui pouvait bien recouvrir une hutte, comme les bergers en construisent dans les Landes.

Peut-être avait-on abrité là jadis les moutons ou les chèvres qui avaient tondu de si près le maigre gazon de ce coteau desséché.

— Je ne vois personne, dit Gouville, et il me semble que nous pourrions commencer... il ne nous manque plus que le second témoin...

— Il n'est pas loin d'ici, répondit le baron. Je vais l'appeler, et, avant que nous ayons mis habit bas, vous le verrez arriver.

D'où ?... Gouville pensa que ce serait du pavillon de briques, car la porte du jardinet était restée entr'ouverte, et il se demanda qui pouvait bien être ce témoin que M. d'Ambre tenait en réserve pour le produire au dernier moment.

Mériadec s'inquiétait fort peu de le savoir. Il venait de jeter son chapeau et il ôtait sa jaquette à carreaux, lorsque le baron, tirant de sa poche un sifflet d'argent, s'en servit pour lancer coup sur coup trois brefs appels.

— Quelle mouche le pique? se demanda Gouville, pendant que Mériadec regardait de tous côtés pour voir à qui s'adressait ce singulier signal de ralliement.

Cela se passait ainsi dans les vieux mélodrames de l'Ambigu, quand le théâtre représentait la forêt de Bondy et que le chef des brigands appelait sa bande pour arrêter la diligence.

M. d'Ambre aurait fait un superbe Mandrin, mais assurément il ne commandait pas en plein Paris une troupe de coupe-jarrets.

Il s'aperçut tout de suite de l'effet produit sur ces

messieurs par son coup de sifflet, et il leur dit en riant :

— C'est une habitude de bord. J'ai beaucoup navigué. Quand je n'ai pas de sonnette sous la main, je siffle comme un maître d'équipage... Là-bas, dans l'extrême Orient, on se sert surtout du *gong;* mais le *gong* n'est pas portatif. Aussi ai-je toujours un sifflet dans ma poche...

— C'est très pratique... mais à qui en avez-vous, je vous prie ?... Personne ne vient.

— Mais si !... mon témoin commence à poindre... Voyez là-haut.

Au-dessus d'eux, une tête se montrait, émergeant d'une sorte de fossé creusé devant la hutte.

Cette tête, ceinte d'un bandeau noir, rappela aussitôt à Gouville celle d'un individu qu'il n'avait pas oublié et qu'il hésitait à reconnaître, tant la rencontre lui semblait invraisemblable. Mais l'homme apparut tout entier, debout sur le talus, et Gouville ne douta plus.

C'était le timbalier de l'esplanade des Invalides, et l'on aurait eu de la peine à trouver à Paris, en dehors de l'Exposition, un autre échantillon de la race annamite.

— C'est mon ancien *boy* de Saïgon qui est venu en France avec une troupe de saltimbanques cochinchinois, reprit M. d'Ambre. Il m'a très bien servi là-bas, et je l'ai retrouvé plus tard à Maurice. Il est venu ici se réclamer de moi. Je lui ai permis de camper sur mes domaines. Il s'y est construit une *paillotte* à la mode de son pays, et il y vient coucher tous les soirs après la dernière représentation.

Le mystère qui avait si fort intrigué Jacques de Gouville s'éclaircissait, et, une fois de plus, il se trouvait que la comtesse n'avait pas menti, car ce n'était pas elle qui hébergeait ce magot; c'était son voisin, le baron d'Ambre, qui l'avait recueilli par charité.

Il n'y avait pas dans tout cela de quoi fouetter un chat.

Seulement, Gouville ne s'expliquait pas très bien que M. d'Ambre eût l'idée de présenter comme second témoin un pauvre diable de Cochinchinois, qui sans doute n'entendait rien à notre langage ni à nos coutumes.

Et Gouville lisait sur la figure de Mériadec un mécontentement dont il devinait la cause.

Mériadec croyait à une plaisanterie imaginée par son adversaire pour se moquer de lui, et il la trouvait mauvaise.

— Je n'avais pas le choix pour donner à M. de Roscanvel la satisfaction immédiate qu'il exige, continua le baron.

— Encore si je savais l'annamite ! s'écria Gouville, mais un témoin avec lequel je ne pourrai pas échanger un mot, ce sera bien gênant.

— Vous vous trompez, monsieur ; ce garçon parle français comme vous et moi. Il a été élevé à Saïgon, au collège d'Adran, où l'on enseigne notre langue aux enfants indigènes. Il est de plus très intelligent, et, en dépit de sa peau couleur de beurre, de ses dents noircies à la laque et de ses ongles longs comme des griffes de tigre, c'est un civilisé... Vous verrez.

— Je m'en rapporte à vous... mais il me semble qu'il n'a pas tiré grand profit de ses mérites, s'il en est réduit à s'exhiber pour de l'argent sur les planches d'un théâtre exotique.

— Oh ! il est sans préjugés, comme tous ses compatriotes. Ces gens-là n'ont pas de volonté ; ils vont où le hasard les pousse, et, comme tous les Orientaux, ils supportent la mauvaise fortune sans se plaindre. Ils naissent résignés et ils manquent absolument de dignité, mais ils rendent beaucoup de services aux Européens

qui savent tirer parti de leurs aptitudes variées. Celui-
ci m'est très dévoué, et quand l'Exposition sera close, je
le garderai peut-être avec moi.

— Pourquoi reste-t-il planté là-bas comme un héron
sur ses pattes ? demanda brusquement Mériadec. Finis-
sons-en !

— Très volontiers, monsieur, puisque vous acceptez
ce témoin d'occasion. Hé ! Khoa... avance à l'ordre, mon
boy !

Le fils du commandant avait fréquenté assez de marins
pour savoir que, sur les navires anglais, un *boy* est une
espèce de mousse à tout faire ; mais il lui tardait tellement de se battre qu'il se garda bien de récuser cet
étrange témoin que Gouville acceptait, pas tout à fait
pour la même raison.

Khoa s'était empressé d'obéir. Il descendit vivement
de la butte où il s'était perché, et il vint se placer devant
le baron en baissant la tête et en croisant ses bras sur
sa poitrine : l'attitude classique d'un esclave qui attend
les ordres de son maître.

Cette mise en scène à l'orientale faisait le plus drôle
d'effet, encadrée dans un site essentiellement parisien,
et Gouville avait bonne envie de rire, car il était sans
inquiétude sur le résultat de la rencontre.

M. d'Ambre, très sérieux, dit en bon français à l'Annamite :

— Je vais me battre avec un de ces messieurs, et je t'ai
fait venir pour que tu me serves de témoin. Comprends-
tu ?

— Oui, monsieur, répondit Khoa, en non moins bon
français et presque sans accent. A Saïgon, j'ai déjà été
témoin dans un duel entre deux sergents de tirailleurs.

— Alors, tu sais que la consigne est de regarder et
de se taire. Tu n'auras à te mêler de rien. Monsieur se

charge de surveiller le combat et de l'arrêter, s'il y a lieu.

— Bien, monsieur.

Le *boy* pratiquait l'obéissance passive. Si le baron lui avait dit : Mets-toi à genoux pour que je te coupe la tête, il se serait agenouillé et il aurait tendu le cou.

— En voilà un qui ne nous gênera pas, pensa Gouville. C'est tout ce que je souhaitais... Et il n'a pas l'air de me reconnaître pour m'avoir vu au théâtre de l'Esplanade... J'aime autant ça.

Il ne restait plus qu'à en découdre, comme disent les troupiers. M. d'Ambre ôta le veston du matin qu'il avait endossé pour fumer un cigare, avant de s'habiller pour déjeuner.

Mériadec était déjà en bras de chemise.

Gouville leur présenta les épées par la poignée, donna un dernier coup d'œil au terrain où ils allaient ferrailler, et, avant de les mettre face à face, il chassa du pied quelques cailloux que le baron avait négligé de pousser plus loin.

Le choix des places importait peu, car le ciel était couvert et aucun des deux adversaires n'aurait le soleil dans les yeux.

Le bon Jacques, qui ne sortait jamais sans sa canne, comptait s'en servir pour empêcher les corps-à-corps et même, autant que possible, pour arrêter les coups dangereux.

Après avoir engagé les fers, il s'écarta à la distance réglementaire, et il dit le sacramentel : Allez, messieurs !

Le baron était superbe sous les armes et aussi calme qu'au jeu. Mériadec ne faisait pas moins bonne contenance, mais il était loin de posséder ce sang-froid magistral, et, en dépit des recommandations de son ami, ce fut lui qui attaqua.

Il avait le poignet solide et le coup d'œil prompt, mais Gouville vit tout de suite que l'élève du quartier-maître de l'*Hermione* n'avait pas été à bonne école. Ses attaques rapides manquaient de logique. Il poussait des bottes à fond sans prévoir la riposte, et il lui arrivait assez souvent de se découvrir.

M. d'Ambre se contentait de parer, et la supériorité de son jeu s'affirma bien vite. Son épée ne déviait pas d'une ligne, malgré les furieux battements de fer de son jeune adversaire. Il avait vraiment l'air de donner une leçon d'escrime à un débutant.

C'était conforme au programme qu'il avait exposé à Gouville, en causant avec lui avant d'arriver sur le terrain, et Gouville trouvait que M. d'Ambre était le plus loyal des gentilshommes d'outre-mer.

Khoa assistait, impassible, à cette partie où deux Européens jouaient leur vie. Il ne bougeait pas plus qu'il ne bougeait pendant les représentations où il figurait comme timbalier, et s'il avait eu là sa grosse caisse et son tampon, il eût été capable de battre la mesure pour marquer les reprises.

La première dura deux longues minute, et Mériadec, visiblement fatigué, continuait à s'épuiser en attaques inutiles, lorsqu'elle se termina par un coup inattendu.

Avec une vigueur et une dextérité merveilleuses, le baron lia l'épée de son fougueux adversaire et la fit sauter si loin qu'elle faillit tomber sur le *boy* annamite.

Impossible de démontrer plus galamment que la lutte était trop inégale et qu'il fallait en rester là.

Gouville l'espérait, et M. d'Ambre ne demandait pas mieux, car il avait abaissé son arme et il n'attendait. pour la jeter, qu'un mot que le bon Jacques allait prononcer.

Avant qu'il eût le temps de parler, Mériadec courut

ramasser la sienne et se remit en garde en criant :

— Je ne suis pas touché. Défendez-vous !

Ses yeux étincelaient. Il ne se possédait plus, et il chargea avec une telle furie, la pointe au corps et le bras tendu, que le baron fut obligé de rompre.

Mal en prit au dernier des Roscanvel ; M. d'Ambre le désarma encore une fois et ne s'en tint pas là, car d'un coup droit foudroyant il toucha Mériadec en pleine poitrine.

Jacques le crut mort en le voyant chanceler et porter les mains à sa blessure. Une large tache de sang s'étalait sur le plastron de la chemise, au-dessous du sein droit.

— Ce n'est rien, dit froidement le baron. Je n'ai pas tiré à fond, et je suis certain que la pointe de mon épée n'a pas pénétré de plus d'un centimètre.

Mériadec, soutenu par son ami, se remettait déjà du choc, et l'on voyait bien qu'il n'était pas grièvement blessé.

M. d'Ambre avait opéré avec une légèreté de main égale à celle des mécaniciens manœuvrant dans les grandes usines ces marteaux-pilons qui cassent une noisette sans l'écraser, aussi facilement qu'ils aplatissent un énorme bloc de fonte.

— En voilà assez ! dit impérieusement Gouville en maintenant son enragé d'ami qui faisait mine de vouloir recommencer.

Le baron, alors, fit un pas en avant et dit au vaincu :

— J'espère, monsieur, que vous penserez comme moi que l'honneur est satisfait. Je puis donc maintenant vous prier d'agréer mes excuses. Je me suis laissé aller hier à un mouvement de vivacité que je regrettais déjà et que je regrette bien davantage depuis que j'ai pu admirer votre bravoure.

Ce compliment toucha Mériadec sans le calmer. Il se sentait humilié d'avoir été épargné, et il lui semblait que son heureux adversaire l'humiliait encore en s'excusant après la victoire. Mais sa colère tomba tout à fait quand le baron reprit en lui tendant la main :

— Je m'honore d'avoir été l'ami de votre père ; il ne tiendra pas à moi que je ne sois le vôtre.

Mériadec la serra, cette main si adroite et si généreuse, et Gouville, radieux, s'empressa de prendre la parole :

— Messieurs, dit-il, je proclame que l'affaire est vidée, et je déclare qu'il est temps d'aller déjeuner... pas tous ensemble !... Ça ne se fait plus qu'au régiment après un duel entre conscrits. Mais je compte que nous nous reverrons bientôt.

— Moi aussi, j'y compte, et ce ne sera pas l'épée à la main, répondit M. d'Ambre avec un bon sourire.

Il s'en fallut de peu que Gouville ajoutât : « Chez moi ou chez mon ami Roscanvel », mais il se retint, tout en se promettant de cultiver des relations qui venaient de prendre une face nouvelle.

En attendant, il achevait d'étancher avec son mouchoir les dernières gouttes de sang qui perlaient sur la peau à peine entamée du blessé.

— Ne pensez-vous pas, messieurs, reprit le baron, que le mieux serait de ne pas parler de ce qui vient de se passer ici ?

— C'est absolument mon avis, dit Gouville.

Mériadec approuva d'un signe de tête.

— Personne ne nous a vus, et le *boy* est discret. Seulement, j'attends, ce matin, la visite d'un homme d'affaires ; il doit être arrivé, et si vous sortiez par la rue Copernic, vous seriez exposé à le rencontrer, car mon valet de chambre a dû le faire entrer dans le fumoir.

Donc, à moins que M. de Roscanvel n'ait besoin d'être
pansé immédiatement...

— Pour cette égratignure?... à quoi bon? interrompit
Mériadec.

— Alors, je puis vous indiquer un autre chemin. Il y
a là-haut une porte qui donne sur la rue Lauriston.
Khoa la connaît bien, puisqu'il passe par là tous les
soirs. Il va vous y conduire.

Gouville ne pouvait pas souhaiter mieux. La dernière apparence de mystère se dissipait, et il allait
dans quelques instants connaître toutes les issues de cet
enclos qui, huit jours auparavant, lui semblait aussi
inaccessible que l'est, au Japon, le palais du Mikado.

— Très volontiers, dit-il.

— Khoa, commanda le baron, tu vas guider ces messieurs. Après, tu ramasseras ces épées et tu me les appor-
teras... ou plutôt, non... c'est l'heure où il faut que tu
ailles faire ton service au théâtre de l'Esplanade... J'en-
verrai mon valet de chambre les chercher... Pars... et tu
sais!... pas un mot à qui que ce soit de ce que tu
viens de voir.

Pendant que M. d'Ambre donnait ainsi ses ordres,
en remettant le veston qu'il avait ôté pour ferrailler,
Gouville, qui faisait face à la maisonnette encastrée
dans le mur de la rue Villejust, aperçut, derrière les
vitres de la fenêtre du rez-de-chaussée, la tête crépue
de Biroulas.

Le baron, qui tournait le dos à cette fenêtre depuis
qu'il était sur le terrain, ne pouvait pas la voir, et Gouville allait lui signaler la présence de ce spectateur
inattendu, lorsque tout à coup le savetier disparut.

Biroulas avait-il assisté de loin au duel, et pourquoi se
retirait-il brusquement de la fenêtre, au moment où
Gouville venait de l'apercevoir?... Gouville n'en savait

rien, mais il pensa aussitôt qu'il ferait mieux de ne rien dire à M. d'Ambre et d'interroger lui-même, en passant, cet obligeant savetier.

Il était sûr de le trouver bien disposé, car ils s'étaient quittés très bons amis, grâce au louis de vingt francs offert comme entrée de jeu, lors de leur premier colloque, et il en tirerait peut-être encore une fois des renseignements utiles.

En attendant, Jacques et Mériadec, après avoir échangé avec le baron de nouvelles poignées de main, suivirent le timbalier par une montée assez rude. Il n'y avait pas de chemin frayé à travers ces terrains accidentés, et cette ascension n'était pas une promenade d'agrément.

Ils passèrent devant la *paillotte* presque cachée dans un ravin, et ils virent que c'était une misérable hutte ouverte à tous les vents, qui ne pouvait guère servir qu'à abriter un Annamite.

Et il fallait que l'ancien élève du collège d'Adran, à Saïgon, ne fût pas difficile, car Biroulas ne se serait certainement pas contenté d'un pareil logis.

Gouville n'était pas très bien informé sur ce Cochinchinois plus ou moins lettré, et il entrevoyait la possibilité d'obtenir de lui des indications intéressantes. Mais il ne voulait pas le questionner devant Mériadec, qui manquait de mesure et de prudence. Il ne se souciait pas non plus de revenir s'aboucher avec le *boy* dans l'enclos du baron, et il cherchait un moyen de le revoir, sans que personne y pût trouver à redire.

Au moment où ils arrivaient au mur de la rue Lauriston, il lui vint une idée bizarre.

— Mon cher Khoa, lui dit-il, j'ai toujours eu envie de voyager dans votre pays... et il ne serait pas impossible que je fusse obligé d'y aller finir mon existence... Le diable, c'est que je ne sais pas la langue!

— Belle langue !... beau pays !... prononça gravement le timbalier.

— J'en suis persuadé, mais.. consentiriez-vous à me donner des leçons d'annamite?... pas pour rien, bien entendu !... Vous fixeriez vous-même le prix du cachet.

Cette proposition ne pouvait pas déplaire à Khoa.. Sa face jaune s'illumina, et ses petits yeux brillèrent.

— Je voudrais bien, murmura-t-il, mais mon temps est pris...

— A vos moments perdus !

— C'est que... je ne suis pas mon maître...

— Personne n'en saurait rien. Vous viendriez chez moi, par exemple, le matin, avant l'heure de votre théâtre. Vous savez lire le français?

— Oh ! fit le boy d'un air offensé.

— Alors, prenez ma carte. Ça ne vous engagera pas, et vous vous déciderez peut-être.

Khoa la prit, la fourra dans sa ceinture et, sans ajouter un seul mot, exhiba une clef dont il se servit pour ouvrir une porte étroite et basse percée dans le mur de clôture.

C'était par là que Gouville l'avait vu un soir se glisser dans la propriété du baron et qu'il passait tous les jours pour aller à l'Esplanade et pour en revenir.

Personne dans le quartier ne devait se douter qu'il couchait, presque à la belle étoile, sur les terres de M. d'Ambre.

Une fois dehors, il ne chercha point à prolonger l'entretien. Il referma la porte, empocha la clef, et dit simplement à Gouville :

— Monsieur, j'irai très prochainement vous rendre visite.

Pas une question ne sortit de ses lèvres; pas même

une allusion au duel où il venait de jouer le rôle d'un personnage muet.

Les Orientaux ne sont ni curieux, ni indiscrets. Un Européen, à la place de ce *boy*, aurait parlé trois quarts d'heure.

Lui, après une contorsion qui pouvait bien être un salut, s'en alla tranquillement par la rue Copernic.

C'était son chemin pour descendre au Trocadéro et de là aux Invalides.

Les deux amis, dès qu'il fut parti, se regardèrent comme jadis à Rome se regardaient, dit-on, les augures, quand ils se rencontraient dans la rue ; seulement, il n'y en eut qu'un qui se mit à rire.

Mériadec n'en avait pas envie. Mériadec savait très bien qu'il n'avait guère fait que des sottises, que l'ami Jacques lui avait à peu près prédit ce qui lui était arrivé, et que s'il eût voulu l'écouter, il n'aurait pas reçu de ce créole une leçon méritée.

Le baron d'Ambre tirait l'épée mieux qu'autrefois le chevalier de Saint-Georges, et il avait probablement, comme ce roi de l'escrime, du sang mêlé dans les veines. Mais sa supériorité venait de s'affirmer autrement que les armes à la main, car il s'était conduit en parfait gentilhomme, et le dernier des Roscanvel n'en pouvait pas dire autant. Mériadec avait eu le dessous de toutes les façons, et il devait positivement la vie à ce généreux adversaire qui s'était contenté de le piquer, alors qu'il n'aurait eu qu'à appuyer le coup pour lui percer la poitrine.

Et, comme il arrive toujours en pareil cas, Mériadec, qui enrageait d'avoir été à sa merci, lui en voulait presque de l'avoir ménagé.

— Eh bien ! lui demanda Gouville, que dites-vous de notre expédition ? Convenez, mon cher, que vous auriez mieux fait de rester chez vous.

— Je ne pouvais pas deviner que j'allais me trouver en face d'un homme qui est de la force d'un maître d'armes... et si j'avais su qu'il a connu mon père...

— Il n'a tenu qu'à vous de le savoir. Il aurait suffi de me montrer la carte que vous avez eu l'idée saugrenue de remettre à votre cocher.

— C'est possible, répliqua Mériadec avec humeur, mais à quoi sert de récriminer?... Dites-moi plutôt si vous croyez qu'il a été lié avec mon père, comme il le prétend.

— Je n'ai aucun motif pour en douter, car je ne vois pas quel intérêt il aurait à s'en vanter, si ce n'était pas vrai. Et ce n'est pas là un grand malheur, car il pourra nous donner des détails sur le séjour de votre père à l'île Maurice.

— Vous comptez donc le revoir?

— Je le reverrai forcément, puisqu'il est de mon Cercle ; peut-être le reverrez-vous aussi, puisque je vais vous y faire recevoir... D'ailleurs, vous êtes maintenant son obligé.

— Dont j'enrage... et maintenant, je suis sûr... absolument sûr que je l'avais déjà vu avant de le rencontrer, hier, aux courses.

— Vous pouvez vous tromper. Il y a des ressemblances...

— Celui-là ne ressemble à personne. Il a surtout des yeux...

— De très beaux yeux...

— Des yeux inoubliables.

— Et quand vous l'auriez vu quelque part?... qu'importe?

— Ce n'est pas la rencontre en elle-même qui me préoccupe, mais je voudrais me rappeler où et dans quelles circonstances elle a eu lieu.

— Vous m'avez dit tout cela au pesage et vous me paraissez y attacher trop d'importance. Il me semble qu'au lieu de vous amuser à interroger votre mémoire pour retrouver le souvenir d'un fait insignifiant, vous devriez réfléchir aux suites de votre équipée d'aujourd'hui. Puisse-t-elle vous rendre plus sage à l'avenir!... Mais vous voilà embarqué dans des relations qui pourront ne pas plaire à votre tante... Elle a refusé de voir M. d'Ambre.

— Comment?...

— Eh! oui, c'est pour lui que ce Carolles est venu avant-hier en ambassade... et Mme de Valmondois lui a déclaré nettement qu'elle ne recevrait pas son protégé.

— J'ignorais cela... ma tante nous a parlé d'une comtesse créole.

— Autre protégée de Carolles que votre tante a blackboulée aussi. Vous avez vu tout à l'heure que je me suis abstenu d'engager le baron à se présenter rue de Babylone. Vous n'êtes pas tenu de l'y inviter. Vous ferez comme vous l'entendrez.

— Je ne dirai rien à ma tante.

— Vous aurez raison de ne rien lui dire de votre duel, puisque vous n'êtes pas blessé sérieusement. Encore faudra-t-il lui expliquer pourquoi vous n'êtes pas rentré hier soir.

— Pas du tout. Je ne veux pas me mettre sur le pied de lui rendre compte de mes actions... Je ne suis plus un enfant... Elle croira ce qu'elle voudra. Ça m'est égal.

— Bon! et votre sœur?

— Ça ne la regarde pas non plus.

— D'accord! mais elle doit s'inquiéter de votre absence et vous ferez bien d'aller la rassurer le plus tôt possible.

— Oh! je vais rentrer. Et vous?

— Moi, j'ai affaire dans ce quartier-ci, et j'y déjeunerai,

dit Gouville qui, pour le moment, tenait à se séparer
de son jeune ami.

Et il reprit gaiement :

— A propos, avez-vous touché l'argent que vous avez
gagné sur le cheval que je vous ai indiqué... Casque-en-
Cuir?...

— Eh! non, puisqu'on m'a empoigné au moment où je
cherchais le bookmaker qui me l'avait donné... à quinze
contre un... ça m'aurait rapporté une jolie somme que
je comptais offrir à Jenny...

— Elle ne vous en tiendra pas quitte.

— Je la lui donnerai tout de même; mais quant à
toucher cet argent, j'en ai fait mon deuil.

— Pourquoi donc?... Je vous indiquerai le moyen de
vous faire payer. Tâchez seulement de modérer vos
générosités avec ces demoiselles, ajouta le bon Jacques.
Je sais ce qu'elles m'ont coûté, car j'arriverai bientôt
au bout de mon rouleau, et il ne me restera plus qu'à
m'en aller conquérir le Tonkin... en qualité de simple
soldat.

— Est-ce en prévision de ce dénouement que vous
allez prendre des leçons de chinois ou de cochinchinois?

— Parfaitement, cher ami, répondit Gouville, qui ne
se souciait pas d'expliquer ses projets à ce brise-raison
de Mériadec.

— J'admire votre prévoyance et j'espère bien qu'elle
sera inutile... mais convenez que M. d'Ambre a de singulières connaissances. Pourquoi loge-t-il chez lui ce
magot?

— Ma foi! je n'en sais rien. Demandez-le-lui quand
vous le verrez. Maintenant, il faut que je vous quitte. Je
meurs de faim et j'ai encore une course à faire avant de
me mettre à table. Je tâcherai de passer rue de Babylone
après mon déjeuner.

— Vous m'y trouverez très probablement, et nous reprendrons cette conversation. J'ai encore beaucoup de choses à vous dire.

Sur cette conclusion, Mériadec fila par la rue Lauriston qui devait le conduire directement à l'Étoile, et Gouville n'essaya point de le retenir.

Gouville pensait à aller voir Biroulas, à seule fin de savoir s'il avait assisté de loin à toute la scène du duel. Il pressentait que ce savetier fantaisiste aurait du nouveau à lui apprendre, et il tenait à ne pas manquer l'occasion de le faire causer.

Il tourna donc par la rue de Villejust, et il n'eut pas plus tôt dépassé l'angle de la rue Lauriston qu'il l'aperçut fumant sa pipe sur le pas de la porte de sa baraque.

Évidemment Biroulas l'attendait, et du plus loin qu'il le vit, il se mit à l'appeler, non pas à haute voix, mais à *tour de bras,* c'est-à-dire en faisant le geste bien connu qui consiste à en lever un au-dessus de la tête et à l'arrondir de dehors en dedans à plusieurs reprises.

— Bon ! se dit Jacques, il a tout vu et il grille d'envie de me questionner... Attends un peu, mon bonhomme! je vais te répondre... mais ce sera chacun son tour.

Et il descendit la rue, au pas accéléré, en rasant le mur de l'enclos. Gouville n'était plus qu'à dix pas de Biroulas, quand celui-ci rentra brusquement dans sa boîte, après lui avoir adressé un dernier signe qui était une invitation à le suivre.

Gouville ne se fit pas prier, et le trouva entre les quatre murs de la salle basse où il s'établissait quelquefois pour raccommoder les chaussures des gens du voisinage.

— Eh bien! mon brave, lui dit-il, vous avez donc de la besogne aujourd'hui, puisque vous voilà ici?

— Et vous, riposta Biroulas, vous avez donc décou-

vert le propriétaire, puisque vous êtes venu vous aligner
sur sa propriété ?... Alors, ce n'était pas pour lui acheter ses terrains que vous cherchiez son adresse; c'était
pour vous battre !... Ne me dites pas que non... j'ai tout
vu... j'étais aux premières loges, et ce que j'ai *rigolé!*
c'est rien de le dire... D'où sort-il, ce Chinois qui regardait ?... et les deux autres qui se poussaient des coups
de pointe, qu'est-ce qu'ils sont devenus?

— Chacun est rentré chez soi, et je vais en faire autant.

— En v'là une histoire !... moi qui n'avais jamais vu
un chat dans le clos !... Il est habité comme la place de
la Madeleine, et il y pousse plus de lardoires que d'as-
perges... Enfin, tant tués que blessés, il paraît qu'il n'y
a personne de mort.

Gouville n'était pas content, et sa figure s'allongeait. Il
était entré, alléché par l'espoir de tirer de Biroulas des
renseignements sur ses deux voisins, et il apprenait que
Biroulas ne les connaissait ni l'un ni l'autre. Biroulas ne
venait là que rarement, et quand il y venait, il ne passait
pas son temps à surveiller l'enclos. Gouville n'avait donc
pas d'indications à en attendre; il regrettait d'être entré,
et il se préparait à filer sans en demander davantage.

Mais le savetier reprit aussitôt :

— Drôle d'endroit tout de même !... on ne s'y embête
pas. Je viens d'avoir le spectacle *à l'œil,* et ce matin j'ai
entendu un tas de choses, aussi bien que si j'avais été
dans un confessionnal.

Ce début fit que Gouville ne se pressa pas de sortir.

— Figurez-vous, continua Biroulas, que je suis arrivé
ici au petit jour. J'avais une paire de bottes à ressemeler,
et je devais les livrer avant midi à un puisatier qui est
employé aux réservoirs de la Ville, rue Lauriston. Il me
les avait apportées hier au soir, et j'avais gardé la clef

de la baraque où nous sommes. On y voyait tout juste, et pour travailler je m'étais assis près de la fenêtre, tout contre le carreau cassé que vous voyez dans le bas. Tout à coup, v'là que j'entends les voix de deux particuliers qui causaient dehors... Ils causaient de leurs affaires, et comme ils ne savaient pas que j'étais là, ils ne se gênaient pas... Je n'entendais pas tout ce qu'ils disaient, mais il était question d'un capitaine et d'un chêne.

— Eh bien ! demanda Gouville, déjà désappointé ; et après !... si vous n'avez entendu que ces deux mots-là, vous n'avez pas dû en apprendre bien long. Un chêne !... un capitaine !... Je ne vois pas en quoi ça pouvait vous intéresser.

— Je n'y ai rien compris, répondit Biroulas, mais ils ont parlé aussi d'un individu qui leur doit de l'argent et d'un autre dont ils veulent se débarrasser parce qu'il les gêne. Ils conspirent, pour sûr.

— Contre qui ?... contre le gouvernement ?

— P't-être bien. Ils ont dit encore qu'il faudrait faire démolir la baraque où nous sommes parce qu'on peut entrer par là dans le clos comme les ânes entrent dans un moulin. Ça prouve qu'ils se cachent de ce qu'ils font ici... de la fausse monnaie, qui sait ?

Les conjectures du savetier touchaient fort peu Gouville, car il les trouvait absurdes, mais il aurait bien voulu savoir si c'était le baron d'Ambre qui était venu dès l'aube conférer en plein air avec un personnage informé de toutes ses affaires.

— Les avez-vous vus ? demanda-t-il.

— Pas plus qu'ils ne m'ont vu. Si je m'étais montré, ils auraient pu me faire un mauvais parti, pour m'apprendre à les espionner. Je n'ai pas seulement aperçu le bout de leurs nez, mais je reconnaîtrais leurs voix. Ils sont restés un bon quart d'heure à causer contre la

fenêtre. Il a été encore question d'un chêne... d'un capitaine... et puis d'un voyage...

— Un voyage... où ?

— Ils ne l'ont pas dit. Il y en avait un qui voulait
voyager, et l'autre qui ne voulait pas. Ils n'étaient pas
d'accord.

Tout cela n'apprenait rien à Gouville. Il lui était bien
venu à l'esprit que le père de Simone ayant été capitaine
de vaisseau, c'était peut-être de lui que parlaient ces
inconnus ; mais le chêne le déroutait.

Et au lieu de se creuser la tête à découvrir de qui et
de quoi il s'agissait, il essaya d'éclaircir un autre côté
de la situation.

— Alors, demanda-t-il, vous ne savez pas si les messieurs qui viennent de se battre sont les mêmes qui causaient ce matin sous cette fenêtre ?

— Ça, non... vu que, après qu'ils ont décampé, j'ai
travaillé quatre heures sans me lever de mon escabeau...
j'ai regardé quand j'ai entendu des bruits... c'était
comme si l'on battait du fer sur une enclume... J'ai vu le
Chinois, et puis je vous ai reconnu... ça m'a estomaqué,
et je n'ai plus pensé à me cacher... je suis resté à la
fenêtre jusqu'à la fin... quand je vous ai vu monter du
côté de la rue Lauriston avec le Chinois et avec un des
deux autres, je me suis dit que vous alliez peut-être
redescendre par la rue Villejust, et je me suis mis sur la
porte pour vous attendre. J'ai bien fait, puisque vous
voilà. Mais j'ai dans l'idée que si vous repassez par ici,
vous ne m'y trouverez plus. On va fermer la cambuse,
en attendant qu'on la démolisse, et les larbins d'à côté
ne me prêteront plus la clef. Ça m'embêtera, mais il ne
manque pas d'échoppes dans le quartier, et pour me
revenger du propriétaire, je dirai partout ce que j'ai vu
ce matin. La dame de l'avenue Kléber saura que c'est un

mufle, ce *proprio*, qu'il vient des Chinois chez lui et qu'on s'y bat en duel. Ça ne vous fait rien, pas vrai, que je le dénonce ?... Je ne leur parlerai pas de vous, et je serais bien embarrassé de leur dire votre nom, puisque je ne le sais pas.

— J'aime autant que vous ne disiez rien du tout... et voilà de quoi vous indemniser de votre déménagement, interrompit Gouville en mettant un louis dans la main de Biroulas qui s'écria :

— Oh ! du moment que ça vous contrarie que je me plaigne, je serai muet comme un poisson et je n'attendrai pas qu'on me donne congé. Je vais prendre mes cliques et mes claques, et on ne me reverra plus rue Villejust. Je ne la regretterai pas, leur sale baraque, car ça finira mal, tout ce qui se passe là dedans, et je n'ai pas envie de me trouver fourré dans une mauvaise affaire.

— Ni moi non plus, et je m'en vais, répliqua Gouville en gagnant la porte de la rue.

Il avait perdu son temps à interroger ce savetier qui n'avait pu lui fournir que des renseignements très vagues, et il lui tardait encore une fois de se retrouver seul pour réfléchir, — tout en déjeunant, car il mourait de faim, — aux bizarres incidents de cette matinée mouvementée.

Les raconterait-il à la comtesse ? Il hésitait, et il préférait ne pas la voir avant d'être décidé.

Pour le moment, il s'agissait de trouver à proximité un restaurant où il pût calmer son appétit, et dans ces parages il n'y avait guère que des guinguettes où s'arrêtaient les visiteurs de petite marque en route pour l'Exposition. Gouville, qui aimait la bonne cuisine, allait pousser jusqu'aux Champs-Élysées, lorsque, en débouchant sur l'avenue Kléber, il aperçut, plantée sous la porte cochère de l'hôtel, la femme de chambre de Mme de Salazie.

Elle avait tout l'air de se tenir là en sentinelle, et comme il voulait l'éviter, il allait continuer son chemin sans faire semblant de la voir ; mais elle avait de bons yeux, et elle courut à lui. Il lui fallut bien s'arrêter et l'écouter.

— Madame la comtesse attend monsieur, dit-elle.

— Vraiment ! balbutia Gouville, happé au vol ; elle savait donc que je passerais par ici ce matin ?

— Probablement, car elle m'a envoyée guetter monsieur, répondit Cora avec un sourire qui découvrit ses dents blanches.

— On m'aura vu dans le clos du baron, pensa le bon Jacques. Me voilà pincé ! Je vais avoir à subir un interrogatoire en règle... Bah ! après tout, autant à présent que plus tard.

Il essaya bien de se dérober en disant :

— C'est que je n'ai pas encore déjeuné.

— Justement, Mme la comtesse est à table.

Il n'y avait plus moyen de s'esquiver sans offenser la belle créole. Gouville eût été désolé de lui déplaire, et il ne lui en coûtait pas trop d'obéir, car il était encore sous le charme de la soirée qu'il avait passée la veille avec elle, et un nouveau tête-à-tête ne l'effrayait pas du tout.

Il suivit Cora, et il fut un peu surpris de ne pas voir un seul domestique dans le vestibule.

Mme de Salazie les avait-elle congédiés ? D'ordinaire, elle ne se cachait pas de le recevoir.

Cora l'introduisit dans une coquette salle à manger où sa maîtresse était seule assise devant une table chargée de fleurs et de mets froids qu'elle avait à peine entamés.

Jamais Gouville ne l'avait trouvée si jolie. Elle était pourtant plus pâle que de coutume, et ses grands yeux, cernés de bleu, brillaient d'un éclat presque maladif. Mais Gouville, qui avait lu *Les liaisons dangereuses*, était

comme le héros de ce roman de la dernière fin de siècle :
« Il aimait à l'excès les airs du lendemain. »

La créole, d'un coup d'œil, renvoya Cora.

Un couvert était mis tout près d'elle, et Jacques prit place à table, en disant gaiement :

— C'est le ciel qui vous a inspiré l'idée de m'envoyer votre femme de chambre. J'étais sur le radeau de la *Méduse*, et j'ai béni l'apparition de cette aimable messagère comme un naufragé salue la découverte d'une voile à l'horizon. Alors, vous allez me permettre de manger furieusement ?

— Avec qui M. d'Ambre s'est-il battu ? interrompit la comtesse, pendant qu'il se servait une tranche de jambon.

— Bon ! s'écria-t-il, tout en jouant de la fourchette, je me doutais que vos gens m'avaient aperçu.

— C'est Cora qui vous a vu de la lucarne de sa chambre.

— Je n'essayerai donc pas de nier, et je ne vous cacherai pas non plus que l'adversaire de M. d'Ambre n'est autre que le jeune Roscanvel.

— Le fils du commandant ?

— Lui-même.

— Et... la cause de cette querelle ?

— Tout ce qu'il y a de plus bête. Vous souvenez-vous d'avoir vu, de loin, hier, à Longchamps, au moment où nous partions, une bousculade ?

— Oui.

— Eh bien ! c'était ce fou de Mériadec qu'on traînait au poste pour avoir résisté aux agents qui l'arrêtaient à la suite d'une altercation avec le baron, — lequel venait de lui jeter sa carte au nez... sans savoir à qui il avait affaire.

Aux premiers mots que Jacques avait dits, la comtesse avait changé de visage ; les derniers la rassérénèrent.

— Mais, reprit-elle, encore inquiète, M. de Roscanvel le savait, lui.

— Non. Il avait empoché la carte de M. d'Ambre, mais il ne l'avait pas encore regardée quand il est venu, ce matin, me réveiller pour me demander d'être son témoin.

— Et vous n'avez pas empêché le duel?

— Mériadec ne me l'a pas montrée, cette carte, et quand je l'ai vue, il était trop tard.

— Mais, enfin, ils se connaissent, maintenant.

— Oui... et tout s'est passé beaucoup mieux que je ne l'espérais. M. d'Ambre s'est comporté en vrai gentilhomme. Il aurait pu tuer Mériadec dix fois. Il l'a épargné... Et après le combat, les deux adversaires se sont quittés dans les meilleurs termes.

La comtesse resta quelques instants silencieuse. Elle réfléchissait, et Gouville crut deviner qu'elle cherchait à s'expliquer les causes de la chevaleresque conduite du baron.

— Quant à moi, reprit-il, j'avoue qu'il ne m'était pas sympathique, mais je suis revenu de mes préventions depuis que...

— A-t-il parlé de revoir M. de Roscanvel? interrompit la comtesse.

— Il en a... très discrètement... exprimé le désir. Et il le reverra sans doute à mon Cercle, où j'espère faire admettre Mériadec.

— Mais pas rue de Babylone?

— Il n'a pas été question de cela... Et maintenant que j'ai répondu à tout ce que vous m'avez demandé, je puis bien vous prier de me donner une toute petite explication... Votre femme de chambre vous a-t-elle dit que je n'ai pas été le seul témoin du duel?

— Non, murmura distraitement la créole.

— Il y en avait un autre que vous connaissez bien...
le timbalier du Théâtre annamite de l'Exposition... Je ne
m'attendais guère à le retrouver là... Saviez-vous qu'il
campait sur les terres de M. d'Ambre?

— Je ne m'en suis jamais informée, mais je n'en suis
pas surprise. Il a été autrefois, dans l'Inde, au service
de M. d'Ambre, qui a fort bien pu lui donner asile à Paris.

— C'est ce que m'a dit le baron, murmura le bon
Jacques.

— Est-ce tout ce que vous avez à me demander?
interrogea la comtesse.

Gouville eut comme une velléité de lui parler de
Biroulas, mais il jugea qu'il était inutile de mettre en
scène ce savetier qu'il ne reverrait probablement jamais,
et il revint à l'Annamite en disant:

— Il m'intéresse, ce Cochinchinois, et il parle si bien
le français que je l'ai prié de venir chez moi m'enseigner
sa langue.

— Étrange idée que vous avez eue là. Est-ce que vous
lui avez donné votre adresse?

— Mon Dieu, oui. Y verriez-vous quelque inconvénient?

— Aucun, répondit, après avoir un peu hésité, Mme de
Salazie. Seulement, je crois que vous aurez bientôt assez
des visites de ce pauvre diable.

— Pourquoi?... Il a l'air très doux et assez intelligent. Et puis, il me sera très utile, puisque je suis destiné à faire campagne dans son pays.

— Encore cette lubie!... Savez-vous bien que vous
m'agacez à me parler sans cesse de votre ruine prochaine?... Vous n'avez donc rien à me dire? demanda
Carmen en lançant à Jacques un regard qui lui brûla les
yeux comme un éclair.

Il venait de vider son verre, rempli jusqu'au bord

d'un vin de Porto sexagénaire, et, oubliant les tribulations de la matinée, il trouvait encore une fois qu'il y a
de bons moments dans la vie.

— Pourquoi vous répéter que je suis fou de vous?
dit-il d'une voix passionnée. Vous le savez bien.

— Est-ce à dire que vous feriez des folies pour moi?

— En doutez-vous?

— Parfaitement, mon cher!... et j'en douterai tant
que vous ne me l'aurez pas prouvé.

— Mettez-moi à l'épreuve.

— Je vous y mettrai peut-être plus tôt que vous ne
pensez.

— Quand il vous plaira.

— Vous vous battriez en duel pour moi?

— Avec tout l'univers... et même avec le baron, qui
est le plus fort tireur que je connaisse.

— Vrai?... bien vrai? demanda la comtesse avec une
vivacité qui étonna Gouville.

— Croyez-vous donc qu'il me fait peur?

— Non... et il ne s'agit pas de lui, se hâta de répondre
Carmen. C'est moi qui aurais peur si vous l'aviez pour
adversaire. Tout à l'heure, lorsque Cora est venue me
dire que vous étiez là... sur le terrain, et que vous portiez
des épées, j'ai eu une cruelle émotion.

— Est-ce que vous êtes montée dans sa mansarde pour
voir la bataille? demanda en riant Gouville.

— J'y ai envoyé Cora, et elle est redescendue presque
aussitôt pour me dire que vous n'étiez que témoin.

— Et vous n'avez pas eu la curiosité d'assister de loin
à la fête?

— Non. Ceux qui allaient jouer leur vie m'étaient
indifférents.

— Roscanvel, je comprends ça; mais M. d'Ambre?...
Je croyais qu'il était votre ami, insinua le bon Jacques.

— Laissons cela, je vous prie, reprit sèchement la comtesse. Je vous ai dit à ce sujet tout ce qu'il m'a plu de vous dire. Ne me demandez rien de plus... et si vous voulez que je croie à... à votre amour, je ne trouve pas d'autre mot... répondez nettement à une question que je vais vous poser.

— J'attends.

— Écoutez-moi, Jacques, dit la créole de sa voix chaude ; il ne tiendrait qu'à moi de m'illusionner sur l'avenir de notre liaison. J'espère que vous ne songez pas à la rompre... pas plus que je n'y songe moi-même, et j'espère aussi qu'elle durera tant que je vivrai dans ce Paris où je vous ai rencontré... Mais il peut arriver que je sois obligée de quitter la France...

— Obligée ?... N'êtes-vous donc pas libre ?... Est-ce que vous dépendez de quelqu'un ?

— Répondez-moi d'abord ; je vous répondrai après. Que feriez-vous si je partais ?

— Ce que je ferais si vous partiez ? Je vous accompagnerais très volontiers, répondit sans hésiter Gouville. Je ne suis pas un *globe-trotter,* comme mon ami Précey et comme M. d'Ambre..., mais j'aime beaucoup les voyages, et si je ne me déplace pas plus souvent, c'est qu'il me déplaît de voyager seul. Avec vous, ce serait délicieux. Voici justement venir la saison d'hiver en Italie. Voulez-vous que nous allions la passer à Sorrente, sous les orangers ? Je ne vous demanderai que six semaines pour arranger... mes affaires.

Ce n'était pas aux siennes que pensait le bon Jacques.

— Six semaines ! dit amèrement la comtesse, voilà ce que vous appelez faire des folies pour moi !... elles iraient jusqu'à ne pas me faire attendre deux mois !... Sachez, mon cher, que si je quitte Paris, je m'y déciderai la veille de mon départ, et c'est alors seulement que je vous dirai : Qui m'aime me suive !

— Eh bien ! je vous suivrai. Moi aussi, j'aime l'imprévu.

Gouville pensait : Nous n'en sommes pas là encore. C'est une épreuve, et si je réponds : non, elle va me faire une scène. J'aime mieux promettre. Ça n'engage à rien.

Il s'attendait à être payé de ce mensonge par des tendresses. Il était loin de compte. Carmen resta sérieuse ; ses yeux ne désarmèrent pas, et elle reprit froidement :

— Il ne s'agit pas d'une excursion en Italie ou ailleurs.

— Est-ce que vous avez le projet de faire le tour du monde en soixante-dix-neuf jours, pour distancer le héros du roman de Jules Verne? demanda gaiement Gouville.

— Vous ne comprenez rien, ou plutôt vous ne voulez pas comprendre.

— Aidez-moi !

— Si vous m'aimiez, vous auriez déjà deviné que je ne vous parle pas de voyager à deux, comme des nouveaux mariés qui vont passer leur lune de miel dans les auberges et qui rentrent à la fin du mois au domicile conjugal.

— Hé ! hé ! avec vous, ce ne serait pas désagréable !

— Le voyage que nous ferions ensemble n'aurait pas de fin.

— Diable ! pensa Gouville, est-ce qu'elle va me proposer de mourir avec elle? Je demanderais à réfléchir.

Et il dit en riant :

— Le mouvement perpétuel, alors !

— Ah ! tenez !... s'écria la comtesse, vous êtes stupide. Restons-en là. Je ne vous consulterai plus et j'agirai à ma fantaisie... Vous venez de le dire vous-même, je ne dépends de personne, pas même de vous... et je sais maintenant ce que vous valez.

Cette fois, Carmen avait dépassé la mesure des reproches immérités qu'un amant peut supporter.

Le rouge monta au visage de Gouville, et il eut sur les lèvres une réponse blessante. Il se contint pourtant, moins par commisération pour cette affolée que par calcul. Il voulait savoir ce qu'il y avait au fond de cette querelle à propos de rien. Était-ce un prétexte que Mme de Salazie prenait pour rompre avec lui?... ou bien cette créole endiablée avait-elle un autre but qu'il n'apercevait pas encore clairement, quoiqu'il commençât à soupçonner que les incidents de la matinée étaient pour quelque chose dans ce revirement subit de sa capricieuse maîtresse?

— Vous m'affligez profondément, lui dit-il avec une émotion qui était presque sincère. Vous m'accablez de reproches sans vouloir m'entendre. Faites-moi au moins la grâce de m'apprendre ce que vous attendez de moi.

Elle le regarda en face, comme si elle eût cherché à lire dans sa pensée, et elle lui dit, après un silence :

— Si je quitte la France, ce sera pour toujours. Comprenez-vous, maintenant?

Gouville ne comprenait que trop. C'était une mise en demeure de s'expatrier avec elle, à perpétuité, et il n'y avait plus à tergiverser pour répondre.

Il essaya pourtant de louvoyer encore.

— Vous ne m'aimez pas, murmura-t-il; vous ne m'avez jamais aimé. Je n'ai été pour vous qu'un passe-temps. Le jouet ne vous amuse plus. Vous le jetez... tout est dit, et vous en trouverez un autre.

— Vous croyez donc que je partirais si je pouvais faire autrement? Vous me connaissez bien mal. Le moment n'est pas venu où je pourrai tout vous dire... Mais sachez, dès à présent, qu'il peut arriver que je sois forcée de renoncer à vivre en France et même en Europe. Me suivrez-vous là où j'irai?

— A l'île Maurice? Pourquoi pas? répondit évasivement Gouville. C'est moins loin que le Tonkin, et c'est beaucoup plus joli, s'il faut en croire Bernardin de Saint-Pierre.

— A l'île Maurice ou ailleurs, me suivrez-vous sans esprit de retour? C'est le reste de votre vie que je vous demande de me donner.

— Triste cadeau que je vous ferais là! Je me reprocherais trop de lier votre destinée à la mienne.

— Et s'il me plaît, à moi, de m'enchaîner? Allez-vous me dire que vous n'êtes pas libre?

— Non, car je suis libre comme l'air, et vous le savez bien. Encore suis-je obligé de compter avec le milieu social où je vis. Il n'y a que les sauvages qui émigrent au pied levé. Nous sommes, vous et moi, des civilisés, et ce qu'on appelle le monde nous tient par des crampons de fer.

— Pas moi! Je le méprise, le monde, et je brave tous les préjugés qui le gouvernent.

— Les préjugés, je m'en moque comme vous, mais je ne me moque pas des devoirs... et c'est un devoir que d'assister ses amis...

— Ses amis!... où sont donc les vôtres? demanda impétueusement Carmen.

— Paul de Pontcroix est le mien, depuis notre enfance, et, en ce moment, il a besoin de mon appui. Je ne peux pas abandonner non plus Mériadec et sa sœur.

— Je ne comprends pas. Vous n'êtes ni le parent de ces Roscanvel... ni le tuteur de ce M. de Pontcroix.

— C'est vrai, mais... je vous ai déjà dit quelques mots de leur situation... Mériadec, livré à lui-même, ne fera

que des sottises... il a commencé ce matin, et, sans moi,
je ne sais comment se serait terminée sa querelle avec
le baron. Sa sœur s'est mis en tête de ne pas se marier
avant d'avoir vengé la mort de son père; et moi, je me
suis mis en tête de la guérir de ses folles idées. Quand
elle aura épousé son cousin, je n'aurai plus qu'à leur
souhaiter d'être heureux et d'avoir beaucoup d'enfants,
comme il est écrit à la fin des contes de fées. Jusque-là,
je me figurerai que j'ai charge d'âmes.

Ce fut dit avec tant de bonhomie aimable que la comtesse, au lieu de s'offenser, se radoucit à la grande satisfaction de Gouville qui ne visait qu'à se tirer agréablement du cas épineux où elle venait de le mettre, en
le sommant de s'engager par un vœu de fidélité éter-
nelle.

— Alors, demanda-t-elle, pensive, c'est uniquement le
désir d'assurer le bonheur de M. de Pontcroix et celui
de sa fiancée qui vous retiendrait à Paris?

— J'espère que vous n'en doutez plus, répondit Jacques. Si j'étais candidat à la main de Mlle de Roscanvel,
je vous tiendrais, je vous le jure, un autre langage, car je
ne sais pas mentir. Je n'ai aucun motif pour vous cacher
qu'elle m'intéresse. Si elle est un peu folle, sa folie n'est
pas vulgaire, et si, par hasard, elle ne se trompait pas
en croyant que son père n'est pas mort d'un accident, je
serais très fier de découvrir le misérable qui l'a tué...

— Et de le livrer à la justice?

— Naturellement... à moins que je ne fusse forcé
d'en faire justice moi-même... C'est tout à fait improbable, mais je n'y répugnerais pas.

— J'aime à vous entendre parler ainsi.

— Vraiment?... et pourquoi?

— Parce que vous exprimez là un sentiment viril. Les
actes énergiques me plaisent. Je ne suis qu'une femme,

mais je saurais me venger moi-même de qui m'offen-
serait.

— Dieu m'en garde donc!... je ne me consolerais pas
de mourir de votre main.

Carmen se tut. Sa figure s'assombrit, et Gouville, qui
l'observait, ne savait que penser de ce nouveau changement à vue.

— M'aimeriez-vous encore si je faisais comme la
grande dame dont parle Brantôme? demanda-t-elle tout
à coup.

— Ma foi! dit le bon Jacques, j'ai lu Brantôme, mais
je ne me souviens pas de toutes les belles actions de ses
héroïnes.

— Il raconte que celle-là, ayant surpris son amant
avec une autre femme, *le tua virilement de ses propres
mains.*

— Bon! je me rappelle. Mais il me semble que c'était
seulement son mari.

— Qu'importe! si elle l'aimait?... Eh bien?

— Eh bien! je vous pardonnerais, pourvu que je ne
fusse pas le poignardé, et je vous adorerais quand même.

— C'est ainsi que je veux être aimée.

— Vous l'êtes.

Enchanté de la tournure que prenait l'entretien si mal
commencé, Jacques allait se mettre à marivauder pour
esquiver l'engagement solennel, lorsque Cora se montra
à la porte entre-bâillée, comme elle s'était montrée au
jardin le jour de sa première visite.

Cette quarteronne apparaissait toujours au bon
moment.

— Est-ce encore votre couturière? demanda Gouville
en riant.

— Non. Cette fois, c'est ma modiste, répondit Carmen
d'un air de défi.

Elle n'ajouta pas : Restez !

— Alors, je m'en vais, dit Jacques en se levant.
Merci, comtesse!... votre déjeuner m'a sauvé la vie...
Sans vous, je serais mort d'inanition.

— Je ne vous reverrai pas aujourd'hui, mais je vous
attendrai demain, reprit sèchement la comtesse.

Ce programme convenait fort à Gouville, qui avait
l'emploi de sa journée et qui n'avait plus faim.

Il baisa le bout des doigts de Mme de Salazie et il s'en
alla, sans que la femme de chambre le reconduisît.

Dans le vestibule, cette fois, le valet de pied était à son
poste.

Dès que Jacques se trouva seul sur le trottoir de
l'avenue Kléber, il n'entama pas un monologue, mais il
se mit à passer en revue les péripéties variées par les-
quelles il venait de passer.

Le duel, il ne s'arrêta pas beaucoup à y réfléchir. Tout
est bien qui finit bien, et cette fâcheuse affaire s'était terminée heureusement.

Le timbalier annamite ne le préoccupait guère depuis
qu'il était sûr de recevoir sa visite et de pouvoir le questionner tout à son aise.

Encore moins pensait-il à Biroulas qui n'avait plus
rien à lui apprendre.

En revanche, la conversation qu'il venait d'avoir avec
la comtesse ne lui sortait pas de l'esprit. Ce n'était pas
la première fois, depuis qu'il la connaissait, que cette
créole fantasque l'étonnait par l'imprévu de ses façons
et de ses propos. Il avait déjà subi des scènes de jalousie
et des emportements de tendresse. Carmen était mobile
comme l'onde, et avec elle il fallait toujours s'attendre à
des *sautes de vent*, aurait dit le feu commandant Roscanvel.

Mais jamais son amant ne l'avait vue si nerveuse ;
jamais elle ne s'était échappée jusqu'à lui parler de se

venger et de l'enlever en quittant brusquement la France.

Se venger de qui ? Où voulait-elle emmener Jacques ? Mystère ! Par exemple, il ne doutait pas qu'elle se fût prise pour lui d'une passion furieuse qu'il regrettait presque de ne pas partager.

Et ce qui le surprenait le plus, c'était qu'elle semblait maintenant s'intéresser à la situation et même aux idées chimériques de Simone de Roscanvel. On eût dit qu'elle les prenait au sérieux et même qu'elle admettait la possibilité de découvrir l'assassin.

Le connaissait-elle donc ? Il semblait difficile de le croire. Elle était encore à l'île Maurice à l'époque où le commandant était tombé dans la forêt de Quélern, au fond du Finistère, à l'autre bout du monde, presque aux antipodes.

Tout au plus pouvait-on supposer qu'elle lui connaissait un ennemi.

Et Gouville commençait à se demander si elle n'était pas décidée à le dénoncer.

Mais, quoi qu'il en fût, elle ne le dénoncerait qu'à son amant, si cet amant consentait à faire ce qu'elle attendait de lui, c'est-à-dire s'attacher à elle pour la vie.

Ce serait payer cher le plaisir de réaliser le vœu de la fiancée d'un autre. Il est vrai que si Mlle de Roscanvel tenait sa parole, sa main serait la récompense de ce succès difficile; mais, quoique Simone lui plût fort, Jacques n'était pas homme à supplanter un ami.

— Le beau, pensait-il, ce serait de mettre la main sur le meurtrier... s'il existe... et de demander à Simone, comme prix du sang de ce scélérat, d'épouser cet excellent Paul. Pourquoi pas ?... Je suis à peu près sûr que si Carmen possède le secret, il ne tiendrait qu'à moi d'obtenir qu'elle me le confiât. Je n'aurais qu'à faire semblant d'entrer dans ses idées de départ et d'union indissoluble... quoique libre. J'en serais quitte pour refuser de m'exécuter au dernier moment... Ce serait très canaille !... Mais la fin justifie les moyens.

En dépit de cet axiome de morale par trop courante, Gouville n'était pas décidé à abuser ainsi du goût violent que Mme de Salazie avait pour lui. Elle ne méritait pas d'être traitée de la sorte, et elle lui plaisait assez pour qu'il se fît scrupule de ne pas se moquer d'elle.

Ce n'était pas qu'il crût beaucoup à sa fidélité. Il la soupçonnait même de recevoir en cachette ce baron d'Ambre, toujours indéchiffrable, malgré la loyauté qu'il venait de montrer sur le terrain. Peut-être était-ce lui qui attendait à l'écart, dans quelque coin de l'hôtel, quand Cora venait annoncer la couturière ou la modiste. Mais Gouville n'en avait cure.

— Parbleu ! se dit-il, je ferais bien d'aller mettre Paul au courant de ce qui se passe. Si je ne me mêlais pas de ses affaires, il finirait bientôt par les gâter tout à fait. Quand je pense qu'il songe à s'absenter au moment où son avenir matrimonial va se décider !... c'est trop bête, et il faut que je le remette, sans plus tarder, dans le droit chemin des amoureux. Il est peut-être chez lui, et si je ne l'y trouve pas, je vais lui laisser un mot pour lui dire que je l'attends au Cercle.

Gouville, pressé d'exécuter cette sage résolution, sauta dans un fiacre qui passait et se fit conduire rue de Commaille.

Là, un concierge fort poli lui apprit que, le matin même, M. de Pontcroix était *parti en voyage,* sans dire où il allait ni quand il reviendrait.

C'était un comble, et le bon Jacques eut un accès de colère.

— Quel animal ! grommela-t-il en remontant dans son fiacre. En voilà un qui ne s'aide pas !... Ma parole d'honneur, il mériterait qu'on lui coupât l'herbe sous le pied, pendant qu'il court les chemins. Et s'il trouvait la place prise quand il reviendra, personne ne le plaindrait.

VI

Pas plus que les jours, les déjeuners ne se ressemblent.

Pendant que Jacques de Gouville arrosait de vieux vin de Porto les mets pimentés de la cuisine créole que préférait la comtesse de Salazie, Mme de Valmondois buvait du thé, en humant des œufs à la coque, dans la salle à manger de l'antique hôtel de la rue de Babylone.

Il n'y avait ni tentures, ni fleurs. Rien que de sévères boiseries, des portraits d'ancêtres et de l'argenterie aussi armoriée que massive.

Un vieux valet de chambre blanchi sous la livrée de la noble maison servait à table la marquise et sa petite-nièce assise en face d'elle.

Le pâle soleil d'automne brillait faiblement à travers les hautes fenêtres qui donnaient sur le jardin.

L'immense salle nue ressemblait assez à un réfectoire de couvent, et, ce matin-là, on y observait la règle du silence monastique, car la douairière n'avait encore ouvert la bouche que pour manger, et Simone, qui ne mangeait pas, restait les yeux fixés sur son assiette, sans dire un seul mot.

Elle n'avait même pas touché aux galettes de sarrasin confectionnées à son intention par une Bretonne qu'elle avait amenée de Roscanvel.

Sa tante, qui la regardait en hochant la tête, se décida enfin à lui parler, et ce fut pour la gronder.

— Petite, commença-t-elle de sa voix grave, — une voix de l'ancien régime, — l'air de Paris ne te vaut rien. Si tu continues à broyer du noir et à te nourrir comme un oiseau, tu tomberas malade.

— Je vous assure, ma tante, que je me porte très bien, murmura la jeune fille.

— Alors, c'est que tu as du chagrin. Ne nie pas. Tu as les yeux rouges ; je gage que tu as pleuré.

— Mais non, ma tante. Je suis très heureuse d'être auprès de vous. Pourquoi pleurerais-je ?

— Ta ! ta ! ta !... ma compagnie n'est pas ce qu'il te faut pour te distraire. Trêve de compliments, je te prie ! Conte-moi tes peines.

— Je vous jure, ma tante, que je n'en ai pas.

— Bon !... Je vais t'interroger point par point, comme si j'étais ton confesseur... et quand tu m'auras avoué tous tes péchés, je ne te refuserai pas l'absolution, car je suis sûre qu'ils ne sont pas gros.

Est-ce l'inqualifiable conduite de ton cousin Paul qui t'attriste ?

— Non, ma tante. Je n'ai rien à lui reprocher.

— Alors tu n'es pas comme moi. Je suis furieuse contre lui. Il est de glace, ce grand garçon-là, et, s'il ne dégèle pas bientôt, je lui déclarerai nettement que ma nièce n'est pas pour son beau museau. La dernière des Roscanvel n'est pas faite pour attendre qu'il se décide à la demander en mariage. J'aimerais mieux, Dieu me pardonne, te voir épouser ce mauvais sujet de Jacques.

— Je n'épouserai personne.

— Oui, je sais... c'est ton refrain... mais, crois-moi, chère petite, il faut en changer... et puisque ce garnement de Mériadec ne me fait pas ce matin l'honneur de s'asseoir à ma table, je vais te dire tout ce que j'ai

sur le cœur... Mais d'abord, où est-il, monsieur ton
frère? Encore au lit, je gage.

— Non, ma tante. Avant de descendre pour déjeuner,
je suis entrée dans sa chambre. Il n'y était pas.

— Alors, il se moque de moi. Est-ce qu'il prend ma
maison pour une auberge où l'on se fait servir quand on
veut? Je n'exige pas qu'il se tienne au salon toute la
journée, mais je veux qu'il soit exact aux heures des
repas. Hier soir, déjà, il n'a pas paru à dîner.

— Vous savez, ma tante, qu'il est allé aux courses.

— Il aura dîné avec son ami Jacques de Gouville qui
est lancé dans le mauvais monde et qui l'y entraîne.

— Oh! non, ma tante. M. de Gouville ne lui donne
que de bons conseils.

— Qu'en sais-tu?

— C'est Mériadec qui me l'a dit, murmura Simone,
visiblement troublée.

— Belle garantie, en vérité!... Mériadec n'a garde de
te conter ses fredaines... et tu devrais, toi, lui prêcher la
sagesse.

— Oui, ma tante.

— Ah! s'écria la marquise, tu m'agaces à la fin!... Oui,
ma tante... non, ma tante... tu ne sais pas dire autre
chose, ce matin... Deviens-tu idiote? Réponds-moi per-
tinemment, au lieu de parler comme les poupées qui
disent papa et maman.

Simone ne répondit pas, mais elle fondit en larmes.

Sa tante s'aperçut un peu tard qu'elle l'avait tancée
trop vertement, et pour la calmer, elle reprit :

— Voyons, ma chère enfant!... ne te désole pas et
ouvre-moi ton cœur. Que s'y passe-t-il, dans ce petit
cœur?... Te serais-tu amourachée de quelque beau fils
qui ne songe pas à toi?

Simone fit signe que non.

— Ou bien, est-ce donc que tu t'ennuies chez moi?...
Ce n'est pas très gai, ici... tu regrettes peut-être ta Bretagne, qui n'est pourtant pas beaucoup plus gaie. Si j'ai
deviné, dis-le-moi franchement, et plutôt que de te voir
sécher sur pied à Paris, je te renverrai à Roscanvel,
avec ton frère. Tu serais mal gardée, car il ne s'occupe
que de sa précieuse personne, et tu mènerais là-bas une
triste existence, mais tu te marierais peut-être à un
gentilhomme chasseur... l'espèce n'est pas rare dans ta
province... et mieux vaut encore épouser un fesse-lièvre
que de rester fille... les maris parfaits, vois-tu, petite,
ça n'existe pas.

· Simone n'écoutait pas ce sermon, mais ses yeux se
séchaient, et elle se redressa pour dire avec effort :

— Mériadec n'est pas rentré hier. Je crains qu'il ne
lui soit arrivé malheur.

— Quoi! s'écria la douairière, il a découché!... Voilà
qui passe la permission!... Où se croit-il donc ici?...
Quand on a l'honneur d'habiter l'hôtel de Valmondois,
c'est bien le moins qu'on ne scandalise pas mes gens. Je
vais lui signifier son congé quand il rentrera.

— S'il rentre.

— Ah çà! est-ce que tu te figures qu'il est parti pour
les grandes Indes?

— Je me figure qu'on l'a tué, comme on a tué notre
père.

— Tu es folle, petite. Les dangers de Paris ne sont
pas ce que tu penses. Ton dévergondé de frère se retrouvera, je t'en réponds... Et comme je ne veux pas qu'il
recommence, j'aurai avec lui une explication sérieuse.

Pierre! commanda la marquise au vieux valet de
chambre qui se tenait adossé à la boiserie, allez dire de
ma part au concierge de l'hôtel qu'il m'envoie mon
neveu dès qu'il arrivera.

Et, quand Pierre fut sorti, elle reprit en s'adressant à Simone :

— Je tiens à l'interroger avant qu'il ait le temps d'inventer une histoire pour justifier sa conduite... et tu me feras le plaisir de me laisser m'expliquer seule avec lui.

Simone se tut. Les affirmations de sa tante ne l'avaient pas rassurée, et elle persistait à croire qu'il était arrivé malheur à Mériadec.

Mme de Valmondois avait fini de déjeuner quand le valet de chambre revint, apportant sur un plat d'argent une lettre qu'il présenta à la marquise.

— C'est de lui ! s'écria Simone, en se levant pour voir.

— Non, ce n'est pas son écriture, dit la douairière, après avoir regardé l'adresse.

Et, au domestique :

— Qui a apporté cela? demanda-t-elle.

— Un monsieur qui attend la réponse.

— Quelque mendiant !... Enfin ! la charité est une des trois vertus théologales... Où sont mes lunettes?

Elles étaient sur la table. Simone les offrit à sa tante, qui les planta sur son nez pour déchiffer l'épître qu'elle prenait pour un placet. Mais, pendant qu'elle lisait, Simone comprit, à l'air de son visage, qu'il ne s'agissait pas d'une demande de secours.

Elle aurait bien voulu savoir de quoi, mais Mme de Valmondois ne jugea pas à propos de le lui apprendre et dit à Pierre :

— Comment est-il, ce monsieur?

— Madame la marquise, il *marque* très bien.

La bonne dame savait ce que les domestiques entendent par cette locution. Un homme qui marque bien est tout bonnement un homme bien vêtu. Elle médita un instant avant de répondre.

— Faites-le entrer dans le cabinet, à côté du grand
salon. J'y vais.

— Ce n'est pas, j'espère, une mauvaise nouvelle? lui
demanda anxieusement Simone.

— Non... et il n'est pas question de ton frère. Va faire
un tour de jardin pendant que je recevrai cet homme.
Je te ferai appeler quand j'aurai fini, et je pourrai, je
crois, te répéter ce qu'il m'aura dit.

Ton bras, petite.

Soutenue par sa nièce et appuyée de l'autre main sur
une canne à bec de corbin, la marquise passa dans la
pièce où elle donnait ses audiences, lorsqu'il lui arrivait
par exception d'avoir à s'entretenir avec des gens
d'affaires, et elle y prit position dans un majestueux
fauteuil, derrière un bureau Louis XVI très authentique.

Simone l'y laissa, mais au lieu de passer au jardin,
elle courut, plus inquiète que jamais, s'enfermer dans sa
chambre.

La pauvre enfant était dans une disposition d'esprit
à se tourmenter des moindres incidents, et cette visite
ne lui disait rien de bon.

Sa tante, moins prompte à s'alarmer, se préoccupait
de la lettre qu'elle venait de lire et qu'elle n'attendait
guère.

— Comorin, capitaine au long cours, murmurait-elle
en se parlant à elle-même, comme elle le faisait volontiers quand elle était seule; qu'est-ce que c'est que ce
marin, et que peut-il avoir à me dire de ce pauvre
Roscanvel?... « Affaire qui intéresse l'honneur de la
famille... » C'est écrit, et si ça ne m'apprend rien, ça ne
me rassure pas du tout. J'ai bien peur qu'il ne s'agisse de
quelque sottise de feu mon neveu... il en a tant fait!... son
fils Mériadec chasse de race... Et pourquoi s'adresse-t-il
à moi, ce monsieur... Comorin?... on ne s'appelle pas

Comorin !... c'est un nom de promontoire... il y a, je ne
sais où, un cap Comorin.

Ce monologue fut interrompu par l'entrée du personnage que le valet de chambre introduisit sans l'annoncer
et qui, sur un geste de la douairière, prit place en face
d'elle, sans paraître embarrassé et encore moins inti-
midé.

A coup sûr, ce n'était pas un solliciteur. Il avait plutôt
l'air d'un homme qui vient traiter d'égal à égal et qui
s'acquitte par courtoisie d'une démarche dont il aurait
pu se dispenser.

Il *marquait bien*, comme disait Pierre en son langage
de laquais, car il était très correctement habillé de noir,
chaussé et ganté d'une façon irréprochable.

Il avait, du reste, une vraie figure de navigateur, éner-
gique et bronzée, qu'éclairaient des yeux très vifs. La
physionomie était intelligente, et sans être précisément
sympathique, l'ensemble n'était pas déplaisant.

La marquise le jugea tout d'abord assez favorablement
et pensa qu'il avait bien pu être l'ami du défunt commandant de l'*Hermione*.

— Madame, commença-t-il, je n'ai pas l'honneur d'être
connu de vous, et ma visite doit vous surprendre.

— Beaucoup, monsieur, répondit sans détours Mme de
Valmondois, et j'attends que vous m'appreniez dans quel
but vous me la faites.

— Je n'ai pu vous l'indiquer que très sommairement
dans ma lettre, mais...

— Je n'y ai rien compris, à votre lettre. Vous y faites
allusion à des faits qui touchent, dites-vous, à l'honneur
de la famille du commandant de Roscanvel.

— Votre neveu, madame la marquise.

— Mon neveu par alliance... mort depuis deux
ans.

— Je le sais, madame, mais vous êtes la plus proche parente des deux enfants qu'il a laissés.

— Oui. Où voulez-vous en venir?

— A vous expliquer, madame, pourquoi j'ai cru devoir m'adresser d'abord à vous. Ces deux enfants sont mineurs et...

— Le fils est majeur; la fille le sera bientôt.

— Je l'ignorais, mais tous les deux sont si jeunes qu'ils ne doivent pas être au courant des affaires de leur père.

— Quelles affaires?... M. de Roscanvel n'était pas commerçant; il était capitaine de vaisseau.

— Je le sais, madame, mais il n'est pas nécessaire d'être négociant pour emprunter de l'argent.

— S'il en a emprunté, il a dû le rendre.

— Je ne doute pas qu'il ne l'eût rendu, mais...

— Et si, par impossible, il ne l'avait pas rendu, ses créanciers n'auraient pas attendu jusqu'à présent pour réclamer, à lui ou à ses héritiers, la somme qu'il devait.

— La situation, en effet, est anormale, mais il y a dans la vie des cas de force majeure.

— Je ne comprends pas du tout.

— M. de Roscanvel a été surpris par la mort.

— Ah! vous savez cela?

— Oui, madame, je sais qu'il a été la victime d'un accident de chasse, et ce déplorable événement est arrivé au moment où il allait payer.

— Pardon!... La mort, que je sache, n'annule pas les engagements écrits. Le commandant a laissé une belle fortune. Son créancier n'avait qu'à s'adresser aux enfants... ou à leur tuteur.

— Ce créancier, madame, se trouvait dans des conditions particulières. D'abord, il n'habitait pas la France, ni même l'Europe.

13.

— Qu'importe cela? Il y a partout des banquiers qui se chargent de recouvrer à son échéance le montant d'un billet.

— M. de Roscanvel n'avait souscrit aucun billet, ni accepté aucune lettre de change. Rien qu'une reconnaissance, très valable d'ailleurs, car elle a été passée pardevant notaire. Elle ne devait pas être mise en circulation, et elle est restée entre les mains du créancier qui se réservait de toucher lui-même, à une date fixée par le commandant. Il s'est trouvé qu'à cette date le porteur de la reconnaissance est venu à Paris. En y arrivant, il a appris la mort de M. de Roscanvel...

— Et il s'est abstenu de faire valoir ses droits !... Voilà un créancier comme on en voit peu.

— C'est vrai, madame. Il est d'une délicatesse rare... et il était alors si riche qu'il pouvait attendre... Il ignorait dans quelle situation se trouvaient les héritiers, et il lui répugnait de troubler leur douleur. Il ne fit alors qu'un très court séjour en France. Il ne courait du reste aucun risque, puisque les obligations ne se prescrivent que par trente ans. Peut-être ne l'aurait-il jamais présentée si des revers de fortune ne l'y avaient pas forcé et surtout s'il n'avait pas su que les enfants de son débiteur étaient en état d'acquitter, sans se gêner, la dette de leur père.

— Enfin ! dit la marquise, agacée par toutes ces belles phrases, ce généreux créancier voudrait être payé.

— Oui, madame. Il a perdu beaucoup d'argent depuis deux ans. Il se trouve gêné, et... nécessité n'a pas de loi.

— Payé, il le sera, je n'en doute pas... après qu'il aura justifié de la légitimité de sa créance.

— Ce sera très facile. J'ai toutes les pièces entre les mains, et il m'a envoyé sa procuration pour le représenter.

— Il n'est donc pas à Paris ?

— Non, madame. J'ai ses pleins pouvoirs, mais moi-même je ne suis à Paris qu'en passant. Je commande un navire de commerce qui m'attend à Bordeaux, et je dois reprendre la mer très prochainement. Je désirerais donc terminer cette affaire le plus tôt possible.

— J'en parlerai à mon petit-neveu, puisque vous avez jugé à propos de me choisir comme intermédiaire... je ne sais pourquoi.

— Parce qu'il m'en aurait coûté de rappeler aux enfants d'un brave officier de douloureux souvenirs. J'ai préféré, madame la marquise, vous prier de les préparer à recevoir cette réclamation très fondée, mais tardive.

— Trop de scrupules, vraiment !... à quelle somme s'élève cette... réclamation, comme vous l'appelez ?

— A vingt mille livres.

— Le chiffre est gros, mais les héritiers de M. de Roscanvel sont en état de payer vingt mille francs.

— Pardon !... c'est vingt mille livres anglaises.

— Ce qui fait en monnaie de France ?

— Cinq cent mille francs.

— Un demi-million ! Peste ! voilà qui change la thèse. Mon petit-neveu n'a certainement pas cette somme dans le tiroir de son secrétaire.

— Oh ! il suffirait pour le moment que lui et sa sœur reconnussent la dette et prissent l'engagement de régler ce compte à des échéances fixes. Ils pourraient même échanger la reconnaissance signée par leur père contre des valeurs à trois ou à six mois.

— On n'est pas plus accommodant, dit ironiquement la marquise. Maintenant, monsieur, me ferez-vous la grâce de m'apprendre où et dans quelles circonstances M. de Roscanvel a contracté cette énorme dette ?

— A la suite d'une grosse partie qu'il a jouée dans un

port où la frégate qu'il commandait a relâché pendant sa dernière campagne.

— Alors, c'est une dette de jeu ?

— Non, madame, dit vivement le capitaine au long cours. M. de Roscanvel devait cet argent à des officiers anglais qui le lui avaient gagné aux dés et qui voulaient être payés comptant. Il avait joué sur parole, et il n'avait pas la somme à sa disposition. Un très riche propriétaire du pays la lui a prêtée sur sa simple signature. C'est ce propriétaire qui m'a chargé de la recouvrer.

— Et de poursuivre les héritiers, je suppose, s'ils refusent de s'acquitter ?

M. Comorin s'inclina en signe d'affirmation. Puis il ajouta :

— Je serais désolé d'en venir à cette extrémité, et je suis certain, madame, que vous ne laisserez pas les choses aller jusque-là.

— Est-ce à dire, demanda sèchement la douairière, que vous comptez que je payerai pour eux ? Vous vous trompez du tout au tout. Mon neveu a fait une folie. C'est à ses enfants d'en supporter les conséquences.

— Rien de plus juste. C'est donc à eux que je m'adresserai. Je ne vous demande, madame, que de les avertir.

— Je ne vous le promets pas, et je vous prie de m'expliquer un passage de votre lettre. Vous m'avez écrit qu'il s'agissait d'une affaire intéressant l'honneur de la famille... je ne vois pas en quoi. Mon neveu a eu grand tort de jouer et surtout de perdre plus qu'il n'avait d'argent disponible ; mais le jeu ne déshonore que les joueurs qui trichent... et alors même que sa fâcheuse aventure serait connue de tout le monde, ses enfants n'auraient pas à en rougir.

Le représentant du créancier ne répondit pas, et Mme de Valmondois interpréta son silence dans un sens

peu favorable à la mémoire du commandant. Cet homme
avait l'air d'en savoir plus long qu'il n'en voulait dire et
de se taire par égard pour la respectabilité de la marquise. Elle avait toujours eu mauvaise opinion de la
conduite de son neveu défunt, et elle l'avait toujours cru
capable de céder à toutes sortes d'entraînements. Elle
n'était donc que trop disposée à supposer qu'il avait à
se reprocher des torts plus graves qu'une extravagante
perte de jeu, et elle s'abstint d'insister.

Le négociateur, qui devinait peut-être sa pensée,
n'avait plus qu'à se retirer, et il n'y manqua point.

— Madame, dit-il en se levant, mon nom est au bas
de ma lettre. Il me reste à vous donner mon adresse. Je
suis descendu au Grand-Hôtel. Je ne quitterai pas Paris
avant la fin de la semaine, je n'agirai pas avant trois
jours et je n'agirai que dans le cas où le fils de M. de Roscanvel ne m'aurait pas donné signe de vie avant que ce
délai soit expiré.

Veuillez m'excuser de vous avoir dérangée et permettez-moi de vous remercier d'avoir bien voulu me recevoir, car je puis espérer maintenant que cette triste
affaire s'arrangera à la satisfaction des deux parties. Je
n'ai pas besoin d'ajouter que si M. de Roscanvel désire
s'assurer de la validité de l'engagement contracté par
son père, je suis tout prêt à lui montrer la reconnaissance
et à la soumettre à l'examen de son notaire.

La marquise avait sonné.

— Reconduisez monsieur, dit-elle au valet de chambre
qui entra.

Le capitaine au long cours salua et sortit.

En présence de cet homme, Mme de Valmondois s'était
contenue, mais elle suffoquait de colère contre le défunt
qui avait compromis le patrimoine de ses enfants... et
peut-être l'honneur de leur nom, car elle se demandait

jusqu'où l'avait entraîné sa funeste passion pour le jeu. Et par contre-coup, elle s'indignait contre Mériadec qui marchait sur les traces de son père. Il n'y avait que Simone qu'elle exceptait de ses malédictions. Encore lui en voulait-elle presque de prendre la défense de son frère.

— Cinq cent mille francs ! grommelait-elle en s'agitant sur son fauteuil. Il n'y allait pas de main morte, ce joli mari de ma pauvre nièce... et Dieu sait ce qu'il a fait encore ! Ce Comorin vient de me laisser entendre qu'il a commis là-bas quelque vilaine action... C'est vraiment heureux qu'il soit mort, car il aurait mis sa fille sur la paille. Il n'a pas eu le temps de la ruiner tout à fait, mais où Mériadec prendra-t-il de quoi payer pour elle et pour lui ? Leur fortune est en terres. Il faudra les hypothéquer. Où trouveront-ils un capitaliste disposé à leur avancer un demi-million ?... Moi, je ne prêterai pas un sou. S'il s'agissait de doter Simone, je ferais volontiers un sacrifice... et même un gros ; mais pour boucher un trou creusé par ce fou de Roscanvel, jamais de la vie !... J'aimerais mieux donner la somme aux pauvres.

Ce monologue courroucé n'avait pas encore pris fin, lorsque Mériadec, amené par le valet de chambre, entra seul dans le cabinet.

Il arrivait si peu de temps après le départ de M. Comorin qu'il avait dû le croiser en traversant la cour de l'hôtel ; mais il ne le connaissait pas, et il n'y avait pas pris garde.

Il se sentait en faute, et il voyait sur la figure de la marquise que le temps était à l'orage. Il essayait pourtant de faire bonne contenance, et il n'y réussissait pas trop.

— Vous m'avez fait appeler, ma tante ? demanda-t-il d'un air assez mal assuré. Me voici et...

— D'où viens-tu ? interrompit brusquement Mme de Valmondois.

Mériadec n'avait garde de le lui dire. Il aurait fallu lui raconter la peu édifiante odyssée qui l'avait conduit sur le terrain, après l'avoir conduit au violon, et qui s'était terminée chez Jenny l'Hirondelle, où il avait couru en quittant son ami Jacques.

Jenny l'avait même fort mal reçu, et, pour l'apaiser, il lui en avait coûté tout l'argent qu'il avait dans sa poche.

Et comme il balbutiait de vagues excuses, sa tante reprit sur le même ton :

— Au fait, j'ai tort de t'intérroger et je te dispense de me répondre. Je ne veux pas savoir à quoi tu as passé ton temps depuis vingt-quatre heures, mais je te prie d'écouter ce que, moi, j'ai à te dire. Ta conduite est indécente, et si tu ne respectes pas ma maison, tu devrais du moins épargner à ta sœur les inquiétudes que tu lui causes. Elle a su que tu n'es pas rentré cette nuit, et, depuis ce matin, elle te croit mort et elle ne fait que pleurer. Elle a vraiment bien de la bonté, car tu te soucies fort peu de son chagrin. Mais j'y vais mettre ordre. Simone restera chez moi, et tu iras loger où tu voudras.

— Comme il vous plaira, ma tante, murmura Mériadec, qui n'était pas fâché d'avoir la liberté de ses mouvements.

— Je te préviens aussi que dorénavant je ne m'occuperai plus que d'elle. Mais avant de me séparer de toi, j'ai à te parler d'une visite que je viens de recevoir et qui te concerne.

— Moi, ma tante ?

— Toi et ta sœur... mais comme Simone n'est pas encore majeure, c'est toi que cela regarde, en attendant qu'elle le soit. Il s'agit de payer les dettes de votre père.

— J'ignorais qu'il en eût laissé.

— Oh ! peu de chose ! dit ironiquement Mme de Valmondois ; rien que cinq cent mille francs.

— Ce n'est pas possible !

— Cela est. Je n'ai pas vu l'obligation qu'il a signée,
mais pour la voir, tu n'as qu'à passer au Grand-Hôtel où
loge M. Comorin qui la possède. Il attendra trois jours
avant de poursuivre.

— M. Comorin ? répéta Mériadec, ahuri.

— Oui, un capitaine au long cours qui représente le
créancier. Et cette jolie somme, ton père l'a empruntée,
après l'avoir perdue au jeu.

— Quand ?... où ?

— Quelque temps avant sa mort, pendant sa dernière
campagne de mer.

La marquise allait ajouter : « Il n'en faisait pas d'autres, car il était joueur comme les cartes » ; mais elle se
tut en voyant la mine attristée de son neveu qui baissait
la tête sous ce coup.

Mériadec se souvenait maintenant des réponses embar-
rassées des officiers de marine qu'il avait interrogés à
Brest sur la croisière de l'*Hermione* dans la mer des
Indes, et la faute de son père ne lui paraissait que trop
vraisemblable.

— Tu n'as pas, je suppose, reprit la tante, l'intention
de refuser de payer en alléguant qu'il s'agit, au fond,
d'une dette de jeu ? La loi ne les reconnaît pas, ces
dettes-là... Mais tu aurais de la peine à faire la preuve.

— Je n'essayerai pas. Je veux faire honneur à la signature de mon père.

— Voilà de beaux sentiments. Comment payeras-tu ?

— J'emprunterai...

— A qui ?

— Ou je vendrai Roscanvel.

— Si tu trouves un acquéreur, et ils sont rares, en

Bretagne, pour une terre de cette importance. Elle appartient, du reste, par moitié, à ta sœur, puisque vous n'avez pas fait de partages.

— Je suis sûr que Simone tient autant que moi à l'honneur de notre nom.

— Je le crois, mais elle est mineure, et le créancier de votre père est pressé. Il ne voudra pas attendre ; il fera saisir les biens, et tout le département du Finistère saura que les héritiers du commandant de Roscanvel vont être expropriés.

— En vérité, ma tante, s'écria Mériadec, on dirait que vous prenez plaisir à me désespérer !

— Pourquoi n'ajoutes-tu pas : « Vous feriez beaucoup mieux de nous prêter cette somme » ?

— Je ne dis pas cela.

— Non, mais tu le penses, et je vais te répondre comme si tu l'avais dit. Ma résolution est prise. Je n'abandonnerai pas ta sœur. Quoi qu'il arrive, je ferai en sorte qu'elle n'ait pas à souffrir des fautes de son père... du moins dans sa fortune. Je veux même qu'elle ignore ce qui se passe, et je te prie de ne lui en pas dire un seul mot.

— Je vous le promets.

— Quant à te venir en aide, à toi personnellement, je m'y refuse. Tu ferais un mauvais usage de la fortune que je te sauverais en payant pour toi, et, si tu es dépossédé de tes terres, ce sera pour toi une salutaire leçon. Quand tu auras passé par l'école du malheur, tu t'amenderas peut-être. Si c'était arrivé à ton père, il aurait mieux gouverné sa vie... et il aurait peut-être fini autrement.

C'en était trop. Mériadec avait souffert, sans essayer de se défendre, des reproches qu'il savait mérités. A ce dernier trait, il perdit patience. Il avait pour la mémoire

de son père un culte moins passionné que Simone, mais
tout aussi sincère, quoiqu'il se doutât bien que le commandant n'avait pas toujours vécu comme un saint; et
s'il ne croyait pas comme elle qu'il fût mort assassiné, il
ne supportait pas qu'on le blâmât, même indirectement.

— Adieu, ma tante! dit-il en se redressant. Je vous
prie d'informer ma sœur que je me porte à merveille et
que je ne tarderai pas à lui donner de mes nouvelles.

La marquise regrettait déjà de l'avoir si maltraité,
mais elle était encore de très mauvaise humeur, et elle
mit de l'amour-propre à ne pas le retenir.

Mériadec en mit à sortir sans ajouter un mot et presque sans la saluer. Elle l'avait blessé au vif en lui rappe-
lant les torts de son père, et il était parfaitement décidé à
ne plus remettre les pieds chez elle. Après tout, il était
son maître, et il pouvait d'autant mieux se passer de
Mme de Valmondois qu'elle venait de se déclarer résolue
à refuser de l'aider dans l'embarras où il allait se trouver.
Il saurait bien s'arranger pour revoir Simone avec ou
sans la permission de cette douairière revêche, et s'il
n'avait pas cinq cent mille francs à sa disposition, il ne
manquait pas d'argent pour vivre à Paris ailleurs que
rue de Babylone.

Il franchit donc délibérément la porte cochère de
l'hôtel, et il pensa tout de suite à aller conter ses peines
et demander conseil au cousin Paul, qui manquait d'entrain, mais qui passait pour un sage et qui demeurait
dans le quartier.

Mériadec ne se doutait pas que l'ami Jacques avait eu,
lui aussi, après sa visite à la comtesse, l'idée d'aller voir
Paul de Pontcroix, pas pour le consulter, mais pour lui
faire honte de sa froideur avec Simone de Roscanvel et
pour aiguillonner son indifférence, plus apparente peut-
être que réelle.

Mériadec rencontra Jacques au coin de la rue de Commaille, maugréant contre cet étrange fiancé qui se déro-
bait quand il aurait fallu se montrer.

— Vous allez chez Paul? s'écria Gouville. Vous pouvez
vous en dispenser. Il est parti, l'animal!

— Vous voulez dire qu'il est sorti.

— Non pas... il est parti, ce matin, avec sa malle, par
le chemin de fer, pour une destination inconnue... une
retraite, mon cher!... ou plutôt une fuite... au moment
où il devrait charger à fond. En voilà un qui ne sera
jamais votre beau-frère!

— Je m'en consolerai.

— Bon! mais votre sœur?

— Ma sœur aussi... et je ne regrette pas qu'il soit
absent, puisque je vous trouve. J'ai à vous parler... de
choses graves.

— Très bien!... Mais vous êtes toujours dans votre
complet à carreaux... vous avez donc juré de ne jamais
vous en séparer?... Il a pourtant beaucoup souffert, votre
complet... et votre chapeau aussi... Ou bien est-ce que
vous n'êtes pas encore rentré chez votre tante, depuis
que vous m'avez quitté?

— J'en viens, et je n'y retournerai plus.

— Qu'est-ce que vous me dites là!... auriez-vous
l'intention de vous sauver de Paris, comme ce toqué de
Pontcroix?

— Au contraire. Je cherche un appartement à louer.

— Comment! vous voulez lâcher votre tante?

— C'est elle qui m'y force. Elle vient de me recevoir
comme un chien.

— A quel propos?

— Je vais vous le dire. Seulement ce sera long.

— J'ai le temps de vous écouter... et je connais à deux
pas d'ici un endroit où nous serons beaucoup mieux

pour causer que dans cette rue du Bac, où l'on ne peut
pas marcher deux de front sur le même trottoir.

— Allons-y, dit Mériadec, en prenant le bras de Gouville qui le conduisit au fond d'une espèce de square pris
sur le boulevard Saint-Germain, — un coin de jardin
planté que les démolisseurs ont épargné en rasant un
vieil hôtel du noble faubourg.

Il y a là de grands arbres qui ont l'air tout étonnés
d'être encore debout, au milieu de maisons neuves à cinq
étages, et l'on n'y voit guère que des enfants, des bonnes
et des nourrices.

Les deux amis s'y établirent, à l'ombre, sur un banc,
et Gouville entama la conversation, en disant :

— Que diable avez-vous fait depuis deux heures que
nous nous sommes séparés, rue Lauriston? Vous avez
donc pris le chemin des écoliers pour aller rue de Babylone?

— J'ai déjeuné, répondit Mériadec, qui aimait autant
passer sous silence sa visite à Jenny l'Hirondelle.

— C'est juste. J'en ai fait autant. Et je devine pourquoi votre tante vous a mal accueilli. Elle aura su que
vous avez découché. Si elle savait que vous avez passé
la nuit au poste, elle aurait sans doute été plus indul-
gente. Lui avez-vous raconté vos mésaventures?

— Elle ne m'en a pas laissé le temps, et ce n'est pas
parce que je ne suis pas rentré que l'orage a éclaté. C'est
moi qui me suis fâché.

— Et pourquoi?

— Elle s'est permis de mal parler de mon père devant
moi.

— Oh! fit Gouville qui connaissait assez la marquise
pour se refuser à croire qu'elle eût à ce point manqué de
tact.

— Oui, mon ami... et voici l'explication... Elle venait

de recevoir la visite d'un monsieur qui s'est présenté de la part d'un créancier de mon père...

— Et qui lui a demandé de payer... Diable! Je conçois qu'elle fût de mauvaise humeur, car, sans être avare, elle tient assez à l'argent. Qu'a-t-elle répondu à cette réclamation?

— Je n'étais pas encore arrivé quand elle a reçu cet homme, et je ne l'ai pas vu; elle m'a dit que non seulement elle ne payerait pas, mais qu'elle ne m'avancerait pas les fonds... du reste, je ne les lui demandais pas. C'est à moi de payer les dettes de mon père, et je les payerai... Mais la somme est énorme... cinq cent mille francs!... que je n'ai pas... et qu'il me faudra trouver.

— Cinq cent mille francs!... c'est extravagant... A qui votre père pouvait-il bien devoir cinq cent mille francs?

— Il les a empruntés, paraît-il, pendant son dernier voyage, pour acquitter une dette de jeu.

— A l'île Maurice! s'écria Gouville qui se souvint tout à coup des confidences très incomplètes de Mme de Salazie.

— Ce monsieur n'a pas précisé.

— Qui est-il?

— Il est capitaine au long cours, il loge au Grand-Hôtel et il s'appelle Comorin.

— Ça m'a tout l'air d'un nom de guerre. Et comment s'appelle l'autre... le créancier?

— Il ne l'a pas dit... ou du moins ma tante ne me l'a pas nommé... Peu m'importe!... quand on me présentera l'obligation, je verrai bien au profit de qui mon père l'a souscrite.

— Vous êtes donc décidé à payer?

— Dès que je le pourrai, oui.

— Mon cher Mériadec, prenez garde d'avoir affaire à

un escroc. Tout cela me semble très louche. Voulez-vous que je prenne des renseignements sur ces gens-là?

— Je vous en serai très reconnaissant, mais je vous saurai encore plus de gré de m'indiquer un moyen de me procurer l'argent.

— C'est un peu plus difficile, dit en riant l'ami Jacques. Cinq cent mille francs ne se trouvent point dans le pas d'un cheval. Je voudrais être en mesure de vous les offrir, mais je ne les ai pas et je ne saurais où les prendre, si j'en avais besoin pour moi-même. Ce qu'il y aurait de plus simple et de plus pratique, dans votre situation, ce serait de les emprunter sur hypothèque, en Bretagne, où vous êtes connu comme gros propriétaire foncier.

— Oui... mais il doit y avoir des formalités assez longues, et ce M. Comorin ne veut pas attendre plus de trois jours... Passé ce délai, il fera poursuivre ma sœur et moi.

— C'est vrai... il y a votre sœur, responsable comme vous des dettes de votre père... Je n'y songeais pas... Mais il est donc bien pressé, ce capitaine au long cours?

— Il n'est à Paris que pour une semaine.

— Et il compte, avant de partir, toucher son demi-million!... Allons! allons! ce n'est pas sérieux, et, à votre place, je ne me gênerais guère. S'il vous poursuit, vous n'en mourrez pas, que diable!

— Non, mais ma sœur en souffrirait. On dirait là-bas qu'elle est ruinée... Et je voudrais qu'elle ignorât cette malheureuse affaire, dût-il m'en coûter tout ce que je possède.

Gouville ne pouvait pas s'empêcher d'admirer ce brave garçon qui venait de jouer si gaiement sa vie et qui n'hésitait pas à sacrifier sa fortune pour épargner un chagrin à sa sœur. En dépit de ses travers et de ses ridicules, le dernier des Roscanvel était un noble cœur, et le bon Jacques se sentait tout disposé à le servir.

— Il y a bien une dernière ressource, dit-il, mais elle est ruineuse.

— Tout plutôt que de laisser protester la signature de mon père et d'affliger Simone.

— Il y a les usuriers.

— Malheureusement, je n'en connais aucun.

— Moi, j'en connais un qui m'a fait tout récemment des offres de service. Je les ai refusées, mais ma recommandation pourrait peut-être le décider à vous prêter de l'argent.

— Présentez-moi donc à lui, je vous en prie.

— Je ne demande pas mieux... seulement, la somme qu'il vous faut est si forte que je ne réponds pas de réussir.

— Nous pouvons toujours essayer.

— Je veux bien... à une condition.

— Je l'accepte d'avance, quelle qu'elle soit.

— A condition que vous m'autoriserez à m'aboucher avec le personnage qui vous met le couteau sur la gorge. Il me paraît très suspect, et puisqu'il n'est que mandataire, je veux savoir de qui il tient son mandat.

— Nous irons ensemble le voir au Grand-Hôtel.

— Oui. J'ai des raisons particulières pour tenir à connaître le nom du véritable créancier de votre père.

Gouville n'avait oublié ni la démarche du marquis de Carolles auprès de Mme de Valmondois, ni les réticences de la comtesse de Salazie qui, sans le lui dire positivement, lui avait laissé entendre que M. d'Ambre avait eu autrefois des questions d'intérêt à régler avec le défunt commandant de l'*Hermione*.

Et il se demandait si le créancier anonyme n'était pas M. d'Ambre.

Cette supposition, assez invraisemblable au premier aspect, n'était pas en désaccord avec les faits.

Le baron, ne voulant pas user brutalement de son droit, avait d'abord essayé de se faire présenter à Mme de Valmondois pour lui exposer la situation. Son ambassadeur avait été fort mal reçu, et M. d'Ambre, blessé d'un refus assez durement signifié au marquis, s'était décidé à procéder par les voies légales.

Encore avait-il pris soin de remettre l'affaire à un intermédiaire, afin de s'éviter le désagrément de poursuivre lui-même des gens de son monde.

Tout pouvait s'expliquer ainsi, même sa conduite sur le terrain. S'il avait consenti à donner satisfaction à Mériadec, après l'avoir offensé à Longchamps, sans le connaître, et s'il l'avait ménagé, l'épée à la main, c'est qu'il tenait à prouver qu'il ne nourrissait aucun sentiment d'animosité contre le fils de son débiteur.

S'il en était ainsi, et le bon Jacques commençait à le croire, M. d'Ambre n'avait vraiment rien à se reprocher, car il était bien excusable de réclamer son dû, surtout après avoir attendu si longtemps.

Et Mériadec n'avait qu'à s'exécuter.

La somme était ronde, mais il arriverait certainement à la payer, sans se trouver réduit à l'indigence, et Gouville ne s'étonnait pas trop que le commandant l'eût perdue dans une île où, s'il fallait s'en rapporter à Mme de Salazie, les officiers anglais faisaient, en une nuit de jeu, des différences de dix mille guinées.

Gouville s'étonnait seulement que M. d'Ambre eût donné à ce Comorin, qui le représentait, des instructions si rigoureuses, mais il se disait qu'il y aurait peut-être des accommodements possibles, quand on saurait d'une façon certaine que derrière le capitaine de la marine marchande il y avait le baron, compatriote et ami de la comtesse.

Gouville se promettait déjà d'aborder carrément la question avec elle, dès qu'il la verrait.

En attendant, il ne pouvait mieux faire que de mener Mériadec chez M. Cimaise, le capitaliste de la rue Rougemont, et de l'accompagner ensuite au Grand-Hôtel, où le mandataire de M. d'Ambre ne refuserait pas sans doute de leur montrer la reconnaissance signée par M. de Roscanvel.

— Eh bien! cher ami, reprit-il, je suis prêt à vous mettre en rapport avec le prêteur dont je viens de vous parler. Vous verrez un homme qui ne ressemble pas du tout aux usuriers de la vieille école. Il a l'air d'un parfait gentleman, et vous serez surpris de sa courtoisie.

— Je le trouverai charmant s'il me tire d'embarras.

— C'est ce que je ne saurais vous promettre, mais je ferai de mon mieux pour l'y décider, quoiqu'il m'en coûte un peu de vous aider à vous mettre dans ses griffes, car il vous en coûtera très cher.

— Je m'y attends bien.

— Ne concluez rien pendant cette première entrevue. Nous irons de là au Grand-Hôtel, n'est-ce pas?

— Si vous voulez.

— J'y tiens essentiellement. Partons!... notre homme doit être chez lui, et je n'aurai qu'à lui faire passer ma carte pour qu'il nous reçoive. C'est égal!... je regrette que vous n'ayez pas changé de costume. Votre jaquette fripée et votre chapeau bossué ne lui donneront pas une haute idée de votre solvabilité... Mais bah! je lui dirai que vous arrivez en droite ligne du Finistère... Et puis ces manieurs d'argent savent très bien que l'habit ne fait pas le moine.

Mériadec haussa les épaules. La question du costume ne le préoccupait guère.

Ils sortirent du square, ils prirent une victoria sur le boulevard Saint-Germain, et ils roulèrent quelque temps sans échanger une parole.

— Savez-vous à quoi je pense? demanda tout à coup Mériadec.

— A Jenny l'Hirondelle, dit malicieusement l'ami Jacques.

— Je ne sais pourquoi je pense aux idées de Simone. Si l'on avait assassiné notre père, comme elle se l'imagine, ce ne serait pas son créancier qui l'aurait tué, car il aurait mieux aimé avoir affaire à lui qu'à des héritiers mineurs. Et il serait payé depuis longtemps si mon père vivait encore.

— C'est probable, car, en général, ce ne sont pas les créanciers qui tuent les débiteurs; c'est plutôt le contraire.

— Au moment où l'accident est arrivé, mon père pensait à s'acquitter, car il a fait coup sur coup plusieurs voyages à Brest et à Quimper, et je me figure qu'il allait y chercher de l'argent... chez des banquiers ou chez des notaires.

— Ce serait facile à vérifier, et il y aurait quelque intérêt à le faire... mais il n'en a pas touché, puisqu'il n'a pas retiré sa reconnaissance qui, sans doute, ne lui a pas été présentée.

— Non... il est mort misérablement au coin d'un bois... et tenez! en ce moment il me semble que je vois le chemin creux... le carrefour... le Chêne-Capitaine...

— Hein? qu'est-ce que vous dites? demanda Gouville qui se souvenait de sa dernière conversation avec le savetier Biroulas; qu'est-ce que c'est que ça?

— C'est le plus gros chêne de la forêt de Quélern. Il

est connu dans le pays sous ce nom-là... et c'est au pied
du Chêne-Capitaine que mon père est tombé.

Mériadec venait de répondre tout simplement à une
question qui lui paraissait toute simple, et il ne comprenait rien à l'effet produit par sa réponse sur Jacques de
Gouville.

Jacques s'agitait sur les coussins de la victoria, et sa
figure avait pris tout à coup une expression singulière.

Mériadec crut qu'il s'étonnait de cette désignation
appliquée à un arbre, et et il s'empressa de l'expliquer.

— Je ne sais, dit-il, qui a imagiñé le premier de bap-
tiser de ce nom bizarre le géant de notre forêt, mais le
Chêne-Capitaine a bien trois cents ans. Il a toujours été
connu dans le pays sous ce nom-là, et sa renommée
s'étend très loin. On vient le voir de Camaret et même
de Brest, en traversant la rade. Il s'y tient un *Pardon* à
la Saint-Jean d'été. Les gars des environs y donnent des
rendez-vous à leurs promises, et les guides y amènent
les touristes qui visitent la presqu'île.

— Est-ce loin du château ?

— Deux kilomètres, tout au plus. C'était un des buts
de promenade que préférait mon père, et quand il était
à Roscanvel, il y allait presque tous les jours, en fumant
sa pipe, son fusil sous son bras. Il l'aimait, ce chêne qui
fut planté sous Henri IV, par un Roscanvel... c'est constaté par un acte que j'ai dans nos papiers de famille...
il en était fier et il en parlait à tout le monde... même à
son bord... Un officier de l'*Hermione* me contait encore,
l'année dernière, que c'était devenu un sujet de plaisanteries pour les aspirants qui disaient entre eux, à propos
de tout : « gros comme le Chêne-Capitaine !... » ; « vieux
comme le Chêne-Capitaine ». Mon père ne s'en fâchait
pas ; au contraire, il s'amusait de la notoriété qu'avait
acquise son arbre de prédilection. Il ne prévoyait pas,

hélas! que la mort l'attendait au pied de ce chêne, lui qui l'avait bravée sur toutes les mers et qui était revenu sain et sauf du siège de Paris.

— La fatalité! murmura Gouville.

Et le dialogue cessa. Mériadec, attristé par le souvenir du malheureux événement qui l'avait fait orphelin, n'ajouta rien à ces explications et Gouville jugea inutile de lui apprendre pourquoi sa réponse l'avait vivement frappé.

C'est qu'elle venait de lui rappeler la conversation entendue par Biroulas. cette conversation tenue dans l'enclos triangulaire par deux inconnus qui parlaient d'un chêne et d'un capitaine : deux mots que rien ne rattachait l'un à l'autre et qui, accouplés, désignaient un arbre de la forêt de Quélern.

Et, affirmait le savetier, ces gens avaient parlé aussi d'un homme qui les gênait, d'argent qu'on leur devait et d'un voyage à faire.

Ces propos énigmatiques pouvaient se rapporter à la situation du créancier qui réclamait au fils cinq cent mille francs prêtés au père, mort au pied de cet arbre dont le surnom, s'il fallait en croire Mériadec, était connu dans tous les ports où s'était arrêtée la frégate du commandant de Roscanvel.

Il y avait là de quoi donner à réfléchir à Jacques de Gouville, qui crut devoir garder pour lui le résultat de ses réflexions.

Il n'avait encore que des soupçons, et il voulait avoir des certitudes avant de dire à Mériadec tout ce qu'il savait et tout ce qu'il supposait. Il tenait donc à voir d'abord M. Cimaise et surtout M. Comorin.

Le reste du trajet jusqu'à la rue Rougemont fut silencieux.

M. Cimaise était chez lui, et il les reçut sans difficulté.

Il parut bien un peu surpris de voir entrer dans son cabinet, avec Gouville qu'il connaissait, un jeune homme qu'il ne connaissait pas, et sa figure se rembrunit sensiblement.

Gouville pensa que c'était l'effet prévu du complet à carreaux et s'empressa de présenter son ami.

— Monsieur, dit-il après l'avoir nommé, vous m'avez si bien accueilli l'autre jour et vous m'avez paru si désireux d'obliger les fils de famille, que je vous amène un client. Il ne doit pas figurer sur vos registres, car il n'habite pas ordinairement Paris, mais il est beaucoup plus riche que moi, et il vous sera très aisé de vous en assurer, car tous ses biens sont au soleil, comme on dit, et il est aussi connu dans son département que le marquis de Carabas.

— Une fortune immobilière, alors? demanda l'usurier en hochant la tête.

— Oui, mais elle est entièrement libre d'hypothèques, et mon ami consentirait à l'hypothéquer en garantie du remboursement de la somme dont il a besoin.

— Quelle somme, s'il vous plaît?

Gouville énonça le chiffre, et il s'attendait à voir M. Cimaise tressauter sur son fauteuil à l'énoncé de ce chiffre formidable; mais M. Cimaise ne sourcilla pas.

C'était de bon augure, et Gouville se hâta d'ajouter:

— Lorsque M. de Roscanvel a hérité de son père, le château et les terres ont été estimés quinze cent mille francs.

— Et six mois avant sa mort, dit Mériadec, mon père a refusé sept cent mille francs de la forêt de Quélern qui n'a pas été comprise dans cette estimation.

— La fortune est encore indivise entre mon ami et sa sœur mineure, appuya Gouville; mais quand les partages seront faits, la valeur de son lot dépassera un mil-

lion. Il peut donc en emprunter la moitié sans que le
prêteur coure aucun risque.

— Certainement, dit M. de Cimaise, et dans le pays
monsieur trouvera, je n'en doute pas, un capitaliste disposé à fournir la somme.

— Dans le Finistère, les gros capitalistes sont rares, et
mon ami est pressé. C'est pourquoi je lui ai conseillé de
s'adresser à vous.

— Je vous en remercie, monsieur, et je serais très
heureux de l'obliger, si cette affaire n'était pas tout à
fait en dehors de mes opérations habituelles.

— Comment cela ? Vous m'avez offert l'autre jour de
me prêter de l'argent, et cependant, si vos notes sur ma
situation financière sont exactes, vous saviez qu'il ne
me reste que deux maisons à Paris et une petite ferme
en Normandie.

— Oui, mais je sais exactement ce qu'elles valent,
tandis que des immeubles situés dans le Finistère... il
me faudrait d'abord les faire estimer...

— Rien ne vous empêche d'aller les visiter et de vous
renseigner sur place. Ce serait un déplacement de trois
ou quatre jours.

— Je préfère une garantie à Paris.

— Qu'à cela ne tienne!... Voulez-vous la mienne?

— Quoi! monsieur, vous consentirez...

— A endosser les billets que vous feriez signer à mon
ami ? Oui, monsieur, parfaitement!

— Je n'accepterais pas, s'écria Mériadec.

— Bon, répliqua Gouville, c'est une question à régler
entre vous et moi, mon cher. Mais je persiste à proposer
ma garantie, et j'espère que monsieur s'en contentera.

— Cela modifierait la situation du tout au tout, dit
l'usurier; et dans ces conditions, je pourrais conclure...
il ne resterait à fixer que les conditions...

— Dites les vôtres.

— Cinq cent mille francs comptant contre une lettre
de change de six cent mille, à six mois, acceptée par
M. de Roscanvel, avec votre aval en garantie. Ce ne
serait pas trop cher.

C'était à Mériadec de répondre, et il aurait immédiatement répondu : « C'est fait ! » s'il n'eût été retenu par
un scrupule honorable. Il ne voulait pas profiter de
l'offre généreuse de l'ami Jacques, et Gouville, qui le
sentait bien, prit la parole pour dire, sans le consulter :

— Nous vous demandons vingt-quatre heures pour
vous rendre réponse. Si nous nous décidons à conclure,
combien de jours nous demanderez-vous pour mettre la
somme à la disposition de mon ami ?

— Six ou sept jours, au plus. Je vais peut-être faire le
voyage de Bretagne, afin de voir les terres et de lever
moi-même, chez le conservateur de l'arrondissement,
le certificat constatant qu'elles ne sont pas déjà gre-
vées... car il est bien entendu, n'est-ce pas, que le prêt
ne sera fait que sur première hypothèque ?

— C'est entendu. Après-demain, je viendrai vous dire
si nous acceptons vos conditions. Maintenant il ne nous
reste qu'à prendre congé de vous.

— Et il ne me reste à moi qu'à souhaiter que nous
tombions d'accord. Voulez-vous cependant me permettre de vous demander, monsieur, si vous avez renoncé
à votre projet d'acquisition de terrains ?

— Complètement.

— Vous n'avez peut-être pas tort. Je vous demandais
cela parce que, depuis que j'ai eu l'honneur de vous
voir, j'ai appris indirectement que le propriétaire ne
tardera pas à les remettre en vente.

— Les terrains seulement, je suppose ?

— Il ne trouverait pas d'acquéreur, et, comme il va

bientôt quitter la France définitivement, il veut se débarrasser aussi des propriétés bâties.

— Quoi! même de l'hôtel de l'avenue Kléber?... Je
croyais qu'il ne lui appartenait plus.

— Je le croyais aussi. Il pa·aît qu'il ne l'a pas vendu,
mais loué.

— Avez-vous l'intention de l'acheter?

— Oh! non; je puis mieux employer mes capitaux.

— Quand ce ne serait qu'en les plaçant à vingt pour
cent... pour six mois, ce qui fait quarante pour cent
par an.

— Vous oubliez, monsieur le vicomte, les risques à
courir, dit gravement l'usurier. Il y en a toujours dans
les affaires, même quand on n'en fait qu'avec les honnêtes gens.

Gouville s'était levé en même temps que Mériadec. Il
sortit sans relever cette riposte qui pouvait, à la rigueur,
passer pour un compliment. Et son ami sortit avec lui
en adressant un très court salut à M. Cimaise qui les
reconduisit jusqu'à l'antichambre.

Dans l'escalier, Mériadec retrouva l'usage de la parole,
et ce fut pour protester encore qu'il ne laisserait pas
Gouville engager sa signature; mais Gouville coupa
court à ses protestations en disant:

— Mon cher, nous causerons de cela plus tard. Il s'a-
git maintenant de courir au Grand-Hôtel où M. Comorin
vous attend. Il ne trouvera pas mauvais que je me présente avec vous, et je suis très curieux de le voir.

— Moi aussi, murmura le dernier des Roscanvel.

— Je le prierai de me montrer la reconnaissance que
votre père a souscrite. Vous devez tenir autant que moi
à connaître le nom de son créancier. Je crois bien que
je l'ai deviné, mais je voudrais en être sûr, avant d'avi-
ser avec vous à ce qu'il nous reste à faire.

— Allons! dit Mériadec, que toutes ces complications abasourdissaient à ce point qu'il n'avait plus de volonté.

Ils remontèrent dans leur fiacre qui les déposa, dix minutes après, devant la porte monumentale du grand caravansérail du boulevard des Capucines.

Là, ils apprirent que non seulement M. Comorin n'é-tait pas chez lui, mais qu'il n'avait pas encore pris possession de l'appartement retenu en son nom, la veille, pour huit jours. Il arriverait probablement dans la journée.

— Je m'en doutais, dit Gouville, en sortant du bureau de l'hôtel, et maintenant, je parierais volontiers que vous ne le trouverez jamais ici. Mais il faudra bien qu'il vous fasse présenter l'obligation, et alors nous saurons à quoi nous en tenir.

Êtes-vous toujours résolu à quitter la maison de votre tante?

— Plus que jamais.

— Pourquoi ne logeriez-vous pas au Grand-Hôtel, en attendant que vous ayez trouvé un appartement?

— Autant ici qu'ailleurs.

— Il conviendrait d'en avertir votre sœur.

— Voulez-vous vous en charger?

— Très volontiers. Je me charge même de faire entendre raison à Mme de Valmondois et de vous raccommoder avec elle.

— Je n'y tiens pas. Pourvu que Simone me comprenne et que je vous voie, le reste m'importe peu.

— Je ne doute pas que votre sœur ne prenne votre parti, et je vous attendrai chez moi, demain matin, pour vous dire ce que j'aurai fait aujourd'hui. J'espère que j'aurai du nouveau à vous apprendre. Maintenant, je vous laisse. J'ai de quoi occuper le reste de ma journée, et je n'ai pas de temps à perdre. Vous, mon cher, vous devez avoir grand besoin de vous reposer. Demandez une chambre à l'hôtel, dînez seul et couchez-vous de bonne heure.

Vous me permettez de garder la voiture? Au revoir, donc!... A demain!

Mériadec, de plus en plus absorbé, le laissa partir, et Jacques se fit conduire chez lui, boulevard Haussmann, à seule fin d'y changer de toilette avant de se transporter rue de Babylone. Il ne manquait jamais de s'habiller à l'heure du dîner, et il n'avait aucune raison pour déroger, ce soir-là, à cette habitude mondaine.

C'était bon pour ce sauvage de Mériadec de se montrer en tenue matinale, aux heures où les gens qui se piquent d'élégance ne sortent qu'en habit.

Ce soin d'ailleurs le préoccupait moins que la visite qu'il allait faire à Mlle de Roscanvel, car il était résolu à ne rien lui cacher de la situation, et il ne savait trop comment s'y prendre pour la lui exposer telle qu'elle était, sauf un point qu'il voulait laisser dans l'ombre, — sa liaison avec Mme de Salazie.

Tout le reste, la jeune fille avait le droit de le savoir, puisqu'elle se trouvait impliquée comme son frère dans l'imbroglio menaçant dont le dénouement approchait.

Jacques comptait même lui soumettre, avant de l'exécuter, le plan qu'il avait conçu pour parer aux conséquences du passé et pour déjouer des projets hostiles qu'il entrevoyait.

Il se promettait même d'aller jusqu'à lui parler du Chêne-Capitaine, quoiqu'il n'aperçût pas encore la conclusion qu'on pouvait tirer des propos surpris par Biroulas.

Il arriva chez lui dans ces dispositions d'esprit et il sonna à tour de bras, tant il avait hâte de s'habiller pour se mettre à l'œuvre.

Son valet de chambre vint ouvrir et l'étonna prodigieusement en lui disant qu'une dame était là qui l'attendait.

— Une dame? répéta Gouville, en fronçant le sourcil. Je n'attends personne. Pourquoi vous êtes-vous permis de la laisser entrer?

— Je ne voulais pas, balbutia le valet de chambre; elle m'a dit qu'elle venait de la part d'un ami de monsieur... pour une chose très importante, et qu'elle attendrait plutôt monsieur sous la porte cochère. Alors, pour l'empêcher de faire du scandale dans la maison, j'ai cru que je pouvais...

— Assez! Où est-elle?

— Dans le fumoir de monsieur... et depuis qu'elle y est, elle ne fait que pleurer.

Ce dernier renseignement dérouta Gouville. Il s'était figuré qu'une de ses anciennes avait forcé sa porte, à seule fin de lui emprunter cinq louis. Mais celles-là gardaient leurs larmes pour les grandes occasions.

Et ce n'était certainement pas la comtesse de Salazie, qui n'était jamais venue chez lui et qui l'attendait chez elle, le lendemain matin.

Agacé encore plus qu'intrigué, il poussa la porte du fumoir, bien décidé à se débarrasser promptement de cette visiteuse importune autant qu'indiscrète.

Il resta muet d'étonnement en reconnaissant Mlle de Roscanvel.

— Où est mon frère? lui demanda-t-elle d'une voix entrecoupée.

— Je viens de le quitter, mademoiselle, s'empressa de répondre Gouville.

— Dieu soit loué!...

— Que craigniez-vous donc?

— Notre tante l'a chassé de chez elle... il est parti en disant qu'on ne le reverrait plus...

— Et vous avez cru qu'il était allé se jeter dans la Seine? dit en souriant le bon Jacques. Je vous jure, mademoiselle, qu'il n'en a pas la moindre envie. Je l'ai rencontré tout près de la rue de Babylone, et il m'a raconté la scène que venait de lui faire Mme de Valmondois. Il paraît qu'elle l'a fort malmené.

— Elle ne m'a pas ménagée non plus. Après avoir renvoyé Mériadec, elle m'a fait appeler et elle m'a reproché de prendre son parti... Hélas! je ne l'avais pas vu... Avant qu'il arrivât, j'étais très tourmentée de son absence et j'étais allée m'enfermer dans ma chambre... A ce moment, ma tante a reçu la visite d'un homme qui prétend avoir prêté autrefois à mon père une somme énorme.

— Mériadec m'a dit cela, mademoiselle... et je m'occupe avec lui de trouver cette somme pour payer cette dette.

— Mon père ne devait rien quand il est mort. Peut-être avait-il emprunté, mais il s'était acquitté.

— Cet homme affirme avoir entre les mains une reconnaissance signée de lui.

— Elle est fausse, répondit Simone avec une assurance qui stupéfia le bon Jacques.

Comment pouvait-elle être sûre de ce qu'elle avançait si hardiment?

— A moins qu'on ne la lui ait volée, ajouta-t-elle. C'est peut-être pour la lui reprendre qu'on l'a tué, au moment où il venait de la retirer des mains de son créancier, après l'avoir payé.

Cette réplique frappa Gouville. Elle lui ouvrit des horizons nouveaux, et il s'étonna de ne pas avoir eu lui-même l'idée assez simple que le porteur de l'obligation pouvait avoir tué le commandant. La logique impétueuse de Simone avait en un instant tiré des déductions, au moins plausibles, d'un fait dont Gouville n'avait pas encore pensé à chercher la cause première. Il n'avait songé qu'à découvrir le nom du créancier et pas du tout l'assassin.

Il est vrai qu'il ne croyait pas encore à l'assassinat.

— Oui, reprit la jeune fille, mon père devait et il a payé sa dette. Je n'ai pas oublié sa tristesse pendant les jours qui ont précédé sa mort et ses fréquentes absences. Il cherchait de l'argent et il en a trouvé. On en aurait eu la preuve si, après le crime, l'enquête eût été faite avec soin...

— On pourrait la refaire, murmura le bon Jacques.

Mériadec, en ce qui concernait les inquiétudes et les déplacements de leur père, lui avait tenu à peu près le même langage que sa sœur, et Jacques entrevoyait que les choses avaient bien pu se passer comme elle le supposait. Mais comment la refaire, cette enquête, après deux ans écoulés, alors surtout qu'il s'agissait de terminer avec le créancier avant la fin de la semaine?

— A quoi bon? reprit amèrement Simone; et que nous importe, à mon frère et à moi, de payer une somme que mon père ne devait plus? Ce que je veux, c'est venger sa mort... Et, je n'en doute plus maintenant, l'assassin, c'est l'homme qui prétend être encore son créancier.

— Celui qui s'est présenté chez votre tante?... Je ne crois pas... celui-là n'est qu'un prête-nom... Je saurai bientôt qui est le véritable créancier... Mais comment prouver que ce créancier a tué votre père? Il paraît que c'est un étranger. En supposant qu'il se trouvât en France à l'époque où votre père est mort, personne ne le reconnaîtrait.

— A Paris, non... mais à Roscanvel...

— Il faudrait que cet homme y fût allé il y a deux ans,

et qu'il y revînt cette année. Et s'il y revenait, par qui donc serait-il reconnu?

— Par Jeannic, qui l'a vu.

— Jeannic?

— Oui, le sabotier de la forêt de Quélern.

Gouville se souvint que Mériadec, en se promenant avec lui dans le jardin de l'hôtel de la rue de Babylone, lui avait parlé d'un paysan dont les propos incohérents n'avaient pas peu contribué à incruster dans la tête de Simone les idées qui la hantaient.

— Ce Jeannic n'est-il pas un peu sorcier? demanda-t-il en souriant.

— C'est la réputation qu'on lui a faite là-bas, parce qu'il est plus intelligent que les autres gars, quoiqu'il ne sache pas lire, et surtout parce que, à force de vivre sur la côte, il en est arrivé à prédire les tempêtes deux jours à l'avance; mais c'est un brave homme, craignant Dieu, qui se serait fait tuer pour mon père et qui nous est resté absolument dévoué à mon frère et à moi. Si vous veniez à Roscanvel, je vous mènerais à la cabane qu'il s'est bâtie dans la forêt, tout près du carrefour où mon père est tombé.

— Pas loin du Chêne-Capitaine, alors?

— Oui... comment savez-vous?

— C'est Mériadec qui m'a parlé de ce doyen des chênes.

— Vous a-t-il parlé aussi de la balle qui s'est logée dans le tronc et qui sortait du fusil de mon père?... Vous a-t-il dit que, le matin du jour fatal, Jeannic a rencontré dans un chemin creux un homme qu'il n'avait jamais vu et qui cachait quelque chose... probablement une arme... sous le manteau dont il était couvert?

— Non, mais...

— Vous a-t-il dit qu'on n'a pas retrouvé le portefeuille de mon père?

— C'est vous qui me l'avez dit, mademoiselle, le jour où, pour la première fois, vous m'avez appris que vous croyiez à un crime.

— J'y crois plus que jamais, et je vous rappelle que vous m'avez promis de m'aider à retrouver l'assassin. Je n'espère plus qu'en vous, puisque mon frère et mon cousin refusent de me seconder.

— Votre frère n'est plus tout à fait dans les mêmes idées. Quant à Paul, vous allez être bien étonnée d'apprendre qu'il a quitté Paris ce matin.

— Il a bien fait, dit sans hésiter Mlle de Roscanvel.

Puis, comme si elle eût regretté d'avoir exprimé trop vivement sa pensée, elle demanda :

— Où est-il allé ?

— Je n'en sais rien, répondit Jacques, et je suppose qu'il ne tardera pas à revenir.

Simone eut un geste d'indifférence qui ne laissait aucun doute sur ses sentiments à l'endroit de son fiancé.

— D'ailleurs, ajouta généreusement Gouville, je suis persuadé qu'il tient plus de compte que vous ne pensez de vos présomptions, et que s'il pouvait vous servir, il s'y empresserait. J'espère qu'à son retour vous ne lui tiendrez pas rigueur.

Et, comme Simone se taisait :

— Oserai-je vous demander, reprit-il, comment vous avez pu venir ici sans que Mme de Valmondois...?

— Je suis sortie de l'hôtel pendant qu'elle faisait sa sieste. Mon frère m'avait dit où vous demeuriez... J'ai pris une voiture...

— Il est fort heureux que je sois rentré, et vous me permettrez de vous reconduire rue de Babylone.

— Non. J'ai gardé la voiture, et je m'en irai seule. Où est Mériadec?

— Il logera ce soir au Grand-Hôtel, et je le verrai demain.

— Vous lui direz que, s'il veut retourner à Roscanvel, je suis prête à le suivre.

Au moment où il allait répondre, Jacques entendit une voiture s'arrêter devant son rez-de-chaussée. Au bruit amorti des roues garnies de caoutchouc, il reconnut tout de suite que c'était une voiture de maître, et, pressentant que cette visite était pour lui, il souleva un des rideaux de la fenêtre.

Bien lui en prit, car il vit Mme de Salazie descendre de son grand coupé qui les avait menés, la veille, à Longchamps.

Le diable s'en mêlait, et il fallait à tout prix éviter une rencontre entre le vice et la vertu, puisque, dans ces cas-là, c'est toujours la vertu qui pâtit.

— Mademoiselle, dit-il vivement, permettez-moi de vous quitter un instant.

Et il sortit pour donner ses ordres à son valet de chambre.

Avant qu'il eût achevé, un violent coup de sonnette l'avertit que la comtesse était là, et il se hâta de dire au domestique :

— Vous ferez entrer cette personne directement au salon; je vais aller l'y rejoindre, et quand j'y serai, vous ferez sortir la dame qui est dans le fumoir.

Puis, revenant à Simone :

— Pardon!... encore une fois, pardon! dit-il en lui prenant les mains. Je n'attendais pas cette visite... elle ne sera peut-être pas perdue pour le succès de la campagne que nous allons entreprendre, Mériadec et moi... Mais il faut que vous partiez, mademoiselle.

Simone ne dit pas un mot. Elle avait peut-être deviné qu'il s'agissait d'une visite féminine, et il ne lui convenaît pas de se plaindre ni même de s'étonner d'être congédiée si brusquement.

— Demain, je vous reverrai et je vous dirai tout, ajouta Gouville, en la laissant seule avec le valet de chambre qui venait de conduire la comtesse dans la pièce la plus éloignée du fumoir.

En sa qualité de viveur, Gouville avait su choisir un appartement où il pouvait recevoir en même temps deux maîtresses, sans qu'elles fussent exposées à se rencontrer.

Et cette fois, par hasard, une honnête jeune fille allait bénéficier de cette disposition qui lui permettait de se soustraire à une rencontre fâcheuse.

La comtesse attendait dans le salon, et, à l'air de son visage, Gouville vit tout de suite que, depuis le déjeuner, il avait dû se passer des événements.

— Vous n'étiez pas seul? lui demanda-t-elle, en le regardant fixement.

— Non; j'étais en conférence avec mon sellier, répondit Gouville qui avait toujours, pour ces occasions-là, des mensonges en réserve. Cet animal ne peut pas me confectionner une selle à ma convenance. Est-ce que je vous ai fait attendre?... si j'avais su que c'était vous!... mais je comptais si peu sur votre visite cet après-midi! Vous m'aviez dit : À demain!

— Quand je vous ai dit cela, je ne l'avais pas revu.

— Qui donc?

— Le baron d'Ambre. Vous étiez encore à table quand il est arrivé.

— Vraiment? s'écria Jacques en riant. Alors, la modiste que votre femme de chambre est venue vous annoncer, c'était lui... Et l'autre jour, dans le jardin, la couturière...

— Trève de plaisanteries!... Je viens reprendre ici l'entretien au point où nous l'avons laissé ce matin chez moi. Et, cette fois, je veux une réponse catégorique. Me suivrez-vous, si je pars?

— Ah! mon Dieu! est-ce que vous allez partir ce soir?

— Non... mais il faut que je parte.

— Vous me l'avez déjà dit, et vous ne m'avez pas dit pourquoi.

— Vous allez le savoir. M. d'Ambre a été mon amant. Vous vous en doutiez, je suppose?

— Je ne vous l'ai jamais demandé.

— Il a été mon amant; il ne l'est plus. Mais je dois compter avec lui. Il a prêté de l'argent à mon mari, et j'ai reconnu la dette.

— Il est donc bien riche?

— Pourquoi me dites-vous cela?

— Parce que je crois qu'il en a prêté à d'autres.

— Au commandant de Roscanvel, c'est vrai. Je vous l'ai plus d'une fois laissé entendre. Mais comment le savez-vous?

— Il vient de faire réclamer la somme aux enfants de M. de Roscanvel.

— Eh bien! ils payeront, n'est-ce pas?

— Je le crois. Le fils cherche à emprunter pour s'acquitter... et je vais l'y aider.

— Pour l'amour de sa sœur?

— Non. Parce que je me suis attaché à ce garçon depuis que je l'ai vu se battre bravement. Il ne savait pas alors, ni moi non plus, qu'il se battait contre le créancier de son père.

— Et il le sait maintenant?

— Pas encore. Moi-même, je n'en étais pas sûr avant que vous me l'ayez appris. M. d'Ambre a pris un intermédiaire qui s'est présenté sans dire qu'il venait de sa part... un M. Comorin.

— Je ne connais pas ce nom, et je puis vous affirmer que le baron se serait présenté lui-même si Mme de Valmondois n'avait pas repoussé les ouvertures du marquis de Carolles... mais qu'importe?... C'est de M. d'Ambre et de moi que j'ai à vous parler. Je viens de vous avouer que je dépends de lui pour des questions d'intérêt... il peut me ruiner. Ce ne serait rien, si je pouvais compter sur vous... oh! pas sur votre fortune... sur votre appui.

— Mon appui vous est acquis, de quelque façon que vous l'entendiez, répondit vivement Jacques, et quant à ma fortune, qui n'est pas grosse, elle est toute à votre service.

— Je n'attendais pas moins de vous, mais je vous remercie, dit Carmen, très émue. Maintenant, je ne dépendrai plus de cet homme. Je serai cependant obligée de le ménager jusqu'à ce qu'il parte.

— Il va donc quitter la France?

— D'ici à très peu de jours.., et il voudrait m'emmener. Si je partais, ce serait avec vous...

— Vous savez pourquoi je tiens à rester en ce moment... Je suis prêt à conclure avec vous un traité d'alliance offensive et défensive... d'autant plus volontiers que je vais avoir maille à partir avec M. d'Ambre, puisque je vais défendre les intérêts de mon ami Mériadec... Mais ne m'avez-vous pas dit que vous ne redoutiez pas ce terrible baron et que vous aviez barre sur lui?

— Vous ai-je dit cela?

— En propres termes. J'en ai conclu que vous possédiez sur son compte des renseignements défavorables et qu'il ne tiendrait qu'à vous de lui nuire, en cessant de lui garder le secret.

— Vous ne vous êtes pas trompé. M. d'Ambre a dans son passé de fâcheuses histoires... si je les publiais, je me nuirais à moi-même, puisque j'ai été... non pas sa complice... mais sa maîtresse... personne ne l'ignore à l'île Maurice, et si je vous l'ai avoué, c'est que j'ai en vous une confiance absolue.

— Je vous prouverai qu'elle est bien placée... mais... pardonnez-moi d'insister... de quelle nature sont les histoires en question ?

— Il passe pour s'être enrichi par des moyens inavouables.

— En trichant au jeu, peut-être ?

— Je n'affirmerais pas qu'il ait triché, mais il a fourni des fonds à des joueurs qui corrigeaient la fortune et il a participé aux gains.

— Comme le fameux aventurier Casanova, lequel s'en vante dans ses mémoires. C'était alors très fin de siècle. Aujourd'hui, c'est très mal vu.

— On l'a accusé aussi d'avoir commandité des pirates chinois.

— Un vrai roman que sa vie, alors !... Est-ce que l'énorme somme que lui devait le commandant a été gagnée déloyalement ?

— Je n'en ai pas la preuve. Le commandant l'a perdue contre des officiers anglais, qui étaient très liés avec le baron. C'est tout ce que je sais.

— Oh ! du reste, s'il avait été volé, ça ne changerait rien à la situation de ses héritiers, puisque le baron a entre les mains un titre régulier. Mériadec est résolu à payer. Mais est-ce là tout le dossier de M. d'Ambre ?

— C'est bien assez pour que je rougisse d'avoir été sa maîtresse. J'étais jeune... j'étais folle... Mon mari avait le double de mon âge... j'ai aimé cet homme... je l'ai aimé autant que je le méprise et que je le hais maintenant. Je suis franche avec vous... Me pardonnerez-vous ma franchise ?... Si vous m'étiez indifférent, je ne vous aurais pas confessé ma honte ; mais mon cœur... ce cœur que je croyais mort... vous l'avez fait battre.

— La fonte des neiges, murmura doucement Jacques, en lui prenant la main pour y mettre un baiser.

Et il ne jouait pas la comédie. Ces courageux aveux l'avaient touché ; mais ils ne lui avaient pas fait perdre la tête au point d'oublier que le baron avait peut-être commis un crime abominable, et il se disait que l'occasion était unique pour éclaircir le mystère qui enveloppait la mort du commandant.

— Moi aussi, je veux être franc, dit-il ; mais d'abord, je vous supplie de me répondre... Croyez-vous M. d'Ambre capable d'assassiner ?

— C'est une question que je ne me suis jamais posée. Pourquoi me la posez-vous ?

— Parce que je me demande s'il n'a pas assassiné M. de Roscanvel. Était-il en France, il y a deux ans, à l'époque où M. de Roscanvel est mort ?

— Je le crois. Il a été absent de l'île Maurice pendant plus de six mois, et je sais qu'il est venu à Paris.

— Alors, il a pu venir en Bretagne. Je me hâte d'ajouter que j'en doute, car je ne partage pas toutes les idées de la sœur de Mériadec ; mais je reconnais que leur père est mort dans des circonstances assez singulières, et je voudrais faire une enquête... Pourquoi vous cacherais-je que je m'y suis engagé ?

— Je ne vous en blâme pas, et si vous acquérez la certitude que M. d'Ambre est coupable, je ne vous demande pas de l'épargner, mais je ne puis vous aider à le convaincre, car je ne sais rien... S'il avait un crime sur la conscience, il ne me l'aurait pas dit.

— Je le pense bien, et je ne vois qu'un moyen de

découvrir la vérité, ce serait de l'amener à Roscanvel. Les gens du pays le reconnaîtraient, s'il y était déjà venu; mais sous quel prétexte pourrais-je le décider à y venir?

— Peut-être en l'y invitant tout simplement. Après le duel de ce matin, M. de Roscanvel, qu'il a ménagé, serait très bien venu à lui faire une visite et à lui proposer une partie de chasse en Bretagne. M. d'Ambre ne doit pas se douter qu'on le soupçonne, et, s'il s'en doutait et qu'il fût coupable, il accepterait encore pour montrer qu'il ne craint pas d'être reconnu.

— Vous me donnez là une idée... J'essayerai.

— Il faudra le prendre par l'amour-propre. Il se pique d'être, avant tout, un parfait gentleman, et en lui persuadant qu'il serait de bon goût d'accepter l'invitation de ce jeune homme, vous réussirez certainement.

— La question, c'est de le rencontrer. Si j'allais chez lui tout exprès pour l'inviter de la part de Mériadec, il se défierait.

— Je sais qu'il doit dîner ce soir à votre Cercle.

— Bon! j'y dînerai aussi. Quand vous reverrai-je?

— Demain, chez moi. Je vous attendrai pour prendre un parti.

— Le mien est pris. Je suis et je resterai tout à vous. Si M. d'Ambre consent à faire le voyage de Bretagne, vous me permettrez bien de m'absenter quelques jours pour accompagner mon ami Mériadec?

— Oui... mais je ne serai rassurée qu'à votre retour.

— Oh! l'expédition ne sera pas de longue durée .. le temps de promener le baron dans la forêt où le commandant est mort.

Et, après une pause, Gouville ajouta, en regardant fixement la comtesse :

— Nous lui montrerons le Chêne-Capitaine.

C'était le dernier trait qu'il tenait en réserve pour voir si Carmen n'en savait pas plus long qu'elle ne voulait dire.

Elle ne sourcilla point et elle lui demanda tranquillement ce que c'était que le Chêne-Capitaine. C'était bien la preuve que M. d'Ambre ne lui avait jamais parlé de cet arbre à dénomination bizarre. Gouville lui expliqua brièvement qu'il s'agissait d'un chêne au pied duquel M. de Roscanvel était tombé, et il n'en fut plus question.

Jacques redevint l'amoureux qui avait su réchauffer le cœur de neige de la belle créole, et il montra tant de joyeux empressement qu'elle s'attendrit tout à fait. Elle voulut visiter l'appartement où elle n'était jamais venue, et il se prêta de très bonne grâce à le lui montrer.

L'*odor di femina* n'était pas restée dans le fumoir où il avait reçu Mlle de Roscanvel, et la comtesse ne se douta pas qu'elle y entrait après une rivale, — qui n'en était pas une, car le bon Jacques était, comme on dit maintenant, dans un *état d'âme* assez singulier.

La créole le tenait par des liens qu'il trouvait très doux, et, en même temps, il se sentait de plus en plus attiré vers l'adorable et courageuse jeune fille dont il soutenait la cause.

Il se laissait aller aux événements, et Mme de Salazie ne craignait plus d'être abandonnée, quoi qu'il arrivât.

Ce tête-à-tête agité finit par une réconciliation passionnée, et peu s'en fallut qu'en quittant Gouville, prêt à entrer en campagne contre M. d'Ambre, la comtesse ne lui dît :

Sors vainqueur d'un combat dont « Carmen » est le prix.

On aurait pu, sans fausser la mesure du vers de Corneille, mettre : « Simone » à la place de : « Carmen. »

Jacques était content : il venait de se tirer triomphalement d'une situation difficile, et il avait su conserver avec sa dangereuse maîtresse ce ton dégagé qui le préservait des entraînements.

Si le voyage de Bretagne tournait aussi bien que cette première visite de Carmen à la garçonnière du boulevard Haussmann, tout irait pour le mieux dans le meilleur des mondes.

Gouville ne pensa plus qu'à s'habiller pour courir au Cercle, afin de ne pas manquer le baron, et il y arriva précisément une heure avant celle du dîner.

M. d'Ambre s'était fait inscrire pour la grande table, et, comme il y restait de la place, Gouville s'empressa de s'inscrire aussi, avant de passer au salon rouge, où il comptait trouver à qui parler.

Il n'y vit en entrant que de vieux joueurs de whist attablés dans un coin ; mais les fenêtres étaient ouvertes, et il aperçut, accoudés au balcon, deux ou trois clubmen, entre lesquels il reconnut Charles de Précey.

Il ne l'avait pas revu depuis le jour où il l'avait rencontré rue Copernic, et il le croyait parti pour quelque excursion improvisée ; mais il n'était pas du tout fâché de le retrouver au Cercle.

Précey était l'ami du baron, et lorsque Gouville aborderait avec ce gentilhomme exotique le sujet qui le préoccupait, Précey ne serait pas de trop : au contraire, car il pourrait attester plus tard que M. d'Ambre, s'il se décidait à venir en Bretagne, y était venu en déplacement de chasse.

Gouville se faisait bien quelque scrupule de lui laisser

ses illusions sur le personnage, mais il se disait qu'il serait temps de l'éclairer après l'expédition.

Précey, du reste, lui évita la peine de chercher une entrée en matière, car il lui dit de but en blanc :

— Parbleu ! mon cher, vous arrivez à propos. J'attends ce cher d'Ambre qui m'a raconté l'affaire de ce matin. C'est tout ce qu'il y a de plus drôle, et vous devez être fixé maintenant sur le caractère de mon ancien compagnon de voyage aux Indes.

— Quoi ! s'écria Gouville, très surpris, il vous a dit...

— Qu'il s'est prêté à la fantaisie de votre jeune ami... lequel, entre parenthèses, me fait l'effet d'être un bon toqué... et que, après ce duel amusant, vous vous êtes quittés dans les meilleurs termes...

— C'est vrai... Seulement, nous nous étions promis de ne pas parler de cette sotte aventure.

— Oh ! d'Ambre n'a pas de secrets pour moi, et la preuve, c'est que, à la suite de la rencontre, il m'a consulté sur un cas assez délicat. Il paraît que le père de ce garçon lui devait une grosse somme, et qu'il est mort sans s'être acquitté. D'Ambre, par délicatesse, s'est abstenu depuis deux ans de la réclamer ; mais, enfin, une dette est une dette, et il venait de se résoudre à s'adresser aux héritiers de son débiteur, lorsque vous lui avez amené un de ces héritiers qui venait, sans le connaître, lui demander raison d'une prétendue insulte reçue au pesage de Longchamps. Et ce qu'il y a de plus curieux, c'est que, pendant qu'il faisait à ce jeune fou l'honneur de s'aligner, son fondé de pouvoir se présentait de sa part pour réclamer le payement de l'obligation contractée par le père. Saviez-vous cela ?

— Je l'ai appris seulement deux heures après la rencontre.

— Eh bien ! mon cher, d'Ambre a été désolé de cette

coïncidence, et il est accouru chez moi pour me demander conseil.

— Sur quoi ?

— Sur ce qu'il doit doit faire. Il lui répugne de poursuivre un homme avec lequel il vient de croiser le fer.

— Ce sentiment lui fait honneur, mais je puis vous dire que le débiteur ne refuse pas de payer. Tout au plus demanderait-il du temps pour se procurer la somme... qui est énorme.

— D'Ambre le lui accordera, je n'en doute pas... Et tenez !... le voici.

Le baron, en effet, débouchait sur le balcon. Il parut légèrement surpris d'y trouver Gouville causant avec Charles de Précey, mais il lui tendit la main sans hésiter, et Gouville n'eut garde de refuser la sienne.

Qui veut la fin veut les moyens, et Gouville pouvait bien différer de rompre en visière à l'ancien et équivoque amant de la comtesse de Salazie.

Précey, toujours expéditif, lui évita la peine d'entrer en explication.

— Mon cher baron, dit-il, je viens de mettre mon ami Gouville au courant de la situation, et je vous annonce que tout va s'arranger au gré de vos désirs.

— Je l'espère, dit Jacques ; car sans savoir que c'est vous, monsieur, qui êtes le créancier de son père, mon ami Mériadec, en m'apprenant la visite de votre mandataire à sa tante, m'a déclaré qu'il était tout disposé à s'acquitter.

Jacques ne voulait pas, et pour cause, dire qu'il tenait le renseignement de Carmen, et il commençait par déclarer que Mériadec ignorait encore le nom de l'homme qui avait prêté cinq cent mille francs au commandant de Roscanvel.

Ce début n'était pas malhabile.

— Avant tout, monsieur, dit le baron, je tiens à m'excuser du procédé dont j'ai usé, sans savoir que vous étiez lié avec M. de Roscanvel. J'ai beaucoup hésité à y recourir, et j'aurais voulu me présenter moi-même à Mme la marquise de Valmondois... J'avais même chargé notre ami commun, M. de Carolles, de lui faire des ouvertures... qui n'ont eu aucun succès.

— Je regrette qu'elle n'ait pas été mieux inspirée, répondit Gouville, et j'ajoute qu'à propos de la visite de votre fondé de pouvoir, elle vient de se brouiller avec son neveu. Il a quitté l'hôtel de la rue de Babylone, et il va s'en aller dans le Finistère. C'est, d'ailleurs, un voyage forcé, puisqu'il faut qu'il se procure des fonds. Mme de Valmondois a refusé nettement de les lui avancer, et il les trouverait difficilement à Paris, où il n'est pas connu, tandis que dans son pays, on sait qu'il est bon pour un demi-million.

— Je le sais aussi, moi, dit vivement le baron, et je n'ai aucune inquiétude sur le payement de ma créance. J'ai eu le tort d'employer un intermédiaire maladroit, mais...

— M. Comorin, capitaine au long cours, interrompit en souriant Jacques de Gouville. Mériadec et moi, nous sommes allés tantôt le demander au Grand-Hôtel. Il n'y était pas.

— Je vous supplie de ne plus vous déranger pour le voir. Ceci est une affaire à traiter entre gentlemen... et si M. de Roscanvel veut bien me faire l'honneur de me recevoir, nous nous entendrons très vite.

— Je n'en doute pas, et Mériadec est tellement désireux de payer la dette de son père qu'il m'a prié de le présenter à un prêteur d'argent, et que je l'ai mené chez un de ces messieurs qui m'avait fait récemment des offres de service... un certain Cimaise, rue Rouge-mont.

A ce nom, M. d'Ambre esquissa un geste qu'il n'acheva pas. Gouville put se demander un instant si le baron n'allait pas dire : « Je le connais pour lui avoir acheté des terrains près de l'avenue Klébér »; mais rien ne vint, et il continua :

— Ce capitaliste qui oblige les gens à quarante pour cent n'a pas refusé, mais naturellement il tient à se renseigner d'abord sur la valeur des propriétés de mon ami, et il serait disposé à faire le voyage de Bretagne pour les visiter... preuve qu'il a bonne envie de conclure l'affaire.

— Il en coûterait vraiment trop cher à M. de Roscanvel, et il serait beaucoup plus simple de traiter directement, de lui à moi. Je vais retirer à Comorin le mandat que je lui avais confié et j'irai voir M. de Roscanvel, si vous voulez bien me dire où je pourrai le rencontrer.

— Il va se loger au Grand-Hôtel, puisque sa respectable tante l'a mis à la porte, mais il n'y restera guère que vingt-quatre heures, car il a hâte de s'en aller chercher en province l'argent dont il a besoin pour s'acquitter. Je crois bien que je l'y accompagnerai.

— Je voudrais être à votre place, dit Charles de Précey. Moi qui ai couru les cinq parties du monde, je ne connais pas la Bretagne et j'ai toujours eu envie de la voir. Il paraît que c'est un pays très curieux.

— Surtout dans le coin où est situé le château de Roscanvel. On est là entre trois mers : la rade de Brest d'un côté, la baie de Douarnenez de l'autre et l'Atlantique devant soi... On fait vis-à-vis directement à l'Amérique.

Qui vous empêche, cher ami, d'y venir avec nous?

— Y a-t-il du gibier, là-bas?

— La chasse n'y vaut pas celles que vous avez faites

dans l'Inde. Vous n'y trouverez pas de tigres. Mais il y
a du sanglier; les bécasses vont arriver, et vous pourrez
y tuer tous les oiseaux voyageurs de la création... des
canards et des oies sauvages... voire même des cygnes.

— C'est tentant, et, ma foi! je ne dis pas non. Vous
me présenteriez à votre jeune ami...

— Qui sera très heureux de vous offrir l'hospitalité.
Moi non plus, je ne connais pas le pays, et je serai charmé
de le voir... d'autant que ma présence ne sera pas inutile
à Mériadec qui n'est pas fort en affaires. Je ne m'y
entends pas beaucoup mieux que lui, mais j'ai un peu
plus d'expérience, et quand il aura trouvé un prêteur, je
serai là pour le cautionner, s'il le faut. Ma signature ne
vaut pas la sienne, mais elle pourra faciliter l'opéra-
tion. Ce sera une garantie de plus, et deux sûretés valent
mieux qu'une.

— Diable! mon cher, dit Précey, il fait bon vous avoir
pour ami. Est-ce que ce jeune homme n'a pas une
sœur?

Gouville comprit les sous-entendus de cette question
et s'empressa de répondre :

— Oui, une sœur fiancée à son cousin germain Paul de
Pontcroix, et comme elle n'est pas majeure, Mériadec
veut se charger, à lui tout seul, de désintéresser immédiatement M. d'Ambre... sauf à compter plus tard avec
elle... quand elle se mariera.

— Je vois qu'il est aussi généreux que vous...
d'Ambre est un galant homme... il me semble que ces
messieurs n'auront pas de peine à s'accorder.

— Je me prêterai à tous les arrangements que me
proposera M. de Roscanvel, dit vivement le baron, et je
regrette de n'être plus assez riche pour brûler l'obligation que j'ai entre les mains, ou pour la lui rendre...

— Mériadec n'accepterait pas.

— Mais je puis attendre plus longtemps que ne l'a dit mon fondé de pouvoir. Je pourrais même provisoirement me contenter d'échanger la signature du commandant contre celle de son fils.

— Vous vous priveriez, monsieur, d'une garantie qui vous est acquise, puisque Mlle de Roscanvel est solidairement responsable de la dette. Et Mériadec préfère de beaucoup payer dès à présent.

— S'il le peut, ce sera mieux, dit presque timidement M. d'Ambre, car je vais quitter la France. Je suis rappelé à l'île Bourbon par des affaires qui m'y retiendront peut-être plusieurs années, et j'avoue que je ne serais pas fâché de terminer celle-ci avant mon départ.

— J'espère que mon ami trouvera là-bas ce qu'il cherche; je l'y aiderai, et si nous ne réussissions pas, nous aurions recours à ce bon M. Cimaise qui ne demande qu'à placer ses capitaux à un taux rémunérateur et sur première hypothèque. Nous pourrions même, pour accélérer les opérations, l'emmener avec nous là-bas... J'y pense, et je vais en parler à Mériadec.

M. d'Ambre s'inclina sans répondre à cette ouverture, soit qu'elle ne lui agréât point, soit qu'il jugeât plus convenable de laisser son débiteur trancher la question.

C'était comme s'il eût dit : Messieurs, je m'en rapporte à vous.

Charles de Précey intervint, en s'écriant :

— Parbleu ! vous vous embarrassez de bien peu de chose. Savez-vous ce que nous devrions faire tous les trois? Laisser ici votre usurier dont vous n'aurez pas besoin et partir ensemble. Ce serait un charmant déplacement, et la chasse ne vous empêcherait pas de régler cette affaire.

— Mon ami serait très heureux de nous recevoir, se hâta de dire Gonville, enchanté de la proposition.

— Il me ferait assurément beaucoup d'honneur, répliqua le baron, mais je ne le connais pas assez pour me permettre de...

— Je le connais encore moins, puisque je ne l'ai jamais vu, interrompit M. de Précey, mais nous ne serions pas forcés de loger au château. Il doit y avoir une auberge à Roscanvel.

— Je n'en répondrais pas, dit Gouville, mais je réponds que vous affligeriez Mériadec si vous refusiez l'hospitalité qu'il vous offrira certainement. Je suis son ami; Précey est le mien, et vous, monsieur, vous avez été un adversaire si courtois...

— C'est vrai, appuya Précey; rien ne rapproche les hommes comme de s'être rencontrés l'épée à la main.

— D'autant plus que ces messieurs se sont réconciliés sur le terrain... Reste entre eux la question d'argent... mais vous êtes, monsieur, un créancier... exceptionnel, ajouta gaiement Jacques.

Et comme M. d'Ambre ne paraissait pas convaincu, il reprit :

— Si le commandant n'était pas mort et si vous étiez venu lui demander de vous rendre l'argent que vous lui avez si obligeamment prêté à l'île Maurice, vous ne l'auriez pas privé du plaisir de vous recevoir chez lui, et il n'aurait pas souffert que vous allassiez ailleurs.

— Nous étions assez liés pour que j'acceptasse, mais...

— Au surplus, messieurs, si vous ne voulez pas loger au château et si vous ne trouviez pas à vous loger dans le hameau qui en dépend, il y a, tout près de là, le bourg de Camaret où les amateurs de bains de mer affluent pendant l'été et qui doit posséder des hôtels.

— Évidemment, dit Précey, et vous pouvez compter sur moi, mon cher Jacques. Vous, baron, si vous ne venez pas avec nous, je dirai partout que vous êtes un lâcheur.

Il faisait le jeu de Gouville, cet excellent Précey, et cela sans s'en douter, car il était à cent lieues de soupçonner l'intérêt que Gouville pouvait avoir à attirer en Bretagne le créancier des héritiers du commandant.

Et le bon Jacques, plus décidé que jamais à tenter l'épreuve, bénissait le hasard qui lui avait fait rencontrer au Cercle cet ami toujours prêt à se mettre en route.

— A Dieu ne plaise que je m'expose à mériter cette vilaine réputation! dit en souriant M. d'Ambre; je ferai tout mon possible pour être de la partie.

— Vous en serez. Quand partez-vous, Gouville?

— Demain soir, répondit Jacques, un peu au hasard, car il lui fallait encore consulter Mériadec.

— Demain soir, j'ai invité à dîner sur la tour Eiffel un Anglais que j'ai connu à Calcutta. J'irai vous rejoindre après-demain et je vous amènerai le baron.

— Mais, essaya d'objecter M. d'Ambre, je...

Précey ne le laissa pas parler.

— Par où va-t-on à Roscanvel? demanda-t-il à Jacques.

— Le plus court, je crois, c'est par Brest... Seize heures de chemin de fer... et de Brest, un bateau à vapeur vous mène à Roscanvel en deux heures.

— Une promenade! dit Précey qui avait fait le tour du monde.

L'expédition se décidait ainsi sur le balcon où ces messieurs s'étaient accoudés.

— Que complotez-vous donc là? dit une voix derrière eux.

En se retournant, ils virent le marquis de Carolles, et la causerie s'arrêta net.

Gouville savait maintenant que penser de ce gentilhomme; Précey en faisait peu de cas, et M. d'Ambre, qui devait le connaître à fond, n'était pas disposé à l'admettre à la conférence.

Chacun fit froide mine au marquis déclassé, mais il n'était pas homme à se déferrer pour si peu.

— Eh bien! mon cher, demanda-t-il à Jacques, et le *tuyau* que je vous ai donné au pesage?... Avez-vous ponté ferme?

— Pas pour moi.

— Si c'est pour la charmante femme qui était aux courses avec vous, ça revient au même, et il me semble que vous me devez un beau cierge.

— Voulez-vous un courtage? demanda dédaigneusement Gouville.

— Baron, dit Précey, je crois que nous aurions le temps de faire un rubicon avant le dîner.

— Volontiers, répondit M. d'Ambre.

Et tous deux, pour passer dans le salon, tournèrent le dos à M. de Carolles, qui essaya inutilement de se raccrocher à Gouville et qui en fut réduit à s'en aller regarder la partie de whist des vieux, pendant que Jacques manœuvrait pour rejoindre les deux joueurs de piquet déjà attablés.

Le marquis, blackboulé et pas content, ne les perdit pas de vue; mais au lieu de demander des cartes, ces messieurs reprirent la conversation en se félicitant d'avoir coupé ce gênant personnage.

M. d'Ambre aurait eu quelques raisons de le ménager, mais il paraissait ne plus s'en soucier, — probablement parce qu'il allait quitter la France. Gouville laissa Charles de Précey insister pour l'emmener en Bretagne, et il eut bientôt la satisfaction de constater que le baron ne se défendait que mollement.

Ce résultat inespéré était dû à l'éloquence persuasive de l'ami Charles, qui s'était mis en tête de l'entraîner à cette partie de chasse improvisée, et qui dit tout ce que Gouville ne pouvait et ne voulait pas dire pour décider le créancier de Mériadec à faire cent cinquante lieues, à seule fin de toucher le montant de sa créance.

Et il finit par trouver un argument irréfutable.

— Après tout, mon cher, conclut-il, les dettes sont payables au domicile du débiteur, et si M. de Roscanvel le père vivait encore, c'est à Roscanvel que vous auriez présenté ou fait présenter l'obligation qu'il vous a souscrite. Vous devez procéder de la même façon avec le fils.

Le baron aurait pu répondre que la date de l'échéance était passée depuis longtemps, et que, d'ailleurs, il ne s'agissait pas d'une lettre de change. Il se contenta de sourire en protestant qu'il ferait tout pour être agréable à l'héritier de son ami défunt.

Et Gouville ne manqua pas de protester que Mériadec désirait surtout être agréable à M. d'Ambre en s'efforçant de le désintéresser le plus tôt possible.

Quand on annonça le dîner, c'était à peu près convenu. Gouville et son jeune ami prendraient les devants. On échangerait de là-bas des télégrammes avec Précey, et, à moins qu'il ne survînt quelque incident imprévu, on se retrouverait quarante-huit heures après, à la descente du bateau de Brest.

Il fut très gai, ce dîner, quoique le malencontreux marquis fût au nombre des convives. Le hasard avait rassemblé, ce soir-là, de joyeux clubmen, retour des eaux ou de la campagne, et, bien entendu, il n'y fut pas question du voyage arrêté en principe.

Après le café et les cigares, Gouville abrégea la séance. Il était temps qu'il rentrât chez lui, car il avait fort à faire le lendemain. Il avait promis d'aller voir la comtesse, et il ne pouvait pas s'en dispenser, pas plus qu'il ne pouvait se dispenser de voir Mériadec et de se concerter avec lui pour le départ. Il se demandait s'il irait prendre congé de Simone, mais il y était peu disposé. Il aurait fallu entrer avec elle dans des explications qu'il préférait éviter. A quoi bon lui annoncer une expédition qui peut-être n'aboutirait pas? Mieux valait lui en rendre compte quand elle serait terminée.

Et ce qu'il y avait d'étrange, c'est qu'au lieu de se réjouir d'avoir réussi, grâce à Charles de Précey, à décider le baron, il avait comme un remords.

Rien ne prouvait encore que M. d'Ambre eût tué le commandant, et, en l'attirant à Roscanvel, Gouville lui tendait un véritable piège. Si cet homme n'était pas reconnu par les gens du pays, il n'y aurait que demi-mal, puisqu'il ignorerait toujours le tour qu'on lui aurait joué; mais s'il était l'assassin, Gouville aurait usé pour le prendre d'un procédé familier aux policiers et tout à fait indigne d'un gentleman.

— Bah! se dit-il pour rassurer sa conscience, là-bas, je dirai tout à Précey et je le ferai juge de ma conduite.

Et il conclut par les mots latins qu'on lance quand on craint de s'être engagé dans une mauvaise aventure et qu'il n'est plus temps de reculer : — *Alea jacta est*.

VII

Il était écrit que ces messieurs iraient en Bretagne.

Mériadec, mis au courant par son ami Jacques, n'avait fait aucune objection à ce projet de déplacement, arrêté au dernier moment. La comtesse ne s'y était pas opposée. Elle avait seulement recommandé à Gouville de ne pas s'attarder là-bas, car elle attendrait son retour pour faire avec lui un plus long voyage. Mériadec avait prévenu sa sœur par une courte lettre où il lui laissait entrevoir qu'il allait à Roscanvel non seulement chercher de l'argent, mais ouvrir une enquête sur la fin tragique de leur père, et qu'il ne désespérait pas d'éclaircir le mystère de cette mort.

Il ne mentait pas, car ses idées s'étaient modifiées depuis qu'il s'était rencontré avec M. d'Ambre, et il n'était pas très éloigné de croire à un crime.

Donc, le surlendemain du duel en champ clos, après un voyage long et fatigant sur une ligne dépourvue de *sleeping-cars*, les deux amis débarquèrent, par une belle journée d'automne, au havre de Roscanvel, qui fait presque vis-à-vis au grand port de Brest.

Mériadec n'avait pas annoncé son arrivée ; personne ne les attendait à la descente du bateau, et il leur fallut gagner à pied le château en laissant leurs minces bagages à la garde d'un douanier.

C'était un trajet de trois kilomètres, toujours en montant, par des chemins rocailleux, et Gouville, accoutumé aux larges trottoirs du boulevard Haussmann, ne le fit pas sans maugréer.

— Jamais le baron ne grimpera cette côte si on ne lui envoie pas une voiture, grommelait-il, oubliant que ce touriste intrépide était monté sur les pics de l'Himalaya.

Il eut aussi une déception en voyant le manoir des Roscanvel qui ne répondait pas du tout à l'idée qu'on se fait à Paris d'un château.

C'était une vieille et massive construction du quinzième siècle, flanquée de tours qui avaient beaucoup souffert de l'injure du temps et qui portaient encore les marques d'un siège soutenu pendant les guerres de la Ligue.

Un seul corps de logis avait été refait à neuf par le grand-père de Mériadec, et c'était le seul qui fût habitable.

Simone y avait laissé des traces de son passage ou plutôt de son séjour, car elle y avait vécu ses premières années de jeune fille : des meubles confortables, des tentures fraîches et des jardinières pleines de fleurs.

Cette demeure peu seigneuriale était confiée, en l'absence des châtelains, à la surveillance d'un vieux régisseur, ancien quartier-maître de timonerie qui avait navigué sous les ordres du commandant et qui servait les enfants avec le même zèle, en attendant qu'il servît les petits-enfants.

Un véritable immeuble par destination.

On croira sans peine qu'il fit fête au dernier des Roscanvel, et son premier mot fut :

— Je vais aller avertir M. Paul.

— Comment! s'écria Mériadec, mon cousin est ici?

— Oui, monsieur, depuis trois jours. Il vient de monter dans sa chambre, et il sera bien content de vous voir.

— Va le chercher.

Pendant que maître Corentin escaladait les marches de pierre de l'escalier tournant, les deux amis, restés dans la salle basse, échangèrent les réflexions que leur suggérait la présence au château de Paul de Pontcroix, qui les y avait devancés.

— Voilà donc pourquoi il a quitté Paris sans dire où il allait! s'écria Gouville. Du diable si je devine ce qu'il est venu faire ici!

— Et je me demande pourquoi il s'est caché de nous, reprit Mériadec. Il n'a même pas vu ma sœur avant de partir. Enfin!.. nous allons le savoir... à moins qu'il ne se sauve en apprenant que nous sommes arrivés... mais non, il n'oserait pas!

16

Paul n'y songeait guère, car, en entrant, il courut, les deux mains tendues, à la rencontre des nouveaux venus.

— Avez-vous faim? leur demanda-t-il.

C'est toujours par cette question qu'on commence à la campagne, quand on reçoit des hôtes inattendus. Et il ajouta :

— J'ai tué, hier, deux perdreaux que vous allez manger froids.

— Merci, répondit brusquement Mériadec; nous avons déjeuné à Brest, en descendant du train. Allons causer dans le jardin. Nous avons des explications à te demander...

— Et à me donner, interrompit le cousin Paul, car je ne comptais guère sur votre arrivée.

Ils y passèrent, dans ce jardin, qui ressemblait un peu à un jardin de curé, mais qui dominait, de haut et d'un peu loin, l'anse de Camaret, car le château était planté au point culminant de la presqu'île.

Gouville, peu champêtre de son naturel, commençait cependant à trouver que cette côte était très *pittoresque*, comme on disait il y a cinquante ans; mais avant de s'extasier sur les beautés du site, il tenait à interroger son camarade.

Mériadec s'en chargea.

— Ah çà! demanda-t-il à Pontcroix, nous diras-tu quelle mouche t'a piqué, de partir pour Roscanvel sans crier gare?

— Et vous, répliqua le cousin Paul avec un peu d'humeur, est-ce que vous avez fait afficher votre départ?

— Ce n'est pas du tout la même chose. Nous venons ici faire une enquête.

— Vraiment!...Eh bien! j'ai eu la même idée que vous... et avant vous.

— Toi?... Allons donc!... toi qui t'es toujours moqué

de ma sœur, parce qu'elle ne voulait pas croire que notre père était mort d'un accident!

— Elle me l'a si souvent reproché que j'ai voulu lui montrer que je n'avais pas de parti pris. J'ai beaucoup réfléchi à ce qui s'est passé ici il y a deux ans... et j'ai eu des doutes.

— Mieux vaut tard que jamais, dit un peu ironiquement Gouville. Si tu savais ce que nous savons, les doutes te seraient venus plus tôt.

— Que savez-vous donc?

— Commence par nous apprendre où en est ton enquête et comment tu t'y es pris.

— J'ai contre-examiné ce Jeannic dont les récits ont si fort impressionné ma cousine. Je les lui ai fait répéter sur place, car je suis allé voir avec lui le carrefour où mon oncle est tombé. Je n'ai rien pu tirer de ce sabotier. Il raconte toujours la même histoire : l'assassin n'est pas du pays... il est venu à pied de Camaret ou de Crozon... il a été vu par un gars qui gardait des moutons dans la lande de Kérinou... Jeannic soutient que Mériadec a dû le rencontrer, et que mon oncle avait dû lui donner rendez-vous au Chêne-Capitaine... mais ce ne sont là que des conjectures à l'appui desquelles il n'apporte pas l'ombre d'une preuve.

— En somme, tu n'as rien appris de neuf. Tu aurais aussi bien fait de rester à Paris.

— Je le crois, et pourtant...

— Quoi donc?

— J'ai recueilli un renseignement qui m'a mis l'esprit aux champs, et ce n'est pas Jeannic qui me l'a fourni.

— Quel renseignement? demanda avec impatience Mériadec, qui n'attachait aucune importance aux recherches entreprises par son cousin.

— Tu connais le solitaire de Penarpont?

— Le vieux Trébabu, qui vit comme un ours dans une ferme à l'autre bout de la forêt de Quélern?... Parfaitement. Il a été mis à la retraite avec le grade de contre-amiral... Il a eu mon père sous ses ordres quand mon père était aspirant... Il est encore plus âgé que ma tante Valmondois... il a près de cent ans... et quoiqu'il soit notre voisin, nous ne le voyons presque jamais.

— Tu sais aussi qu'il est très riche?

— On le dit. Mon père m'a raconté que ce Trébabu avait commandé, pendant les guerres du premier Empire, un corsaire qui fit sur les Anglais des prises superbes... et les gars de chez nous prétendent qu'il a enfoui des millions dans les caves de la vieille masure où il s'est terré en quittant le service.

J'aime mieux le croire que d'y aller voir.

— Eh bien! j'y suis allé, moi.

— A Penarpont?

— Oui. M. de Trébabu a appris, je ne sais comment, que j'étais arrivé à Roscanvel, et il m'a envoyé chercher par un vieux matelot qui lui sert de valet de chambre. Je l'ai trouvé au lit... très malade... et vous ne devineriez jamais pourquoi il m'a fait appeler.

— Pour te dénoncer l'assassin? ricana Gouville.

— Non; pour me dire qu'il a prêté à mon oncle une très grosse somme.

— Quoi!... encore un créancier!

— Il a ajouté que cette somme, il ne la réclamerait jamais aux héritiers de son ancien camarade, et qu'il me chargeait de le leur faire savoir. Il a fini par me laisser entendre qu'il avait l'intention de leur léguer par testament une partie de sa fortune.

— Je crois que si nous y comptions, dit Mériadec, nous compterions deux fois. Le bonhomme est en enfance. Il a dû rêver que mon père lui devait de l'argent.

— Je ne suis pas de votre avis, dit vivement l'ami Jacques, et je vous conseille fort d'aller le voir le plus tôt possible. Nous vous y accompagnerons, Paul et moi.

— A quoi me servira cette visite à un vieux fou?

— Comment ne comprenez-vous pas que si, vraiment, votre père était son débiteur, ce serait la preuve certaine que votre père avait emprunté pour payer une autre dette?... Sans cela, il n'aurait pas eu besoin d'argent. Il n'avait pas de gros capitaux disponibles, puisque sa fortune était en terres, mais il touchait de très beaux revenus... A quelle époque le prêt a-t-il été fait?

— Deux ou trois jours avant sa mort, répondit Pontcroix.

— Alors, c'est clair comme le jour : il a emprunté pour payer le baron... et il l'a payé, puisque vous n'avez pas trouvé la somme.

— Quel baron? demanda Pontcroix qui, en fait d'informations, retardait de plusieurs jours sur ses deux amis.

— Nous t'expliquerons cela en route, car tu vas nous conduire à Penarpont, sans perdre une minute.

N'est-ce pas, Mériadec?

— Oui, certes, dit le dernier des Roscanvel. Ce n'est pas très loin, et, pour y aller, nous passerons justement devant la hutte de Jeannic.

— En route, alors! s'écria Gouville. Excuse-moi de t'avoir un peu rabroué, mon vieux Paul. Je commence maintenant à espérer qu'en nous devançant ici, tu n'auras pas perdu ton temps.

Paul ne répondit rien à ce compliment dont il ne pouvait pas comprendre la portée, puisqu'il ignorait l'existence du créancier d'outre-mer et à plus forte raison la réclamation présentée par M. d'Ambre.

Tout au plus se souvenait-il d'avoir entendu prononcer

16.

le nom de ce gentilhomme, le jour où le marquis de Carolles était venu le recommander au bon accueil de Mme de Valmondois, qui n'avait pas mordu à l'hameçon.

Mais peu lui importait que ses amis en sussent plus long que lui. Il n'y mettait pas d'amour-propre, et, puisqu'ils croyaient être sur la bonne voie, il était tout disposé à les suivre.

Ils s'acheminèrent donc tous les trois vers la ferme-manoir où achevait de vivre ce loup de mer enrichi, qui allait peut-être leur donner l'explication du drame dont la dernière scène s'était jouée au carrefour du Chêne-Capitaine.

Si la somme empruntée par le commandant était de cinq cent mille francs, le doute ne serait plus possible : M. d'Ambre avait dû la recevoir et le tuer après, pour se dispenser de lui remettre sa reconnaissance écrite ou pour la lui reprendre.

Chemin faisant, Gouville expliqua la situation à l'ami Paul qui ne put se défendre d'un petit mouvement d'orgueil, en songeant que si l'on parvenait à convaincre l'assassin et à le livrer à la justice, il y aurait fortement contribué. Et il tomba de son haut lorsque Jacques lui apprit que, du jour au lendemain, l'accusé allait arriver à Roscanvel.

C'était le doigt de Dieu, et Paul voyait déjà le baron entre deux gendarmes.

Gouville, moins optimiste, ne se flattait pas de démontrer si facilement la culpabilité de M. d'Ambre. La coïncidence du dernier prêt avec la mort du commandant n'était qu'une forte présomption, et l'on n'arrête pas un homme sur des présomptions. Il manquait la preuve, sinon matérielle, du moins positive, et, pour se la procurer, Gouville ne pouvait compter que sur le hasard.

Ils étaient entrés en forêt, presque en sortant du château : une forêt qui ne méritait pas ce nom, car les taillis y étaient assez clairsemés. Les bois, sur cette côte escarpée, ne poussent pas comme à Fontainebleau : — le vent de mer y met ordre ; mais les chênes centenaires n'y sont pas rares, et, là travers es éclaircies, la vue s'étend jusqu'au cap de Toulinguet, l'une des pointes extrêmes de ce Finistère, très bien nommé, puisque la vieille Europe finit là.

Ces messieurs ne goûtaient guère les charmes du paysage, car il leur tardait d'arriver à la ferme dont ils apercevaient dans le lointain les hautes cheminées.

Ils n'en étaient plus qu'à un kilomètre quand ils entendirent le galop d'un cheval, et bientôt, à un tournant du chemin, ils virent déboucher sur une grande bique, maigre comme la cavale de l'Apocalypse, un cavalier en sabots.

Mériadec, qui le connaissait, lui barra le passage pour lui demander où il allait si vite, et l'homme répondit, en arrêtant sa rosse :

— À Brest, monsieur Mériadec, et je me dépêche, de peur de manquer le dernier bateau, à la cale de Roscanvel.

— Qu'est-ce que tu vas faire à Brest ?

— Porter une lettre au major de la marine.

— Ton maître est-il à Penarpont ?

— Oh ! oui, qu'il y est, monsieur Mériadec. *Il n'y a pas de soin* qu'il en bouge, le pauvre vieux !... Il vient *d'avaler sa gaffe.*

— Comment, il est mort ! murmura Mériadec.

— Nous n'avons pas de chance, dit entre ses dents l'ami Jacques.

Pontcroix ne dit mot, mais il n'était pas le moins désappointé des trois.

— Dame ! reprit le messager, il y avait assez longtemps

qu'il *bourlinguait*, le pauvre vieux. Depuis six mois, il avait des avaries dans ses œuvres vives, mais il tenait encore bon. Hier, il a été toute la journée *vent dessus vent dedans*, et, ce matin, il a *capoté en grand*. C'est égal, jusqu'à la fin il n'a pas perdu le nord une seule minute. Il a envoyé sa servante prier le juge de paix de venir mettre les scellés dès qu'il aurait coulé à fond... Et ça se comprend, vu que la soute de sa cambuse est pleine d'or et d'argent.

— Sait-on qui hérite ? demanda Mériadec.

— Pas encore. Paraît que son testament est chez un notaire de Camaret, et, comme il n'avait plus un parent sur la terre, j'ai idée qu'il laisse tout son magot aux hôpitaux ou aux invalides de la marine. La lettre que je porte à la Majorité de Brest, il l'a écrite avant-hier...

— Pour annoncer les dispositions qu'il a prises ?

— Ça se pourrait bien tout de même... mais excusez-moi, monsieur Mériadec... si je m'amusais à bavarder en route, je manquerais le bateau.

Et le gars talonna sa jument, laissant les trois jeunes gens commenter entre eux cette fâcheuse nouvelle.

— Nous voilà revenus de Penarpont, dit Mériadec vexé. Ce Trébabu aurait bien dû vivre quarante-huit heures de plus. Maintenant qu'il est mort, nous ne saurons rien.

— Pourquoi donc ? rectifia Gouville. Il n'a pas, je suppose, brûlé le reçu que votre père a signé. Il a même dû le serrer soigneusement. Quand on lèvera les scellés, on le retrouvera, ce reçu... et soyez tranquille, mon cher, on vous le présentera. Nous verrons si le chiffre et la date du prêt concordent avec le chiffre de la reconnaissance souscrite au baron d'Ambre et avec la date de la mort de votre père. Il n'en faut pas plus pour faire condamner un homme... Par exemple, j'ai bien peur que vous ne soyez obligé de rembourser les héritiers de Trébabu.

— Je m'en consolerai, pourvu que je ne sois pas obligé de rembourser aussi ce baron... payer deux fois, ce serait la ruine.

— Donc, il faut le forcer à rendre gorge, et pour cela je ne vois qu'un moyen, c'est de prouver qu'il a tué votre père et qu'il a reçu les cinq cent mille francs... Eh bien ! cherchons des preuves. Nous ne pouvons plus compter sur le témoignage de Trébabu, puisqu'il n'est plus de ce monde. Il nous restera celui de Jeannic.

Où le trouve-t-on, ce sabotier ?

— Partout et nulle part. Il ne tient pas en place. Un jour, il va pêcher sur la grève ; le lendemain, il va tendre des pièges dans nos bois...

— Il ne travaille donc jamais de son état ?

— Pas souvent. Il n'a ni femme ni enfants, et il vit très bien de sa pêche et de son braconnage. Mon père le laissait faire, et moi, je ne l'ai jamais tracassé.

— Bon ! mais ne m'avez-vous pas dit qu'il s'était bâti une cabane ?...

— Oui... et ici, nous en sommes tout près ; mais il n'y vient guère que pour dormir... et encore lui arrive-t-il assez souvent de coucher dehors. C'est un vrai sauvage.

Jacques se rappela le timbalier Khoa qui, lui aussi, vivait sous une hutte ; mais ce Cochinchinois était infiniment plus civilisé que le gars de la vieille Armorique, et Jacques se flattait d'en tirer, en rentrant à Paris, des renseignements qu'il avait négligé de lui demander.

— J'ai rencontré Jeannic ce matin, dit Paul, et il m'a paru qu'il prenait le chemin de son domicile. Puisque nous n'en sommes pas loin, nous pourrions pousser jusque-là.

— Allons ! murmura Mériadec, en prenant les devants.

Il enfila, sous bois, un sentier assez étroit, et, après cinq minutes de marche, il montra à Gouville, qui lui emboîtait le pas, la cabane isolée au centre d'un abatis de hêtres.

Jeannic campait au milieu des matières premières qu'il utilisait dans son métier; mais il ne paraissait pas qu'il en fît un grand usage, car le sol était jonché de troncs d'arbres que les outils du sabotier n'avaient pas encore entamés.

La cabane était en planches à peine équarries et jointées avec des clous; plus fruste et pas beaucoup plus solide que les baraques du jour de l'an, sur les boulevards de Paris.

— Je vois bien la cage, dit Gouville, mais l'oiseau n'y est pas.

— Et la cage est ouverte, ajouta Pontcroix.

— Parbleu! répliqua Mériadec, elle n'a pas de porte. Jeannic n'a pas peur d'être volé... il n'a rien... pas même une paillasse... il couche sur un tas de copeaux... du moins à ce que j'ai cru voir en passant devant sa niche... je n'y suis jamais entré.

— Raison de plus pour que nous y entrions, reprit l'ami Jacques. Je suis curieux de voir l'installation de ce Robinson Crusoé du Finistère.

— Et puis, dit Paul, il va peut-être revenir au gîte.

— Entrons donc! conclut Mériadec.

Ils n'eurent rien à ouvrir, car la cabane n'était close que de trois côtés. Elle était assez grande; on aurait pu y loger à quatre, si elle eût été meublée; mais en fait de lit, il n'y avait qu'une couche de bruyères étalée dans un coin.

— Il n'allume donc jamais de feu, votre sauvage? demanda Gouville.

— Si... dehors... pour faire cuire le gibier dont il se

nourrit... Voyez ses fourneaux, dit Mériadec en montrant des trous creusés dans le sol et noircis par la fumée, comme on en trouve après le passage d'un détachement de troupiers qui a bivouaqué.

— Très débrouillard, ce bas Breton ! s'écria Jacques. Pour peu qu'avec ça il soit intelligent, il nous sera très utile... surtout s'il a de la mémoire, car nous le confronterons avec le baron, et j'espère qu'il le reconnaîtra.

— J'en doute un peu, mais nous essayerons. Si nous ne le rencontrons pas aujourd'hui, mon régisseur saura bien le trouver et l'amener à Roscanvel, où il le gardera jusqu'à l'arrivée de ce monsieur... s'il arrive.

— Tiens ! interrompit Gouville qui venait d'entrer dans la cabane, maître Jeannic a du goût pour les arts. Sa chambre à coucher est tapissée d'images... c'est comme un musée de peintures... d'Epinal. Voici le « Juif errant »... « Barbe-Bleue »... « Crédit est mort »... « Geneviève de Brabant »...

Ces naïves enluminures, Jeannic les avait clouées à la muraille de bois, parmi des images de sainteté.

Au fond de la cabane, à la place d'honneur, figurait un carré de papier, doré sur tranche et orné d'une vignette représentant un vaisseau de guerre.

— Est-ce qu'il a été marin? demanda Gouville.

— Comme tous les gars de la côte, il a fait son temps de service à bord d'un navire de l'État, répondit Mériadec.

— Alors cette pancarte couverte d'écriture doit être quelque chose comme un certificat de libération. Il paraît qu'il ne craint pas qu'on le lui vole, puisqu'il le laisse à la discrétion du premier venu.

— Peuh !... il ne sait pas lire... c'est peut-être un écrit quelconque qu'il aura trouvé et gardé à cause de la vignette. C'est une manie qu'ils ont tous dans ce pays-ci...

Il est arrivé, il y a une trentaine d'années, du côté de Saint-Pol de Léon, une histoire incroyable.

— Racontez!

— Un touriste parisien était entré par hasard, pour se reposer, dans une misérable chaumière perdue au milieu des landes. Il y vit collé sur une pierre du mur un billet de mille francs!...

— Quelle bonne blague!

— C'est authentique, mon cher... à telles enseignes que la pierre et le billet figurent maintenant parmi les curiosités que la Banque de France a collectionnées dans une salle de son hôtel de la rue de La Vrillière... On peut les y voir...

— Avec des protections, acheva railleusement Gouville. Expliquez-moi donc pourquoi les paysans du Léonais poussent si loin le mépris des richesses.

— Les enfants de celui-là avaient trouvé le billet sur un chemin public et l'avaient apporté à leur père, qui l'a pris pour une image, à cause des figures gravées qui l'encadraient. Lui, non plus, ne savait pas lire... et ce qu'il y a de curieux, c'est que le billet est resté là des années, sans que personne en ait reconnu la valeur.

— On voit bien que ça ne se passait pas aux environs de Paris... mais, c'est égal... je tâcherai de ne pas perdre mon portefeuille... même dans les bois de votre vertueux département.

— Voici Jeannic! s'écria Pontcroix, qui était resté dehors.

Le sabotier venait de déboucher dans la clairière et s'approchait lentement de ce pas lourd et balancé auquel on reconnaît les Bretons de la Cornouaille.

Coiffé d'un chapeau à larges bords, chaussé de gros sabots et engoncé dans une peau de bique, il paraissait avoir cinquante ans. De longs cheveux gris, tombant jusque sur ses épaules, encadraient sa figure, tannée comme le cuir d'une botte à revers.

Du plus loin qu'il aperçut Mériadec et son cousin Paul, il se découvrit respectueusement; mais au lieu de saluer Gouville, il se mit à le dévisager avec tant de persistance que le bon Jacques dit en riant :

— Ah çà! est-ce qu'il me prend pour l'assassin?

Puis, s'adressant à Jeannic :

— Pas de bêtises, hé! mon brave!... je suis un ami de ton maître, et je viens tout exprès pour causer avec toi.

Avance un peu à l'ordre! et conte-moi ce que tu sais.

— Tu peux parler, dit Mériadec, pour répondre au coup d'œil interrogateur du prudent sabotier.

— Tu prétends, reprit Gouville, que le commandant a été assassiné?

— J'en suis sûr.

— Comment peux-tu en être sûr?... Tu n'y étais pas.

— Non, mais c'est tout comme. J'ai entendu les deux coups de fusil.

— Deux?

— Oui. Le premier a tué mon maître. L'autre, c'est l'assassin qui l'a tiré avec le fusil du commandant pour qu'on crût à un accident... et les *brasse-carrés* y ont cru... et les juges... et tout le monde.

— Les *brasse-carrés?* interrogea Gouville.

— C'est-à-dire les gendarmes, expliqua Mériadec. Ils portent le chapeau comme les navires portent leurs voiles quand ils ont vent arrière.

— Il n'y a que mademoiselle qui n'y a pas cru, reprit Jeannic. Et moi aussi, je me suis trompé dans le premier moment. J'ai cru que c'était le commandant qui venait de faire coup double sur un sanglier ou sur un renard, et je ne me suis pas pressé. Quand je suis arrivé au Chêne-Capitaine, le failli chien qui avait tiré était déjà loin.

— Tu l'avais rencontré, m'a-t-on dit?

— Oui... une demi-heure auparavant, j'avais passé à côté de lui dans un chemin creux et je l'avais pris pour un peintre, comme il en vient souvent par ici... Il m'a demandé du feu pour allumer son cigare, et je lui en ai donné. Quand j'ai trouvé mon pauvre maître couché sur le dos avec une balle dans la poitrine, je n'ai pas pensé à courir après le gueux qui venait de le tuer. On ne l'a jamais revu... Mais j'ai toujours sa figure devant les yeux, et si je le rencontrais, son compte serait bon... Malheureusement, il ne sera pas assez bête pour revenir me montrer son nez.

— Alors, tu penses que tu le reconnaîtrais?

— Entre mille. Il a une tête qu'on ne peut pas oublier. Vous l'habilleriez en soldat, vous le mettriez dans le rang d'une compagnie alignée sur le cours d'Ajot, à Brest, et vous me feriez passer devant le front de la troupe, j'irais tout droit lui mettre la main au collet et je vous dirais : Le voilà!

— C'est bon à savoir, pensait Gouville. Je m'arrangerai pour placer tout à coup ce Jeannic nez à nez avec le baron. S'il le reconnaît, ma foi! l'épreuve sera concluante... Il restera encore bien des choses à expliquer... une preuve écrite ne serait pas de trop... mais qui sait si nous ne la trouverons pas dans les papiers de ce Trébabu, qui vient de mourir si mal à propos?

Par une association d'idées assez naturelle, l'ami Jacques en revint à songer au papier historié qu'il venait de voir affiché dans l'intérieur de la cabane. Il n'attachait aucune importance à cette découverte, et ce fut uniquement pour ne rien négliger qu'il demanda au sabotier :

— Tu as navigué, hein?

— Oui, répondit Jeannic d'un air étonné, mais il y a

vingt-cinq ans que je ne navigue plus. J'aimais bien la
mer, mais j'aime encore mieux la liberté. Un navire,
c'est trop petit. Je ne peux pas vivre enfermé.

— C'est pour ça que ta cabane n'a pas de porte, dit
en plaisantant Gouville. Il te faut de l'air. Mais tu l'as
joliment arrangée, ta cabane. Où as-tu pris toutes les
belles images dont tu l'as garnie?

— Je les ai achetées, une à une, au pardon de Plou-
gastel...

— Ce n'est pas là que tu as trouvé le beau papier
doré que tu as cloué au milieu des bonshommes coloriés?

— Oh! non. Je l'ai ramassé, pas loin d'ici, dans le
bois, sur une touffe d'ajoncs où il était resté piqué. Il
était tout mouillé : je l'ai fait sécher et je l'ai gardé, à
cause du portrait de la frégate qui est dessus. Je crois
bien que c'est une lettre, mais je ne sais pas ce qu'il
y a dedans, vu que je n'ai jamais pu apprendre à
lire.

— Tu aurais beau savoir lire comme le maître d'école
de Camaret, cria Mériadec du fond de la cabane où il
venait d'entrer pour examiner de près la pièce, tu ne
lirais pas celle-ci, car la pluie l'a presque effacée.

— Et de plus, vous êtes à contre-jour, lui répondit
Jacques. Il n'y a pas d'autre ouverture que la porte, et
vous lui tournez le dos.

— C'est drôle, pourtant, murmura le dernier des Roscanvel, il me semble que je connais cette écriture-là.

A ce soliloque de Mériadec, Gouville tendit l'oreille,
comme un chasseur qui entend tout à coup des perdrix
rappeler dans un champ à portée de fusil, et qui se prépare à tirer.

— Mais oui, reprit Mériadec, le nez presque collé sur
la lettre, j'en suis sûr maintenant... c'est l'écriture de
mon père... et je reconnais la vignette qu'il avait fait

imprimer en tête de son papier... La frégate, c'est la sienne... c'est l'*Hermione*... Le nom y est en tout petits caractères.

Cette fois, Gouville tressaillit de joie comme dut tressaillir Christophe Colomb quand un de ses matelots lui signala un feu qui annonçait une terre.

Étant donnée la situation, pour Jacques et pour son ami la découverte d'une lettre du commandant équivalait presque à la découverte de l'Amérique.

Pourtant, c'était peut-être une fausse joie, car cette lettre pouvait bien être insignifiante; et même le fait que Jeannic l'avait trouvée sous bois, accrochée à un buisson, semblait indiquer qu'elle ne contenait rien d'intéressant, car on ne jette pas au vent une lettre importante, et il fallait que celui qui l'avait reçue en fît bien peu de cas pour l'avoir laissée là.

— Mon gars, dit Gouville à Jeannic, tu vas nous céder la pièce la plus curieuse de ta collection.

— Oh! s'écria le sabotier, tout est à mon maître, et, s'il voulait emporter la cabane avec, je serais content.

— On va te laisser les images. Nous n'avons besoin que de la lettre.

La lettre, Mériadec n'avait pas attendu que l'ami Jacques l'invitât à l'enlever. Mériadec avait tiré de sa poche un couteau à douze lames qui ne le quittait jamais, et il se servit de celle du canif pour couper les quatre coins du papier, aux endroits où Jeannic avait planté ses clous.

C'était le moyen le plus expéditif, et il ne s'agissait pas d'une gravure précieuse qu'on aurait craint de détériorer.

Il suffisait que l'amputation n'enlevât pas un seul mot de l'épître, et Mériadec y réussit très bien.

Il l'apporta triomphalement à Gouville qui l'attendait

dehors avec le cousin Paul. Gouville la prit, et à peine
y eut-il jeté les yeux :

— Reste en faction devant ta cabane, dit-il au sabotier, et avertis-nous s'il vient quelqu'un.

Le bien avisé Gouville ne voulait pas que Jeannic
assistât à la lecture de la lettre, non qu'il se défiât de
lui, mais parce que, en le tenant à l'écart, il pourrait lui cacher la prochaine arrivée du baron d'Ambre et le confronter à l'improviste avec l'assassin présumé du commandant.

Jeannic obéit militairement, et Jacques emmena ses
amis au milieu de la clairière, où ils s'assirent en cercle
sur des troncs de hêtre, pour conférer en plein air et loin
de toute oreille indiscrète.

— Voulez-vous nous la lire tout haut? demanda
Gouville.

— Non, je suis trop ému, répondit Mériadec.

— Alors, écoutez! « Château de Roscanvel. Jeudi
matin. »

Vous voyez que la date précise manque.

— Mon père est mort un jeudi de février, en 87... Il
lui arrivait souvent de n'indiquer ni le mois ni l'année
en tête de ses lettres... mais... à qui celle-ci était-elle
adressée?

— C'est ce que je cherche... l'encre a blanchi sous
la pluie, et c'est le diable pour déchiffrer les mots...
il me semble que ça commence par : « Cher... » oui,
« cher... » et après?... ah! j'y suis!... « cher baron... »
nous sommes fixés maintenant... La lettre a été écrite
au baron d'Ambre. Voilà déjà un joli commencement de
preuve... voyons la suite.

Et Gouville se mit à lire, en ânonnant souvent :

« Cher baron, je suis tout prêt à régler aujourd'hui,
comme vous le désirez, notre trop vieux compte... mais,
pour des raisons que vous allez comprendre, je préfère

que ce ne soit pas au château. On ne vous y a jamais vu, et la visite d'un étranger serait fortement commentée dans ce pays de désœuvrés médisants. Je dois à l'obligeance d'un de mes voisins et amis, qui veut bien me l'avancer, la jolie somme que j'ai à vous remettre. Il me laissera le temps de la lui rembourser sans me gêner, et personne ne saura qu'il est mon créancier. Je voudrais qu'on ignorât aussi que j'ai été votre débiteur. Je le voudrais surtout à cause de l'origine de la dette. On n'a que trop parlé dans la marine de ma passion pour le jeu, et je crois que je suis assez mal noté au ministère. Pour éviter les bavardages, je vous prie donc de consentir à terminer notre affaire dans la forêt de Quélern... qui n'est pas, croyez-le bien, la forêt de Bondy... »

— Hum ! elle l'est devenue, dit Jacques entre ses dents, avant de continuer :

« Je vous y attendrai à midi, au carrefour du Chêne-Capitaine. C'est à quinze cents mètres de l'endroit où je vous envoie cette lettre, et mon messager vous indiquera le chemin. J'aurai sur moi les fonds en billets de banque... Ils sont rares, dans ces parages, où l'on thésaurise de préférence les pièces de cent sous ; j'ai eu assez de peine à me les procurer, et ils forment encore un assez gros paquet.

« Apportez la reconnaissance que je vous ai souscrite à l'île Maurice, et au pied de ce chêne qui mérite bien son surnom, car il domine tous ses congénères à dix lieues à la ronde, vous me rendrez ma signature contre celle du secrétaire général de la Banque de France. Entre nous, vous y gagnerez, car mon encaisse métallique n'approche pas de celui de la bonne vieille dame de la rue de la Vrillière.

« A midi donc, cher baron, et bien à vous.

« Alain DE ROSCANVEL. »

— Un point... c'est tout, dit Gouville.

Puis, se reprenant :

— Ah! il y a un *post-scriptum* :

« Puisque vous arrivez directement de Maurice, vous me donnerez, j'espère, des nouvelles de Mme de Salazie que vous y avez laissée. »

Cette fois, c'est bien tout... et Dieu merci! c'est assez clair. Elle vaut un acte d'accusation, cette bienheureuse lettre de votre brave père, et nous voyons maintenant ce qui s'est passé comme si nous avions assisté au drame. J'en suis bien fâché pour mon ami Charles de Précey qui l'a patronné au cercle et ailleurs, mais M. le baron d'Ambre est un assassin et un voleur... en attendant qu'il soit un forçat, car je compte bien qu'il finira au bagne.

— Cette lettre ne suffirait pas à l'y faire envoyer, dit Pontcroix.

— Que faudrait-il donc de plus? demanda Gouville.

— D'abord, rien ne prouve positivement qu'elle était adressée à M. d'Ambre, et surtout qu'elle lui soit parvenue. S'il l'avait reçue, il l'aurait brûlée. Il ne l'aurait pas semée dans un taillis. Comment expliquer que Jeannic l'ait trouvée accrochée aux broussailles?

— Eh! parbleu! je ne me charge pas de tout expliquer. Je me figure qu'en allant au rendez-vous il l'avait dans sa poche, qu'il l'en aura tirée pour y serrer les billets de banque, et que le vent l'aura emportée.

— Je me souviens qu'il soufflait en tempête, le jour de la mort de mon père, dit Mériadec.

— Eh bien! l'assassin ne s'est pas amusé à courir après la lettre. Il n'a pensé qu'à se sauver.

— Mais qui la lui a apportée? insista Pontcroix. Qui est ce messager que mon oncle lui a envoyé?

— Son jardinier, répondit Mériadec; un vieil ivrogne

qu'il gardait à Roscanvel et qui, huit jours après le crime, est crevé à force de boire.

— Encore un témoin qui manquera à l'appel, comme Trébabu, murmura Paul en secouant la tête.

— Tais-toi! interrompit Gouville impatienté. Tu parles comme si tu étais chargé de défendre le baron en cour d'assises. Son avocat embrouillera bien assez la question.

— En cour d'assises?... tu crois donc qu'il y passera?... Il faudrait d'abord que les gendarmes consentissent à l'arrêter.

— Je l'arrêterai bien moi-même, dit Mériadec.

— S'il venait à Roscanvel, reprit le cousin Paul; mais il ne sera pas assez fou pour se jeter dans la gueule du loup.

— C'est ce que nous saurons bientôt, conclut Gouville. Précey m'a promis de me prévenir dans le cas où le baron renoncerait à faire le voyage... et s'il y renonçait, je ne le tiendrais pas quitte... j'irais le chercher rue Copernic... mais j'aimerais mieux le tenir ici, et j'espère bien l'y voir.

Ce que le bon Jacques ne disait pas à ses deux amis, c'est que le *post-scriptum* de la dernière lettre du pauvre commandant lui avait fait plaisir en lui apprenant que Carmen était à l'île Maurice à l'époque du crime.

Elle n'avait donc pas menti, et, si elle avait été la maîtresse de l'assassin, — si même elle l'était encore, — du moins elle n'était pas sa complice.

Gouville n'était pas décidé à la suivre, si elle quittait la France; il n'était pas décidé non plus à rompre avec elle, quoique pour le moment Simone occupât toute sa pensée.

Quel triomphe s'il pouvait lui annoncer, en rentrant à Paris, que la mort de son père était vengée et que son fiancé avait fortement contribué à découvrir l'assassin!

— Rentrons au château, dit-il, et attendons des nouvelles. Vous me confiez la lettre, n'est-ce pas, mon cher Mériadec?... Je voudrais la montrer à mon ami Précey pour l'édifier sur le baron avant d'en venir aux grands moyens. Il jugera l'accusé avec nous, et, quand nous l'aurons condamné, nous le livrerons... au bras séculier.

— Vous me la rendrez, la lettre? murmura Mériadec.

— Certainement, et vous la conserverez dans les archives de Roscanvel... Mais partons! nous n'avons plus rien à faire ici, et il faut qu'avant de rentrer je donne la consigne à Jeannic. Nous aurons probablement besoin de lui.

Jeannic était resté en faction près de la cabane. Gouville n'eut garde de lui parler du contenu de la lettre. Gouville, au nom de Mériadec, qui approuva du geste, lui commanda de venir le soir, au château, prendre ses ordres pour le lendemain, et le sabotier promit de n'y pas manquer.

Les trois amis reprirent ensemble le chemin de Roscanvel, mais le trajet fut silencieux. Chacun gardait pour soi les réflexions que lui suggéraient les incidents de cette première journée : la rencontre du domestique de M. de Trébabu et la miraculeuse découverte de la lettre du commandant.

Paul ne croyait pas à la prochaine arrivée du baron. Mériadec persistait à l'espérer. Gouville commençait à en douter.

Au château, Mériadec trouva un billet du notaire de Camaret, apporté par le petit clerc de l'étude.

Cet officier ministériel écrivait que, par son testament, M. de Trébabu donnait décharge aux héritiers Roscanvel d'une somme de cinq cent mille francs par lui prêtée à leur père, en espèces, et leur faisait en même temps remise des intérêts échus depuis deux ans.

Le notaire ajoutait qu'il tenait à leur disposition la reconnaissance déposée entre ses mains.

C'était une heureuse nouvelle. Mériadec et sa sœur ne seraient plus exposés à payer deux fois, et l'obligation qui allait leur être restituée serait une preuve de plus à joindre au dossier de l'accusé.

On dîna, non pas gaiement, mais tranquillement, dans l'attente du lendemain qui devait être le jour décisif, et quand ces messieurs se décidèrent à aller se coucher, Mériadec, en montant l'escalier, dit à l'ami Jacques :

— C'est lui. J'en suis sûr maintenant, car je me rappelle où je l'avais déjà vu quand je l'ai rencontré aux courses... Je l'avais vu en forêt, quelques heures avant la mort de mon père.

Mériadec avait parlé bas, et Gouville ne jugea pas nécessaire de répéter cette déclaration à Paul. Ils avaient assez délibéré à trois, et l'heure n'était pas venue de reprendre la conférence. Ils se séparèrent au premier étage, où chacun avait sa chambre.

Dans la sienne, qui donnait sur la cour d'honneur, Gouville eut beaucoup de peine à s'endormir.

Il pensait au lendemain et aussi à ce qu'il avait laissé derrière lui en quittant Paris : Mlle de Roscanvel mortellement inquiète, et Mme de Salazie attendant impatiemment son retour pour l'emmener avec elle aux pays lointains où fuient les amoureux menacés.

Il plaignait de tout son cœur la jeune fille restée seule, sous la férule de sa tante. Mais il regrettait d'en avoir tant dit à la comtesse. Il n'était pas sûr d'elle, et il se disait qu'un coup de cœur avait bien pu la pousser à avertir son premier amant de ce qu'on tramait contre lui.

Il n'y pouvait rien, et il se résignait d'avance à voir manquer le coup de théâtre préparé au château pour confondre le baron qu'il se promettait d'aller, dans ce cas, relancer à Paris; mais le sommeil le fuyait. La nuit était fort avancée quand il put enfin fermer les yeux, et lorsqu'il les rouvrit, le dernier soleil du mois de septembre était déjà très haut sur l'horizon.

Gouville sauta en bas de son lit et courut à la fenêtre. Jeannic fumait sa pipe dans la cour. Il était venu, le soir, comme il en avait reçu l'ordre, et il avait couché au château.

Gouville s'étonna bien un peu de ne pas avoir été réveillé par Mériadec qui, en sa qualité de campagnard, devait être matinal; mais il pensa que le dernier des Roscanvel était peut-être allé, dès l'aube, à Camaret, s'aboucher avec le notaire, et il ne se trompait pas.

Il s'habilla donc pour être prêt à le recevoir quand il rentrerait. Il s'était informé la veille de l'heure de l'arrivée du courrier de Paris. Sa montre et une vieille pendule Louis XVI, placée dans sa chambre, lui apprirent que cette heure était passée. La poste n'avait pas apporté de lettres, quoique Charles de Précey eût formellement promis d'écrire sans perdre un seul jour.

C'était mauvais signe, et Gouville se mit à pester contre la négligence de son ami qui le laissait dans l'incertitude. Il descendit en maugréant; mais, quand il déboucha sur le perron, il fut fort étonné d'entendre sonner à pleins poumons une fanfare de chasse, avec accompagnement de grelots dont le tintement annonçait l'arrivée d'une voiture.

Assurément, ce n'était pas Mériadec qui revenait de Camaret, en poste. Si Gouville avait pu le croire un seul instant, il eût été vite détrompé, car Jeannic s'avança, le chapeau à la main, pour lui dire :

— Le maître est parti à cheval avec M. Paul. Ils sont allés voir le notaire à Camaret... Il paraît que...

— Qu'est-ce que c'est que cette voiture qui nous arrive ? interrompit Gouville. D'où vient-elle ?

— Je ne pourrais pas vous dire. Elle monte par la route de Châteaulin... et elle roule bien.

Le carillon des grelots s'accentuait, et le cor retentissait maintenant comme la trompette du jugement dernier. Un sonneur de première force lançait aux échos de la forêt un hallali qui aurait mis sur pied tous les cerfs du canton, s'il y avait eu des cerfs dans la presqu'île.

On entendit bientôt claquer des fouets, et une minute après déboucha dans la cour une manière de break, attelé de quatre petits chevaux bretons, montés par deux gars bottés comme des postillons.

Sur le devant, siégeaient deux messieurs en costume de voyage, dont l'un sonnait de la trompe avec une vigueur et un entrain sans pareils.

Gouville eut tôt fait de reconnaître son ami Charles de Précey et aussi le baron d'Ambre, qui se contentait de fumer un gros cigare.

— Enfin, je le tiens donc ! dit entre ses dents l'ami Jacques.

Et plus haut, à Jeannic :

— Regarde bien ces messieurs-là. Les connais-tu ?

— Non ! murmura le sabotier ; c'est-à-dire... il y en a un que je n'ai jamais vu, mais il me semble que l'autre... le grand pâle...

Puis, tout à coup :

— C'est lui !... c'est l'homme que j'ai rencontré le jour où l'on a tué le commandant !

— Tais-toi ! dit vivement Gouville, et pas un mot à qui que ce soit ! Ne t'approche pas de la voiture. Rentre à l'office et n'en bouge pas jusqu'à ce que je t'envoie chercher.

— Compris ! murmura Jeannic.

Et il s'en alla où l'envoyait Gouville, qui s'empressa pour recevoir les hôtes de Roscanvel.

— A la bonne heure ! leur cria-t-il, vous êtes de parole. Nous ne vous attendions pas ce matin, et Mériadec est sorti à cheval. Pourquoi ne nous avez-vous pas écrit ?

— Nous nous sommes décidés tout à coup à prendre un train de la Compagnie d'Orléans qui nous a déposés à Châteaulin, en passant par Nantes, Vannes et Quimper, répondit Précey. Ah ! c'est loin, la Bretagne !... et il faut que je vous aime bien !... Ce que cette guimbarde nous a secoués depuis Châteaulin ! J'avais apporté ma trompe et, pour me consoler, j'ai sonné tout le temps... Je crois bien que vos paysans m'ont pris pour un charlatan.

— Je suppose que ça vous est égal... mais vous, monsieur le baron, vous êtes vraiment trop aimable d'être venu... Et, en l'absence de mon ami, vous allez me permettre de vous conduire à l'appartement qui vous est destiné.

— J'avoue que je ne serai pas fâché de m'y reposer une heure, dit le baron. Je suis moulu.

— Pas moi ! s'écria Précey. Y a-t-il un jardin ici ?

— Un jardin d'où l'on a une vue magnifique.

— Eh bien ! je vais vous y attendre, pendant que vous installerez ce cher d'Ambre. Recommandez seulement à vos gens d'avoir bien soin de mes boîtes à fusil. J'ai là dedans deux Purdey, fabriqués à Londres exprès pour moi, et j'y tiens beaucoup.

— Soyez tranquille. Roscanvel est chasseur, et ses domestiques sont accoutumés à respecter les armes de prix.

Veuillez me suivre, messieurs.

Ils entrèrent ensemble. Gouville conduisit son ami au jardin, par un large corridor qui traversait le rez-de-chaussée du château, et revint prendre le baron pour le mener au premier étage où on lui avait réservé la chambre d'honneur.

M. d'Ambre se montra encore plus poli que d'habitude. Il s'enquit avec une aimable sollicitude de la santé du châtelain, et il poussa la courtoisie jusqu'à prier Gouville de l'excuser auprès de son ami de n'avoir pas attendu que le maître fût là pour prendre possession du logement qu'il devait occuper pendant son séjour à Roscanvel.

Gouville l'y laissa après s'être assuré qu'il n'y manquait rien, et courut au jardin où il lui tardait de s'expliquer avec Précey.

Ce n'était pas sans appréhension qu'il se préparait à aborder la grande question, car elle lui apparaissait maintenant sous un aspect qu'il n'avait pas assez envisagé avant d'entreprendre ce scabreux voyage en Bretagne.

Comment le digne et correct gentleman qu'était Précey allait-il prendre l'aveu que Gouville ne pouvait plus différer de lui faire ? Et comment lui présenter favorablement la situation qui, au fond, était celle-ci : un grand coupable attiré dans un guet-apens sous un prétexte mensonger par deux honnêtes gens, avec le concours inconscient d'un troisième qui pourrait bien se fâcher en apprenant le rôle qu'il avait joué sans le savoir?

Le mieux était encore d'aller droit au but, en commençant par le récit des crimes d'antan.

Gouville trouva Précey au bout du jardin, sur une terrasse qui dominait la grève et la mer, à perte de vue.

Après quelques mots échangés à propos des beautés

du site, Précey, qui n'avait pas à prendre de précautions oratoires, aborda immédiatement un sujet plus sérieux.

— Eh bien ! demanda-t-il, est-ce que votre jeune ami a trouvé des fonds pour payer la dette de son père ?

— Pas encore, répondit Jacques, qui attendait la suite.

— Le contraire m'aurait fort étonné. On prétend toujours que l'agriculture manque de bras ; moi, je crois que ce pays-ci manque surtout de capitaux ; mais que votre ami ne s'en tourmente pas !... d'Ambre attendra... d'Ambre est un galant homme.

— En êtes-vous bien sûr ? interrompit Gouville, répétant, sans y penser, une question que lui avait adressée naguère au Cercle, à propos du baron, trop heureux au jeu, le venimeux Colimard.

— Est-ce que vous en doutez ? demanda Précey en fronçant le sourcil.

C'était le moment ou jamais de casser les vitres, et Gouville répliqua :

— Mon cher, vous allez bondir... Mériadec et moi, nous venons d'acquérir la certitude que M. d'Ambre a touché, il y a deux ans, la somme qu'il réclame aujourd'hui...

— Que signifie cette triste plaisanterie ?

— Et ce n'est pas tout. M. d'Ambre, après l'avoir touchée, a tué le commandant de Roscanvel, qui venait de payer sa dette.

— Décidément, mon cher, vous vous moquez de moi... Et vous me forcez à vous dire que cette charge, si c'en est une, est du plus mauvais goût... Si vous parlez sérieusement, c'est encore pis, car c'est comme si vous affirmiez que je suis l'ami d'un voleur et d'un assassin.

— Mon cher ami, je vous supplie de croire que je serais désolé de vous blesser. Laissez-moi vous prouver que je n'accuse pas cet homme à la légère... et vous démontrer d'abord que vous n'avez rien à vous reprocher... Vous ne le connaissiez pas quand vous vous êtes lié avec lui, et il avait si bien l'apparence d'un galant homme que j'y ai été pris comme vous. Pensez-vous donc que si j'avais su ce que je sais maintenant, j'aurais laissé Mériadec se battre en duel avec l'assassin de son père?

— Arrivez au fait!... Que savez-vous?

— Je sais... nous savons, Mériadec et moi... que M. d'Ambre est venu dans ce pays au mois de février 87; qu'il y est venu en se cachant; que M. de Roscanvel lui avait donné rendez-vous à un carrefour de la forêt pour lui remettre cinq cent mille francs qu'il lui devait et qu'il avait sur lui. Nous savons à qui il les avait empruntés. Nous savons aussi qu'à ce rendez-vous il a été tué d'un coup de fusil, et qu'on n'a retrouvé ni les cinq cent mille francs, ni la reconnaissance que M. d'Ambre aurait dû lui remettre en échange.

— C'est un roman que vous me racontez là!

— Non, car je vais vous montrer des preuves, et tout à l'heure, devant vous, un homme le reconnaîtra qui l'a vu dans la forêt le jour du crime.

— Et, sachant tout cela, vous l'avez invité à venir ici!

C'était le moment que Gouville attendait pour expliquer sa conduite, et Précey venait de lui fournir involontairement l'excuse qu'il cherchait.

— Non, dit-il vivement, je ne savais rien quand il a été question de ce voyage, et... j'en appelle à vos souvenirs... c'est vous qui l'avez proposé... sur le balcon du Cercle... Nous vous avons précédés à Roscanvel, et c'est depuis notre arrivée que la lumière s'est faite.

Mais lisez, je vous prie, cette lettre du commandant.

Il la tira de sa poche, il la remit à Précey qui la lut,

non sans peine, et il reprit, pendant que Précey lisait :

— Elle a été adressée à M. d'Ambre... « Cher baron »,
c'est assez clair... sans compter le *post-scriptum* où il est
question de l'île Maurice. M. d'Ambre l'a reçue... nous
savons qui la lui a portée... et M. d'Ambre l'a perdue
dans la forêt, tout près de l'endroit où il a tué M. de
Roscanvel. L'homme qui l'a rencontré attend que je
l'appelle pour le confronter avec lui, et moi, j'attends,
pour l'appeler, que Mériadec soit revenu de Camaret,
où il est allé voir un notaire qui a entre les mains l'obligation signée par M. de Roscanvel, lorsqu'il a emprunté
à un ami la somme qu'il a remise à M. d'Ambre en
échange de l'autre obligation souscrite à l'île Maurice
et que M. d'Ambre a reprise après l'avoir assassiné.

— Admettons que tout cela soit vrai, dit froidement
Précey, que comptez-vous faire?

— Je vous consulte. Que feriez-vous si vous étiez à
notre place?

— Vous devriez dire : Si vous étiez à la place du
jeune Roscanvel. C'est son père qu'on a tué, s'il faut vous
en croire, et vous n'êtes pas son parent.

— Je suis son ami, et je fais cause commune avec lui.

— C'est votre droit; mais moi qui suis... ou qui ai
été l'ami de M. d'Ambre, je n'ai pas de conseil à vous
donner... car vous n'avez pas, je suppose, l'intention
de faire intervenir la justice...

— Pourquoi pas?

— D'abord, parce que vous me mettriez dans une
situation qui me forcerait à rompre avec vous. C'est moi
qui ai décidé d'Ambre à venir ici, et si j'avais pu prévoir
ce qui s'y passe en ce moment, je l'en aurais détourné. Je
ne veux pas qu'il m'accuse de lui avoir tendu un piège.
Je vous prie donc... et je l'exigerais, s'il le fallait... je
vous prie donc de ne rien faire contre lui tant qu'il sera

l'hôte de M. de Roscanvel. La part que j'ai eue à la décision qu'il a prise de venir équivaut, à mes yeux, à un sauf-conduit que je lui aurais donné. Renvoyez-le ; je partirai avec lui, et, quand il sera rentré à Paris, vous agirez comme bon vous semblera. Mais je dois vous déclarer dès à présent que, si cette affaire se dénouait devant la justice criminelle, je me considérerais comme offensé par vous, mon cher Gouville... et, malgré l'amitié qui nous lie, je vous demanderais raison de l'offense.

— A Dieu ne plaise, cher ami !... je consentirais plutôt à me battre avec cet homme...

— Qui vous tuerait infailliblement.

— Ne me dites pas cela... vous m'exciteriez à le provoquer... et, au fait... un duel, c'est peut-être le meilleur moyen d'en finir.

— Un duel entre lui et le jeune Roscanvel, alors... car vous n'avez pas contre d'Ambre de griefs personnels.

— Mériadec s'est déjà battu... et M. d'Ambre l'a épargné. Mériadec ne peut pas recommencer. Son cousin Pontcroix, qui est ici, ne peut pas non plus se battre, car il est fiancé à Mlle de Roscanvel. Moi qui ne suis fiancé à personne et qui ne tiens à rien dans la vie, je puis bien risquer ma peau pour venger la mort du commandant, sans que le procureur de la République s'en mêle.

— Parlez-vous sérieusement ?

— Très sérieusement... et, dans la situation où nous sommes tous, je ne vois que deux dénouements possibles : ou ce duel, ou les gendarmes. Je ne vous cacherai pas que, si vous n'étiez pas mêlé à l'affaire, je préférerais les gendarmes ; mais j'aime beaucoup mieux me battre que de vous compromettre.

Précey prit la main de Jacques et la serra, en lui disant :

— Vous êtes un bon ami et un brave garçon. Je vous remercie et, je puis vous l'avouer maintenant, je ne suis plus très éloigné de croire à l'accusation que vous portez contre d'Ambre. J'ai pu me tromper sur son compte, et je tiens à m'éclairer. Voulez-vous me laisser l'interroger sans témoins ?

— Comment donc !... mais je vous en prie. Je ne tiens qu'à une chose, c'est à le mettre, devant vous, en présence de l'homme qui vient de le reconnaître.

— Très bien. Et, quand ma conviction sera faite, je vous demanderai de me laisser agir.

— Je vous prendrai pour juge, et je m'engage à me soumettre à votre décision, quelle qu'elle soit.

— Vous engagez-vous aussi pour votre ami Mériadec ?

— J'espère qu'il m'écoutera et que je lui ferai entendre raison. Je me figure d'ailleurs qu'il pensera, comme moi, que c'est une affaire à régler entre cet homme et nous.

— C'est aussi mon avis. Où l'avez-vous logé ?

— Au premier étage. Je vais vous y conduire. Je n'entrerai pas et je reviendrai vous attendre ici.

Précey n'éleva aucune objection, et ce programme fut exécuté de point en point. Après avoir indiqué à son ami la porte de la chambre du baron, Gouville redescendit au jardin.

Il n'eut pas le temps de s'y morfondre, car Mériadec et le cousin Paul y arrivèrent presque aussitôt que lui.

Les deux cousins venaient de descendre de cheval. Ils arrivaient de Camaret, aux allures vives, couverts de poussière et rouges comme des homards cuits.

Gouville vit du premier coup d'œil qu'ils apportaient des nouvelles intéressantes. Il en avait une plus intéressante encore à leur apprendre, mais il laissa parler Mériadec.

Le notaire leur avait confirmé le contenu de sa lettre, remise, la veille au soir, au château, par son clerc, et il y avait ajouté des détails d'une importance capitale.

M. de Trébabu, deux jours avant la mort du commandant, avait dit à M⁰ Plouhinec que les cinq cent mille francs qu'il prêtait à son ancien camarade étaient destinés par celui-ci à payer une dette contractée à l'île Maurice. Ce brave et vieux marin avait manifesté dès lors l'intention de ne jamais les réclamer. En apprenant la mort de M. de Roscanvel, il avait cru, comme tout le monde, à un accident, et il ne s'était pas informé de ce que les fonds étaient devenus. Le notaire s'en était quelque peu préoccupé. Il avait même eu le soupçon d'un crime, — un meurtre suivi de vol, — mais M. de Trébabu, qu'il avait consulté, lui avait conseillé de se taire. M⁰ Plouhinec ne s'était pas privé d'ajouter que la vérité se découvrirait peut-être un jour, et que, alors, il dirait tout ce qu'il savait pour éclairer la justice.

— Encore un atout dans notre jeu! dit l'ami Jacques, dès que Mériadec eut fini son récit; et la partie va se jouer tout à l'heure. Il est arrivé.

— Qui est arrivé? demanda Mériadec.

— Votre régisseur ne vous l'a pas dit?

— Non. Je n'ai vu personne dans la cour. Nous y avons laissé nos chevaux. Nous avions hâte de vous raconter notre expédition, et je me doutais que je vous trouverais au jardin.

— Vos gens sont tous à l'office, avec Jeannic, occupés à faire boire les postillons qui viennent d'amener de Châteaulin Charles de Précey... et M. d'Ambre.

— L'assassin!... Où est-il?

— Dans la chambre rouge où je l'ai conduit. Précey vient d'aller l'y rejoindre.

— Savent-ils que nous avons des preuves?

— Je l'ai déclaré à Précey qui, tout d'abord, n'a pas voulu me croire; mais je lui en ai tant dit qu'il est monté pour interroger le baron.

— J'espère qu'il ne va pas prendre le parti de ce misérable.

— Je suis à peu près sûr du contraire. Seulement, il ne veut pas qu'on l'arrête.

— Qu'il le veuille ou non, je vais envoyer chercher le brigadier de gendarmerie de Camaret.

— Vous auriez tort, mon cher Mériadec.

— Quoi! vous voulez que je laisse partir cet homme quand je le tiens!... quand je puis prouver qu'il a assassiné mon père!

— Ce sera moins facile que vous ne pensez et beaucoup plus long. Mieux vaut en faire justice nous-mêmes.

— Ah! si je pouvais!... mais comment?... vous ne me conseillez pas de le tuer, je suppose?

— Ce ne sera pas facile non plus, mais j'essayerais volontiers... oh! pas en traître, comme il a tué votre père... en duel.

— En duel! vous voulez vous battre en duel avec un voleur!

— Mon Dieu! oui... ça ne m'amuse pas, mais c'est plus simple et surtout c'est plus sûr. Les jurés seraient capables de l'acquitter.

— Mais c'est lui qui vous tuerait...

— J'en courrai la chance.

— Et ce serait à moi de me battre.

— Pardon! vous ne le pouvez plus, après ce qui s'est passé sur le terrain, là-bas, entre la rue Villejust et la rue Copernic. Il n'a tenu qu'à lui de vous embrocher, et il ne l'a pas fait.

— Mais moi, s'écria Paul de Pontcroix, je ne me suis pas encore battu avec lui, et le commandant était mon oncle...

— Toi, répliqua Gouville, tu es hors de cause. Que dirait ta cousine Simone si je te laissais prendre ma place?... Et que penserait-elle de moi, s'il t'arrivait malheur?

Du reste, ajouta l'ami Jacques pour clore la discussion, j'ai promis à Précey qu'il réglerait le combat comme il voudrait. Attendons-le. Il ne tardera guère.

Et tenez! le voici... il amène l'accusé.

La cause n'avait pas été longue à entendre, et l'on pouvait douter que Précey l'eût jugée contre M. d'Ambre, car ce baron n'avait rien perdu de son assurance, et Précey montrait un visage impénétrable.

A mi-chemin de la terrasse, ils rencontrèrent les trois jeunes gens, et avant qu'aucun colloque s'engageât, Gouville, resté de sang-froid, commença par présenter Paul de Pontcroix, que ni M. de Précey, ni M. d'Ambre n'avaient jamais vu.

Dès que ce fut fait, Précey prit le bras de Gouville, l'emmena au bout de l'allée et lui dit rapidement :

— Mon cher, je viens de causer avec d'Ambre. Il ne se doute pas encore que je le soupçonne, et, avant de lui déclarer que je le crois coupable, je tiens à le soumettre à une épreuve décisive. Si elle tourne contre lui, je me chargerai du reste. L'homme qui l'a reconnu est ici, n'est-ce pas?

— Oui. Voulez-vous que je l'appelle?

— Dites-lui seulement qu'il aille nous attendre dans la forêt, à l'endroit où il a rencontré d'Ambre, le jour du crime. Vous comprenez?

— Parfaitement.

— Moi, je vais vous envoyer votre jeune ami Méria-dec. Vous lui expliquerez mon projet, et vous le prierez de se contenir jusqu'à ce que la preuve soit faite.

— J'aurai de la peine à obtenir cela de lui.

— Il le faut, et je compte sur vous pour le décider.

Gouville tourna vers le château, et M. de Précey revint à la place où il avait laissé face à face M. d'Ambre et les deux cousins, beaucoup plus embarrassés de leur contenance que ne l'était l'audacieux baron.

— Messieurs, dit Précey, je propose une promenade hygiénique avant l'heure du déjeuner. Gouville est de mon avis, et d'Ambre, que j'ai consulté, ne demande pas mieux. Allons faire un tour en forêt pour gagner de l'appétit.

Et il ajouta, en s'adressant à Mériadec :

— Cher monsieur, notre ami Jacques est allé donner des ordres à vos gens, et je crois qu'il a besoin de vous.

Mériadec ne se fit pas prier pour aller rejoindre Gou-ville. Depuis qu'il avait devant lui l'assassin de son père, Mériadec ne se possédait plus. Peu s'en était fallu qu'il n'éclatât, et il lui tardait de savoir pourquoi Gouville différait d'en finir avec ce scélérat.

Paul, plus calme en apparence, n'était pas beaucoup moins agité que son cousin, mais il avait à peu près deviné le plan de M. de Précey, et il attendait, en dissi-mulant son émotion.

Pendant que Précey vantait les agréments d'une excursion matinale par une belle journée d'automne, le baron resta froid et poli. Peut-être commençait-il à regretter d'être venu en Bretagne, mais il n'en laissait rien paraître, et quand Gouville revint, amenant le jeune Roscanvel, il eut l'aplomb de complimenter Précey sur l'heureuse idée qui lui était venue.

Gouville, qui avait persuadé à Mériadec de se taire, ne manqua pas de vanter à son tour les ombrages de la forêt de Quélern. On alluma des cigares et l'on partit gaiement, Mériadec en tête.

Le rôle de guide lui revenait de droit, en sa qualité de propriétaire, et il savait bien où il allait conduire ses hôtes.

En sortant du château, il leur fit prendre un chemin qui n'était pas celui de la cabane de Jeannie : un sentier accidenté à travers des futaies superbes que M. d'Ambre s'empressa de comparer à celles de Fontainebleau et de Compiègne. Il poussa même la flatterie jusqu'à déclarer que les fameuses forêts vierges des pays intertropicaux ne valaient pas celle-là.

A quoi Précey répondit qu'il préférait les jungles de l'Inde, en dépit des tigres et des *Thugs*. Il aurait pu ajouter, pour justifier cette préférence, que le commandant de Roscanvel, après avoir échappé aux dangers de toutes les mers du globe, était tombé au coin d'un bois de Bretagne, sous la balle d'un assassin. C'était bien sa pensée, mais il s'abstint de l'exprimer, et le baron n'eut pas l'air de la deviner.

Gouville et Pontcroix se taisaient. Mériadec avait pris les devants. Il ne restait que Précey pour donner la réplique à M. d'Ambre, qui causait avec une entière liberté d'esprit.

On approchait pourtant du but de cette promenade proposée et organisée par Précey, mais le baron ne paraissait pas s'en douter.

Tout à coup, Mériadec, qui les précédait, s'arrêta brusquement à un carrefour formé par la rencontre de deux chemins se croisant à angle droit.

On était arrivé.

Pontcroix le connaissait, ce carrefour sinistre, et il

avertit d'un coup d'œil Gouville, qui n'y était jamais venu.

Précey hâta le pas pour rejoindre Mériadec qui lui dit, en regardant fixement le baron :

— Voici le Chêne-Capitaine.

Si maître de lui qu'il fût, le baron pâlit. Il n'avait pas bronché, en route, probablement parce qu'il ne reconnaissait pas le chemin qu'on lui faisait suivre; mais il n'avait pas oublié le nom du Chêne-Capitaine qui figurait dans la lettre du commandant de Roscanvel, cette lettre perdue par l'assassin après le crime et miraculeusement retrouvée par Jeannic; cette lettre que Précey avait gardée, après l'avoir lue, et qu'il portait dans sa poche.

M. d'Ambre, qui ne s'en doutait pas, se remit vite, et dit, en affectant de sourire :

— Cet arbre est vraiment colossal. Quel âge a-t-il?

— Mon père le savait, répondit Mériadec d'une voix sourde; mais mon père est mort assassiné. C'est à cette place qu'il est tombé.

— Oh! monsieur, si j'avais su que notre promenade nous conduirait ici, j'aurais refusé de l'entreprendre, puisque ce chêne vous rappelle un douloureux souvenir.

A ce moment, Jeannic, caché derrière l'énorme tronc, se montra, sauta dans le chemin creux, vint droit au baron et lui dit, en ôtant de sa bouche la pipe qu'il fumait :

— Votre cigare est éteint. Désirez-vous du feu?

— Que me veut ce fou? balbutia d'Ambre, absolument décontenancé.

— Comme il y a deux ans, reprit Jeannic, quand vous m'avez demandé le chemin pour aller au carrefour du Chêne-Capitaine. Je vous reconnais bien, allez! quoique vous ne soyez pas habillé de la même façon... et vous me reconnaissez bien aussi. Je n'ai pas changé mon chapeau ni ma peau de bique.

— Qui est cet homme? demanda le baron, en s'adressant à Précey.

— Un vieux serviteur de la famille de Roscanvel, répondit Précey. Il a relevé le commandant frappé à mort.

— Bon! mais il ment quand il dit m'avoir rencontré ce jour-là. Vous savez, mon cher, que je ne suis jamais venu en Bretagne.

— C'est vous qui mentez! s'écria Mériadec, exaspéré; et c'est vous qui avez tué mon père.

— Je n'ai rien à vous répondre, car je ne veux pas m'abaisser jusqu'à me justifier d'une accusation absurde. Vous m'avez tendu un guet-apens. Vous avez aposté ici ce paysan que vous avez payé pour témoigner contre moi. C'est un procédé dont je vous demanderai raison plus tard. En attendant, vous trouverez bon que je quitte une maison où l'on traite de la sorte les hôtes qu'on y reçoit.

Le baron se préparait à battre en retraite, mais les trois amis l'entouraient, et Jeannic, resté en dehors du cercle, constituait à lui seul une réserve qui aurait suffi pour l'empêcher de fuir.

Précey intervint. Il savait tout ce qu'il voulait savoir. Il ne lui restait plus qu'à donner suite à son premier projet.

— Il me paraît inutile de prolonger une scène pénible, dit-il. Rentrons au château, nous y terminerons l'explication que je vais entamer, chemin faisant, avec M. d'Ambre.

Venez, baron!... et vous, messieurs, veuillez nous suivre.

Personne ne souffla mot. Les trois amis s'attendaient

à ce dénouement, et d'Ambre, pris au piège, comprenait que la seule chance qui lui restât, c'était de tâcher de s'entendre avec M. de Précey.

On reprit, en sens inverse et dans un ordre tout différent, le sentier par lequel on était venu.

Précey et le baron marchaient côte à côte, à dix pas en avant de Gouville et des deux cousins formant un seul groupe.

Jeannic suivait à distance.

Il était plus intelligent qu'il n'en avait l'air, ce Cornouaillais peu civilisé, car il avait très bien joué son rôle dans l'épreuve préparée par M. de Précey, et maintenant il se tenait à l'écart, tout prêt à exécuter de nouveaux ordres.

Ces messieurs ne s'occupaient plus de lui.

Ils observaient de loin d'Ambre et Précey, et ils essayaient de deviner à leurs gestes le sens des propos qu'ils échangeaient.

Précey accusait, et le baron protestait. C'était clair.

Il vint un moment où Précey mit la main sur la poche de poitrine de son veston de chasse, comme pour en tirer une pièce à conviction, — sans aucun doute, la lettre du commandant; — mais le baron l'arrêta d'un geste qui devait signifier : A quoi bon me la montrer?

— Allons! dit entre ses dents Jacques de Gouville, cette fois la cause est jugée, et je crois que nous n'attendrons pas longtemps l'arrêt de ce cher Précey.

Mériadec et Pontcroix se turent. On arrivait au château, et il leur tardait d'y rentrer pour connaître la décision de l'arbitre qu'ils avaient tacitement accepté.

Précey, toujours flanqué de M. d'Ambre, traversa la cour déserte et ne s'arrêta qu'à l'entrée du jardin pour prier Jacques de renvoyer Jeannic à l'office, en lui recommandant de se taire.

Dès que ce fut fait, il poussa jusqu'à la terrasse; les trois amis l'y suivirent, et, après un bref et dernier aparté avec le baron, il le leur amena.

— Messieurs, leur dit-il sans préambule, ce cher Gouville et moi, avant de partir pour notre promenade en forêt, nous sommes tombés d'accord que cette affaire devait être vidée les armes à la main.

Ils s'attendaient à des explications et même à un débat contradictoire. Cet exorde, qui simplifiait beaucoup la situation, les surprit agréablement, et Précey continua :

— Toute autre solution me déterminerait à me retirer. Gouville sait pourquoi.

— Parfaitement, dit Jacques, et je vous approuve. Alors, M. d'Ambre accepte cet arrangement?

— Il le demande, répondit Précey en appuyant sur le mot.

C'était comme s'il eût dit : Je l'ai mis au pied du mur, et il s'estime heureux de s'en tirer par une rencontre.

L'attitude du personnage ne démentait pas cette supposition. Il avait l'air hautain et résolu d'un bandit, cerné, qui se prépare à vendre chèrement sa vie.

Mériadec et Paul n'osèrent pas contester la décision d'un homme qui leur imposait par sa réputation incontestée de gentleman irréprochable et aussi par l'autorité qu'il avait su prendre sur leur ami Jacques, plus expérimenté qu'eux.

— Mon cher Gouville, reprit froidement Précey, M. d'Ambre vous a choisi pour adversaire.

— Je lui en sais gré, murmura Gouville.

— Il me reste à régler les conditions du combat. M. d'Ambre est, vous ne l'ignorez pas, de première force à l'épée et au pistolet. Pour égaliser les chances, je ne

vois que le duel au fusil... à l'américaine... M. d'Ambre
l'accepte.

— Moi aussi.

— Nous n'avons donc plus qu'à trouver un emplacement où les deux adversaires, partant chacun d'un point
convenu, pourront évoluer sur un terrain assez étendu
pour qu'ils y aient la liberté de leurs mouvements, et
assez isolé pour que personne ne puisse intervenir pendant le combat.

— Il y a là la futaie du Chêne-Capitaine, interrompit
Mériadec, en lançant un regard haineux au baron qui
ne broncha pas sous cette allusion au crime qu'il n'essayait plus de nier.

— Pourquoi aller si loin? demanda Précey. L'îlot que
je vois là-bas conviendrait très bien.

Il montrait du doigt un rocher qui s'allongeait sur la
grève à cent mètres de la côte.

— Et nous aurions un excellent prétexte pour y descendre, le fusil sur l'épaule. Les gens qui nous verraient
croiraient que nous y allons tirer des mouettes. Il en est
couvert... et il est très accessible...

— A mer basse, dit Mériadec. Dans une heure, il
sera entouré d'eau de tous les côtés et, deux heures plus
tard, il sera entièrement recouvert par la marée.

— Tant mieux!... elle nettoiera la place... et l'écueil a
encore un autre avantage. Le sol y est inégal, et ces
messieurs se chercheront sans se voir. Je les placerai
moi-même et, quand je les aurai placés, je reviendrai
sur la grève où je me tiendrai avec M. de Roscanvel et
M. de Pontcroix jusqu'à la fin de l'affaire. Les combattants se serviront de mes deux fusils anglais que ni l'un ni
l'autre n'a essayés.

Que pensez-vous de ce programme, mon cher Jacques?

— Je suis prêt, répondit Gouville.

— Je ne consulte pas M. d'Ambre. Il s'est soumis d'avance à toutes les conditions que je lui imposerai. Je vais, messieurs, vous faire connaître les siennes. Il demande qu'on lui garantisse la liberté de partir, après la rencontre, s'il y survit. Il s'engage, en revanche, à quitter la France et à n'y jamais revenir.

J'ajoute qu'il m'a remis l'obligation signée par le commandant de Roscanvel.

Si M. d'Ambre est tué, on croira à un accident de chasse.

— On y a bien cru quand mon père est mort assassiné, dit Mériadec.

— J'étais sûr que ma proposition serait acceptée, reprit M. de Précey, sans relever l'interruption. J'en doutais si peu que j'ai préparé les armes et les munitions. Elles sont là, dans le corridor, au rez-de-chaussée du château.

Existe-t-il un chemin qui conduise directement à la grève ?

— Oui... au bout de cette terrasse.

— Nous allons le prendre... mais auparavant, je tiens à vous dire, messieurs, que si mon ami Jacques consent à me céder sa place, c'est moi qui me battrai. Je l'ai déclaré à M. d'Ambre et, s'il le faut, je le forcerai à m'accepter comme adversaire.

— Moi, je refuse de me prêter à la substitution, dit énergiquement Gouville.

Mériadec et Paul croyaient rêver. L'ascendant que M. de Précey avait sur eux leur fermait la bouche, mais ils n'en revenaient pas de cette façon expéditive de dénouer la situation, et chacun d'eux se reprochait à part soi de laisser Gouville exposer seul sa vie pour venger le commandant qui n'était ni son père ni son oncle. Ils espéraient que Dieu le protégerait, et ils sentaient que Précey, en brusquant ainsi les choses, avait forcé l'assassin à confesser son crime; mais ce n'était pas assez pour les rassurer.

Ce diable d'homme ne leur laissa pas le temps de se remettre.

— Jeannic est à l'office, reprit-il. Nous n'avons plus besoin de lui. Qu'il y reste !

C'était dire clairement que le baron ne niait plus qu'il eût rencontré le sabotier dans la forêt de Quélern, à la fin de l'hiver de 1887, un quart d'heure avant la mort de M. de Roscanvel.

Et il continua :

— Voulez-vous, messieurs, vous charger des boîtes à fusil que j'ai laissées dans le corridor? J'ai les clefs dans ma poche. Nous les ouvrirons sur la grève.

Les deux cousins obéirent comme les hypnotisés obéissent aux suggestions de l'hypnotiseur qui a su confisquer leur volonté.

— Maintenant, leur commanda Précey, quand ils revinrent, portant les boîtes, montrez-nous le chemin.

Ils s'empressèrent de sortir de la terrasse, par une porte qui s'ouvrait sur un sentier tracé dans la falaise. Le baron d'Ambre, sans dire un seul mot, les suivait à distance, et Précey ferma la marche avec Gouville, qui lui demanda tout de suite :

— Il a avoué, n'est-ce pas?

— Autant qu'un homme de sa trempe peut avouer un crime abominable. Vous m'aviez convaincu avant que je l'interrogeasse. J'ai été droit au fait. Je lui ai démontré qu'il était perdu, puisque Jeannic l'avait reconnu et puisque j'avais en poche la lettre du commandant. Il n'a pas essayé de se défendre, mais il m'a violemment reproché de l'avoir attiré dans un piège. J'étais déjà, vous le savez, décidé à ne pas laisser votre ami le livrer à la justice. Je lui ai proposé de me battre avec lui. Il m'a répondu qu'il ne se battrait qu'avec vous. Il a compris que vous êtes son plus dangereux ennemi, et que s'il parvenait à se débarrasser de vous, il échapperait peut-être au châtiment. J'ai dû céder.

— Vous avez bien fait.

— J'oubliais de vous dire qu'il a joué la comédie du désintéressement. Il a protesté qu'il n'avait jamais eu l'intention de réclamer la somme gagnée au jeu à M. de Roscanvel, et il m'a offert de me rendre la reconnaissance des cinq cent mille francs. Je ne l'ai pas refusée, et il a posé ses conditions. Ne vous étonnez pas que je les aie acceptées. On ne fait pas arrêter un homme, quand on a été lié avec lui, cet homme fût-il le pire des scélérats. Je lui ai promis que, si vous ne le tuez pas, je le laisserai aller se faire pendre ailleurs.

— Je vous approuve complètement et, s'il m'arrive malheur, je compte sur vous pour empêcher Mériadec de manquer à l'engagement que vous avez pris. Il n'y gagnerait rien, ni sa sœur non plus, et je ne tiens pas assez à la vie pour me priver du plaisir d'essayer d'expédier dans l'autre monde l'assassin de leur père.

— Vous êtes bien tel que je vous avais jugé, mon cher Jacques. Nous sentons l'un comme l'autre.

— J'en suis très fier, mais je connais des gens qui nous croiraient fous, dit Gouville en riant.

— Don Quichotte aussi était fou, et je serais ravi de ressembler à Don Quichotte... Mais je regrette d'avoir été la dupe de ce d'Ambre. Que voulez-vous!... dans l'Inde où je l'ai connu, je l'ai vu si brave que je l'ai pris pour un honnête homme... Vous ne voulez pas me céder votre place, et je suis forcé de vous la laisser; mais je vous jure que s'il vous tuait, je le suivrais à l'étranger, et là, quand il n'aurait plus rien à craindre de la justice française, c'est à moi qu'il aurait affaire.

En causant ainsi, ils étaient arrivés au pied de la falaise. L'îlot se dressait devant eux, et la plage qu'il fallait traverser pour y atteindre était encore à sec. Mais la mer montait rapidement, le vent du large se levait, et le ciel se couvrait.

M. d'Ambre, qui les attendait, vint à eux pour dire à Précey :

— Vous me permettrez, monsieur, de vous rappeler ce que vous m'avez promis?

— Je n'ai qu'une parole, répliqua sèchement Précey. Après le combat, si vous êtes en état de partir, personne ne vous en empêchera. Vous ne tenez pas, je suppose, à vos bagages que vous avez laissés au château. Je vous conduirai directement au havre de Roscanvel. Vous y trouverez le bateau qui vous déposera à Brest, où vous prendrez le train de Paris.

— Et si je suis tué?

— Tout sera dit. Vous ne comptez pas, je pense, me charger de vos commissions?

Un éclair de colère passa dans les yeux du baron, mais il se tut.

Précey ouvrit les boîtes que Mériadec lui présenta et en tira les fusils avec deux paquets de cartouches.

— Six balles à échanger, cela suffira, dit-il en remettant à chacun des deux adversaires un fusil et un paquet.

Vous, messieurs, veuillez m'attendre ici, ajouta-t-il en s'adressant à Mériadec et à son cousin, qui ne soufflèrent mot.

Il s'achemina vers l'îlot avec les combattants, et quand ils eurent pris pied sur le rocher, il demanda à Gouville :

— Vous n'êtes jamais venu ici, n'est-ce pas?

— Vous savez bien que non, répondit Jacques avec un peu d'humeur.

— J'ai tenu à constater que vous n'avez pas l'avantage de connaître le terrain. C'est fait. Maintenant, allez à gauche jusqu'au bout de l'îlot, pendant que M. d'Ambre ira à droite. Dès que vous serez à vos postes, je me replierai sur les témoins que j'ai laissés là-bas. Quand je me serai retiré, vous vous chercherez ou vous vous attendrez... à votre choix. Toutes les ruses sont permises. Chacun de vous a six balles à tirer. Tant pis pour celui qui les tirera sans toucher son adversaire, car celui qui aura réservé son feu aura le droit de tuer l'autre... même à bout portant.

Ces conditions féroces ne furent pas discutées.

Le baron alla, sans dire une parole, prendre position au poste que Précey venait de lui assigner, et Jacques gagna le sien, après avoir serré silencieusement la main de l'ami qui l'envoyait avec tant de désinvolture jouer cette terrible partie.

Jacques de Gouville possédait la bravoure de tempérament, — la plus rare de toutes, — mais cette bravoure, qui s'ignorait elle-même, n'avait jamais été mise sérieusement à l'épreuve. Il était trop jeune pour avoir fait la guerre de 1870, et les trois ou quatre duels qu'il avait eus n'étaient pas de ceux qui ne doivent finir que par la mort de l'un des combattants. Il s'en était galamment tiré, mais c'était la première fois qu'il risquait sa vie dans une rencontre sans merci, et pourtant il se sentait aussi calme que s'il se fût agi d'une de ces inoffensives passes d'armes où il suffit d'une piqûre pour que les témoins proclament que l'honneur est satisfait.

Il n'en voulait pas à Précey d'avoir ainsi réglé le combat. Il lui savait même gré de lui fournir l'occasion de connaître des sensations nouvelles, et il n'éprouvait

nullement le besoin de se recueillir, comme cela arrive
aux plus intrépides, avant d'aborder l'ennemi.

Il ne pensait pas du tout à Mme de Salazie et presque
pas à Mlle de Roscanvel.

Il ne pensait qu'à bien manœuvrer pendant cette
bataille à la mode d'Amérique, et il fallait qu'il eût
l'instinct de la guerre, car il jugea la situation d'un
coup d'œil.

L'îlot qui allait servir de champ de bataille n'était
qu'un entassement irrégulier de rochers qui s'étendaient,
parallèlement à la côte, sur une longueur de deux cents
mètres à peu près et qui, des deux côtés, s'abaissaient
par une pente assez douce jusqu'au sable de la
grève.

Pour se rencontrer, les combattants pouvaient choisir
entre deux stratégies : escalader la crête ou longer la
base des rocs.

En prenant le chemin d'en haut, on dominait l'adversaire et l'on devait l'apercevoir de plus loin, mais on était
plus exposé à ses coups, puisqu'il fallait marcher à
découvert.

Par la grève, on risquait de passer sous son feu plon-
geant, s'il avait l'idée de grimper au sommet et de s'y
embusquer, en se couchant à plat ventre.

Il y avait encore une troisième tactique, vantée dans
tous les romans d'aventures américaines : celle qui consiste à ne pas bouger de place, à se tenir coi jusqu'à ce
que l'ennemi se décide à se montrer, et à le fusiller à
l'improviste.

L'avantage alors est au plus patient.

Cette tactique était sans doute la meilleure, mais elle
ne convenait guère au tempérament fougueux de l'ami
Jacques, et elle avait cet inconvénient capital que, si les
deux adversaires s'avisaient de la mettre en pratique,

ils risquaient fort de rester toute la journée sans se rencontrer.

Et ils ne pouvaient pas prolonger beaucoup l'expectative, car la mer qui montait n'allait pas tarder à restreindre le champ de bataille, en attendant qu'elle le submergeât complètement.

De la pointe où Précey l'avait laissé, Gouville la voyait s'avancer, en longues vagues, calme encore, mais frissonnant déjà sous les premières rafales du vent d'ouest.

Le ciel était couleur de plomb. On sentait venir une de ces tempêtes d'équinoxe si fréquentes et si redoutables sur les côtes de Bretagne.

Gouville glissa des cartouches dans les deux canons du fusil anglais que Précey lui avait prêté, une arme excellente, fabriquée tout exprès pour tuer des tigres, et qui avait dû, dans l'Inde, en abattre quelques-uns.

Toutes réflexions faites, Gouville se décida à attaquer par la grève; mais il lui restait encore à choisir entre celle qui séparait l'îlot de la terre ferme et celle qui regardait le large, et il se demandait de quel côté s'avancerait M. d'Ambre, si M. d'Ambre n'optait pas pour l'attaque par les sommets.

Gouville pensa que ce baron défiant ne s'exposerait pas à être vu par les trois témoins qui, du bas de la falaise, pourraient faire des signes que leur ami utiliserait.

Et Gouville, qui tenait essentiellement à le rencontrer, résolut de prendre le côté de la pleine mer.

S'il avait pris l'autre, ils auraient pu tourner indéfiniment dans le même sens sans jamais se trouver face à face, et Gouville n'était pas venu là pour jouer à cache-cache.

Il voulait en finir le plus tôt possible, et il se mit en

marche hardiment, mais non sans prendre ses précautions.

Il avançait à petits pas, le fusil prêt, le doigt sur la détente, l'œil et l'oreille au guet, sans oublier de lever souvent la tête, pour s'assurer que l'ennemi ne se tenait pas caché au-dessus de lui, derrière quelque rocher.

Courbé comme un Peau-Rouge sur le sentier de la guerre, et s'arrêtant à chaque instant pour regarder et pour écouter, il mit trois quarts d'heure à franchir deux cents mètres et il atteignit, sans avoir rien vu ni entendu de suspect, la pointe extrême de l'îlot.

Il commençait à croire que son adversaire, plus prudent que lui, n'avait pas bougé et l'attendait, abrité par la pointe, pour le fusiller à bout portant, au moment où il se montrerait.

C'était le cas de réfléchir encore, avant d'aller plus loin.

La marée montait si vite que la grève avait presque disparu sous le flot. Encore quelques minutes, et la mer allait lui barrer le passage; mais si M. d'Ambre était là, elle allait chasser M. d'Ambre de la place où il s'était embusqué et le forcer à gagner les hauteurs.

Gouville n'avait plus qu'à tâcher de l'y devancer, afin de ne pas lui laisser l'avantage de la position dominante.

Il se hâta donc d'y grimper, en s'aidant des pieds et des mains, voire même en rampant à plat ventre, pour éviter de servir de cible quand il approcherait du faîte.

Il y arriva le premier, et il s'aperçut tout de suite que la pointe, coupée à pic, était inaccessible de ce côté.

Le baron était donc resté au pied de l'escarpement, à moins qu'il n'eût filé par l'autre grève qui était encore à sec.

Pour savoir à quoi s'en tenir, Gouville se traîna jusqu'à la coupure, et, en se redressant un peu, il découvrit de nouveaux aspects.

L'îlot finissait brusquement, mais au delà d'une étroite bande de sable que le flot envahissait déjà, se dressait une chaîne de rocs qui s'étendait à perte de vue, vers le nord ; des rocs isolés les uns des autres et alignés comme des soldats.

Une chaussée, comme disent les marins de ces parages hérissés d'écueils.

Il y a la chaussée de Sein, la chaussée des Pierres-Noires et bien d'autres encore qui défendent l'entrée de la rade de Brest.

On ne compte plus les navires que la mer y a jetés.

Elle brisait sur ces rochers chevelus, et si le baron s'était posté derrière une de leurs pointes pour guetter l'apparition de son adversaire, il devait avoir déjà de l'eau jusqu'aux genoux.

Gouville, toujours couché, le cherchait des yeux et ne l'apercevait pas. Il se soulevait sur ses coudes pour tâcher de le découvrir, quand il sentit une douleur au visage.

Une balle venait de briser une pierre à deux pouces de son oreille, et un éclat lui avait déchiré la joue.

Il entrevit alors, debout, appuyé contre le roc le plus avancé de la chaussée, l'affreux d'Ambre qui le visait avant de lui envoyer le second coup de son fusil double.

Cette fois, d'Ambre n'allait pas le manquer, et Gouville, qui n'était pas en posture de mettre en joue, se sentit perdu.

Involontairement, il ferma les yeux et il attendit la balle ; mais la balle ne vint pas, et quand il les rouvrit, son ennemi avait disparu, comme si le diable l'eût emporté.

Gouville crut qu'après avoir tiré, il s'était caché pour

se mettre à l'abri d'une riposte, et qu'il allait reparaître sur un autre point de la chaussée.

Le baron reparut, en effet; mais il n'avait pas changé de place; seulement, il n'était plus debout et il n'était plus armé.

Plongé dans l'eau jusqu'à mi-corps, il se cramponnait des deux bras au rocher qui lui avait servi de point d'appui pour faire feu, et il s'efforçait inutilement de reprendre pied.

Alors, Gouville comprit.

Le baron avait glissé sur le varech visqueux et, en tombant, il avait lâché son Purdey.

Gouville avait maintenant la partie belle. Il ne tenait qu'à lui de fusiller à coup sûr son ennemi sans défense, et les conditions du duel à l'américaine lui en donnaient le droit. Précey, avant de placer les combattants, les leur avait rappelées, ces conditions effroyables. Ni l'un ni l'autre n'avait réclamé, et certes, si la situation eût été intervertie, d'Ambre ne se serait pas privé de faire subir au vaincu la loi du vainqueur.

Gouville, en le tuant sans pitié, ne ferait que lui appliquer, par anticipation, la peine du talion.

Son premier mouvement fut de se lever et de le mettre en joue. Excellent tireur, il ne pouvait pas le manquer, à soixante mètres, avec une arme de précision.

Il hésita pourtant, au moment d'épauler. Si légitime qu'elle fût, cette exécution lui répugnait.

Le spectacle auquel il assistait eût été grotesque, s'il n'eût été terrible.

D'Ambre, embrassant le rocher pour tâcher de se hisser au-dessus des vagues qui le gagnaient, avait l'air de monter au mât de cocagne, mais à ce jeu, la timbale, c'était sa vie qu'il cherchait à sauver.

Tentative désespérée, car s'il parvenait à éviter la

noyade, il ne pouvait pas se flatter d'échapper aux balles de son adversaire.

Il réussit à se tirer de l'eau, en posant un pied sur une saillie du roc : un seul pied, car, en tombant, il s'était cassé une jambe. Elle pendait, inerte.

Il ne lui restait même plus la chance de se sauver en nageant.

Gouville abaissa son fusil. La pitié se glissait dans son cœur. Il avait beau se dire que cet homme était un scélérat et qu'en le tuant il ne ferait que se substituer à la justice qui ne manquerait pas de l'envoyer à l'échafaud ; il se disait aussi que la justice ne livre pas au bourreau un condamné qui se meurt.

Et c'était bien l'agonie de l'assassin qui commençait : — une agonie épouvantable, car la mer qui montait allait l'engloutir lentement. Il serait plus humain de le tuer d'un seul coup que de le laisser finir ainsi, puisque la balle qui le frapperait lui épargnerait de longues et cruelles souffrances.

Gouville sentait cela, et pourtant il ne tirait pas. Gouville en était à regretter d'avoir accepté ce combat sauvage dont il n'avait pas prévu le dénouement. Il savait bien que le duel à l'américaine est un duel sans merci, mais il comptait se trouver en face d'un ennemi armé, et maintenant il s'agissait d'achever un blessé. Cette idée lui faisait horreur, et comme une pensée généreuse ne vient jamais seule, il se demanda pourquoi il n'irait pas au secours de ce misérable.

Il avait bien le droit, après tout, de lui faire grâce de la vie, — comme on fait grâce aux pires assassins, — en le mettant hors d'état de nuire.

Précey ne voulait pas qu'on le livrât aux gendarmes, mais on pouvait le porter au château, l'y enfermer, et, quand il serait guéri de sa fracture, l'embarquer sur un navire qui le déposerait à l'île Bourbon. D'Ambre ne s'aviserait pas d'en revenir, car il savait bien que Mériadec et ses amis avaient les preuves de son crime; d'Ambre n'était plus à craindre, et il venait de restituer l'obligation souscrite par le commandant.

Ces beaux raisonnements péchaient par la base, car le sauvetage était fort incertain; mais le bon Jacques n'était pas Don Quichotte à demi, et, sans plus délibérer, il se précipita pour descendre sur la grève, par le chemin qu'il avait pris pour grimper au sommet de l'îlot.

Quand il arriva en bas, la mer battait les rochers, et il ne put doubler la pointe qu'en marchant dans l'eau.

Il avait mis son fusil en bandoulière pour faire comprendre au baron qu'il venait avec des intentions pacifiques.

Ce fut une précaution inutile, car le baron avait disparu. Gouville ne vit plus que les écueils couverts d'écume et s'aperçut qu'il lui restait tout juste le temps de gagner la côte, sans être enlevé par les vagues.

Il en fut quitte pour être trempé des pieds à la tête, et il fut reçu par ses trois amis qui accouraient.

— Tu es blessé! s'écria Paul de Pontcroix.

— Ce n'est rien, murmura Jacques en essuyant sa joue qui saignait.

— Le dernier coup de griffe du tigre, dit M. de Précey.

— Vous avez donc vu?...

— Tout, mon cher Jacques, et quand nous vous avons aperçu là-haut, nous avons tremblé pour vous, car ce coquin avait su se poster si bien qu'il devait vous tuer comme un lapin. C'est un miracle qu'il vous ait manqué, car je l'ai vu plus d'une fois couper une balle en deux sur une lame de couteau, à cent mètres...

mais il ne vous aurait pas manqué du second coup.
Heureusement, le pied lui a glissé, et il s'est cassé la
patte.

Ah çà! pourquoi n'avez-vous pas tiré?

— A quoi bon?... il était perdu, répondit Gouville qui
ne se souciait pas de confesser que le cœur lui avait
manqué pour cette vilaine besogne.

— Dieu s'est chargé de nous débarrasser de lui.

— Alors, il s'est noyé?

— Il a tenu bon tant qu'il a pu; mais quand il s'est
senti à bout de forces, il a pris son parti en brave... Il
a lâché le rocher et il a fait le plongeon.

— On ne le reverra jamais, dit Mériadec; ici, la mer
ne rend pas ce qu'elle prend... à moins qu'il ne vienne
échouer quelque jour, près de la pointe du Raz, au fond
de la baie des Trépassés... mais, si on le retrouve, je
garantis qu'on ne le reconnaîtra pas.

— Je l'espère bien, s'écria Précey, car il ne faut pas
qu'on sache comment il est mort. Si vous m'en croyez,
messieurs, vous direz à vos Bretons que leur pays lui a
déplu et qu'il est allé à Brest prendre le train. Cette
lubie ne les étonnera pas trop de la part d'un Parisien,
et ils n'en demanderont pas davantage.

— Bon! mais Jeannic sait à quoi s'en tenir, et il ne se
contentera pas de cette explication.

— Je lui dirai que, se voyant reconnu, le coquin s'est
sauvé. Vous lui commanderez de se taire, et il se taira.

— Et sa malle, qu'en ferons-nous? demanda Mériadec.

— Vous l'expédierez par le chemin de fer, à son
adresse, rue Copernic. Son valet de chambre la recevra,
et tout sera dit. M. d'Ambre ne tenait à rien, ni à personne, et il passait sa vie à courir les quatre parties du
monde. Il doit laisser de l'argent et des propriétés. Ses
héritiers, que je ne connais pas, sauront bien les ré-

clamer. Et s'il avait quelque part une maîtresse, elle se
consolera vite.

Gouville n'en doutait pas, depuis sa dernière entrevue
avec Carmen, la veille de son départ, mais il se préoccupait de M. Cimaise qui devait être au courant des
affaires du défunt et qui pourrait bien s'inquiéter de sa
disparition.

Le moment eût été mal choisi pour signaler ce danger
à ses trois amis, et, au surplus, si la vérité venait à être
connue, ils n'avaient rien à se reprocher, car ils n'avaient
pas tué M. d'Ambre.

C'était la mer qui avait fait justice du coupable.

— Et ta blessure, comment l'expliqueras-tu ? demanda
Paul de Pontcroix.

— Bon ! je dirai que je suis tombé sur un caillou
pointu. Ce n'est qu'une égratignure... Vois, le sang s'est
arrêté... Demain il n'y paraîtra plus.

— Dans tous les cas, dit M. de Précey, elle ne vous
empêchera pas de rentrer à Paris demain, avec moi. Je
tiens à vous emmener. Ces messieurs nous y rejoindront,
et je laisserai à M. de Roscarvel la reconnaissance volée
à son père par d'Ambre qui, vous le savez, me l'a
remise avant de descendre sur la grève où il est mort.
Le coquin n'a eu que ce qu'il méritait, et je ne regrette
pas ce que j'ai fait... Je ne regrette que mon Purdey...
un fusil excellent qui m'avait coûté soixante guinées, il
il y a trois ans, chez le premier armurier de Londres.

Ce fut toute l'oraison funèbre du baron assassin.

VIII

Arriver à Paris à quatre heures du matin, en pleine nuit d'octobre, gare Montparnasse, quand on demeure boulevard Haussmann, n'est-ce pas le comble de la déplaisance? Non, il y a pis : c'est d'être réveillé en sursaut, trois heures après s'être couché. Encore si c'était par une jolie femme! mais par une soubrette *de couleur*, le voilà, le vrai comble!

Secoué dans son lit par son valet de chambre, Jacques jurait comme un damné, en se frottant les yeux, et croyait rêver encore. Il voyait devant lui Cora, la quarteronne, et peu s'en fallait qu'à l'instar de l'ivrogne du conte de la Fontaine, visité par sa femme au fond du caveau où il croit qu'on l'a enterré, il la prît pour la cellérière du royaume de Satan.

Elle était là, debout, la joyeuse fille, tout de noir vêtue, elle qui ne s'habillait jamais que de robes claires, les yeux battus, les traits tirés, et elle avait vraiment l'air d'un fantôme.

Effrayé de la hardiesse qu'il avait eue de déranger le sommeil de son maître, le valet de chambre s'était enfui, et elle restait en tête-à-tête avec Gouville, qui criait :

— Sacrebleu! j'ai passé la nuit en wagon... c'est bien le moins qu'on me laisse dormir!.. qu'est-ce que tu me veux, toi?... Si tu m'apportes une lettre de la comtesse, tu pouvais bien la remettre à mon domestique.

— La comtesse! sanglota la camériste. Ah! monsieur!... je l'ai enterrée hier.

— Hein? qu'est-ce que tu dis? demanda Jacques complètement réveillé par cette lugubre nouvelle.

— La vérité, hélas! madame est morte le surlendemain de votre départ... morte foudroyée, à table, en déjeunant.

— Si jeune!... si forte!... ce n'est pas possible.

— Madame aurait vécu encore trente ans, si on l'avait laissée mourir de sa belle mort. On l'a empoisonnée.

— Es-tu folle, ou te moques-tu de moi?

— Le poison était dans un fruit de l'île Maurice... un fruit qu'on appelle là-bas un « avocat ».

Ce nom bizarre d'un fruit tropical dont il n'avait jamais entendu parler acheva de convaincre Gouville que Cora avait perdu l'esprit; mais il changea d'avis, quand elle ajouta :

— C'est cette canaille de Cimaise qui le lui a apporté en cadeau.

— Tu connais Cimaise? s'écria Jacques.

— Si je le connais, le bandit!... l'âme damnée du baron d'Ambre, le mauvais génie de madame!

— Tu l'as dénoncé, j'espère?

— Le commissaire n'a pas voulu me croire, et le médecin a dit que madame était morte d'une... j'ai oublié... ça finit en *lie*...

— D'une embolie?

— Oui, c'est ça... et quand même ils auraient découvert le crime, ils n'auraient pas pu arrêter Cimaise... dès qu'il a eu fait le coup, il est parti à l'étranger... il n'est même pas rentré chez lui... et il a emporté l'argent de madame... toute sa fortune qu'elle lui avait confiée... Et si vous saviez!... l'hôtel a été au pillage pendant quarante-huit heures... La valetaille a décampé, après avoir volé tout ce qu'elle a pu. Je suis restée toute seule pour veiller son pauvre corps, et il n'y a eu que moi pour la conduire au cimetière... si je n'avais pas payé pour lui acheter une concession de cinq ans, on l'aurait jetée à la fosse commune.

— Et je n'étais pas là! murmura douloureusement le bon Jacques.

— Ah! si j'avais su où vous étiez!... Madame m'avait dit que vous partiez; elle ne m'avait pas dit où vous alliez. Je vous aurais bien écrit ici, mais j'écris si mal!... et puis j'ai perdu la tête... depuis deux jours je ne fais que pleurer... enfin, ce matin, il est venu des hommes noirs pour fermer toutes les portes.

— Oui... les scellés...

— Ils m'ont chassée et ils ont emporté les clefs... me voilà dans la rue.

— Je ne t'y laisserai pas.

— Je retournerais dans mon pays, si j'avais de quoi faire le voyage...

— Je te le payerai. Passe dans le salon pendant que je vais me lever et m'habiller.

Cora sortit, et Gouville, sautant hors de son lit, se hâta de se vêtir et de procéder à une toilette sommaire.

Cette mort affreuse qu'il apprenait sans préparation le troublait profondément. Il n'aimait pas d'amour la malheureuse Carmen, mais depuis un mois elle tenait beaucoup de place dans sa vie, et il n'en était pas encore à se dire que cette catastrophe dénouait une situation si tendue qu'elle en était menaçante.

Il s'affligeait, en attendant qu'il raisonnât.

Et il oubliait le drame de Roscanvel.

Le même jour, presque à la même heure, la comtesse avait été foudroyée, et la mer avait emporté l'assassin du commandant.

L'hôtel de l'avenue Kléber et le pavillon de la rue Copernic étaient vides.

Dieu avait fait table rase, et Jacques de Gouville, qui venait de risquer sa vie pour venger le père de Simone, se trouvait dégagé des liens qui l'attachaient à Mme de Salazie, mais il ne pensait pas encore à l'usage qu'il pourrait faire de sa liberté.

Il alla reprendre avec Cora explication l'interrompue, et il commença par lui parler du baron.

— Il est parti aussi, le lâche! dit la quarteronne; c'est lui qui a commandé à Cimaise d'empoisonner ma maîtresse, et ils vont se partager sa fortune.

Sur ce point, Gouville était mieux informé que la femme de chambre. Il savait que d'Ambre ne serait pas à la curée, et peu lui importait que Cimaise profitât seul de la mort subite de la comtesse; mais il tenait à éclaircir certains côtés de l'histoire ancienne de la pauvre Carmen, et il eut satisfaction.

Cora lui raconta tout ce qu'elle savait du passé, et il vit que Mme de Salazie lui avait dit la vérité, mais pas toute. Le soi-disant baron d'Ambre qui l'avait séduite après son mariage et dépravée peu à peu, était un aventurier de la pire espèce. On le soupçonnait d'avoir été le fournisseur et l'associé des pirates chinois qui infestent les rivières du Tonkin. Cimaise, — de son vrai nom Comorin, — était alors son principal agent, et après fortune faite dans cet abominable métier, il était venu s'établir à Paris pour y continuer ses brigandages, sous une autre forme. Carmen, devenue veuve, avait réalisé sa fortune pour suivre son indigne amant, qui méditait de l'en dépouiller et qui venait d'y réussir.

Il n'y avait pas lieu de s'étonner qu'un tel homme eût assassiné M. de Roscanvel pour le voler et qu'il eût essayé, deux ans après, de voler ses héritiers.

— Écoute, dit Gouville, suffisamment renseigné, je ne peux pas rendre la vie à ta maîtresse ni donner la chasse aux scélérats qui l'ont perdue; mais tu t'es conduite comme une brave fille, et je veux te récompenser. Je t'ai promis de te rapatrier, et, avant ton départ, je te donnerai de quoi vivre là-bas.

— Merci, monsieur, de votre bonté, murmura la quarteronne. Je ne voudrais pas en abuser. Madame disait que vous n'étiez pas riche.

— Pas trop, c'est vrai; mais l'autre jour, aux courses, j'ai joué pour elle et j'ai gagné une jolie somme que je n'ai pas encore touchée. Je l'emploierai à te faire un sort.

— Ah! monsieur, si ma maîtresse n'avait jamais connu que vous, elle serait heureuse, maintenant, et moi, s'il fallait me jeter au feu pour vous servir...

— Marie-toi, ma fille, ça vaudra mieux. Tu dois avoir un amoureux.

— J'ai Khoa qui voudrait bien m'épouser.

— Khoa? le Cochinchinois qui loge dans l'enclos derrière l'hôtel?

— Il n'y loge plus. On l'a chassé aussi. Et quand l'Exposition sera fermée, il ne saura plus que devenir.

— Mon domestique m'a dit, ce matin, qu'il est venu deux fois me demander pendant mon absence. Où l'as-tu donc connu?

— A Maurice... il travaillait chez madame.

— Il y retournera avec toi, et tu l'épouseras. Je me charge de la dot. Maintenant, laisse-moi; il faut que je sorte... Reviens me voir demain. Nous irons ensemble au cimetière, et je ferai ce que tu n'as pas pu faire... la morte aura un tombeau.

Pour remercier Gouville, Cora, petite-fille d'esclaves, ne trouva rien de mieux que de lui baiser la main.

Un effet de l'atavisme.

Dès qu'elle fut partie, Gouville se souvint qu'il avait d'autres devoirs à remplir.

Après le tragique dénouement du duel à l'américaine, les quatre survivants avaient décidé d'un commun accord que, au lieu de se séparer, comme ils en avaient eu l'intention tout d'abord, ils rentreraient à Paris tous ensemble, et ils avaient prolongé de vingt-quatre heures leur séjour à Roscanvel; vingt-quatre heures utilement employées : Mériadec à s'aboucher avec le notaire de Camaret et à recommander au sabotier de se taire; Gouville à instruire son ami Précey de choses qu'il ignorait encore.

Ils étaient partis par le même train, emportant la certitude que le combat n'avait pas eu d'autres témoins qu'eux-mêmes et que Jeannic garderait le secret. Et M. de Précey, mis au courant de la situation du fiancé de Mlle de Roscanvel, s'était chargé d'aller, en arrivant à Paris, voir Mme de Valmondois, pour lui raconter les dramatiques incidents de cette hasardeuse expédition.

L'ami Jacques n'avait qu'une pensée : laisser à Paul tout l'honneur du succès, et M. de Précey l'approuvait. quoiqu'il sût très bien à quoi s'en tenir sur la part que chacun y avait prise.

Gouville ne pouvait pas cacher la cicatrice qui attestait qu'il avait rempli dans ce drame le rôle principal, mais il n'était pas du tout disposé à s'en glorifier, et il avait prié son ami Précey de faire valoir auprès de la marquise la conduite du cousin Paul qui les avait précédés à Roscanvel et qui avait recueilli le premier un important indice, puisque c'était à lui que le vieux Trébabu avait parlé du prêt fait au commandant, peu de jours avant que le commandant fût tué au pied du Chêne-Capitaine.

On ne pouvait pas pousser le désintéressement plus loin que le bon Jacques, et il avait quelque mérite à se mettre volontairement à l'écart, après l'explication qu'il avait eue avec Mlle de Roscanvel, lorsqu'elle était venue le voir, la veille de son départ, au risque de se compromettre.

Il trouvait bien, à part lui, que Paul aurait pu lui exposer franchement ses intentions, au lieu de se retrancher dans un silence énigmatique ; mais il s'était privé de l'interroger sur ce point délicat, de peur que Paul ne prît ses questions pour une mise en demeure de lui céder la place, et il avait résolu de laisser les événements suivre leur cours naturel.

La mort de la comtesse n'y changeait rien, quoique assurément cette mort imprévue dût simplifier la situation, si la situation venait à prendre une face nouvelle.

Cependant, Gouville ne pouvait ni ne voulait s'abstenir de se présenter, sans plus tarder, à l'hôtel de la rue de Babylone.

Mériadec s'était mis en tête de n'y pas rentrer directement. Il craignait les rebuffades de sa tante, et il était provisoirement descendu au Grand-Hôtel, pour y attendre qu'elle le fît appeler.

Pontcroix était naturellement allé tout droit à son domicile de la rue de Commaille, et en quittant à la gare ses compagnons de voyage, il ne leur avait pas dit qu'il eût le projet de faire une visite à la marquise, ni à sa cousine.

Pontcroix semblait s'abandonner.

Gouville, au contraire, se sentait disposé à en finir avec toutes les incertitudes. Les péripéties de sa campagne en Bretagne l'avaient surexcité, et si la funèbre nouvelle qu'il venait d'apprendre l'avait bouleversé, elle ne l'avait pas abattu.

Sa liaison avec Carmen n'était pas de celles dont la rupture brise la vie d'un homme de vingt-cinq ans qui n'a jamais cherché que le plaisir et qui n'a rien à se reprocher.

Il s'habilla rapidement, déjeuna encore plus rapidement et s'achemina vers la rive gauche.

Il n'était pas tard ; il ne voulait pas se présenter trop tôt chez Mme de Valmondois, et d'ailleurs il n'était pas fâché de marcher pour se calmer.

Il mit une grande heure à arriver rue de Babylone, en passant devant la rue de Commaille, où il eut quelque velléité d'entrer pour monter chez Pontcroix.

Il y renonça en se disant que ce serait une visite inutile.

Le concierge de l'hôtel de Valmondois lui apprit que Mme la marquise recevait, en ce moment, M. Charles de Précey, mais qu'elle était toujours visible pour M. Jacques de Gouville.

Donc, on l'attendait, et il s'empressa de profiter de l'autorisation pour se faire annoncer au grand salon, où la douairière ne recevait que dans les occasions solennelles.

Gouville, qui connaissait ses habitudes, se demanda pourquoi elle tenait, ce jour-là, à donner audience devant les portraits de ses aïeux, et il pensa que c'était pour faire plus d'honneur à M. de Précey, qu'elle n'avait pas encore vu chez elle.

Il était là, cet ami fidèle, et il devait y être depuis longtemps, car l'entretien n'avait plus cette vivacité des conversations qui commencent entre gens du même monde, lorsque ces conversations ne roulent pas sur des banalités — et ce n'était certes pas le cas.

Précey, après s'être présenté lui-même, avait fait son rapport sur les événements auxquels il venait de prendre une si forte part ; Mme de Valmondois avait demandé des explications, et tout indiquait qu'ils s'étaient mis d'accord.

Jacques fut accueilli comme on accueille un jeune officier qui revient d'une guerre heureuse avec une belle balafre.

Précey lui serra cordialement les deux mains, et la marquise le fit asseoir près d'elle, en l'appelant : « Mon cher enfant. »

— Je vous remercie d'être venu, lui dit-elle ; vous, du moins, vous n'oubliez pas que je m'intéresse à vous.

— Mériadec n'a pas osé venir sans votre permission, madame.

— Je l'ai envoyé chercher à l'auberge où il m'a fait l'affront d'aller loger. Mais son cousin ?... je ne l'ai pas grondé, lui... et je ne l'ai pas encore vu.

— Il viendra, madame, dit vivement Gouville, et en attendant qu'il vienne, permettez-moi de vous apprendre ce qu'il a fait.

— Je le sais, interrompit la marquise. M. de Précey m'a tout raconté. Et je sais aussi que vous avez exposé votre vie pour venger la mort de mon malheureux neveu. Simone a eu raison contre nous tous, puisque vous avez eu la preuve qu'on l'a assassiné, et maintenant elle n'a plus de prétexte pour refuser de se marier. C'est à vous qu'elle devra de ne pas rester fille, comme elle l'avait juré.

— Je serais très fier que Paul me dût son bonheur, mais il ne le devra qu'à lui-même, car si nous avons découvert l'assassin de M. de Roscanvel, c'est Paul qui nous a mis sur la voie.

— Ai-je parlé de Paul ? demanda Mme de Valmondois avec un sourire qui donna fort à penser au bon Jacques.

— Non, balbutia-t-il, mais il ne peut être question que de lui, puisqu'il est fiancé à Mlle de Roscanvel, et je prends part à sa joie.

La marquise le regarda comme si elle eût cherché
à lire au fond de sa pensée, mais elle n'était pas femme
à garder longtemps ce qu'elle avait sur le cœur.

— Parlez-vous sincèrement? lui demanda-t-elle.

— Je serais bien malheureux si vous en doutiez.

— Ce n'est pas de vous que je doute, c'est de Paul. Il
ne m'est pas démontré du tout qu'il aspire à épouser ma
nièce. Que feriez-vous s'il n'y pensait pas?

— Je n'en sais rien, madame la marquise, répliqua
Gouville, mais je sais qu'il est mon ami d'enfance, et
tant qu'il ne m'aura pas dit qu'il ne songe pas à demander la main de sa cousine, je ferai des vœux pour qu'il
l'épouse.

Ce fut dit d'un ton si ferme que la tante comprit qu'en
lançant cette déclaration de principes, Jacques n'avait
pas d'arrière-pensée; et M. de Précey approuva d'un signe
de tête la généreuse et loyale réponse de son jeune ami.

— Si vous attendez qu'il se décide, grommela Mme de
Valmondois, cela pourra vous mener loin, et ma nièce
aussi. Votre Paul est un indécis qui ne dira jamais ni
oui ni non.

Elle n'avait pas achevé que Simone, écartant un lourd
rideau de tapisserie, entra par le fond du salon.

Gouville eut aussitôt l'impression qu'elle s'était cachée
derrière cette portière et qu'elle avait tout entendu,
même le rapport de Précey.

Elle était un peu pâle, mais elle n'avait jamais été plus
charmante, et Précey, qui ne la connaissait pas, resta
ébloui de sa beauté.

— D'où sors-tu? lui demanda sa tante en fronçant le
sourcil; et pourquoi nous envahis-tu?... Je ne t'ai pas
fait appeler.

— Une lettre que je viens de recevoir et que je vous
prie de lire, répondit la jeune fille.

Elle la tenait à la main, cette lettre dépliée.

Avant de la prendre, Mme de Valmondois présenta brièvement à M. de Précey Mlle de Roscanvel, et lui demanda :

— Qui donc t'écrit?... Ton garnement de frère... pour s'excuser de se cacher?

— Non, ma tante. C'est M. de Pontcroix.

— Elle l'appelle : « Monsieur », pensa Gouville; c'est qu'elle va l'épouser.

— Ah! ah! s'écria la marquise, il se décide donc, ton beau cousin!... Car je suppose qu'il t'écrit pour te prier de lui accorder ta main... Mieux vaut tard que jamais... De mon temps, les amoureux ne se déclaraient pas par la poste... Mais celui-là est si timide!...

— Lisez, ma tante, reprit doucement Simone.

— Tu vois bien que je n'ai pas mes lunettes. Il ne contient pas de secrets, le billet doux de ce pauvre Paul?

— Rien que ces messieurs ne puissent entendre.

— Alors, M. de Précey aura l'obligeance de nous en donner lecture.

Simone tendit la main à Jacques avec un élan qui l'étonna, et le lecteur désigné commença sans se faire prier :

« Ma chère cousine, pardonnez-moi de vous écrire ce que je n'ose pas vous dire. Il y a longtemps que j'aurais dû avoir avec vous une explication qui aurait mis fin à un malentendu dont nous avons souffert tous les deux. Je savais que vous ne m'épouseriez jamais, et si j'ai tant tardé à vous avouer que je ne me croyais pas digne de vous, c'est que je voulais d'abord vous prouver que je n'étais pas resté indifférent à votre juste douleur. J'avais à cœur d'éclaircir le mystère qui entourait la mort de votre père; je suis parti seul pour Roscanvel et j'y ai acquis la certitude que votre père a été assassiné.

« J'aurais voulu le venger. Dieu en a décidé autrement. C'est mon meilleur ami qui a été appelé à jouer sa vie contre celle de l'assassin, et il est revenu vainqueur d'un combat où son sang a coulé. Le vengeur, c'est lui, je le proclame, et si vous pouviez vous croire engagée avec moi, je vous supplierais de reprendre votre liberté. Nous étions, vous et moi, des enfants lorsque nos parents pensaient à nous marier. Ils y auraient renoncé, je n'en doute pas, s'ils avaient vécu, et nous ne sommes liés par aucun serment. Oublions donc un projet qui n'a jamais été sérieux, puisque ce n'était pas nous qui l'avions formé.

« Je reste ce que je suis, votre parent affectionné et dévoué; mais vous ne m'en voudrez pas de m'éloigner pour un temps, et de ne pas vous voir avant mon départ.

« Je suis certain que Mme de Valmondois m'approuvera.

« Je vais voyager pendant un an. A mon retour, je vous retrouverai mariée, et personne plus que moi ne se réjouira de votre bonheur.

« Notre ami Jacques le sait bien. »

C'était tout. M. de Précey, visiblement impressionné par tant d'abnégation, remit la lettre à la marquise, beaucoup moins touchée que lui, car son premier mot fut :

— Bon voyage !

Puis, se reprenant, elle dit gravement :

— Paul fait bien de partir et surtout de se décider. Je lui sais gré de sa franchise.

Et toi aussi, n'est-ce pas, Simone?

— Je connaissais les sentiments de mon cousin, et il avait deviné les miens, répondit la jeune fille; mais je n'oublierai jamais qu'il a essayé de venger mon père.

— J'espère que tu n'oublieras pas non plus celui qui l'a vengé.

En répliquant ainsi à sa nièce, la marquise regardait Jacques, et elle ne se tint pas de lui dire :

— Eh bien! Paul s'est déclaré, cette fois, et vous ne ferez plus de vœux pour qu'il épouse sa cousine.

Il était fort embarrassé, ce brave Jacques. La lettre de Pontcroix le mettait à l'aise; Mme de Valmondois lui tendait la perche; il entrevoyait que Simone attendait que, lui aussi, il se déclarât, et il faut bien confesser qu'en cet instant décisif, le fantôme de Carmen ne hantait pas sa pensée. Mais il prévoyait si peu le généreux désistement de son ami qu'il n'était pas du tout préparé à répondre aux ouvertures peu déguisées de la marquise.

— Et il faut que ma chère nièce épouse quelqu'un, ajouta gaiement cette bienveillante douairière; quand ce ne serait que pour sortir d'une situation fausse. Elle était fiancée... on le savait en Bretagne... son fiancé se retire, et nous l'approuvons tous de se retirer; mais Mlle de Roscanvel ne peut pas rester fille... d'autant que la voilà relevée de certain serment qu'elle avait eu l'imprudence de se faire à elle-même...

— Je l'avais fait devant mon frère, devant mon cousin et devant M. de Gouville, dit vivement Simone, et quand je suis allée chez lui le prier de partir pour Roscanvel, je...

— Comment?... Qu'est-ce que tu dis?... Tu es allée chez M. de Gouville?...

— Oui, ma tante, pour lui demander s'il avait vu Mériadec, qui n'était pas rentré.

— Et j'ai rassuré mademoiselle, qui n'est pas restée dix minutes, se hâta d'ajouter Jacques.

— Ainsi, reprit sévèrement Mme de Valmondois, mon

concierge sait que tu es sortie seule... et si M. de Gouville envoyait ici son valet de chambre, ce valet pourrait
se souvenir qu'il t'a vue chez son maître et le dire à
mes gens...

— Qu'importe! Je n'ai rien fait de mal.

— Tu n'en es pas moins compromise, et je te blâme
très fort. Ton frère m'a manqué de respect en se per-
mettant de passer la nuit hors de mon hôtel; mais sa
réputation ne souffrira pas de cette frasque, puisqu'il
est convenu que les hommes ont le droit de faire des
sottises, tandis que toi... Est-ce ainsi qu'on t'a élevée
dans ta Bretagne?... Tu as perdu ta mère trop tôt, ma
pauvre enfant!

— J'ai eu ce malheur, hélas! et je n'en ai jamais si
cruellement souffert qu'en ce moment, répliqua Simone
avec une vivacité qui plut beaucoup à Gouville.

Sa tante l'avait blessée, et les larmes lui venaient aux
yeux; mais elle ne courbait pas la tête sous ce trait immé-
rité, et elle dédaignait de se défendre.

— Écoute, chère nièce, reprit la marquise déjà radou-
cie, je ne veux pas attacher trop d'importance à une
étourderie. Tu aurais été moins imprudente si tu étais
moins innocente, j'en suis très persuadée; mais que dira
le monde si cette sotte histoire vient à être connue?

— Elle ne peut pas l'être, dit Gouville, assez surpris
du rigorisme affiché par Mme de Valmondeis; s'il le fallait, je chasserais mes domestiques, et vous ne doutez
pas, j'espère, de ma discrétion.

— Certes non, mon cher Jacques, et je reconnais
que vous n'avez rien à vous reprocher; mais mon âge
me donne le droit de rappeler à Simone qu'une jeune
fille, quand elle va seule chez un jeune homme qui n'est
ni son frère, ni même... son fiancé, risque sa réputation.
Cela arrivait aussi jadis, ces aventures-là, et presque

toujours elles finissaient mal, à moins qu'un bel et bon mariage ne réparât l'imprudence.

Qu'en pensez-vous, cher monsieur? demanda la marquise à Charles de Précey, qui n'avait pas l'air de juger si sévèrement la situation.

— Il me semble, dit-il en souriant, que c'est encore le remède le plus efficace... et je crois que, dans le cas présent, il ferait merveille.

— C'est mon avis... reste à savoir si les intéressés sont disposés à se le laisser administrer, ce remède... Mon Dieu! que voilà un vilain mot, quand il s'agit d'un mariage!...

A vous, mon cher Jacques, de nous dire ce que vous en pensez.

— J'ai toujours été très docile aux conseils que les médecins ont bien voulu me donner, répondit gaiement Gouville.

— De sorte que, si j'entreprenais de vous guérir, vous vous soumettriez à mon ordonnance?

— Avec joie, madame.

Le grand mot était lâché. En dépit de l'assimilation quelque peu tirée par les cheveux, c'était comme si Jacques se fût déclaré prêt à épouser Mlle de Roscanvel.

— Et toi, petite? demanda Mme de Valmondois; l'exécuterais-tu, mon ordonnance?

— Oui, ma tante, répondit sans hésiter la jeune fille.

— Enfin! s'écria la marquise. Ah! qu'on a de peine à confesser les amoureux d'à présent!... Je le savais bien, que vous vous aimiez, et, si je n'avais pas imaginé de vous gronder tous les deux, vous n'auriez jamais parlé... heureusement, vous vous êtes pris au piège que je vous ai tendu. Jacques avoue; tu avoues... à quand la noce?

Qu'allaient-ils répondre à la question brusquement

posée par cette nonagénaire qui dédaignait les transitions?

L'entrée soudaine de Mériadec les tira d'embarras.

Il arriva juste à point pour entendre sa tante conclure par une invite au mariage, et il n'eut aucune peine à deviner ce qui venait de se passer.

La marquise n'eut pas le temps de le sermonner, car il lui sauta au cou et il se mit à l'accoler furieusement, quoi qu'elle fît pour se dérober à ses violentes embrassades. Après, ce fut le tour de sa sœur et de son futur beau-frère. Peu s'en fallut qu'il ne traitât de la même façon M. de Précey.

Il était fou de joie, le brave garçon qui, le premier, avait deviné que Simone aimait Jacques, qui, depuis un mois, rêvait de les unir, et qui voyait se réaliser son rêve, au moment où il désespérait presque de venir à bout de leurs hésitations et de leurs scrupules.

Son bonheur fut complet quand il apprit que Paul de Pontcroix s'était volontairement retiré, et il n'en fut pas trop surpris, car il savait bien que Paul n'avait pour sa cousine que de la bonne amitié.

Jacques et Simone, la main dans la main, échangeaient des regards plus expressifs que des paroles. La tante aurait dû les bénir; elle se contenta de dire, en faisant allusion à ce mariage tardif où le mari était changé :

— Bien coupé!... Mieux recousu!

Cette variante d'un mot célèbre de la reine Catherine de Médicis caractérisait très bien le dénouement du drame commencé au Théâtre annamite de l'esplanade des Invalides et terminé sur un rocher de l'anse de Camaret.

Si, comme on l'a dit, le monde est aux flegmatiques, il n'est pas aux timides, et Paul de Pontcroix était prédestiné à n'épouser personne; de même que la pauvre

Carmen, qui péchait par l'excès contraire, était prédestinée à mal finir.

Les autres personnages ont accompli leur destinée.

Cimaise, coquin de bas étage, a échappé au châtiment, tandis que le baron d'Ambre, scélérat de haut vol, a été puni comme il le méritait. On n'a jamais retrouvé son corps, emporté par les vagues vengeresses, et son ignoble complice ne l'a pas pleuré.

Comblés des félicités de ce monde, Jacques de Gouville et sa femme ont comblé de bienfaits les humbles qui les ont servis. Ils font une rente à Jeannic, et ils ont établi Biroulas. Khoa, le timbalier, vient d'épouser, à l'île Maurice, Cora dotée avec le produit du pari gagné sur Casque-en-Cuir. Gouville lui devait bien cela.

Mériadec a renoncé à faire la fête. Il est rentré à Roscanvel, et il n'y regrette ni Paris, ni Jenny l'Hirondelle.

Le cousin Paul est en Australie, Précey vient de partir pour Samarkande, et M. de Carolles négocie des mariages riches, en prélevant un courtage.

La marquise de Valmondois deviendra centenaire, et le Chêne-Capitaine vivra encore un siècle ou deux.

FIN.

PARIS. — TYP. DE E. PLON, NOURRIT ET Cie, RUE GARANCIÈRE, 8.

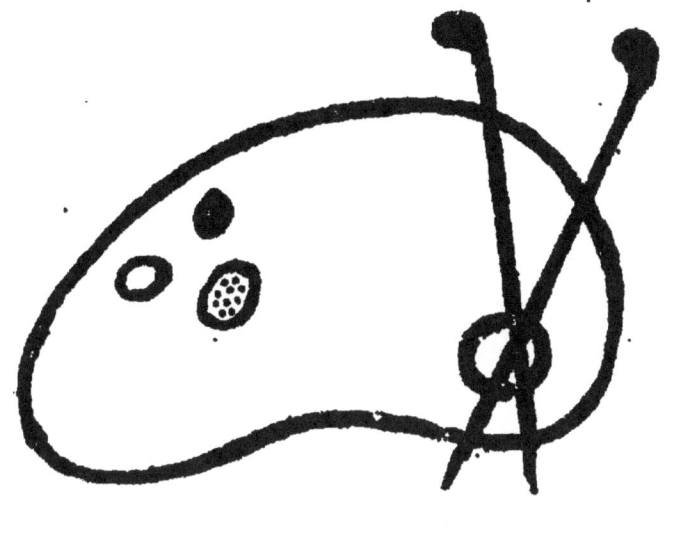

www.ingramcontent.com/pod-product-compliance
Lightning Source LLC
Chambersburg PA
CBHW060936030726
47503CB00003B/616